Irving Wallace

EVA, DAS 7. GEHEIMNIS

Roman

ZSOLNAY EDITION

Titel der Originalausgabe
THE SEVENTH SECRET

Obwohl so manches auf Erden viel zu seltsam ist,
als daß man es glauben könnte, ist nichts
zu seltsam, als daß es nicht passiert sein könnte.

THOMAS HARDY

Wenn man das Unmögliche ausgeschlossen hat,
muß das, was übrigbleibt, wie unwahrscheinlich es
auch wirken mag, die Wahrheit sein.

SIR ARTHUR CONAN DOYLE

Aus dem Amerikanischen von Claus Fischer

Dieser Titel erscheint bei Zsolnay mit freundlicher Genehmigung
der Diana Verlag AG, Zürich
Umschlaggestaltung: VPM, Petra Ernst
Umschlagillustration: Markus Lüperz
Druck und Bindung: Ebner Ulm
Printed in Germany 1991
ISBN 3-552-04337-3

1

Als Dr. Harrison Ashcroft dem Nebenzimmer und der Pressekonferenz den Rücken kehrte, das bis auf den letzten Platz besetzte Café Kranzler durchquerte und auf den sonnenüberfluteten Kurfürstendamm trat, war er ausgesprochen guter Dinge.

Wie er da so auf dem breiten Trottoir des Ku'-damms stand und den noch jungen Nachmittag genoß, zog Dr. Ashcroft – seit letztem Jahr korrekt Sir Harrison Ashcroft – ernsthaft in Betracht, sich eine kleine Pause zu gönnen. Er stattete West-Berlin jetzt schon den zehnten Besuch innerhalb von fünf Jahren ab und wußte, daß er in dieser Woche gegen Ende Juli den Höhepunkt seiner monumentalen Arbeit erreicht hatte. Er stand im Begriff, das große Geheimnis zu lösen und sein Projekt zu einem erfolgreichen, ja möglicherweise sogar welterschütternden Abschluß zu bringen.

Er hatte sich von seinem Posten als Professor für Neuere Geschichte am Christ Church College in Oxford beurlauben lassen, um diese alle Maße sprengende Biographie zu schreiben, denn in den vierzig Jahren seit Adolf Hitlers Tod hatte die monströse Geschichte des Führers geradezu danach geschrien, von ihm aufgezeichnet zu werden. Nach langem Hin und Her war Dr. Ashcroft zu dem Schluß gelangt, als sein vierzehntes und wahrscheinlich aufsehenerregendstes Buch das Standardwerk in Angriff zu nehmen –

Herr Hitler. Doch von Anfang an hatte er gewußt, daß er in seinem Alter – damals siebenundsechzig – die nötigen Recherchen und Schreibarbeiten unmöglich allein bewältigen konnte. Also hatte er seiner Tochter Emily – ein aufgewecktes Mädchen und mit vierunddreißig bereits eine brillante Historikerin, die ebenfalls in Oxford lehrte – den Vorschlag unterbreitet, mit ihm zusammenzuarbeiten. Schon am ersten Tag war ihm klargeworden, daß er keine bessere Wahl hätte treffen können.

Emily Ashcroft zeigte sich besser als jeder andere dafür geeignet, ihrem Vater bei diesem Mammutunternehmen zu assistieren. Nachdem seine Frau vor über zwanzig Jahren beim Bergsteigen tödlich verunglückt war, hatte er seine Tochter allein aufgezogen. Aus heutiger Sicht schien es geradezu unvermeidlich gewesen zu sein, daß das kleine Mädchen, herangewachsen in einer Atmosphäre wissenschaftlicher Neugier und Gelehrsamkeit, inmitten Tausender von Büchern, früher oder später selbst Historikerin werden mußte. Gleich ihm hatte sie sich auf die neuere Geschichte Frankreichs und Deutschlands spezialisiert und beherrschte beider Länder Sprachen fließend. Besonders faszinierte sie der 2. Weltkrieg und die Rolle Adolf Hitlers darin. Schon zweimal hatte Emily ihren Vater im Rahmen der Vorarbeiten nach Berlin begleitet. Diesmal aber war sie in Oxford geblieben, um die Notizen für den letzten Abschnitt zu ordnen, obwohl es sich gerade bei diesem Besuch Dr. Ashcrofts in der geteilten Stadt um eine für das Gelingen des Werkes entscheidende Expedition handeln mochte.

Beim letzten Abschnitt ihrer Arbeit ging es darum, ein für allemal das Rätsel um den Tod Adolf Hitlers und seiner Gefährtin Eva Braun in den Tiefen des Führerbunkers neben dem alten Reichstag am 30. April 1945 zu lösen.

Noch vor zwei Monaten war Ashcroft nach intensiven Recherchen und Informationen aus erster Hand – Gespräche mit überlebenden Augenzeugen in West-Berlin, Aktenstudium in Ost-Berlin (wobei ihm dank der Vermittlung seines Freundes und Kollegen, Professor Otto Blaubach, medizinische Berichte und Fotografien aus sowjetischen Archiven zugänglich gemacht worden waren) – ebenso wie Emily bereit gewesen, die bisher von Biographen und Historikern verbreitete Version von Hitlers Ende zu akzeptieren.

Nach seinem letzten Besuch in West-Berlin, wo sein Projekt bereits beträchtliche Publizität erfahren hatte, wollte Dr. Ashcroft sich gerade an den letzten Teil seines langen Werks machen, als er einen überraschenden und verwirrenden Brief aus Deutschland erhielt.

Das Schreiben kam von einem Dr. Max Thiel, wohnhaft in West-Berlin, der sich als Hitlers letzter Zahnarzt bezeichnete. Dr. Thiel hatte von Ashcrofts Vorhaben gelesen, und als einer aus der Handvoll noch lebender Zeitzeugen, die den Führer persönlich gekannt hatten, wollte er, daß die Biographie sorgfältiger ausfiel als die zahllosen ihr vorangegangenen.

Und dann, am Ende seines Briefes, ließ Dr. Thiel seine Bombe platzen.

Alle Geschichten, die bis dato über Adolf Hitler und Eva Braun existierten, konnten durchaus falsch sein. Hitler und Eva hatten vielleicht 1945 im Führerbunker gar nicht Selbstmord begangen. Möglicherweise hatten sie die ganze Welt zum Narren gehalten und waren beide noch am Leben. Tatsächlich besaß Dr. Thiel sogar Beweise für diese Theorie.

Nach dem ersten Schock besann sich Dr. Ashcroft wieder auf seine Objektivität. Die Spekulationen darüber, daß Hitler und Eva Braun mit dem Leben davongekommen sein mochten, hatten nie aufgehört. Die Welt wimmelte nur so von Verrückten, und Dr. Thiel schien einer von ihnen zu sein. Sicherlich hatte er, wie Emily vermutete, sein Material auch schon früheren

Biographen angeboten, und ganz offensichtlich war es ihnen angemessen erschienen, es zu ignorieren. Sie drängte ihren Vater, sich ebenfalls nicht darum zu kümmern, den albernen Brief wegzuwerfen und wieder an die Arbeit zu gehen, um das Werk zum Ende zu bringen.

Dennoch ließen die Zeilen Ashcroft keine Ruhe. Er war von jeher ein Perfektionist gewesen. Zu hart hatte er gearbeitet, als daß er es sich leisten konnte, auch nur die kleinste Herausforderung seiner wissenschaftlichen Spürnase zu ignorieren. Je öfter er Dr. Thiels schlichten Brief las, desto aufrichtiger schien er ihm. Er mußte lediglich herausfinden, ob Dr. Thiel wirklich der Mann war, der zu sein er vorgab.

Eine Woche umfassender Nachforschungen erbrachte das bestürzende Ergebnis: Dr. Thiel war in der Tat Hitlers letzter Zahnarzt gewesen, ein Berliner Spezialist, eigentlich mehr ein Kieferchirurg, und er hatte den Führer während der letzten sechs Monate seines Lebens wiederholt behandelt. Dr. Thiel, inzwischen achtzig Jahre alt, hatte den Brief eigenhändig abgefaßt.

Unter seinem Namen hatte er in kräftigen Ziffern seine Telefonnummer angegeben.

Dr. Harrison Ashcroft blieb keine andere Möglichkeit, als diese Nummer anzurufen.

Dr. Thiel war selbst am Apparat gewesen. Seine Stimme klang tief, fest und selbstsicher. Was er zu sagen hatte, war klar und einleuchtend. Nicht die Spur von Senilität. Ja, er besaß das Beweismaterial, von dem er geschrieben hatte. Nein, am Telefon wollte er lieber nicht ins Detail gehen. Er wäre jedoch glücklich, Dr. Ashcroft bei sich zu Hause in Berlin empfangen zu dürfen und ihm Einblick in das Material zu gewähren, damit er sich selbst ein Bild machen könne.

Die Einladung war unwiderstehlich, und Dr. Ashcrofts Neugier wuchs von Stunde zu Stunde.

Vor drei Tagen war er allein in West-Berlin eingetroffen, im Hotel Kempinski am Kurfürstendamm abgestiegen und anschließend sofort zu Dr. Thiel gefahren. Die Begegnung war in freundlicher Atmosphäre verlaufen, das mit Spannung erwartete Gespräch erwies sich als faszinierend, und die Aussicht, endlich in den Besitz der Wahrheit gelangen zu können, ließ Ashcrofts Wissenschaftlerherz höherschlagen.

Der erste Schritt auf dem Weg zur Wahrheit erforderte Grabungen in dem ehemaligen Garten neben dem Führerbunker, in dem, den Geschichtsbüchern zufolge, die Überreste Adolf Hitlers und Eva Brauns im Jahr 1945 beerdigt worden waren. Das Problem dabei war nur, daß der Bunker im Ostsektor lag, jenseits der Mauer, und dort in einem Niemandsland, umgeben von einer Zementmauer, Stacheldraht und Soldaten der Volksarmee. Um diese Sicherheitszone betreten und dort graben zu dürfen, brauchte Ashcroft die Erlaubnis der Regierung der DDR. Glücklicherweise hatte er einen Freund von einiger Bedeutung in Ost-Berlin.

Vor Jahrzehnten, kurz nach dem Krieg, hatte er bei einem Symposion von Zeitgeschichtlern im Londoner Savoy mit Professor Otto Blaubach in einem Ausschuß gesessen. Dabei hatten sie festgestellt, daß ihnen vieles gemeinsam war, auch ihr Interesse am Aufstieg und Fall des Dritten Reiches. Ashcroft hatte Blaubach bei sich in Oxford bewirtet und ihn danach mehrere Mal in Ost-Berlin besucht. Hauptsächlich war die Freundschaft allerdings durch ihre Korrespondenz gereift. Im Lauf der Zeit war Professor Blaubachs Status in der Deutschen Demokratischen Republik beträchtlich gewachsen. Heute gehörte er zu den elf stellvertretenden Ministerpräsidenten im Ministerrat.

Wenn man in einem scharf bewachten Sperrgebiet in Ost-Berlin etwas ausgraben wollte, konnte es unter keinen Umständen schaden, vorher mit Blaubach

Kontakt aufzunehmen. Also hatte Ashcroft seinen alten Freund angerufen und war aufs herzlichste begrüßt worden. Blaubach betrachtete sein Ansinnen als etwas ungewöhnlich, wenn auch nicht undurchführbar, und versprach, sich mit seinen Kollegen im Ministerrat ins Benehmen zu setzen.

Vorgestern abend hatte er dann zurückgerufen. Die Erlaubnis war erteilt worden. Ashcroft konnte anfangen.

Aufgeregt hatte der Professor seine Tochter in Oxford angerufen, um ihr von seinen Fortschritten zu berichten. Ebenso aufgeregt wie ihr Vater wollte Emily Genaueres über Dr. Thiels Beweise dafür wissen, daß Hitler nicht im Führerbunker gestorben war. Ashcroft aber wollte am Telefon keine Einzelheiten erwähnen. Nach seiner Rückkehr aus Berlin würde er ihr detailliert von der überraschenden Wende der Ereignisse berichten, die vielleicht zu einem ebenso überraschenden letzten Kapitel ihres Buches führen mochte.

»Übermorgen fange ich mit der Ausgrabung an. Ich möchte erst noch die Pressekonferenz abhalten –«

»Die was?« hatte Emily ihn unterbrochen.

»Pressekonferenz. Nur die wichtigsten Reporter von Fernsehen, Funk und Zeitungen in Berlin.«

»Aber warum denn, um Himmels willen? Das ist doch sonst nicht deine Art, Dad, vorschnell an die Öffentlichkeit zu gehen.«

»Ich will dir sagen, warum«, hatte Ashcroft geduldig geantwortet. »Jetzt, wo Dr. Thiels Theorie endlich auf ihren Wahrheitsgehalt hin überprüft wird, könnten ja vielleicht noch andere Leute seiner Art auftauchen. Andere, die Hitler gekannt haben, über seine letzten Tage Bescheid wissen und sich dadurch ermutigt fühlen könnten, mit neuen Informationen aufzuwarten. Emily, ich möchte, daß unser Buch die abschließende Arbeit zu diesem Thema wird, die absolute Wahrheit. Deswegen die Pressekonferenz.«

»Du solltest es trotzdem nicht tun«, hatte Emily eingewandt. »Geh nicht damit an die Öffentlichkeit. Ich weiß nicht, wie ich mich ausdrücken soll. Du hast weltweit den Ruf eines ernstzunehmenden Wissenschaftlers, vorsichtig bei der Wahl seiner Themen und absolut akkurat bei ihrer Abhandlung. Das ist schon beinahe so etwas wie ein Markenzeichen, und unser Buch über Hitler wird der Höhepunkt deiner Karriere. Du solltest es nicht durch abwegige Spekulationen in Mißkredit bringen. Ich weiß, du hast Dr. Thiel besucht und sein Beweismaterial gesehen, aber es könnte eine Fälschung sein. Es könnte dich – uns – am Ende ziemlich dumm dastehen lassen. Dr. Thiels Mutmaßungen widersprechen allen bisher bekannten Fakten. Hitler *hat* sich 1945 im Führerbunker eine Kugel durch den Kopf gejagt und Eva Braun zuvor Gift verabreicht. Es gibt Zeugen, die gesehen haben, wie ihre Leichen herausgetragen und verbrannt worden sind. Das sind die Fakten!«

Ashcroft hatte einen Moment gezögert. In den fünf Jahren ihrer Zusammenarbeit war es nur selten zu einer Meinungsverschiedenheit zwischen ihm und seiner Tochter gekommen. Doch dann hatte er gesagt: »Vielleicht, Emily. Doch wir müssen sicher sein. Laß mich weitermachen, ja?«

Und er hatte weitergemacht, um sich Gewißheit zu verschaffen. Mit den Ausgrabungsarbeiten hatte er die Baufirma Oberstadt beauftragt, die ihm sehr empfohlen worden war. Dann hatte er die nötigen Arrangements für die Pressekonferenz heute getroffen, zu der nur zwölf Reporter – vier von Funk und Fernsehen, der Rest von den führenden Zeitungen und Magazinen – zugelassen worden waren.

Vom ersten bis zum letzten Wort war die Konferenz ein Erfolg gewesen. Eine Stunde lang hatte er gesprochen, dann durften Fragen gestellt werden. Inzwischen wußte jeder über sein Hitler-Buch Bescheid, doch diesmal war er hier, so hatte er angekündigt, um die Todesumstände von Adolf Hitler und Eva Braun noch einmal genauestens zu erforschen. Neues Beweismaterial mache es erforderlich, die alte Begräbnisstätte wieder aufzureißen und sorgfältig abzusuchen. Trotz der vielen diesbezüglichen Fragen hatte Ashcroft sein Geheimnis gehütet und weder ein Wort über die neuen Beweise gesagt noch den Namen von Dr. Max Thiel erwähnt.

Jetzt war die Konferenz vorüber, ein voller Erfolg, und falls es irgendwo noch überlebende Augenzeugen gab, ließen sie sich vielleicht dadurch aus der Reserve locken.

Der Professor stand vor dem Café und genoß das bunte Treiben auf dem Kurfürstendamm. Es war eine seiner Lieblingsstraßen, gegen die Piccadilly und der Piccadilly Circus grell und billig wirkten. Nur die Champs-Élysées hatten eine ähnliche Grandeur. Ashcroft ließ den Blick über die breiten Trottoirs, die Vitrinen vor den Geschäften und die dichtbelaubten Bäume zu beiden Seiten der Straße wandern.

Kurz erwog er, zum Breitscheidplatz hinaufzuschlendern und sich die Kaiser-Wilhelm-Gedächtniskirche anzuschauen, ein modernes, oktagonförmiges Gotteshaus aus Glas und Stahl, das direkt neben dem nicht wieder instandgesetzten, vom Krieg in Mitleidenschaft gezogenen Turm der ursprünglichen Kirche stand. Auch dem Europa-Center und seinen Geschäften, Theatern und Cafés hätte er gern wieder einmal einen Besuch abgestattet. Genausogern hätte er sich auf einen Kaffee ins neue Romanische Café gesetzt, das zwar nicht an das alte heranreichte, mit seinem nostalgischen Flair aber doch heimeliger war als die meisten derartigen Gastronomiebetriebe.

Vernünftiger allerdings wäre es gewesen, die paar Schritte zum Kempinski zu gehen und sich in seinem Zimmer noch einmal mit den Bauplänen des ehemaligen Führerbunkers zu beschäftigen, bevor er morgen zu graben begann.

Pflichtgefühl und Hitler siegten; keine Zeit für eine entspannende Pause.

Harrison Ashcroft sog die warme Sommerluft tief ein und ging auf das Eckcafé des Kempinski zu, vor dem sich im Freien Tische und Stühle drängten.

Mit zweiundsiebzig immer noch bei bester Gesundheit, schritt der Professor rüstig aus. In Gedanken war er bereits wieder bei Dr. Thiels ungewöhnlichem Beweismaterial, den morgigen Ausgrabungen und Hitlers letzten Tagen.

Er überquerte die Straße und ging in Richtung Hoteleingang.

In diesem Moment hörte er, oder glaubte er zu hören, wie jemand laut seinen Namen rief. Er blickte sich um.

Doch es war nichts zu sehen, nur der riesige Kühlergrill eines Landrovers, der offensichtlich aus der Kantstraße kommend in die Fasanenstraße eingebogen war. Da der massige Wagen mit hoher Geschwindigkeit – der fährt ja viel zu schnell, überlegte Ashcroft noch – daherkam, hatte der Fahrer zu tun, ohne Karambolage zwischen den beidseits geparkten Autos durchzukommen. Doch jetzt hatte das bullige Fahrzeug die für die Gäste geschaffene Halteverbotszone erreicht.

Nur knapp zwanzig Meter vom Professor entfernt brüllte der Motor plötzlich auf, die Reifen kreischten, der Landrover machte einen Satz auf das Trottoir, Passanten sprangen schreiend zur Seite.

Wie gelähmt starrte Ashcroft dem Fahrzeug mit den riesigen Reifen und dem bedrohlichen Kühlergrill entgegen, das auf ihn zuraste.

Die Stoßstange traf ihn mit voller Wucht und schleuderte ihn durch die Luft mitten auf die Fasanenstraße.

Er landete mit dem Gesicht zuerst und blieb blutend liegen. Er versuchte, den Kopf zu heben, als er das mörderische Ungetüm erneut über sich aufragen sah.

Kraftlos wollte er eine Hand heben, doch da waren die Räder schon heran, grau und massig.

Die Reifen rollten über ihn hinweg und zerquetschten seinen Brustkorb.

Sekundenbruchteile später war alles schwarz. Schwarz in Ewigkeit.

Der erste Impuls, den Emily auf der Rückfahrt vom Friedhof nach Oxford im Fond der schwarzen Daimler-Limousine des Bestattungsinstituts verspürte, war, daß sie ihrem Vater alles von der Beerdigung erzählen wollte. Sie wollte ihm von der feierlichen Zeremonie erzählen, von den vielen prominenten Gästen aus der Fakultät, den zahllosen Freunden und Verwandten, den Vertretern aus Politik und öffentlichem Leben und vor allem davon, daß sogar ihr Lieblingsverkäufer aus Blackwell's Bookstore dagewesen war. Sie wollte diese Eindrücke mit ihrem Vater teilen, so wie sie stets alles mit ihm geteilt hatte. Doch dann traf es sie wie ein Schlag, daß ihr das nicht möglich sein würde. Er war fort. Zum erstenmal in ihrem Leben war er nicht da.

Ein Schnüffeln erinnerte sie daran, *wer* da war. Neben ihr saß Pamela Taylor, ihre unscheinbare Sekretärin und Schreibkraft, die gerade ein frisches Kleenex an die geröteten Augen und die geschwollene Nase führte. Auf der anderen Seite saß – stocksteif und den Blick auf den Nacken des Chauffeurs gerichtet – ihr Onkel, Brian Ashcroft, mit neunundsechzig der jüngere Bruder ihres Vaters, Leiter einer Wirtschaftskanzlei in Birmingham.

Keiner von ihnen konnte mehr weinen, alle Empfindungen waren erstorben. Und jetzt noch der Empfang im Haus ihres Vaters – ihrem Haus –, wo er, ein paar Straßen von der Universität, sein ganzes Leben verbracht hatte.

Der Anruf der Westberliner Polizei mit der schrecklichen Nachricht war am frühen Abend gekommen. Miss Emily Ashcroft? Es hat einen schlimmen Unfall gegeben. Ihr Vater, Sir Harrison Ashcroft, ist von einem Laster überfahren worden. Fahrerflucht. Ihr Vater war sofort tot. Es tut uns sehr leid.

Sie hatten noch mehr gesagt, aber Emily hatte nichts sonst aufgefaßt oder begriffen. Im Schock hatte sie es irgendwie geschafft, ihren alten Hausarzt anzurufen, weil sie unsinnigerweise glaubte, er könne ihren Vater vielleicht noch retten. Der Arzt hatte die Lage sofort erfaßt und war gleich zu ihr gekommen, um ihr ein Beruhigungsmittel zu geben. Anschließend hatte er Pamela informiert, die wiederum Dr. Ashcrofts engere Freunde in der Fakultät benachrichtigte.

Es war eine schreckliche Zeit für Emily, die schlimmste ihres ganzen Lebens.

Und sie konnte sich nicht einmal an Jeremy wenden. Denn vorher war schon etwas anderes gestorben – freilich nicht vergleichbar mit dem Tod ihres Vaters –, gewissermaßen ein Vorspiel zum Elend. Das Ganze lag etwa sechs Monate zurück, nachdem Jeremy Robinson beinahe ein Jahr lang Teil ihres Lebens gewesen war. Angefangen hatte alles, als Emily in London für die BBC eine Dokumentarserie über den Aufstieg und Untergang des Dritten Reiches geschrieben und moderiert hatte. Die Aufnahmen waren glatt und professionell über die Bühne gegangen, und nach Abschluß der Dreharbeiten hatte sie Jeremys Einladung zu einem Abschiedsessen zu zweit mit großem Vergnügen angenommen.

Sie hatte sich schon vom ersten Tag an zu Jeremy hingezogen gefühlt. Er war attraktiv und charmant und in den besten Jahren, leider verheiratet, mit zwei kleinen Kindern. Jeremy hatte es auf eine Affäre mit ihr angelegt, sie jedoch war sich nicht schlüssig gewesen. Sie war diesen Weg schon einmal gegangen und wußte, daß er in eine Sackgasse führte. Als Jeremy ihr versicherte, daß er im Begriff stand, sich von seiner Frau scheiden zu lassen und sie so schnell wie möglich heiraten wolle, hatte Emily ihren Widerstand aufgegeben, und sie waren Liebende geworden, obwohl sie nicht zusammenzogen.

Ihr Verhältnis war erregend, vielversprechend und spielte sich größtenteils in einer von ihm gemieteten Unterkunft in der Nähe des Studios ab. Gleich zu Beginn hatte Emily ihrem Vater von Jeremy erzählt. Sir Harrison, dem das Glück seiner Tochter wichtiger als alles andere war, sparte nicht an Zustimmung. Dann, vor sechs Monaten, hatte Jeremy angerufen, um das übliche gemeinsame Wochenende auf dem Land abzusagen. Er sollte für die BBC eine Dramatisierung der *Moll Flanders* produzieren, und zwar mit der aufsteigenden jungen Schauspielerin Phoebe Ellsmore in der Hauptrolle. Ein Leckerbissen, der ihn jedoch leider das ganze Wochenende über beschäftigen würde. Danach hatte er auch noch die nächsten drei Wochenenden abgesagt, bis er ganz aufhörte zu telefonieren. Den Rest hatte sie dann auf schockierende Weise aus der Zeitung erfahren: Jeremy Robinson, frisch geschieden, beabsichtigte, Phoebe Ellsmore zu heiraten.

Nie zuvor war Emily sich dermaßen gedemütigt vorgekommen. Mehrere Tage lang konnte sie ihrem Vater nicht ins Gesicht sehen, doch als sie es dann fertigbrachte, hatte er sie getröstet und gesagt, jetzt wisse sie wenigstens, wo sie beinahe hineingeraten wäre.

Der Schmerz aber war geblieben, wenn er auch langsam nachließ. Manchmal vermochte sie sich auch einzugestehen, daß sie weniger um ihre verlorene Liebe als um ihren verletzten Stolz trauerte. Und dann erkannte sie, daß es in Wirklichkeit gar nicht so sehr Jeremy gewesen war, nach dem sie sich gesehnt hatte, sondern ein Leben als Ehefrau, ein Heim, Kinder und vor allem ein Tapetenwechsel. Die Vorstellung, sich nicht mehr allein auf Recherchen und Schreiben beschränken zu müssen, mit den Vorlesungen aufhören zu können, hatte ihr besser gefallen als Jeremy selbst. Natürlich hatte sie ihn gemocht, doch nach dem Erwachen wurde ihr klar, daß eine feste Bindung an Jeremy eine Katastrophe gewesen wäre. Der Schmerz ging in Verachtung über, die Erinnerungen nährten jetzt die Euphorie der noch einmal Davongekommenen.

Gott sei Dank hatte sie eine Verpflichtung, die ihren Sturz abfing. Mit neuer Energie widmete sie sich der Vollendung der Hitler-Biographie. Das Buch und ihr Vater waren wieder zu den wichtigsten Aufgaben ihres Lebens geworden.

Und jetzt das, ein Verlust, wie er sich verheerender nicht vorstellen ließ.

Nach dem Anruf der Westberliner Polizei hatte Emily sofort nach Berlin fliegen wollen, um bei ihrem Vater zu sein, doch gelang es Freunden, ihr diese Idee auszureden. Jemand hatte ihr geholfen, eine Telefonverbindung mit dem Polizeipräsidium in West-Berlin zu bekommen, wo sie, als sie ihren Namen nannte, sofort an den Präsidenten selbst, Wolfgang Schmidt, weitergeleitet worden war. Warm und voller Anteilnahme hatte Schmidt auf englisch noch einmal den Unfall geschildert. Der Lastwagen, der außer Kontrolle geriet, über den Rinnstein raste und Dr. Ashcroft auf dem Trottoir erfaßte. Der Tod auf der Straße. Der betrunkene Fahrer – bestimmt war er betrunken gewesen –, der sein Heil in der Flucht gesucht hatte. Das Ganze war so schnell gegangen, daß niemand eine genaue Beschreibung des Fahrzeugs geben konnte. Natürlich wurde alles getan, ihn zu finden, aber Schmidt hatte nur wenig Hoffnung. Der Unfall betrübte ihn zutiefst.

Danach hatte Onkel Brian dafür gesorgt, daß

Emily sich ausruhte. Alles Weitere hatte Pamela telefonisch geregelt, und die Leiche war von Berlin nach Oxford geflogen worden.

Nun war alles vorbei. Ihr Vater ruhte in Frieden unter der Erde. Sein Lebenswerk blieb unvollendet. Und Emily allein.

Erschöpft, mit brennenden Augen, saß sie auf dem Rücksitz der fast geräuschlosen Limousine und versuchte in die Zukunft zu schauen. Doch sie vermochte nicht weiter zu sehen als bis zu der Leichenfeier, die sich während der nächsten beiden Stunden abspielen würde.

Sie öffnete die Handtasche auf ihrem Schoß und griff nach einem Taschentuch. Überrascht bemerkte sie zwei Briefumschläge, die ganz oben, noch über der Geldbörse und den Kosmetika, lagen. Dann fiel es ihr wieder ein. Im Hinausgehen heute morgen hatte sie die Post gesehen, die Pamela ihr auf den Schreibtisch gelegt hatte. Ohne großes Interesse hatte sie die Kuverts durchgeblättert, in erster Linie Beileidsbriefe. Nur zwei Umschläge mit deutschen Briefmarken, der eine in Ost-Berlin abgestempelt, der andere in West-Berlin, hatten ihre Aufmerksamkeit einen Moment lang erregt. Sie hatte sich gefragt, wer ihr wohl aus Deutschland schreiben mochte. Doch da Pamela und Onkel Brian schon an der Tür darauf warteten, sie zum Friedhof zu begleiten, hatte sie keine Zeit gehabt, die Post zu öffnen und zu lesen.

Jetzt lagen die hastig in die Handtasche gestopften Briefe vor ihr. Emily riß den ersten, den in Ost-Berlin abgestempelten, auf.

Das von Hand beschriebene Blatt, das sie herausnahm, trug den geprägten Briefkopf von Professor Otto Blaubach. Emily konnte sich noch gut an Blaubach erinnern, ein guter Freund ihres Vaters, Historiker und Experte für Hitler und das Dritte Reich, der jetzt den Rang eines stellvertretenden Ministerpräsidenten der DDR bekleidete. Noch am Vorabend seines Todes hatte ihr Vater mit ihm telefoniert und die Erlaubnis erhalten, die Erde um den ehemaligen Führerbunker aufzureißen. Sie selbst hatte Blaubach einmal kennengelernt, einen förmlichen, in manchem an eine Figur von Thomas Mann erinnernden Deutschen, der nichtsdestoweniger von überwältigender Höflichkeit und Herzensgüte war.

Den Brief hatte er auf englisch geschrieben.

Meine liebe Emily Ashcroft,
als ich im Fernsehen und aus den Schlagzeilen der Presse von dem so viel zu frühen Tod Ihres Vaters erfuhr, konnte ich es einfach nicht glauben. Erst am Abend zuvor hatte ich mit ihm gesprochen. Nie war er mir vitaler erschienen, und diese Vitalität schien sich noch zu verdoppeln, als ich ihm mitteilen konnte, daß die Erlaubnis, beim Führerbunker zu graben, erteilt worden war.

Bei dem Gedanken an seinen Tod wird mir das Herz schwer. Ich habe lange gebraucht, bis ich endlich in der Lage war, diese Zeilen zu Papier zu bringen. Doch es ist mir ein Bedürfnis, Ihnen mein tief empfundenes Beileid und mein uneingeschränktes persönliches Bedauern zum Ausdruck zu bringen. Wenigstens bleibt uns beiden die Erinnerung an einen großen und bescheidenen Mann.

Allerdings kann ich noch immer nicht begreifen und akzeptieren, auf welch schreckliche Weise das Ende Ihren Vater ereilt hat. Natürlich passieren immer wieder Unfälle mit Fahrerflucht, aber mir will scheinen, daß es sich in diesem Fall um ein Unglück handelte, das statistisch gesehen praktisch unmöglich ist. Und dennoch hat das Leben uns gelehrt, daß auch das Unmögliche geschieht.

Vergrößert wird mein persönlicher Verlust noch dadurch, daß Ihr Vater mir mitgeteilt hat, wie kurz Sie beide davorstanden, das Buch zu vollenden, dem in den letzten Jahren sein ganzer Stolz galt. Dabei lasse ich nicht außer acht, wie groß die Rolle ist, die Sie als Tochter Ihres Vaters und Historikerin von eigener Bedeutung bei der Arbeit an der Hitler-Biographie gespielt haben. Ich erinnere mich immer noch gern daran, wie Sie Ihren Vater vor drei Jahren zum Mittagessen im Operncafé auf unserer Seite der Stadt begleitet und wie angeregt wir uns über die Biographie unterhalten haben. Meines Wissens muß nur noch das Ende von ›Herr Hitler‹ geschrieben werden. Ich hoffe sehr, daß Sie die Arbeit vollenden. Die Welt hat ein Recht darauf, sie zu sehen, und Ihr Vater verdient es, daß sie gedruckt wird, als Denkmal für sein Genie und seinen Rang als Wissenschaftler.

Sollten Sie dazu in irgendeinem Punkt meiner Hilfe bedürfen, bitte, wenden Sie sich jederzeit an mich. Mit aufrichtig empfundener Anteilnahme und den besten Wünschen,
Ihr
Otto Blaubach

Emily blinzelte. Sie war gerührt und tief bewegt. Die freundlichen Zeilen hatten sie wieder ein Stück in die Welt der Lebenden zurückgeholt.

Blaubach wollte, daß sie das Buch vollendete, glaubte, daß es getan werden müsse und daß sie dazu in der Lage war. Das Ansinnen, die Erwartung brachten sie ein wenig durcheinander. Seit dem Tod ihres Vaters hatte sie überhaupt nicht mehr an die Biographie gedacht. Ohne ihn vermochte sie sich dieses Werk gar nicht vorzustellen.

Und doch hatte Blaubach recht. Das Projekt war nicht tot. Sie war eine der Arterien, die Leben hineingepumpt hatten, und sie war noch da, und ganz lebendig.

Langsam faltete sie Blaubachs Brief wieder zusammen. Sie konnte jetzt nicht länger darüber nachdenken, nicht angesichts ihres schmerzlichen Verlusts. Demnächst würde sie sich ausführlicher damit beschäftigen. Sie stopfte den Brief zurück in ihre Handtasche und öffnete den zweiten. Der mit Maschine geschriebene Brief trug den Kopf der *Berliner Morgenpost,* einer der angesehensten Zeitungen der geteilten Stadt. Emily schaute nach der Unterschrift. Peter Nitz. Der Name sagte ihr nichts.

Liebe Miss Ashcroft,
obwohl Sie mich nicht kennen, möchte ich Ihnen mein Bedauern über den Tod Ihres Vaters, Sir Harrison Ashcroft, ausdrücken.

Leider hatte ich nie die Gelegenheit, Sir Harrison persönlich kennenzulernen. Allerdings durfte ich seinem letzten öffentlichen Auftritt wenige Minuten vor seinem Tod beiwohnen. Als Reporter einer der führenden Westberliner Tageszeitungen hatte ich den Auftrag, über seine Pressekonferenz im Café Kranzler zu berichten.

Nachdem er den anwesenden Journalisten Einblick in seine gegenwärtige Arbeit, die Biographie ›Herr Hitler‹, die von Ihnen beiden verfaßt wurde, gewährt hatte, sagte Dr. Ashcroft, daß er vor dem Abschluß des Buches noch weitere Informationen über Adolf Hitlers letzte Stunden im Führerbunker auswerten müsse. Er bemerkte, daß, obwohl alle einschlägigen Werke übereinstimmend berichteten, der Führer habe 1945 zusammen mit Eva Braun Selbstmord begangen, ihm selbst Beweismaterial vorliege, demzufolge Hitler damals nicht ums Leben gekommen und aus dem Bunker entkommen sei. Dr. Ashcroft fügte hinzu, daß er, um dies überprüfen zu können, von Ost-Berlin die Erlaubnis erhalten habe, Grabungen im Bunkergebiet jenseits der Mauer vorzunehmen, um nach einem ganz bestimmten Beweis zu suchen. Er gab der Hoffnung Ausdruck, daß jeder in Deutschland, der von seinem Vorhaben hörte oder las und über Hitlers letzte Stunden informiert war, sich mit ihm während der nächsten Woche im Hotel Kempinski in Verbindung setzen möge.

Anschließend bat er um Fragen, von denen wir natürlich eine ganze Menge hatten. In erster Linie drehten sie sich um die Person, von der er das Beweismaterial erhalten hatte und um was genau es sich dabei handelte. Selbstverständlich hat Dr. Ashcroft uns darauf keine präzisen Antworten gegeben, ebensowenig auf die Frage nach den Verantwortlichen in Ost-Berlin, die ihm die Erlaubnis zu den Grabungen erteilt hatten.

Nach der Pressekonferenz verabschiedete Dr. Ashcroft sich mit der Erklärung, er müsse nun ins Hotel zurück und sich um die Vorbereitungen kümmern. Während die anderen Journalisten ihr Zeug zusammenpackten, fiel mir noch eine Frage ein, die ich Dr. Ashcroft gern gestellt hätte, und ich lief ihm auf die Straße nach. Ich weiß nicht mehr, was ich ihn fragen wollte – bestimmt nichts von Bedeutung –, und ich schreibe Ihnen auch nicht aus diesem Grund, sondern um Ihnen zu berichten, was sich danach zugetragen hat.

Obwohl der Kurfürstendamm ziemlich belebt war, glaubte ich, ihn gesehen zu haben, wie er die nächste Seitenstraße überquerte, und als ich diese Straße erreichte, wandte er sich gerade in die Fasanenstraße. Ich rief seinen Namen; vielleicht hat er mich gehört, ich bin mir nicht sicher. Alles ging so schnell.

Ich sah einen großen Landrover mit einem mächtigen Kühlergrill und weit vorstehender Stoßstange – er war blau lackiert, wenn ich mich recht erinnere –, der die Fasanenstraße mit viel zu hoher Geschwindigkeit durchfuhr und Ihrem Vater entgegenkam. Der Fahrer gab zusätzlich Gas, als er sein Opfer entdeckte, lenkte auf den Gehsteig, nahm den Professor brutal ins Visier. Die Stoßstange erfaßte Ihren Vater und schleuderte ihn mitten auf die Straße. Ganz offensichtlich war Dr. Ashcroft schwer verletzt, versuchte aber dennoch, wieder auf die Beine zu kommen, als der Lastwagen plötzlich wieder auf die Straße jagte, genau dorthin, wo Ihr Vater lag. Er überrollte ihn und beschleunigte dann. Bis irgendeiner von uns, die wir Zeugen des Vorfalls geworden waren, begriff, was sich ereignet hatte, war der Wagen schon verschwunden.

Ich befand mich unter den ersten, die bei Ihrem Vater eintrafen. Es war uns allen klar, daß der zweite Aufprall ihn das Leben gekostet hatte. Er starb, bevor Polizei und Notarzt ankamen.

Ich weiß, all diese Einzelheiten müssen Ihnen großen Schmerz bereiten, doch es gibt einen Grund, warum ich sie Ihnen so ausführlich schildere.

Dr. Ashcrofts Tod wird hier als Unfall angesehen und ist als solcher auch in meiner Zeitung gemeldet worden. Doch nach dem, was ich mit eigenen Augen gesehen habe, schien es mir alles andere als ein Unfall zu sein. Für mich war es so, als wäre Dr. Ashcroft absichtlich überfahren worden.

Als der Lastwagen auf den Gehweg rollte, fuhr er zu langsam, um wirklich außer Kontrolle geraten zu sein. Als er Ihren Vater zum erstenmal erfaßte, schien der Fahrer vorher genau gesteuert und dann Gas gegeben zu haben. Als er wieder auf die Straße schwenkte, mußte der Fahrer Ihren Vater dort liegen sehen. Da er genau auf ihn zuhielt, muß er ganz offensichtlich vollkommen Herr über sein Fahrzeug gewesen sein.

Natürlich kann ich all das nicht beschwören. Ich kann es auch nicht beweisen. Möglicherweise war es letzten Endes doch nur ein Unfall mit Fahrerflucht. Aber ich mußte Ihnen mitteilen, was ich gesehen habe, was für ein Gefühl ich dabei hatte und was mich zur Zeit beschäftigt.

Der Polizei habe ich nichts von meinem Verdacht

gesagt. Es hätte keinen Sinn gehabt, denn ich habe nicht den geringsten Beweis dafür, daß es sich um Mord handelte. Da ich Journalist bin, hätte die Polizei nur geglaubt, ich wolle eine sensationelle Geschichte für mein Blatt erfinden.

Trotzdem erscheint es mir notwendig, Ihnen davon zu berichten, für den Fall, daß mein Verdacht für Sie einen Sinn ergibt. Hatte Dr. Ashcroft vielleicht irgendwelche Feinde?

Noch einmal, es tut mir leid, sollte ich Ihnen neuen Schmerz bereitet haben. Falls Sie jemals in Berlin sind, zögern Sie nicht, mit mir Kontakt aufzunehmen. Ich würde mich gern persönlich mit Ihnen unterhalten.

Mit freundlichen Grüßen,
Peter Nitz

P. S. Ich habe den Nachruf auf Ihren Vater in der *Morgenpost* verfaßt, siehe beiliegenden Ausschnitt.

Erschüttert griff Emily in das Kuvert und überflog den Ausschnitt. Dann ließ sie Nachruf und Brief in ihren Schoß sinken und blickte aus dem Fenster auf die ersten Häuser von Oxford.

Der Verdacht des Journalisten hatte sie noch mehr aus dem Gleichgewicht geworfen.

Mord.

Es war unvorstellbar. Nie hatte es einen sanfteren, friedlicheren Mann gegeben als ihren Vater. Ein in sich gekehrter Gelehrter. Er besaß keinen einzigen Feind auf Erden, soweit sie wußte.

Und doch hatte ein Reporter seinen Unfalltod miterlebt und hielt ihn für Mord.

Konnte das wahr sein? Oder stammte der Brief von einem Verrückten? Doch seine Worte schienen aufrichtig gemeint und von Herzen zu kommen.

Ihre Benommenheit wich. Sie fing wieder an, klar zu denken.

Was für ein Motiv konnte jemand gehabt haben, ihren Vater umzubringen? Er besaß nichts und hatte keine Feinde. Sie stockte. Er hatte doch etwas in Besitz, etwas Einzigartiges sogar, das andere ihm vielleicht wegnehmen wollten. Sir Harrison Ashcroft hatte einen Beweis dafür gehabt, daß Adolf Hitler nicht am 30. April 1945 gestorben war.

Vielleicht gab es jemand, der diesen Beweis gern aus der Welt geschafft hätte.

Als der Daimler sich ihrem Haus in Oxford näherte, traf Emily ihre Entscheidung. Bis jetzt war sie nur die Assistentin ihres Vaters gewesen, hatte sich auf ihn verlassen und alle Entscheidungen ihm überlassen. Jetzt aber war sie allein, und alle gegenwärtigen und zukünftigen Entscheidungen mußte sie selbst treffen. Sie würde an die Stelle ihres Vaters treten. Sie würde sein Werk fortsetzen. Sie würde es zu einem erfolgreichen Ende bringen.

Als erstes würde sie nach West-Berlin fliegen. Sie würde Dr. Max Thiel einen Besuch abstatten, Professor Blaubach und auch Peter Nitz.

Sie würde die Wahrheit herausfinden. Wenn Nitz recht hatte, konnte sie dabei leicht zur wehrlosen Zielscheibe werden. Vielleicht würde man versuchen, auch sie zu ermorden. Aber indem sie es herausforderte, konnte sie es möglicherweise auch verhindern und dabei zwei Geheimnisse auf einmal lösen.

Harrison Ashcrofts Tod.

Und Adolf Hitlers Überleben.

2

In der Woche nach der Beerdigung waren Sir Harrison Ashcrofts Tod und der Entschluß seiner Tochter, die Biographie Adolf Hitlers zu vollenden, den Zeitungen in der ganzen Welt eine Schlagzeile wert. Keine große auf der ersten Seite, aber doch eine kleine Meldung fast überall.

Nikolaus Kirwow, der kürzlich ernannte Kustos der Eremitage des großen Leningrader Kunstmuseums, saß in seinem Büro am Schreibtisch, knabberte an einer warmen *Pirogge,* überflog die *Prawda* und stieß auf die Meldung:

In West-Berlin verursachte ein betrunkener Lastwagenfahrer einen für diese dekadente Stadt typischen Unfall. Er verlor die Kontrolle über sein Fahrzeug und überrollte auf dem Kurfürstendamm einen Fußgänger: Sir H. Ashcroft von der Universität Oxford, der bekannte britische Experte für Adolf Hitler, kam ums Leben. Der Fahrer beging Unfallflucht. Ashcroft stand kurz vor Vollendung einer umfangreichen Biographie Adolf Hitlers, die er zusammen mit seiner Tochter E. Ashcroft schrieb. Reuter berichtet, daß Miss Ashcroft, eine Historikerin, die Arbeit allein zu Ende bringen will.

Nikolaus Kirwow aß den letzten Bissen Fleischpastete und unterdrückte ein Gähnen. Die Nachricht interessierte ihn nicht im mindesten. Er hatte keine Ahnung, wer dieser Ashcroft war, außer daß er sich mit Adolf Hitler beschäftigte. Nur die Tatsache, daß Hitler ausgerechnet heute in der *Prawda* erwähnt wurde, hatte Kirwows Aufmerksamkeit erregt.

Kirwow war seit seiner Schulzeit nach dem Krieg von Hitler fasziniert. Als Kunstexperten hatte es ihn immer gequält, daß eine so wahnsinnige und plumpe Kreatur sich einmal selbst als Künstler gefühlt hatte, daß er Aquarelle und Ölgemälde anfertigte und sich darüber hinaus für Architektur und Musik interessierte. Diese mordhungrige Bestie, die russische Erde mit dem Blut von Millionen getränkt hatte – ein Künstler! Welch ein unglaublicher Widerspruch. Um in dieser Schizophrenie Hitlers irgendeinen Sinn finden zu können, begann Kirwow nach Gemälden und Zeichnungen des Führers zu forschen.

So wie andere Leute Briefmarken, Münzen oder seltene Bücher sammeln, war es zu Kirwows Hobby geworden, Beispiele für Hitlers künstlerische Ader zusammenzutragen. Acht davon hatte er in den Archiven der Roten Armee aufgespürt, drei in Ost-Berlin und vier in Wien. Er hatte sie zu Studienzwecken fotografiert, und dann, als er vor sechs Monaten zum Kustos der Eremitage ernannt worden war, sämtliche dieser vergessenen Bilder als Leihgabe angefordert. Zu welchem Zweck er sie letztendlich in den Schränken seines privaten Büros, das sich an sein öffentliches anschloß, stapelte, wußte er nicht. Möglicherweise für einen noch zu schreibenden Artikel oder ein schmales Büchlein. Vielleicht würde er sie irgendwann auch ausstellen. Er wußte nur, daß es ihn nach diesen fünfzehn Bildern verlangt hatte und mit der Gier des Sammlers nach noch mehr gelüstete.

Aus diesem Grund war heute auch ein ganz besonderer Tag. Denn durch reinen Zufall würde Nikolaus Kirwow heute die Gelegenheit erhalten, ein sechzehntes Gemälde von Adolf Hitler in Augenschein nehmen zu können, eins, das er noch nie zuvor gesehen hatte.

Der Brief hatte Kirwow vor einer Woche erreicht, abgesandt in Kopenhagen. Er stammte von einem Giorgio Ricci, der sich als Italo-Amerikaner mit Wohnsitz in San Francisco vorstellte. Mr. Ricci schrieb, er arbeite als Steward auf einem Luxuskreuzer namens *Royal Viking Sky,* einem norwegischen Schiff, das von San Francisco aus Sommerkreuzfahrten unternahm und dabei unter anderem in Kopenhagen, Leningrad, Helsinki, Stockholm, Oslo und London anlegte. Des weiteren hatte Mr. Ricci ihm mitgeteilt, daß er eine bescheidene Kunstsammlung besitze und während einer Stippvisite in West-Berlin kürzlich in einer angesehenen Galerie ein unsigniertes Gemälde erstanden habe, das Adolf Hitler zugeschrieben werde. Leider besaß Mr. Ricci keine gesicherten Informationen darüber, ob das Ölgemälde echt war oder nicht. Kurz nach seinem Kauf hatte er in einem Magazin einen Artikel über Nazikunst gelesen, in dem auch auf die frühen Gemälde Hitlers hingewiesen worden war. Der Artikel nannte die Namen von verschiedenen Experten für Hitlers künstlerische Bemühungen, und einer dieser Experten war Nikolaus Kirwow, ehemals Assistent des Kustos im Puschkin-Museum der Schönen Künste in Moskau, neuerdings Kustos der Eremitage in Leningrad.

Da Mr. Ricci sich auf dem Kreuzer befand, der demnächst für zwei Tage in Leningrad ankern würde, betrachtete er dies als wunderbare Gelegenheit, den fraglichen Hitler an Land zu bringen und Kirwow zu zeigen. Abschließend hatte Mr. Ricci noch den Ankunftstag des Schiffs genannt und der Hoffnung Ausdruck verliehen, daß Mr. Kirwow zu diesem Zeitpunkt in der Stadt sein werde und ihn empfangen könne.

Enttäuscht, daß Ricci das Gemälde nicht näher beschrieben hatte, aber aufgeregt und glücklich darüber, daß es noch eins gab, welches ihm unbekannt war, hatte Kirwow dem Steward via Kopenhagen telegrafisch mitgeteilt, daß es ihm ein Vergnügen sein werde, ihn zu empfangen. Dann hatte er die Leningrader Zollbehörde gebeten, den Steward unbehelligt mit seinem Gemälde an Land gehen zu lassen.

Als der Kustos am Morgen zur Arbeit gefahren war, hatte er sich genau vorstellen können, wie die schlanke weiße *Royal Viking Sky* im Hafen eintraf, denn er war schon einmal dabeigewesen, als sie in Leningrad vor Anker ging. Wenn nichts dazwischengekommen war, dann sollte Giorgio Ricci mit dem Hitler-Gemälde in etwa – Kirwow warf einen Blick auf die Uhr an der Wand – fünfzehn Minuten in seinem Büro erscheinen.

Er knüllte das Papier, in dem sich die *Pirogge* befunden hatte, zusammen, fegte die Krümel von der Tischplatte und überlegte, ob er vor Riccis Besuch noch irgend etwas anderes zu erledigen hatte. Er nahm seine Aufgaben sehr ernst, denn die Ernennung zum Kustos war eine große Überraschung und eine außerordentliche Ehre gewesen. Er hatte in Moskau einen einigermaßen befriedigenden Posten an einem Museum zweiter Güte gehabt und vermochte seiner Frau und seinem jungen Sohn ein bequemes Leben zu bieten, als sich das Wunder plötzlich ereignet hatte. Kustos der Eremitage im Alter von vierzig Jahren! Über Nacht war er zu einem Begriff im Kulturbetrieb der Sowjetunion geworden.

Vom ersten Tag an war Kirwow sein neuer Arbeitsplatz ans Herz gewachsen. Den fünf Gebäuden des Museums – der ehemalige Winterpalast, die Kleine Eremitage, die Große Eremitage, das Eremitage-Theater und die Neue Eremitage –, von denen die ersten vier direkt am linken Ufer der Newa lagen, galt seither seine ganze Liebe. Er hätte gern größere Mittel gehabt, um wenigstens das Hauptgebäude, den Winterpalast, in dem seine Büros lagen, wieder etwas in Schuß zu bringen – moderne Elektroinstallation, Schönheitsreparaturen innen und außen –, doch das ganze Geld wurde für Neuanschaffungen verwendet. Nicht daß es in den Ausstellungssälen an erstklassigen Bildern gemangelt hätte. Seit 1764, als Katharina die Große die erste große Anschaffung genehmigt hatte – 225 Ölgemälde aus dem Bestand des deutschen Händlers Johann Gotzkowsky, darunter ein Frans Hals –, war der Zufluß an Neuerwerbungen niemals versickert. 1772 war die Sammlung um einige italienische Künstler ergänzt worden, darunter Tizian, Raffael und Tintoretto, dann mit den französischen Meistern Watteau und Chardin. 1865 folgte ein Leonardo da Vinci. Nach 1931 begannen die Postimpressionisten die oberen Säle zu füllen – siebenunddreißig Matisses, sechsunddreißig Picassos, fünfzehn Gauguins, elf Cézannes, vier van Goghs und zahllose andere Schätze.

Der erste Organisator, der diese Flut von Farben in geordnete Bahnen lenkte, trug – im Jahr 1797 – den Titel Direktor. 1863 kam ein Kustos hinzu, dem bald darauf zwei Assistenten beigegeben wurden. Nach und nach wurde die Sammlung in Katalogen erfaßt, um sie weiteren Kreisen zugänglich zu machen, und schließlich durch modernste Apparaturen ergänzt, wie etwa ein Röntgengerät, um Fälschungen von Originalen unterscheiden zu können. So war es beispielsweise der Röntgenuntersuchung zu verdanken, daß sich die im Besitz der Eremitage befindliche Darstellung der Heiligen Drei Könige von Rembrandt, die man bis dato als eine Kopie des in Schweden hängenden Originals gehalten hatte, als das Original selbst herausstellte.

Und nun war Nikolaus Kirwow der neue Kustos der Eremitage. Die ersten sechs Monate seiner Amtszeit hatte er darauf verwandt, für die Meisterwerke der

Sammlung bessere Ausstellungsplätze zu finden und einen neuen Katalog vorzubereiten, der die Glanzstücke der über achttausend Kunstwerke umfassenden Sammlung ins rechte Licht rücken sollte. Auch die erste von ihm veranstaltete Ausstellung sollte von einem Katalog begleitet werden, und er suchte noch immer nach einem ungewöhnlichen Aufhänger, um der Veranstaltung zusätzliche Publizität zu verschaffen. Jedes Jahr wurde die Eremitage von rund drei Millionen Besuchern durchwandert, doch Kirwow wollte mehr, viel mehr.

Sein Blick fiel auf die Wanduhr. Er stellte fest, daß seine Überlegungen den größten Teil der ihm zur Verfügung stehenden Viertelstunde verschlungen hatten und sein Besucher jeden Moment eintreffen mußte. Genau in diesem Moment wurde an die Tür geklopft, seine Sekretärin steckte den Kopf herein und kündigte an: »Herr Ricci ist da, Herr Kustos.«

»Führen Sie ihn herein«, sagte Kirwow und erhob sich.

Zögernd betrat sein Besucher das Büro, ein kleines Paket unter dem Arm. Er war ein schmächtiger, wenig eindrucksvoller Mann in den Dreißigern, mit großen, runden Augen und vorstehendem Unterkiefer. Er trug einen hellblauen Sweater und verwaschene Blue jeans. Als er lächelte, blitzte Gold in seinem Mund. »Mr. Kirwow«, sagte er. »Ich bin Giorgio Ricci von der *Royal Viking Sky.*«

Kirwow trat rasch auf ihn zu, wobei er mit seinen stämmigen ein Meter neunzig um einiges größer war als sein Besucher, und schüttelte ihm herzlich die Hand. »Ich freue mich, daß Sie gekommen sind«, sagte er und führte Ricci zu einem Stuhl neben seinem Schreibtisch. »Bitte, nehmen Sie Platz und machen Sie es sich bequem. Kann ich Ihnen etwas zu trinken anbieten – Pepsi, Wodka, Kaffee, irgend etwas?«

»Nein, danke. Ich möchte nicht zuviel von Ihrer

Zeit in Anspruch nehmen. Und ich habe selber auch nicht viel Zeit.«

Kirwow setzte sich hinter seinen Schreibtisch. »Dann gehen wir am besten gleich in medias res. Lassen Sie mich Ihr sogenanntes Hitler-Gemälde sehen.«

Ricci hob das flache Paket auf seinen Schoß. »In der Berliner Galerie hat man mir versichert, daß es von Hitler stammt. Weil es aber nicht signiert ist, haben sie mir einen Sonderpreis gemacht. Natürlich können sie mich hereingelegt haben. Ich weiß nicht. Ich hoffe, Sie können es mir sagen.«

Ricci löste die Verpackung und hob das Gemälde aus dem Packpapier. »Ich habe es aus dem Rahmen gelöst«, erklärte er, »und nur an den Rändern mit dünnen Leisten verstärkt.«

Kirwow betrachtete das vor ihm liegende Bild im Licht der Leuchtstofflampen über seinem Tisch. Es war etwa achtunddreißig auf dreißig Zentimeter groß, Öl auf Leinwand, ein eher düsteres Bild, die Vorderansicht eines vom Wetter in Mitleidenschaft gezogenen Gebäudes. Der Künstler hatte es von der anderen Seite einer breiten Straße aus gemalt, so daß man die Säulen vor dem Eingang des sechsstöckigen Baus erkennen konnte. Der zurückversetzte Eingang und die verzierte Wand links davon verloren sich in Zwielicht und Schatten. Keine Signatur.

»Ein Regierungsgebäude, würde ich sagen«, meinte Kirwow. »Könnte durchaus von Hitler stammen. Er hat mit Vorliebe Gebäude in Linz, Wien und München gemalt. Aber dieses hier kann ich mit keiner dieser Städte in Verbindung bringen, auch nicht mit anderen Arbeiten Hitlers.« Er blickte auf. »Haben Sie eine Ahnung, was oder wo das hier sein könnte?«

»Nicht die geringste. In der Galerie waren sie sich auch nicht sicher. Aber sie haben gemeint, der Herkunft nach müsse es von Hitler sein.«

»Was für eine Herkunft war das?«

»Sie sagten, das dürften sie mir nicht verraten. Sonst hätten sie das Bild nicht bekommen. Wie auch immer, sie zweifelten nicht daran, daß Hitler es gemalt habe.« Er zögerte. »Ich schätze, irgend jemand wollte nicht zugeben, daß er einen Original-Hitler von damals besaß. Ist er echt?«

»Möglicherweise«, murmelte Kirwow und nahm das Bild noch einmal genau in Augenschein. »Allerdings hat er selten Ölgemälde in dieser Größe angefertigt. Angeblich soll er dreihundert Bilder gemalt haben. Nur eine Handvoll davon existiert heute noch. In seiner Jugend hat er auch gezeichnet, in Linz, wo er zur Realschule gegangen ist. 1907 wollte er dann nach Wien an die Akademie der Schönen Künste. Dazu mußte er eine Aufnahmeprüfung machen. Zuerst sollte er ein Bild von Kain und Abel malen. Danach mußte er den Barmherzigen Samariter sowie Noah und die Arche zeichnen oder malen. Benotet wurde seine Arbeit in beiden Fällen mit ›Probezeichnung unbefriedigend‹. Ein Jahr später unternahm er einen zweiten Versuch, an der Akademie aufgenommen zu werden. Seine neue Mappe überzeugte keinen der Juroren, und er wurde nicht einmal mehr zur Aufnahmeprüfung zugelassen.«

»Also wurde er Politiker.«

»Nicht sofort. Er war verbittert über die Zurückweisung durch die Akademie und gab die Schuld daran den jüdischen Bürokraten, die seiner Meinung nach an der Akademie das Sagen hatten, stürzte sich aber nicht umgehend in die Politik. Eine Zeitlang malte er weiter und verdiente sich damit mühsam seinen Lebensunterhalt. So fertigte er unter anderem postkartengroße Aquarelle an, Kopien anderer Postkarten. Er hatte einen Freund, der sie verhökerte und dafür die Hälfte des erzielten Preises behielt. Der Freund verkaufte sie an Kunsthändler, die nichtssagende Bildchen brauchten, um Rahmen zur Geltung zu bringen, und an Möbelgeschäfte, die damit Stuhlrücken oder Zweiercouches schmückten.«

»Hat er keine größeren Bilder gemalt?« wollte Ricci wissen.

»Doch, aber erst später. Die waren dann doppelt so groß wie Postkarten. Ein paar in Öl, die in etwa diese Größe hier hatten. Auch einige Plakate. Er hat sie alle mit ›A. Hitler‹ signiert. Normalerweise hat er dafür sechsunddreißig bis vierundvierzig Rubel bekommen – zehn bis fünfzehn Dollar in Ihrer Währung.«

»Und Sie wissen genau, daß er lieber Gemälde als Porträts gemalt hat?«

»Definitiv. Er hatte kein Gespür für Menschen. Jemand hat mal gesagt, wenn er Menschen malte, sahen sie aus wie ausgestopfte Säcke. Aber er hatte ein Auge für Architektur. Als er nach München zog, hat er sich als ›Architekturmaler‹ angemeldet.« Kirwow hielt kurz inne und unterzog das Bild einer weiteren Prüfung. »Wenn man Hitlers Geschmack bedenkt, dann könnte das hier durchaus von ihm sein.« Er stand auf, die Leinwand in der Hand. »Einen Moment, bitte.«

Er ging zur Tür seines Büros und öffnete sie. »Sonja«, sagte er zu seiner Sekretärin, »Sorin soll sich das mal ansehen.« Er reichte ihr das Bild. »Es handelt sich vermutlich um einen unsignierten Hitler. Sagen Sie ihm, daß ich gern seine Meinung darüber hätte.«

Als er an seinen Schreibtisch zurückgekehrt war, sagte Kirwow: »Sorin ist einer unserer Experten, der mein Interesse an Hitlers künstlerischen Jugendtorheiten teilt. Die meisten, wie gesagt, Gebäude. 1911 malte er die Minoritenkirche in Wien. Davor hat er das Wiener Burgtheater, den Stephansdom, Schloß Schönbrunn und die Feldherrnhalle gemalt oder gezeichnet, ebenso ein Aquarell *Straße in Wien*. Nach seinem Umzug nach München entstand *Der Alte Hof* – um 1914, glaube ich –, das ein großes Haus mit einem Hof davor zeigt. Später, als er an die Macht gelangte, hat

Hitler die Zahl seiner Gemälde abgerundet und die meisten seiner frühen Werke zerstört. Er war allerdings nicht immer unzufrieden mit seiner Arbeit. Albert Speer, seinem Lieblingsarchitekten, hat er einmal das Bild einer gotischen Kirche geschenkt, das er 1909 gemalt hatte. Auch Göring und Mussolini überreichte er Gemälde, die er mochte.«

Ricci beugte sich vor. »Also würden Sie mein Bild als einen echten Hitler bezeichnen?«

»Zumindest zeigt es einige Charakteristika der Hitlerschen Pinselführung. Erstens, ein repräsentatives Gebäude als Thema. Dann der Stil. Hitler hat seine Arbeiten immer wegen ihrer ›fotografischen Genauigkeit‹ gepriesen. Auch Ihr Bild hat ja die Exaktheit einer Fotografie, sehr real, aber phantasielos und gewöhnlich. Es hat etwas, das Hitler bei einem Maler, den er selbst sammelte, einem zweitklassigen Münchener Künstler namens Adolf Ziegler, sehr bewunderte – eine Art gestelzter Grandezza. Doch, doch, was Sie mir da gezeigt haben, könnte durchaus ein echter Hitler sein.«

»Hoffentlich«, meinte Ricci nervös. Er blickte immer wieder zur Tür hinüber, denn von dort erwartete er das abschließende Urteil. Dann, wie um die Zeit zu überbrücken, fragte er: »Wissen Sie noch mehr über Hitlers Geschmack, nicht als Künstler, sondern als Sammler?«

Kirwow rümpfte die fleischige Nase. »Er ließ jeden echten Sinn für Kunst vermissen. Als Reichskanzler versuchte er, alle modernen und avantgardistischen Maler und Gemälde aus der Öffentlichkeit zu verbannen. Er nannte sie entartet. Er verabscheute Picasso und Kandinsky. Dagegen liebte er die klassische Kunst, alles, was sich an den griechischen oder nordischen Stil anlehnte. Moderne erotische Gemälde beispielsweise bezeichnete er als ›Schweinekunst‹, während er gesunde und unschuldige klassische Nackte bewunderte. Ein langweiliger und mittelmäßiger Mensch, unser künstlerischer Hitler. Als Persönlichkeit ist er jedoch geheimnisvoll und schwer zu fassen, deswegen reizt es mich, seine Arbeiten zu sammeln.«

Zehn Minuten lang sprach Kirwow über die deutsche Kunst unter Hitler, dann wurde an die Tür geklopft. Kirwow nahm das Gemälde aus der Hand seiner Sekretärin wieder entgegen und dazu eine kurze Notiz auf einem Zettel.

Er legte das Bild auf den Schreibtisch, setzte sich und las den Zettel. Er nickte und blickte seinen Besucher an. »Wie ich erwartet habe«, sagte er. »Mein Experte glaubt ebenfalls, daß es sich um einen Hitler handeln könnte. Natürlich kann er sich nach einer derart kurzen Untersuchung nicht absolut positiv äußern. Um das Bild genauer zu analysieren, würde er mehr Zeit benötigen. So oder so, Sie können die Sicherheit mitnehmen, daß mein Experte und ich es mit größter Wahrscheinlichkeit für echt halten.«

Kirwow stand auf, um seinem Besucher die Leinwand zurückzugeben.

Der Steward erhob sich ebenfalls. »Ich weiß diese Auskunft zu schätzen. Ich möchte Ihnen danken, und was die Bezahlung angeht –«

Kirwow lächelte. »Aber ich bitte Sie, wer spricht denn von Bezahlung. Es war mir eine willkommene Gelegenheit, ein unbekanntes Gemälde von Adolf Hitler zu sehen.« Er reichte Ricci das Bild. »Bestimmt werden Sie froh sein, dieses Werk Ihrer Sammlung einverleiben zu können.«

Ricci machte keine Anstalten, das Gemälde entgegenzunehmen. »Ich habe keine Hitler-Sammlung. Um die Wahrheit zu sagen, seine Kunst interessiert mich überhaupt nicht.«

»Aber warum haben Sie dann...« Kirwow starrte seinen Besucher an. »Sie wollen es verkaufen? Sehe ich das richtig?«

»Nein, eigentlich nicht«, sagte Ricci. »Ich habe es gekauft, um es gegen etwas einzutauschen, das ich lieber hätte, etwas, das ich nun schon seit einigen Jahren sammle.«

Fragend hob Kirwow eine Augenbraue. »Und was sammeln Sie?«

»Ikonen. Alte russische Ikonen. Ich liebe sie. Ich bin schon mehrmals mit der *Old Viking Sky* in Rußland gewesen und habe dabei einige Kontakte knüpfen können. Bis jetzt besitze ich drei Ikonen, hätte aber gern noch mehr. Sie sind nur ziemlich teuer.« Er zögerte. »Ich – ich würde Ihnen dieses Hitler-Gemälde geben, wenn Sie mir dafür eine echte Ikone überließen. Ich meine, falls Sie eine übrig haben.«

Kirwow dachte einen Moment über das Angebot nach. Sein Blick wanderte zu dem Bild, das er noch immer in der Hand hielt. Es konnte sich um eine Rarität handeln, und ganz sicher würde sie seine Sammlung bereichern. An der Echtheit hegte er wenig Zweifel. Was die Ikone anging, so hatte er mehrere auf Lager, darunter bestimmt einige, die Ricci gefallen würden, für eine Ausstellung in der Eremitage aber zu mittelmäßig waren. Als Kustos konnte er ohne weiteres Duplikate oder Werke von geringerem Wert gegen andere eintauschen.

Kirwow lächelte. »Einverstanden. Ich nehme Ihren Hitler. Sie bekommen dafür einen Jesus Christus.«

Fünf Minuten später hatte Ricci seine Ikone, klein und glitzernd, einen gemalten Kopf von Jesus Christus, dessen Gewand golden schimmerte, in einem versilberten Rahmen. Der Steward war überglücklich.

Kirwow geleitete ihn zur Tür. »Da fällt mir ein – wie hieß noch die Galerie in West-Berlin, in der Sie das Gemälde gekauft haben?«

Einen Moment lang war Riccis Gesicht völlig leer. »Daran kann ich mich nicht mehr erinnern. Irgendwo in der Nähe des Kurfürstendamms. Warten Sie –« Er versuchte nachzudenken und zuckte schließlich mit den Schultern. »Fällt mir nicht mehr ein. Auf der Quittung, die ich nach Hause geschickt habe, steht der Name. Sobald ich wieder daheim bin, schreibe ich Ihnen.«

»Bitte, vergessen Sie's nicht.«

Nachdem Ricci gegangen war, trat Kirwow wieder an seinen Schreibtisch, ergriff das Hitler-Gemälde, hielt es hoch und betrachtete es strahlend.

Während er den Steward zur Tür begleitet hatte, war ihm nämlich eingefallen, wie er seiner ersten eigenen Ausstellung die größtmögliche Publizität verschaffen konnte. Ganz deutlich stand es ihm vor Augen. Er würde vor einem Raum im obersten Stock ein Schild anbringen: DIE KUNST DES FASCHISTISCHEN MÖRDERS ADOLF HITLER. An den Wänden würde er vergrößerte Fotografien der Verwüstungen aufhängen, die von den Nazis in Leningrad und Stalingrad verursacht worden waren, dazu Bilder vom Fall Berlins und den nackten Leichen, welche die Alliierten in Auschwitz, Dachau und im Warschauer Getto vorgefunden hatten. Als ironischen Kontrapunkt zu dieser Barbarei würde Kirwow dann die fünfzehn kleinen Bilder aus Hitlers früher Schaffensperiode, die sich bereits in seinem Besitz befanden, aufhängen. Die russische Öffentlichkeit konnte nicht oft genug daran erinnert werden, daß der deutsche Diktator ein gewalttätiger Irrer gewesen war.

Ja, dieses soeben erworbene Ölgemälde stellte, zusammen mit den anderen Hitler-Bildern, die er als Leihgabe hatte, das Sprungbrett zu seinem ersten großen Erfolg als Kustos der Eremitage dar.

Doch dann, als er das kleine, wenig ansprechende Gemälde noch einmal ansah, überfiel ihn eine leise Besorgnis. Millionen würden es betrachten und als ein Werk Hitlers akzeptieren, und doch konnte es einen darunter geben, der seine Echtheit bezweifelte. Kirwow wußte, daß er absolut sicher sein mußte. Er mußte *wissen,* daß Hitler der Urheber dieses Gemäldes war, und nach Möglichkeit auch, um welches Gebäude es sich handelte und wo es sich befand.

Aber wie? Da fiel Kirwow ein Artikel von Professor Blaubach ein, den er kürzlich gelesen hatte. Blaubach war Minister in der Regierung der Deutschen Demokratischen Republik und dazu noch ein ausgewiesener Kenner des Dritten Reiches und des Führers. Wenn irgend jemand ihm etwas über dieses Gemälde sagen konnte, dann er. Der Kustos überflog in seinem Terminkalender die Verabredungen, die er hatte. Nächste Woche wollte er mit seiner Frau und seinem Sohn in Urlaub fahren, wie jedes Jahr nach Sotschi am Schwarzen Meer. Sehr gut. Er würde seine Familie einfach vorausschicken, während er nach Ost-Berlin fuhr, um sich mit Blaubach zu treffen.

Nikolaus Kirwow war noch nie so glücklich gewesen wie in diesem Augenblick.

Nach dem Urlaub würde alles bereit für seine spektakuläre Ausstellung sein.

Große Dinge warfen ihre Schatten voraus. Doch erst mußte er nach Ost-Berlin.

Im Westen von Los Angeles parkte Rex Foster sein rotes Chevrolet-Sportcoupé auf dem für ihn reservierten Parkplatz hinter seinem kleinen Bürogebäude am San Vicente Boulevard. Er unterzog sich den üblichen Verrenkungen, um seine schlaksigen Einenmeterachtundneunzig aus dem engen Fahrersitz zu wuchten, dann schlenderte er das schmale Trottoir zum Eingang hinauf.

Neben der Tür hing ein graues Schild mit goldenen und schwarzen Buchstaben: FOSTER & PARTNER – ARCHITEKTEN.

Die Tür war nicht abgesperrt; seine drei Mitarbeiter waren also bereits da und hatten schon mit der Arbeit begonnen. Sie kamen jeden Morgen um neun Uhr dreißig, und Foster versuchte, pünktlich um zehn da zu sein. Der Empfang war vorübergehend unbesetzt, weil Fosters Empfangsdame-Buchhalterin-Sekretärin, Irene Myers, ihm wahrscheinlich in der kleinen Küche seines Büros Kaffee kochte.

Drei Büros lagen auf diesem Flur, das seines Zeichners Frank Nishimura, das seines Herstellungsleiters Don Graham und sein eigenes, das größte: es prunkte mit einem Zeichentisch an einem Ende und einem riesigen Schreibtisch, um den mehrere Stühle gruppiert waren, am anderen.

Als er den Raum betrat, stellte Irene ihm gerade seinen Becher schwarzen Kaffee auf den Schreibtisch und legte die *Los Angeles Times* zurecht.

»Guten Morgen, Mr. Foster«, begrüßte sie ihn gutgelaunt. Sie war klein, dunkelhaarig, wohlproportioniert und von stets überschäumendem Temperament.

»Hallo, Irene«, antwortete er. Vor seiner ersten Tasse war er selten gesprächig.

Sie zögerte. »Ich wollte noch Ihren Schreibtisch aufräumen, bevor diese Dame kommt.«

»Dame?« fragte er verblüfft.

»Die Journalistin vom Los Angeles Magazine, Joan Sawyer. Um Viertel nach zehn. Sie schreibt eine Geschichte über die führenden Architekten in Südkalifornien. In zehn oder fünfzehn Minuten müßte sie hier sein.«

»Das habe ich total verdrängt«, stöhnte Foster. »Okay, vergessen Sie den Schreibtisch. Er sieht ordentlich genug aus. Lassen Sie mich nur in Ruhe meinen Kaffee trinken, bevor sie hier ist.«

Er wartete, bis Irene gegangen war, dann setzte er sich mit Kaffee und Zeitung an seinen Schreibtisch.

Während er zufrieden Kaffee trank, dachte er an

die junge Blondine, mit der er gestern bei Matteo's in Westwood zu Abend gegessen hatte. Eine junge Schauspielerin, vielleicht vierundzwanzig, Cindy Sowieso, die er auf einer Cocktailparty kennengelernt hatte. Beeindruckt von ihrem Busen und dem dazugehörigen Hintern hatte er sie zum Essen eingeladen. Ein Fehler. Zu dumm und unwissend. Später im Bett dagegen hatte sie sich als erfinderisch und geschmeidig erwiesen, ein kleiner Schreihals noch dazu. Sogar anregend genug für eine Zugabe um Mitternacht. Trotzdem war er erleichtert gewesen, als er sie um zwei Uhr morgens nach Hause gefahren hatte, wobei er sich selbst gelobte, daß es keine Wiederholung des Abends geben würde. Er hatte wichtigere Dinge im Kopf.

Er zündete sich die erste Pfeife des Morgens an und blätterte in der *Los Angeles Times,* wie es seiner Gewohnheit entsprach, bevor er den Tag begann. Eine schreckliche Welt, dachte er, während er die Schlagzeilen und das Fettgedruckte überflog, absolut entsetzlich, egal, wohin man schaut. Auf Seite fünf erregte eine kleinere Überschrift seine Aufmerksamkeit, und er las:

AP. Sir Harrison Ashcroft, weltbekannter Autor und Mitglied der Fakultät für Zeitgeschichte an der Universität Oxford, England, wurde gestern morgen in einem Familiengrab außerhalb Oxfords beigesetzt. Ashcroft war das Opfer eines tödlichen Unfalls mit Fahrerflucht geworden, als er in West-Berlin für seine Biographie über Adolf Hitler recherchierte und –

Der gelbe Knopf an Fosters Telefon blinkte, und Irenes Stimme sagte: »Mr. Foster, Miss Sawyer vom Los Angeles Magazine ist da.«

»Irene, wissen Sie schon, daß Dr. Ashcroft letzte Woche in Berlin tödlich verunglückt ist? Ich habe es gerade in der Zeitung gelesen –«

»Was? Nein, das wußte ich noch nicht ...«

»Unvorstellbar«, sagte Foster und hielt inne. »Das ändert natürlich alles. Ich hatte eine Verabredung mit ihm in Oxford.«

»Ja. Ich habe den Flug für Sie gebucht.«

»Was soll ich jetzt nur tun?« fragte er hilflos. »Nun, darüber können wir nach dem Interview sprechen. Lassen Sie mir noch eine Minute, damit ich meine Gedanken zusammenkriege, dann können Sie Miss Sawyer hereinschicken.«

Er versuchte eine Lösung für sein Problem zu finden. Seit drei Jahren hatte er in seiner freien Zeit an einem großformatigen Fotoband gearbeitet, der den Titel *Architektur des Tausendjährigen Reiches* tragen sollte. Er war fasziniert von der Idee, Fotos von allen Gebäuden, die in Europa unter Hitlers Herrschaft entstanden waren, zu reproduzieren (viele der Gebäude waren natürlich in Schutt und Asche gelegt worden, aber es gab immer noch alte Aufnahmen davon), außerdem Bilder von Modellen oder Entwürfen für Bauwerke, die Hitler geplant hatte und nach dem Endsieg zu errichten beabsichtigte. Foster war nach Deutschland geflogen und hatte mit Hilfe eines Kumpels aus Armeetagen, der heute in Berlin stationiert war, fast alles bekommen, was er für sein Buch brauchte, entweder aus dem Nachlaß von Albert Speer im Bundesarchiv in Koblenz oder von Speers Witwe in Heidelberg. Dann war er nach Los Angeles zurückgekehrt und hatte mit dem Layout des Buches begonnen. Er hatte bereits einen lukrativen Vertrag mit einem angesehenen New Yorker Verlag und einen unumstößlichen Abgabetermin. Foster war bei seinem Vorhaben ausgesprochen zuversichtlich gewesen, nicht nur, weil es ihn so sehr interessierte, sondern auch, weil es sein Ansehen als Architekt international noch steigern würde.

Zu Hause in Beverly Hills war er bei Durchsicht

seiner Notizen auf die Information gestoßen, daß Speer einen Mann seines Vertrauens damit beauftragt hatte, sieben besondere Gebäude für Hitler zu entwerfen. Eine rasche Überprüfung ergab, daß Foster weder Fotos der Modelle noch die entsprechenden Entwürfe der sieben Gebäude besaß. Ohne diese bildlichen Darstellungen würde sein Buch unvollständig bleiben; sein Verleger indes zählte darauf, es als das erste und einzige vollständige Werk über die Architektur im Nazideutschland unter Hitler verkaufen zu können. Und der Abgabetermin war schon in drei Monaten! Seine einzige Chance, an die sieben fehlenden Bilder zu kommen, bestand darin, daß er in Erfahrung brachte, wer jener Vertraute Speers gewesen war, aber wo er auch suchte, es gelang ihm nicht, den Namen des Architekten in Erfahrung zu bringen.

Dann hatte er zufällig erfahren, daß es einen Historiker gab, der einfach alles über Hitler wußte – Sir Harrison Ashcroft in Oxford. Sofort hatte er Ashcroft einen Brief geschickt und angefragt, ob er ihn besuchen und um Hilfe in einer Hitler betreffenden Frage bitten dürfe. Er würde die betreffenden Unterlagen gern persönlich durchsehen, um dem Professor nicht zur Last zu fallen. Ashcroft hatte umgehend geantwortet, daß er Foster mit größtem Vergnügen empfangen werde, und ihm gleich Tag und Uhrzeit vorgeschlagen. Erleichtert hatte Foster einen Flug für nächste Woche gebucht. Sobald er den Namen des Architekten kannte, wollte er nach Deutschland weiterfliegen und sich mit dem Mann treffen, falls er noch am Leben war, oder mit seiner Familie, in der Hoffnung, daß er oder seine Erben die sieben fehlenden Entwürfe noch besaßen.

Alles schien geregelt – bis eben gerade. Jetzt war alles wieder offen. Ashcroft lebte nicht mehr.

Die Tür ging auf, und Irene Myers sagte: »Joan Sawyer vom Los Angeles Magazine, Mr. Foster.«

Foster erhob sich und versuchte, sich ganz der Journalistin zu widmen, eine große, flachbrüstige junge Frau in einem lohfarbenen Hosenanzug. Sie trug einen Kassettenrecorder und verbarg ihre schielenden Augen hinter dicken Brillengläsern.

»Guten Tag«, sagte sie und marschierte auf seinen Schreibtisch zu, wo sie den Recorder abstellte. »Ich hoffe, es macht Ihnen nichts aus, wenn ich unser Gespräch mitschneide. Dann gibt es hinterher keine Mißverständnisse. Ich habe gern immer alles ganz genau.«

»Ich ebenfalls«, sagte Foster und wies auf einen Ledersessel vor seinem Schreibtisch. »Ich gestatte Ihnen, den Recorder zu benutzen, wenn Sie mir gestatten, zu rauchen.«

»Ihre Beerdigung«, sagte sie ohne ein Lächeln. Sie drückte auf die Starttaste, probierte das Mikrophon aus, dann lehnte sie sich zurück und holte eine Liste mit maschinegeschriebenen Fragen aus ihrer Handtasche. »Ich habe Ihrer Sekretärin schon bei der Terminabsprache erklärt, daß ich einen langen Artikel über die führenden Architekten Südkaliforniens schreibe. Ich habe mich über Sie informiert, und Sie scheinen in Frage zu kommen.«

»Wie großzügig von Ihnen.«

»Ich weiß, Sie sind ein vielbeschäftigter Mann«, sagte Joan Sawyer. »Warum fangen wir also nicht einfach an?«

»Ganz in meinem Sinn.«

»Wir haben übrigens einige der kürzlich von Ihnen entworfenen Gebäude fotografiert. Das Cornell-Theater am Sunset Boulevard. Die International-Wohnanlage in Westwood. Das Fischrestaurant in Malibu. Alle recht originell und eindrucksvoll.«

»Danke, Miss Sawyer.«

»Wann haben Sie beschlossen, Architekt zu werden? Als Sie zur Army gingen, waren sie noch keiner.«

»Mein Interesse erwachte erst nach meiner Entlassung. Deswegen bin ich noch einmal aufs College gegangen.«

»Lassen Sie uns kurz davor anfangen, als Sie noch in der Army waren. Zwei Jahre Vietnam?«

Foster gab sich keine Mühe, sein Stirnrunzeln zu verbergen. »Ja.«

»Wie alt waren Sie, als Sie sich freiwillig gemeldet haben?«

»Zwanzig«, sagte Foster. »Dabei war ich gar nicht besonders patriotisch. Ich wußte nicht einmal genau, worum es in Vietnam überhaupt ging. Ich wußte nur, daß ich weder ein Ziel noch eine Richtung hatte, ein dummer Junge, der nicht wußte, was er mit sich anfangen sollte. Vietnam klang exotisch, gut, um die Zeit totzuschlagen. Also bin ich zur Army gegangen.«

»Und dann?«

»Und dann?« wiederholte Foster, wobei seine Stirnfalten sich vertieften. »Ich wurde der Pioniereinheit des 24. Corps unter General James W. Sutherland als Hubschrauberpilot zugeteilt. Eine Rakete holte mich herunter. Dann fing ich mir noch ein paar Schrapnellsplitter im Bein ein, und nachdem ich operiert worden war, wurde ich entlassen. Das war Ende 1971.«

»Was macht Ihr Bein jetzt?«

»Kein Problem. Ich jogge dreimal in der Woche fünf Meilen. Für einen Sechsunddreißigjährigen bin ich in guter körperlicher Verfassung. Nach dem Krieg habe ich mich ein bißchen herumgetrieben und schließlich an der Universität in Berkeley eingeschrieben. Dort erwachte dann auch mein Interesse an Architektur.«

»Wieso gerade Architektur?«

»Na ja, mein Vater war Ingenieur...« Er zögerte und überlegte einen Moment. »Nein, ich glaube, es gab einen anderen Grund. Im Krieg hatte ich jahrelang Dinge zerstört. Jetzt hatte ich das Bedürfnis, etwas aufzubauen.«

Die Journalistin blickte ihn scharf an. Sie fragte: »Meinen Sie das im Ernst?«

»Natürlich meine ich das im Ernst. Nach jeder Orgie der Zerstörung haben die Menschen den Drang zum Wiederaufbau. Mich hat der Krieg nun mal auf die Architektur gebracht. In Berkeley gab es eine Schule für Architekten – wir nannten sie die Arche. Mir hat es dort gut gefallen, und ich habe hart gearbeitet. Nach vier Jahren war ich Bakkalaureus der Architektur.«

»Und dann haben Sie Ihr Büro aufgemacht?«

»Nicht gleich. Jeder Absolvent der Schule muß erst noch ein zweijähriges Praktikum machen. Ich habe bei einer großen Firma in Laguna Beach gearbeitet. Danach muß sich der hoffnungsvolle Architekt einer Prüfung vor der staatlichen Baubehörde unterziehen. Die Examina dauern eine Woche und umfassen Design und Zeichnen, einen halben Tag wird man dazu noch mündlich durch die Mangel gedreht. Ziemlich rigoros das Ganze, und in Kalifornien kommen noch einige Extras hinzu wie Seismik, das heißt, die Gebäude müssen so erdbebensicher wie möglich erstellt werden. Immerhin, ich bestand die Prüfung. Ich wurde Architekt.«

»Womit haben Sie in Ihrem neuen Beruf angefangen?«

»Mit ganz kleinen Brötchen, einfachen Dingen. Einem Gemeindehaus beispielsweise, oder einer Bankfiliale. Bei solchen Aufträgen steht man nicht vor künstlerischen Herausforderungen, sondern bloß vor einem Haufen technischer Aspekte, deren Bewältigung unerläßlich, aber nicht sehr glanzvoll ist, etwa die Verteilung der Toiletten auf die Stockwerke oder die Elektroinstallation. Schließlich habe ich jemand kennengelernt, der mir den Auftrag für ein Strandhaus gab – ein bescheidenes. Ich war im Geschäft. Ich konnte auf eigenen Füßen stehen.«

Joan Sawyer blickte sich um. »Und das ist also Ihr Geschäft. Wie lange stehen Sie jetzt schon, wie Sie sich ausdrücken, auf eigenen Füßen?«

»Lassen Sie mich nachdenken. Bald sechs Jahre.«

Er sah, daß die Journalistin ein Blatt mit Notizen aus ihrer Tasche zog. Nach einem kurzen Blick darauf sagte sie: »In unseren Unterlagen steht, daß Sie vier Jahre, nachdem Sie sich selbständig gemacht haben, vor den Traualtar getreten sind.«

Foster nickte bedächtig. »Ja. Wie ich sehe, haben Sie Ihre Hausaufgaben erledigt.«

»Valerie Granich. Tochter von Charles Granich. Baulanderschließung. Milliardär. Bel Air. Das stimmt doch, oder nicht?«

»Es stimmt«, sagte er kalt.

»Letztes Jahr ließen Sie sich scheiden.«

»Wie jeder weiß.«

Joan Sawyer blickte auf. »Haben Sie wieder geheiratet?«

»Nein, danke.«

»Würde es Ihnen etwas ausmachen, mir etwas über Ihre Ehe zu erzählen? Und Ihre Scheidung? Ein bißchen aus dem Nähkästlein des Herzens, sozusagen. Ein paar private Einzelheiten erweisen sich für eine solche Story meistens als recht hilfreich. Können Sie mir da was erzählen?«

Foster preßte die Lippen zusammen.

Es gab eine Menge, was er ihr hätte erzählen können, aber ihre Leser ging das einen Dreck an. Am Tag seiner Scheidung hatte er sich geschworen, niemals mehr über seine kurze Ehe zu sprechen, zu niemand, ja nicht einmal mehr Valeries Namen zu erwähnen oder auch nur an sie zu denken.

Trotzdem mußte er jetzt an sie denken. Als er Valerie kennengelernt hatte, war sie ihm einfach atemberaubend erschienen. Eine wunderschöne, schlanke, große Frau mit dunkelbraunen Haaren, gut erzogen, gebildet und intelligent – er war mehr als nur geschmeichelt gewesen, daß sie sich für ihn entschieden hatte, einen relativ Unbekannten.

Doch wie er später herausfand, stimmte es zwischen ihnen von Anfang an nicht. Sie waren aus den falschen Gründen zusammen. Nichts, was sie ihm bot, war ernstgemeint, weder im Bett noch außerhalb. Nur Spaß und Spiel, Oberflächlichkeit, keine wirkliche Nähe, keinerlei Wärme, ihr Interesse erstreckte sich nicht weiter als bis zur nächsten Party, die sie entweder besuchten oder selbst gaben. Und pseudokulturelle Veranstaltungen, eine Theaterpremiere, ein Konzert, eine Ausstellungseröffnung. Das ganze Leben war eine einzige Vernissage. Sie war die höhere Tochter, wie sie im Buche steht, verwöhnt, selbstsüchtig, rücksichtslos. Ein Leckerbissen für jede Gesellschaftskolumne.

Als ihr Vater seinem Schwiegersohn anbot, ihm ein größeres Büro einzurichten, neue Auftraggeber zuzuführen und über Nacht zum Erfolg zu verhelfen, lehnte Foster ab, denn er wollte sich in niemandes Abhängigkeit begeben. Er wollte es aus eigener Kraft schaffen, und er wollte, daß Valerie von seinem Einkommen lebte. Valerie hatte das als Unsinn empfunden; es ärgerte sie geradezu. Sie wollte nicht wie eine Hausfrau im San Fernando Valley leben, die jeden Cent zweimal umdrehen mußte.

Und dann war da noch etwas. Für sie schien die Ehe mit einem um seine Existenz ringenden Architekten erniedrigend und irritierend. Wenn er ein Bauhaus-Schüler, ein zweiter Gropius oder Le Corbusier gewesen wäre, ein dekorativer Schnörkel in ihrer Welt, dann hätte alles sicherlich ganz anders ausgesehen. Aber ein Anfänger, der darauf bestand, sich aus eigener Kraft nach oben zu arbeiten, war nur peinlich. Schon bald hatte sie von ihm verlangt, daß er Aufträge, die etwas einbrachten, ablehnte und sich ganz der Kunst widmete. Wenigstens war ein um Anerkennung ringender Maler oder Bildhauer etwas Vorzeigbares, denn von denen hatten es die meisten sowieso erst geschafft, wenn sie tot waren, oder nicht?

Schließlich, während er sich langsam, aber sicher vorantastete, geriet sie in eine halbseidene Künstlergruppe in Pasadena. Als er erfuhr, daß sie sich mehr und mehr einem bestimmten Mann widmete, einem abstrakten Maler – blond, hochnäsig und zehn Jahre jünger als sie –, und daß sie endlich die Rolle der Mäzenin mit der der Bettgefährtin vertauscht hatte, reichte es ihm. Er setzte sie vor die Tür, und ihr Vater arrangierte die Scheidung.

Danach widmete sich Foster ausschließlich seiner Arbeit, bis ihm die Idee mit dem Hitler-Buch kam. Nach Valerie und ihrem Vater wirkte Hitler geradezu anziehend. Während des letzten Jahres hatte Foster jede freie Minute in das Buch investiert und seinem Urteil über Frauen weiterhin mißtraut. Jede neue weibliche Bekanntschaft vermochte er allenfalls als Betthäschen zu sehen. Er war nicht gerade stolz auf diese Einstellung, aber er konnte sie nicht ändern.

Joan Sawyers Stimme riß ihn aus seinen Gedanken. »Sie haben meine Frage nicht beantwortet, Mr. Foster«, sagte sie. »Gibt es nichts, was Sie mir darüber erzählen möchten?«

»Worüber?«

»Ihre Ehe natürlich. Sie könnte einen farbigen Hintergrund abgeben.«

Foster verlor langsam die Geduld. Diese aggressive kleine Journalistin auf der Jagd nach einem namentlich gezeichneten Artikel begann ihm auf die Nerven zu gehen. Er richtete sich auf und sagte: »Hören Sie, wir sitzen hier zusammen, um über meine Rolle als Architekt zu diskutieren, nicht als Ehemann.

Keine weiteren Abschweifungen mehr. Entweder Sie halten sich an die Regeln oder Schluß der Vorstellung.«

»Es tut mir leid«, sagte sie. »Sie haben recht. Ich lasse mich manchmal zu sehr mitreißen. Ich habe nur versucht, das Ganze etwas abzurunden, ihm einen persönlichen Touch zu geben. Keine Abschweifungen mehr, das verspreche ich Ihnen. Können wir weitermachen?«

Er entspannte sich wieder. »Einverstanden«, sagte er.

»Wir sprachen über Ihre Arbeit in den letzten sechs Jahren. Machen Sie eigentlich alles allein?«

»O nein, das wäre nie zu schaffen. Gott sei Dank. Irene, meine Sekretärin und Buchhalterin, haben Sie ja schon kennengelernt. Dann sind da noch zwei Mitarbeiter. Ich bin derjenige, der sich mit den Klienten trifft und die ersten Entwürfe macht. Danach übernimmt Frank Nishimura. Er ist unser Mann am Zeichentisch, zuständig für die Konstruktionsskizzen. Don Graham ist der Bauleiter. Wenn ein Gebäude entworfen ist und die Blaupausen in Ordnung sind, kümmert er sich um den Rest.«

»Was heißt das genau?«

»Nun«, sagte Foster, »ein Gebäude ist wie ein Mensch. Das Äußere, die Fassade, ist wichtig, aber noch wichtiger ist, was im Inneren vorgeht. Bei einem Gebäude sind das Dinge wie Schallschutz oder daß es nicht hereinregnet, und so.«

»Gut.« Die Journalistin nickte. »Wenn ich Sie jetzt bitten würde, ein Haus für mich zu entwerfen – wo würden Sie anfangen?«

Foster überlegte einen Moment. »Zunächst mal«, sagte er dann, »ist es mir lieber, wenn ich nichts aus dem hohlen Bauch heraus hinstellen muß. Als Architekt reagiere ich lieber auf ein Programm, darauf, was Sie selbst in einem Haus sehen, was Sie sich vorstellen und wünschen. Architektur sollte eine Antwort auf ein Bedürfnis sein. Ich möchte etwas entsprechen, das mein Klient in sich trägt.«

»Ich habe gedacht, Architektur hätte etwas mehr mit Kreativität zu tun«, sagte Joan Sawyer.

»Oh, natürlich, ganz zweifellos«, erwiderte er. »Sobald ich eine Ahnung davon habe, was Sie wollen, warte ich auf den kreativen Funken. Nichts bereitet mir mehr Spaß, als einen leeren Raum in meinem Kopf in eine Komposition zu verwandeln. Gleichzeitig versuche ich, die Leute von dem abzunabeln, was sie sich wünschen oder glauben, sich zu wünschen, und neuen Vorstellungen zugänglich zu machen. Ich frage mich einfach, wie kann ich mehr aus dem machen, was sie haben wollen? Dann gehe ich an die Arbeit. Ich würde sagen, neunundneunzig Prozent meiner Arbeit finden ohne den Auftraggeber statt. Gewöhnlich habe ich vier Wochen später meine Ideen und Franks Zeichnungen schwarz auf weiß vor mir. Das sind achtzig Prozent meiner Arbeit. Deswegen bekomme ich dann achtzig Prozent meines Honorars. Haben Sie jetzt eine ungefähre Vorstellung?«

»Ich glaube schon«, antwortete Joan Sawyer. Sie beugte sich vor und warf einen prüfenden Blick auf ihren Kassettenrecorder. »Sehr gut. Abgesehen davon, daß Sie Interviews geben, machen Sie sonst irgendwelche Werbung für sich oder Ihre Arbeit? Halten Sie Vorlesungen?«

Foster schürzte die Unterlippe. »Sehr selten. Aber ich schreibe gern, wenn ich Zeit dazu finde.«

»Schreiben? Was denn? Haben Sie schon Bücher veröffentlicht?«

»Ich bin auf dem Weg dazu. Mein erstes Buch ist fast fertig.«

»Darf man fragen, worum es darin geht?«

»Es heißt *Architektur des Tausendjährigen Reiches.*« Er wartete auf ihre Reaktion.

Sie setzte sich auf. »Sie meinen alles, was unter Hitler gebaut worden ist?«

»Genau. Was er gebaut hat und was er noch bauen wollte, wenn Deutschland den Krieg gewonnen hätte. Hier, ich zeig's Ihnen.«

Er stand auf und durchquerte den Raum. Sie griff nach ihrem Recorder und folgte ihm.

Auf dem Zeichentisch lag eine Mappe. Bevor er sie öffnete, sagte er: »Der Zweite Weltkrieg hat mich von jeher fasziniert. Als Architekt habe ich mich dann ganz darauf konzentriert, was Hitler baute oder zu bauen plante. Ich wollte mehr herausfinden und habe nach Büchern über dieses Thema gesucht. Doch es gab keine. Also habe ich mich entschlossen, selbst eins zu schreiben.«

»Nicht weil die Architektur der Nazis Ihnen gefiel?«

»Nein, sondern weil ich sie haßte. Dennoch fand ich, daß man über diese Periode einen, sagen wir, optischen Bericht erstellen müßte. Hitlers Bauprogramm ist das, was wir faschistische Architektur nennen – unpersönlich und scheußlich. Faschistische Architektur hat keine Leichtigkeit, keinen Charakter, keine Leidenschaft. Ich zeige Ihnen, was ich meine.«

Er öffnete die Mappe.

»Das hier sind Fotos von Gebäuden, die unter Hitler hochgezogen wurden, und Miniaturmodellen, angefertigt nach Entwürfen für Bauwerke, die er nach Kriegsende in Auftrag geben wollte. Glücklicherweise sind die meisten nie verwirklicht worden. Das da ist ein Foto von der neuen Reichskanzlei, die Hitler von Albert Speer in Berlin erbauen ließ. Speers Kommentare dazu finden Sie in den Bildunterschriften.« Foster las ihr einige vor. »›Genaugenommen liebte Hitler im Klassizismus vor allem die Gelegenheit zum Monumentalen. Er war besessen vom Gigantismus.‹«

Foster fuhr fort: »Als Hitler die alte Kanzlei zum erstenmal sah, fühlte er sich sofort davon abgestoßen. Er meinte, das Gebäude sei eher für eine Seifenfabrik geeignet. Er wollte, daß die neue Kanzlei majestätisch wurde. Speer bemühte sich, seine Intentionen zu realisieren. Man betrat das Gebäude am Wilhelmsplatz durch einen Ehrenhof, dann stieg man eine Freitreppe zu einem mittelgroßen Empfangssaal hinauf, anschließend ging es durch sechs Meter hohe Doppeltüren in eine große Halle, deren Boden mit Mosaiken ausgelegt war. Dahinter führten Treppenfluchten zu einer Mammutgalerie empor, die mit hundertsechzig Metern zweimal so lang war wie der Spiegelsaal in Versailles. An die Galerie schloß sich eine endlos wirkende Reihe von Büros an, bis man nach noch einmal zweihundertvierzig Metern Hitlers persönliche Empfangshalle erreichte, vor seinem riesigen Arbeitszimmer, dessen Mittelpunkt der Schreibtisch bildete, bemerkenswert wegen seiner Intarsienarbeit, einem halb aus der Scheide gezogenen Schwert. Am Fenster stand ein Konferenztisch mit einer Marmorplatte. Alle vier Türen protzten mit vergoldeten Täfelungen. Sie stellten die vier Tugenden Weisheit, Besonnenheit, Tapferkeit und Gerechtigkeit dar. Der Boden war aus Marmor. Hitler duldete keine Teppiche. ›Diplomaten sollten daran gewöhnt sein, sich auf glattem Parkett zu bewegen‹, pflegte er zu sagen.«

Langsam blätterte Foster die Seiten mit den Aufnahmen der neuen Reichskanzlei um. »Jedenfalls«, fuhr er fort, »Hitler gefiel es. ›Gut, gut!‹ lobte er seinen Architekten. ›Wenn die Diplomaten das sehen, werden sie wissen, was *Furcht* bedeutet.‹ Später schrieb Speer über die Bauten, die er für Hitler entworfen hatte. ›Sie waren die Verkörperung der Tyrannei.‹ «

Foster blätterte weiter. »Jetzt möchte ich Ihnen ein Beispiel für etwas zeigen, das Hitler nie beenden konnte. Das hier ist der Plan für die Prachtallee im Herzen von Germania, wie er Berlin umtaufen wollte.

Der Führer war ein großer Bewunderer von Georges Haussmann, der die prachtvollen Pariser Boulevards entworfen hat, und er beabsichtigte, Haussmann noch zu übertreffen. Die Prachtallee sollte vierundzwanzig Meter breiter als die Champs-Élysées und dreimal so lang werden und direkt zu seinem Palast führen. Auf dem First sollte ein Adler aus Gold seine Schwingen spreizen, ein Hakenkreuz in den Krallen. Der Entwurf gefiel Hitler zunächst über die Maßen, doch ein paar Jahre später meinte er, der Adler solle statt des Hakenkreuzes die Weltkugel in den Klauen halten.«

Die Journalistin deutete auf die Abbildung eines riesigen Saals. »Was ist das?« fragte sie.

»Der Speisesaal seines Palastes, groß genug, zweitausend Gäste zu bewirten.«

»Mein Gott«, murmelte Joan Sawyer.

»Und so geht's weiter, Seite um Seite von Plänen, die nie ausgeführt wurden. Speer hat das trokken bloß seine ›Reißbrett-Architektur‹ genannt. Sehen Sie sich das hier an. Mit diesem Zitat möchte ich den zweiten Teil, wahrscheinlich sogar das ganze Buch abschließen. Es handelt sich um einen Absatz aus Speers Tagebüchern, die er in Spandau geführt hat.«

Joan Sawyer beugte sich vor und las laut: »›Denn auch das, was nie gebaut wurde, ist Teil der Architekturgeschichte. Und wahrscheinlich kann der Geist einer Ära mit seinen besonderen architektonischen Zielen besser anhand solcher unrealisierter Entwürfe analysiert werden als aufgrund der Gebäude, die tatsächlich errichtet worden sind. Denn letztere wurden oft nur entstellt verwirklicht – aufgrund unzureichender Mittel, starrköpfiger und inflexibler Bauherren oder engstirniger Voreingenommenheit. Die Hitler-Zeit ist eine Fundgrube nie verwirklichter Architektur. Was für ein völlig neues Bild wird man von ihr gewinnen, wenn ich eines Tages aus meiner Schublade all die Pläne und Modellfotos heraushole, die während jener Jahre angefertigt wurden.‹ «

Joan Sawyer richtete sich auf. »Und genau das haben Sie getan.«

»Ich hoffe es«, entgegnete Foster. Er blickte auf seine Mappe. »Der Palast, den Hitler sich erbauen lassen wollte, sollte gigantisch werden, mit zwei Stockwerke hohen Kolonnaden und Ornamenten aus Bronze und Gold. Aber man darf sich davon nicht täuschen lassen. Obwohl Hitlers Bauten den Besucher einschüchtern sollten durch ihre Größe und ihre Pracht, war ihm doch die einfache, nüchterne deutsche Bauweise lieber. Wenn man seine Modelle sieht, möchte man das nicht glauben, doch es war so.« Foster klappte die Mappe zu. »Tja, jetzt wissen Sie Bescheid.«

Joan Sawyers Augen leuchteten. »Ein faszinierendes Projekt.«

Foster verzog das Gesicht. »Wie wenn man einen Blick in eine Schlangengrube wirft.«

»Wann wird das Buch erscheinen?«

»Wenn es fertig ist. Ich muß noch ein paar Seiten den letzten Schliff geben. Deswegen werde ich wahrscheinlich demnächst für ein paar Tage verreisen. Erscheinen soll das Buch im nächsten Frühjahr.«

»Ich wünsche Ihnen Glück.« Joan Sawyer schaltete den Kassettenrecorder aus. »Würde es Ihnen etwas ausmachen, wenn ich nächste Woche noch einmal mit einem Fotografen herkäme, um ihn ein paar Seiten aus Ihrem Buch aufnehmen zu lassen? Ach so, Sie sind ja verreist...«

»Dieses Exemplar werde ich mitnehmen. Aber meine Sekretärin hat ein Duplikat. Sie können einen Termin mit ihr vereinbaren.«

Die Journalistin verstaute ihren Recorder in der voluminösen Tasche. »Die Fotos werden prima Illustrationen für meine Geschichte abgeben.« Dann fügte sie hinzu, als fürchtete sie, er könne es sich anders überlegen: »Und natürlich wird es auch eine ausgezeichnete Publicity für Ihr Buch.«

Foster grinste. »Was meinen Sie, warum ich Ihnen soviel Zeit gewidmet habe?«

Sie bedankte sich, gab ihm zum Abschied die Hand und eilte aus dem Büro.

Foster blieb noch ein paar Minuten an seinem Zeichentisch stehen, schlug die Mappe wieder auf und blätterte in den großformatigen Seiten.

Was er sah, gefiel ihm immer besser. Eine solide Arbeit. Als er zu den leeren Seiten am Ende gelangte, wo die Entwürfe hingehörten, die er noch nicht gefunden hatte, dachte er wieder an Sir Harrison Ashcroft. Der Professor hatte versprochen, ihm bei der Suche zu helfen. Und nun war er tot.

Er kehrte an seinen Schreibtisch zurück, um den Artikel in der *Los Angeles Times* zu Ende zu lesen. Es tat ihm leid um den Professor und um die verpaßte Gelegenheit, ihn kennenzulernen.

Beim letzten Satz des kurzen Artikels fuhr er hoch, plötzlich von neuem Leben erfüllt. *Miss Emily Ashcroft, die Tochter des Verstorbenen, hat mit ihrem Vater an dem Buch gearbeitet und ihrem Londoner Verleger zufolge bekanntgegeben, daß sie die Biographie allein vollenden wird.*

Eine Welle der Hoffnung überflutete Rex Foster. Natürlich, es gab eine Lösung für sein Problem. Emily Ashcroft mußte mit den Quellen ihres Vaters bestens vertraut sein. Sie würde Foster sagen können, wer von den zehn Architekten, mit denen Speer zusammengearbeitet hatte, die fehlenden Pläne besitzen mochte.

Instinktiv wollte Foster nach dem Telefon greifen, Miss Ashcroft in Oxford anrufen, ein Treffen mit ihr verabreden und in Erfahrung bringen, wen er in

Deutschland aufsuchen sollte, um seine Arbeit zu beenden. Gerade als er die Hand nach dem Hörer ausstreckte, fiel sein Blick auf die Schreibtischuhr. Später Vormittag in L.A. hieß früher Abend in Oxford. Eine Zeit, zu der man durchaus anrufen durfte. Er zögerte noch einen Moment, dachte, daß er sie so schnell nach ihrem Verlust vielleicht doch nicht belästigen sollte. Doch dann besann er sich wieder auf den Abgabetermin für sein Buch.

Über die Sprechanlage bat er Irene Myers, Dr. Ashcrofts Haus in Oxford anzurufen.

Ein paar Minuten später meldete sich Irene wieder. »Mr. Foster, ich habe jemand im Haus der Ashcrofts am Apparat. Aber nicht Miss Emily Ashcroft. Offenbar ist sie nicht daheim. Ich habe eine Miss Pamela Taylor –«

»Wen?«

»Sie ist die Sekretärin der Ashcrofts. Möchten Sie mit ihr sprechen?«

»Ja, bitte.«

Foster wurde verbunden. »Miss Taylor? Hier spricht Rex Foster. Ich rufe aus Los Angeles an. Ich weiß nicht, ob Ihnen mein Name etwas sagt...«

Die weiche Stimme mit dem britischen Akzent antwortete: »Ich – ich bin nicht sicher.«

»Ich habe mit Dr. Ashcroft vor seinem Tod noch korrespondiert. Ich bin der Architekt, der einige Informationen über Adolf Hitler von ihm wollte. Er war bereit, sich mit mir zu treffen – nächste Woche, um genau zu sein. Ich hatte eine Verabredung mit ihm. Aber jetzt...« Er unterbrach sich. »Sie müssen wissen, ich habe gerade erst erfahren, was geschehen ist. Es tut mir schrecklich leid.«

»Ja, ein furchtbarer Verlust«, sagte Pamela Taylor. »Mr. Foster, sagten Sie? Ich glaube, jetzt erinnere ich mich – die Verabredung...«

»Sehen Sie, ich habe mich gefragt, nachdem Miss

Emily Ashcroft doch mit ihrem Vater an der Biographie gearbeitet hat –«

»Oh, ja.«

»…ob sie vielleicht dieselben Informationen besitzt wie ihr Vater und in der Lage sein könnte, mir an seiner Statt zu helfen.« Entschuldigend fügte er hinzu: »Ich weiß, es ist möglicherweise ein bißchen schnell –«

»Ich bin sicher, sie würde Ihnen gern behilflich sein.«

»Können Sie mir sagen, wann Sie sie heute abend erwarten?«

»Es tut mir leid, heute abend wird sie nicht zu erreichen sein. Sie ist am Morgen nach Berlin geflogen.«

»West-Berlin?«

»Ja, um das Buch ihres Vaters zu vollenden.«

»Wie lange bleibt sie in Berlin?«

»Das weiß ich nicht. Sie hat den Rückflug noch nicht gebucht. Aber ich glaube, zwei Wochen wäre nicht zu lang geschätzt.«

»Können Sie mir sagen, wo sie abgestiegen ist? Vielleicht kann ich sie dort aufsuchen?«

Am anderen Ende gab es ein kurzes Schweigen. Dann sagte Pamela Taylor: »Das ist eigentlich streng geheim –«

»Miss Taylor«, sagte Foster geduldig, »ich bin sicher, es würde ihr nichts ausmachen. Immerhin hat ihr Vater mir einen Termin gegeben, und sie würde es sicherlich ebenfalls tun, oder nicht?«

»Doch, Sie haben recht. Also gut, sie wohnt im Hotel Kempinski am Kurfürstendamm. Wahrscheinlich ist sie jetzt schon dort.«

»Danke, Miss Taylor, ich weiß Ihr Entgegenkommen sehr zu schätzen. Am besten setze ich mich gleich mit Miss Ashcroft in Verbindung. Auf Wiederhören.«

Foster legte auf und eilte in sein Vorzimmer. Irene blickte von der Schreibmaschine auf. »Glück gehabt?«

»Ja, und wie. Emily Ashcroft hält sich in West-Berlin auf. Besser hätte ich's gar nicht treffen können, um mich mit ihr zu verabreden, da bin ich gleich an Ort und Stelle. Also, an die Arbeit, Irene. Buchen Sie für mich den ersten Flug nach Berlin morgen früh. Wenn morgen schon alles besetzt ist, dann übermorgen. Anschließend rufen Sie das Hotel Kempinski in Berlin an und bestellen mir ein Zimmer, Einzel oder Doppel, was immer sie haben.«

»Für wie lange?«

»Erst mal eine Woche. Ich bleibe auf alle Fälle so lange, wie es nötig ist. Beten Sie, daß Emily Ashcroft in der Zwischenzeit nichts zustößt. Sie ist meine einzige Hoffnung.«

Tovah Levine saß in ihrem kleinen, modern eingerichteten, mit Klimaanlage ausgestatteten Zimmer im elften Stock des Hotels Guarani in Asunción an ihrem Ankleidetisch, trank ihren letzten Schluck Kaffee und las dabei *La Tribuna*.

Erfrischt von einer ausgiebigen Dusche und froh, daß sie nach vier anstrengenden Wochen im Hinterland von Paraguay wieder in der Hauptstadt war, versuchte Tovah, sich auf den neuesten Stand zu bringen, was den Rest der Welt betraf. Auf Seite drei sprang sie der Name Hitler an. Alles, was mit den Nazis zu tun hatte, interessierte sie. Sie las:

Sir Harrison Ashcroft, der weltberühmte Historiker, wurde gestern auf einem Methodistenfriedhof der englischen Universitätsstadt Oxford zur letzten Ruhe gebettet. Ashcroft, Mitverfasser einer beinahe beendeten Biographie Adolf Hitlers, kam letzte Woche in Berlin bei einem Unfall mit Fahrerflucht ums Leben, als er letzte Recherchen für sein Buch, *Herr Hitler*, durchführte.

Der Name Ashcroft rührte an eine Saite in Tovahs Gedächtnis. Möglicherweise hatte sie an der Universität von Jerusalem eins seiner früheren Bücher gelesen. Sie war nicht sicher. So oder so, ein Buch mehr über Hitler riß sie nicht gerade vom Stuhl, und sie blätterte weiter.

Als sie mit der Zeitung fertig war und ihre Kaffeetasse geleert hatte, lehnte sie sich zurück, um Ordnung in ihre Gedanken zu bringen, bevor sie sich um zwei Uhr mit Ben Schertok zum Essen traf. Ben flog extra von Buenos Aires nach Asunción, um sich mit ihr zu unterhalten. Vor ihrer Ankunft in Südamerika, die nun schon einen Monat zurücklag, hatte sie ihn erst einmal gesehen und war sowohl von seiner Bedeutung als auch von seinem scharfen Verstand beeindruckt gewesen. Er bekleidete im israelischen Geheimdienst einen sehr hohen Posten und leitete die Aktivitäten der Mossad in vier südamerikanischen Ländern. Damit hatte er, wie sie wußte, einen Schlüsselposten inne. Nur die Mossad-Agenten, die in West-Berlin auf ihrer niemals endenden Jagd nach alten Nazis waren, und die, denen in Syrien der Kampf gegen palästinensische Terroristen oblag, hatten größere Verantwortung und einen größeren Stab. Paraguay, Chile, Argentinien und Brasilien waren immer noch Zielgebiet Nummer eins, da sie vielen Prominenten des Dritten Reiches als Versteck dienten. Tovah hatte allerdings den Eindruck, daß ihre Beute, inzwischen schon um die siebzig oder achtzig, allmählich ausstarb. Bald würde es nur noch wenige alte Nazis geben, die man jagen, fangen und aburteilen konnte. Doch obwohl Walter Rauff, der Erfinder der mobilen Gaskammer, sich ihnen durch einen natürlichen Tod entzogen hatte, gab es wenigstens von Zeit zu Zeit noch einen Klaus Barbie, den man aufspüren und dessen Auslieferung man betreiben konnte, damit er vor Gericht gestellt wurde. Die

Erinnerung daran verhinderte immer wieder, daß man gänzlich den Mut verlor.

Tovah hatte einen LATN-Flug von Concepción nach Asunción genommen und vom Presidente-General-Stroessner-Flugplatz einen Minibus zum fünfzehn Kilometer entfernten Asunción. Ursprünglich war ausgemacht, daß sie sich im Hotel Guarani ein Einzelzimmer nahm, sich mit Schertok im Foyer traf und ihm anschließend bei einem Essen in einem Restaurant der Stadt Bericht erstattete. Doch als sie sich am Empfang des Hotels unter ihrem Decknamen Helga Ludwig (der auch in ihrem Paß stand und für die traditionell deutschfreundlichen lateinamerikanischen Länder besser geeignet war als der einer mit Mißtrauen beäugten Jüdin) eintragen wollte, hatte sie ein Telex vorgefunden, in dem Schertok vorschlug, das Mittagessen in ihrem Zimmer einzunehmen und sich dort zu unterhalten, was ihr auch viel vernünftiger erschien. Hier würden sie nicht gestört werden.

Sie warf einen Blick auf die Uhr. Zehn nach elf. Sie hatte noch über zwei Stunden Zeit, die sie nach eigenem Gutdünken verbringen konnte. Asunción war ihr nicht sehr vertraut. Sie war erst zweimal hier gewesen – einmal für eine Woche vor gut acht Jahren, als sie, damals neunzehn, versucht hatte, auf einer sechsmonatigen Reise durch Südamerika ihr Spanisch aufzupolieren, und kürzlich das zweite Mal für zwei Tage, bevor sie im Auftrag der Mossad im Hinterland von Paraguay herumgestöbert hatte. Jetzt verspürte sie den Drang, einen Spaziergang durch die Innenstadt zu machen, um sich in aller Ruhe einen umfassenderen Eindruck zu verschaffen. Und vielleicht ein paar Mitbringsel für ihre Eltern und Brüder in Tel Aviv, mit denen sie schon übermorgen Wiedersehen feiern würde, einzukaufen.

Sie durchforstete ihren Koffer nach etwas Leichtem zum Anziehen, einer Bluse ohne Ärmel, einem Baumwollrock und Sandalen, denn draußen war es warm, und die Luftfeuchtigkeit nahm ständig zu. Nachdem sie das Hotel verlassen hatte, ging sie in den Parque Independencia. Die Straßen waren gesäumt von blühenden Orangen- und Jakaranda-Bäumen, hinter denen sich mehrstöckige Häuser im spanischen Kolonialstil erhoben. Niedrige, stuckverzierte Gebäude mit roten Ziegeldächern und weißen Fassaden duckten sich zwischen glitzernden Wolkenkratzern. Es gab ein paar neue Restaurants, einige der Regierungsgebäude waren renoviert worden, und die Fenster der Geschäfte quollen über von Waren. Tovah kaufte ein halbes Dutzend Spitzentaschentücher für ihre Mutter und deren Schwester.

Sie beschloß ihren Rundgang an der Plaza de la Constitución, besichtigte den Kongreßpalast und setzte sich dann auf eine Bank im Schatten, um auszuruhen und den Fußgängern zuzusehen, die jetzt, nach Anbruch der Siestastunde, erkennbar weniger geworden waren.

Während sie da so saß und sich im Schatten abkühlte, begann sie zu träumen und dachte an die letzten drei Jahre, die dazu geführt hatten, daß sie jetzt hier in dieser dampfenden, abgelegenen Stadt schmorte. In der Schule hatte sie Englisch, Spanisch und Deutsch gelernt. Englisch, weil jeder junge Israeli diese Sprache beherrschte, Spanisch als Herausforderung und Deutsch, weil ihre Großeltern beiderseits in Deutschland geboren waren, dort gelebt und in Konzentrationslagern oder Gaskammern den Tod gefunden hatten. Ihre Kinder aber hatten überlebt, den Weg nach Palästina gefunden, waren dort herangewachsen, vor den Traualtar getreten und schließlich Tovahs Eltern geworden.

Um ihr Spanisch zu verbessern, hatte sie ihre erste Reise durch Südamerika unternommen. Was das Deutsche anging, so war sie zweimal mit ihrem Vater nach West-Berlin geflogen, wo er wegen Reparationszahlungen vorstellig werden mußte. Ihr Großvater hatte ein florierendes Kaufhaus besessen, war dann von Hitler enteignet und im Rahmen der Endlösung ermordet worden. Die Stadt war Tovah fremd und feindselig vorgekommen, und trotz des lebhaften Treibens auf den Straßen hatte sie West-Berlin nicht gemocht, vor allem wegen seiner Vergangenheit. Die jungen Leute dagegen waren gar nicht so verschieden von ihren eigenen Freunden in Israel. Als sie diese plötzliche Schwäche in sich ihrem Vater beichtete, hatte er gelacht und gesagt: »Zerbrich dir nicht den Kopf wegen der Jungen. Sie sind dir nicht feindlich gesinnt. Sorgen mußt du dich wegen der Alten, die zwischen sechzig und achtzig sind. Von denen waren die meisten Nazis. Die sitzen heute noch da und sagen: ›Ach ja, das waren damals Zeiten unter dem Führer. Da war unser Berlin noch sauber, und die jungen Leute hatten Sinn für Anstand und Moral. Wir brauchen mal wieder jemand, der mit eisernem Besen kehrt und unsere Straßen von dem ganzen ausländischen Abschaum säubert.‹ Das sind die Leute, Tovah, die sich immer noch nach einem Volk aus lauter blonden Ariern sehnen.«

Abgesehen von den Sprachen, beschäftigte sich Tovah an der Universität vor allem mit Zeitungswissenschaft. Sie hatte die Neugier eines Reporters und das Auge eines Reporters, von Anfang an. Sie gehörte zu den Besten in ihrem Fach, und sobald sie ihren Abschluß in der Tasche und den anschließenden Wehrdienst absolviert hatte, wurde sie bei der *Jerusalem Post* mit offenen Armen empfangen. Gegen Ende ihres ersten Jahres dort wurde sie in das Büro des Chefs vom Dienst bestellt.

»Tovah«, sagte er, »ich habe einen ungewöhnlichen Auftrag für dich, mehr als ungewöhnlich.«

»Was heißt das?«

»Das heißt, daß der Chef der Mossad dir ein Interview geben will. So was ist noch nie passiert. Bisher durften unsere Reporter noch nicht einmal in die Zentrale der Mossad. Heute morgen hat der Chef angerufen und ausdrücklich nach dir verlangt.«

Tovah war ebenso überrascht. Sie wußte, daß diesen Zweig der israelischen Regierung, 1951 gegründet und seitdem stetig gewachsen, von Anfang an größte Geheimhaltung umgeben hatte.

»Warum ich?« fragte sie.

»Wahrscheinlich haben ihnen deine Artikel gefallen.«

»Aber was können sie mir schon zu erzählen haben?«

»Wart's ab. Der Chef will dich persönlich empfangen, morgen früh um zehn. Dann wirst du ja erfahren, was er dir zu erzählen hat.«

Fünf Minuten nachdem sie mit dem Chef der Mossad allein war, wußte sie, was er ihr erzählen wollte. Er war geradeheraus, machte nicht viele Worte, und er dachte nicht daran, ihr ein Interview zu geben. Er wollte ihr einen Job anbieten.

»Unsere Aufgabe ist es, Leute im Auge zu behalten«, sagte er, »und das haben wir während des letzten halben Jahres bei Ihnen getan. Wir verfügen über neunhundert Agenten und andere Mitarbeiter – hundert davon hier im Hauptquartier, der Rest überall in der Welt –, doch darunter sind kaum Frauen. Wie meinem Vorgänger, Meir Amit, fällt es auch mir nicht leicht, Frauen einzusetzen. Früher oder später hält eine Frau es vielleicht für notwendig, ihre Weiblichkeit auszuspielen, um an eine Information zu kommen, und das gefällt mir ganz und gar nicht, aber...«

Er zuckte die Schultern und ließ den Satz unvollendet. Tovah merkte, daß er sie genau in Augenschein nahm. Sie wußte, daß sie attraktiv war, aber auf ganz unjüdische Weise. Weizenblondes langes Haar. Blaue Augen. Leicht gebogene Nase. Kleiner Mund. Voller, fester Busen. Wohlgeformte Beine. Nichts offensichtlich Jüdisches. Selbst eingefleischte Arier hätten sie wahrscheinlich als eines der besten Exemplare ihrer Rasse betrachtet.

Da der Chef über sie als Frau gesprochen hatte, hielt sie es für nötig, ihm darauf zu antworten. »Mir ist das egal. Der sexuelle Aspekt, meine ich. Ich bin kein Kind mehr. Man tut, was man tun muß, wie immer im Leben.«

Der Chef grunzte. »Für den Agenten draußen kann unsere Arbeit ziemlich gefährlich sein. Wir sind gegen Mord, aber für Selbstverteidigung. Jeder Agent wird ausgebildet, eine Waffe zu benutzen – viele Waffen, um genau zu sein. Jedem Agenten wird beigebracht, zu lügen und zu betrügen. Für uns zählen nur die Ergebnisse. Unsere Agenten sind Beamte, ihr Gehalt wird von der öffentlichen Hand bezahlt. Drei Jahre lang erhalten sie nicht mehr als eine Million dreihundertzehntausend Schekel* im Monat. Dabei wird niemand reich. Aber jeder weiß, daß er mithilft, Israel das Überleben zu ermöglichen. Wenn Sie interessiert sein sollten, arrangieren wir die Sache mit Ihrem Verleger. Sie würden immer noch für die *Jerusalem Post* arbeiten, innerhalb und außerhalb des Landes. In erster Linie hätten Sie allerdings die Belange der Mossad im Auge zu behalten.«

»Auf welche Weise?«

»Auf vielerlei Weise. Sie würden Aufträge erhalten, die Sie ins Ausland führen. Zuerst würden Sie eine zwölfmonatige Grundausbildung bekommen, zu der Ihre Zeitung Sie freistellen würde. Sie würden lernen, wie man eine Nachricht codiert, wie man einen Verdächtigen beschattet und einen Verfolger abschüttelt, wie man eine Beretta benutzt und einen Gegner im Nahkampf ausschaltet. Dann wären Sie einsatzbereit.«

---

* Etwa 200 DM (A. d. Ü.)

»Warum gerade ich?« wollte Tovah wissen.

»Ich sagte Ihnen ja bereits, wir haben Sie beobachtet. Uns gefällt Ihr Aussehen und Ihre Hartnäckigkeit. Uns gefällt die Art, wie Sie berichten, und daß Sie Deutsch, Spanisch und Englisch sprechen.« Er hielt inne. »Nun, was haben Sie dazu zu sagen?« Eine weitere Pause. »Oder möchten Sie erst mal in Ruhe darüber nachdenken?«

Das hatte sie bereits getan, während er noch sprach. Die Arbeit bei der Zeitung war in Ordnung, war im Grunde aber doch immer wieder dasselbe. Ihr Privatleben war auch nicht gerade aufregend, obwohl es in Sachen Liebe kürzlich jemand Aufregenden gegeben hatte. Doch dafür blieb auch später noch Zeit. Sie sehnte sich nach einer interessanten Beschäftigung, einer echten Aufgabe, die etwas bedeutete. Darüber hinaus sehnte sie sich danach, zu reisen, auszubrechen, dieser eng zusammenhängenden Gemeinschaft von Duldern den Rücken zu kehren, neue Leute, neue Orte kennenzulernen.

Sie blickte dem Chef in die Augen. »Ich habe schon darüber nachgedacht«, sagte sie. »Wann fange ich an?«

Das Mossad-Training war im Kern der Ausbildung in der israelischen Armee vergleichbar, etwas rauher vielleicht, anstrengender und vielseitiger, doch stets faszinierend. Anschließend arbeitete Tovah im Hauptquartier bei Tel Aviv, dechiffrierte Nachrichten, instruierte Agenten und verhörte mögliche Kontaktleute.

Ihr erster Auslandsauftrag als Helga Ludwig führte sie nach Paraguay, wo sie einen großen Reisebericht schreiben sollte. Die Mossad hatte einen aktuellen Hinweis auf den Verbleib des angeblich verstorbenen Dr. Josef Mengele erhalten, des Arztes, der im Auftrag der SS im KZ Auschwitz-Birkenau 380 000 Menschen in den Tod geschickt hatte. 1951 war Mengele aus dem amerikanischen Sektor in Österreich entkommen und hatte sich seither dank der Hilfe deutscher Einwanderer in Argentinien und Paraguay den Nachstellungen aller Nazijäger entziehen können. Jetzt war die Mossad auf eine frische Spur gestoßen. Angeblich war Dr. Mengele in Nueva Germania, einer kleinen Stadt in Zentralparaguay, gesehen worden. Tovahs Auftrag lautete, herauszufinden, was an der Sache war, und bei der Gelegenheit noch nach fünf anderen gesuchten Naziverbrechern zu forschen, die sich möglicherweise ebenfalls in Paraguay aufhielten. Sie hatte einiges in Erfahrung gebracht, aber der große Coup war ihr nicht gelungen. Nun war ihre Mission bald erledigt, und sie konnte sich aus diesem gottverlassenen Land absetzen.

Sie blickte auf die Uhr. Es war fast halb zwei, und sie mußte sich beeilen, wenn sie pünktlich um zwei wieder in ihrem Hotelzimmer sein wollte, um Ben Schertok Bericht zu erstatten.

Als sie aus dem Fahrstuhl stieg, lehnte Schertok bereits neben ihrem Zimmer an der Wand und paffte geduldig Zigarrenrauch in die Luft. Mit seinem verwuschelten Haar und der Hornbrille auf der Adlernase wirkte er genauso, wie man sich einen führenden Mossad-Agenten vorstellte.

Er drückte ihr einen keuschen Kuß auf jede Wange und entschuldigte sich dafür, daß er zu früh gekommen war. »Das Flugzeug ist eher gelandet als vorgesehen. Wenn du dich noch rasch frisch machen willst, habe ich dafür vollstes Verständnis.«

Sie sperrte die Zimmertür auf. »Ein Tag in diesem Luxushotel reicht schon aus, um mir ein schlechtes Gewissen zu verschaffen. Glaub' mir, Ben, die letzten vier Wochen habe ich unter etwas anderen Umständen verbracht.«

»Das weiß ich doch«, beruhigte er sie. »Ich habe mir die Freiheit genommen, schon zu bestellen, als ich unten war. Ich bin etwas in Zeitdruck, muß heute abend noch in Chile sein.«

»Ich wasche mir nur rasch das Gesicht und die Hände«, sagte sie. »Es ist ziemlich heiß da draußen. Was hast du denn für mich bestellt?«

»Mir ist wieder eingefallen, daß du bei unserem Abendessen in Buenos Aires gesagt hast, wie gut dir die Klöße aus zerstoßenem Mais und Zwiebeln geschmeckt haben, als du zum erstenmal hier warst.«

»Sopa paraguaya«, sagte sie. »Eine bessere Wahl hättest du nicht treffen können.«

»Und Rotwein«, fügte er hinzu.

»Prima. In fünf Minuten bin ich soweit.«

Als sie zwanzig Minuten später wieder erschien, stellte sie fest, daß er schon angefangen hatte, sich von einem Servierwagen, der zwischen Bett und Fenster stand, zu bedienen. Dabei blickte er einem rundlichen Mann in einem Overall nach, der gerade das Zimmer verließ, eine Art Werkzeugkasten in der Hand.

Sie schaute Schertok fragend an, als sie ihm gegenüber Platz nahm. »Nur ein Mitarbeiter«, erklärte er. »Er hat den Raum nach Wanzen abgesucht. Das Zimmer ist sauber.« Zwischen zwei Zügen aus seiner Zigarre kostete er von dem Wein. Tovah holte ein Notizbuch aus ihrer Handtasche, klappte es auf und legte es neben ihren Teller.

»Wenn du nicht viel Zeit hast, fange ich am besten gleich an«, sagte sie, zerteilte den ersten Kloß mit Messer und Gabel, nahm einen Bissen und trank einen Schluck von dem trockenen Rotwein hinterher.

»Wie war die Reise?« fragte er.

»Nach meinen Begriffen ein Schlag ins Wasser, würde ich sagen. Ich habe nicht einen soliden Hinweis gefunden, dem wir etwas über den Verbleib Josef Mengeles entnehmen können.«

»Hält er sich denn überhaupt hier im Land auf?«

»Es wird behauptet, aber ich bin nicht sicher, Ben.

Für die Leute, die hier leben, scheint es in gewisser Weise schick zu sein, den ›berühmten‹ Mengele persönlich gesehen oder getroffen zu haben. Außerdem macht es sich gut als Gesprächsthema, wenn du verstehst, was ich meine.«

»Ich verstehe sehr gut.«

Tovah blickte während des Essens immer wieder in ihr Notizbuch. »Hier weiß jeder, daß Mengele, nachdem die Alliierten Deutschland und Österreich überrannt haben, von einer Fluchtorganisation der Nazis nach Rom gebracht wurde, sich dort in einem Kloster in der Via Sicilia versteckt hielt, in Spanien einen falschen Paß bekam und 1951 argentinischen Boden betrat. Als die Verfolger ihn einzuholen drohten, ging er über die Grenze nach Paraguay, erwarb die hiesige Staatsbürgerschaft und lebte mehr oder weniger offen und unbehelligt in Asunción, was hier natürlich auch für niemand eine Neuigkeit ist.«

Schertok nickte. »Wir haben seinerzeit versucht, auf Präsident Carter Druck auszuüben, damit er etwas unternahm«, sagte er. »Carter gab den Druck an General Stroessner weiter, und Stroessner entzog Mengele widerstrebend die Staatsbürgerschaft. Danach ist Mengele untergetaucht, hat der Hauptstadt den Rükken gekehrt und sich im Hinterland vergraben.«

»Als der Chef diesen neuen Hinweis erhielt –«

»In letzter Zeit hat es einen ganzen Haufen neuer Hinweise gegeben«, unterbrach Schertok sie, »vor allem jetzt, nachdem wir zusammen mit der westdeutschen Regierung und einer Gruppe reicher Amerikaner die Belohnung für seine Festnahme auf beinahe vier Millionen Dollar hochgeschraubt haben. Erst im Juni hieß es beispielsweise, daß Mengele nach Brasilien gegangen sei, dort unter dem Namen Wolfgang Gerhard gelebt habe, im Jahr 1979 aber ertrunken sei und begraben wurde.« Er trank einen Schluck Wein. »Nun, wie du weißt, hat die Mossad diese Version nie akzeptiert. Wir glauben, daß der Obduktionsbericht ein ausgemachter Schwindel war, um uns von weiteren Nachforschungen abzuhalten.«

»Der Chef hatte jedenfalls den Eindruck, daß Mengele immer noch am Leben sein muß. Angeblich hat man ihn erst kürzlich gesund und munter in Nueva Germania gesehen, einer schäbigen kleinen Kolonie deutscher Siedler, die im letzten Jahrhundert von einem deutschen Lehrer und Judenhasser gegründet worden ist. Er soll dort einigen schwerkranken ehemaligen Nazis medizinische Hilfe geleistet haben und zum Dank dafür unter den Schutz der Stadt gestellt worden sein. Ich sollte herausfinden, ob er sich noch dort aufhielt.«

Schertok schenkte sich einen Kaffee ein. »Wußtest du, daß dieser Auftrag nicht ungefährlich war, Tovah?«

»Oh, natürlich wußte ich das.«

»Aber hast du gewußt, wie gefährlich? Zwei deiner Vorgänger, keine Mossad-Agenten, sind Mengele zu dicht auf den Pelz gerückt und mußten für ihre Neugier bezahlen.«

»Nein, das wußte ich nicht«, sagte Tovah langsam.

»1961 hat eine attraktive Jüdin mit Namen Nora Eldoc, die in Auschwitz von Mengele sterilisiert worden war, ihn hier aufgespürt. Sie erwarb sein Vertrauen, doch ehe sie handeln konnte, kam er dahinter, wer sie war. Kurz darauf wurde ihr Leichnam in Brasilien gefunden. Als nächster entdeckte ein rehabilitierter Nazi, Herbert Cukur, Mengele in seinem argentinischen Versteck. Seine Leiche fand sich im Kofferraum eines in Uruguay abgestellten Wagens.«

»Jedenfalls, als ich nach Nueva Germania kam, war er schon wieder fort. Er hatte die Stadt eine Woche vorher verlassen. Ich hab' versucht herauszufinden, wohin er gefahren war, und hab' ein paar Hinweise bekommen. Also bin ich einfach in der Gegend herumgestreunt, als Reiseschriftstellerin, wenn mich jemand gefragt hat. Ich war in Hernandarias, Mbaracayu, San Lorenzo und so weiter; in Concepción habe ich es dann aufgegeben. Kein Mengele weit und breit. In jeder Stadt gab es einen Haufen Deutsche, im ganzen Land sollen über 70 000 sein. Ein paar von ihnen behaupteten, Mengele gesehen zu haben, aber niemand hat gesagt, wo.«

»In anderen Worten, Pech gehabt.«

»Genau. Es tut mir leid, Ben.«

»Na ja, immerhin hast du es versucht. Mehr können wir nicht verlangen.« Schertok schwieg einen Moment. »Ich frage mich, ob Mengele überhaupt je gefunden wird.«

»Ich würde denken, ja. Bestimmt. Ich glaube nicht, daß er in Brasilien begraben worden ist. Keiner, mit dem ich gesprochen habe, ließ sich durch die Aussicht auf Belohnung in Versuchung führen. Das waren alles eingeschworene Nazis. Aber eines Tages wird jemand mit weniger Nibelungentreue die vier Millionen Dollar haben wollen und uns informieren. Ich bin sicher, früher oder später wird Mengele gefunden.«

Schertok deutete auf Tovahs Notizbuch. »Was ist mit den anderen?«

Tovah warf einen Blick in das Büchlein. »Man hat mir aufgetragen, Augen und Ohren nach Heinrich Müller offenzuhalten, einem leitenden Gestapomann, aber auch in seinem Fall konnte ich nicht herausfinden, ob er in Paraguay ist oder nicht. Jemand hat mir gesagt, es könnte sein, daß er nach dem Zweiten Weltkrieg zu den Sowjets übergelaufen ist und jetzt für den KGB arbeitet. Nur ein Gerücht.«

»Was ist mit Josef Schwammberger und Walter Kutschmann?«

»Schwammberger«, antwortete Tovah, »SS-Kommandant im Konzentrationslager Przemyśl in Polen.

Jetzt dreiundsiebzig. Auch nicht in Paraguay, sondern mit ziemlicher Sicherheit in Argentinien, obwohl niemand weiß, wo dort. Kutschmann, der Nazihenker in Polen, war auch in Argentinien, soll sich aber angeblich jetzt hier aufhalten. Niemand konnte mich auf eine brauchbare Spur bringen.«

Sie hatten zu Ende gegessen, und Schertok lehnte sich zurück, um eine frische Zigarre anzuzünden.

»Sonst noch jemand?«

»Einer noch. Ich habe ihn zwar nicht gesehen, aber er ist hier.«

»Wer?«

»Kein Kriegsverbrecher. Ein Naziwissenschaftler. Professor Dieter Falkenheim. Er wird bei uns auf einigen Listen als vermißt geführt.«

»Und du hast ihn aufgespürt?«

»Ja«, antwortete Tovah. »Er hält sich im Norden des Landes auf. Willst du wissen, wie er aus Deutschland herausgekommen ist? Die amerikanische Geheimdienstabteilung *Alsos,* die alle Naziwissenschaftler zusammentreiben und nach Amerika schaffen sollte, hatte herausgefunden, daß Falkenheim, der an einer Atombombe arbeitete, sich in Ilm befand. Doch als die Leute von *Alsos* dort eintrafen, fanden sie sein Labor leer. Es war überstürzt verlassen worden. Ich weiß jetzt, was vorgefallen ist. Jemand hatte Falkenheim nach Dänemark geschmuggelt, von wo aus Juan Perón ihn nach Argentinien fliegen ließ. Er arbeitete für Perón, bis der Diktator ins Exil mußte. Dann schlüpfte er über die Grenze nach Paraguay. Es gibt Gerüchte, daß er hundert Tonnen Uranerz aus Deutschland herausgeschafft hat, bevor das Dritte Reich zusammenbrach. Erinnerst du dich noch, wie die Amerikaner elfhundert Tonnen Uranerz in einer Salzmine bei Straßfurt versteckt fanden? Vielleicht waren es vorher zwölfhundert, und Falkenheim hatte den Rest.«

»So oder so ist Falkenheim nicht unsere Zielscheibe Nummer eins.«

»Aber immerhin ein Nazi. Ich dachte, es wäre vielleicht von Interesse.«

»Kann sein. Keine Ahnung. Erzähl dem Chef davon, wenn du wieder zu Hause bist. Hat er dich eigentlich auch beauftragt, nach Martin Bormann zu suchen?«

»Nein, von Bormann hat er nichts gesagt. Ich glaube, die Mossad ist ziemlich sicher, daß er umkam, als er Berlin verlassen wollte. Ich glaube, den haben sie abgeschrieben.«

»Mag sein.« Schertok paffte eine dicke Rauchwolke in die Luft. »Und was ist mit Adolf Hitler?«

Tovah blickte ihn überrascht an. »Adolf Hitler?«

»In Paraguay. Hat irgend jemand ihn gesehen?«

»Komm schon, Ben, nimm mich nicht auf den Arm. Hitler hat sich 1945 im Führerbunker erschossen. Das weiß jedes Kind.«

»Nicht ganz, Tovah.« Schertok richtete sich auf. »Hast du je von Sir Harrison Ashcroft gehört?«

»Ashcroft, Ashcroft.« Sie versuchte sich zu erinnern. »Habe ich den Namen nicht heute erst in der Zeitung gelesen?«

»Hast du. Er ist überfahren und vor kurzem begraben worden.«

»Und?«

»Ashcroft hat an einer Biographie mit dem Titel *Herr Hitler* gearbeitet. Da hat er aus Berlin den Hinweis erhalten, daß Hitler sich eben nicht, wie jeder glaubt, im Führerbunker das Leben genommen hat. Der Informant hat behauptet, es seien gar nicht Hitlers Überreste gewesen, die von den Russen ausgegraben wurden. Dr. Ashcroft ist nach Berlin geflogen, um der Sache nachzugehen. Doch bevor er das Gelände um den Bunker ausheben lassen konnte, wurde er von einem Lastwagen überfahren.«

»Ein echter Unfall?«

»Das wissen wir nicht.«

Tovah musterte Schertok aufmerksam. »Was hat das mit mir zu tun?«

»Vielleicht einiges.« Schertok rutschte unbehaglich auf seinem Stuhl hin und her. »Heute morgen habe ich eine verschlüsselte Nachricht von Chaim Golding erhalten, der die Mossad in West-Berlin vertritt. Er sagt, daß Emily Ashcroft, die Tochter von Sir Harrison, die Biographie allein zu Ende schreiben will. Sie ist heute in Berlin eingetroffen und im Hotel Kempinski abgestiegen.«

»Und woher –«

»Chaim Golding ist über alles informiert, was in West- oder Ost-Berlin vorgeht, besonders, wenn es mit Hitler zu tun hat.« Schertok zögerte einen Moment. »Mir ist klar, daß deine Aufgabe hier nicht leicht war und du erschöpft sein mußt. Du hast dir einen Urlaub verdient und willst möglichst schnell zu deinen Eltern und deinem Freund nach Tel Aviv zurück. Aber – nun ja...«

»Du möchtest, daß ich nach Berlin fliege.«

»Golding möchte dich dort haben. Der Chef ebenfalls. Du kennst die Stadt. Du kannst Deutsch. Du weißt, wie wichtig uns die Wahrheit über Hitler ist – gleich, wie sie aussieht. Die Mossad möchte, daß du Tel Aviv noch etwas hinausschiebst. Sieh dich eine Woche lang in Berlin um.«

»Wonach?«

»Triff dich mit Emily Ashcroft. Versuch herauszufinden, was ihr Vater wußte oder was sie jetzt weiß. Du kannst dort wieder als Tovah Levine auftreten, als Journalistin der *Jerusalem Post*. Versuch ein Interview mit ihr zu bekommen.«

»Ben, mach dir doch nichts vor. Du weißt, daß sie nicht scharf darauf sein wird, mit Reportern zu reden.«

»Ihr Vater hat es immerhin getan.«

»Genau, und was ist ihm daraufhin zugestoßen?«

»Vielleicht hast du recht. Trotzdem – mir ist egal, wie du es anstellst, aber bring sie dazu, sich mit dir zu treffen. Finde heraus, was sie weiß. Ich glaube zwar nicht, daß was dabei herauskommt, aber man weiß ja nie. Wir müssen sicher sein, daß uns der dicke Fisch nicht entschlüpft ist, Tovah.«

»Wie du meinst. Wann?«

»Morgen früh nach Buenos Aires. Von dort direkt nach West-Berlin.«

»Mein Hotel?«

»Im Kempinski ist ein Zimmer für dich reserviert.«

»Wie nett.«

»Wir wollen dich so dicht bei Emily Ashcroft haben wie möglich.« Er reichte ihr die Tickets. »Vielleicht gibt's diesmal Rosen für dich.«

Tovah lächelte gezwungen. »Ich hab' Rosen gern, aber nicht auf meinem Grab.«

Evelyn Hoffmann verließ das Café Wolf in West-Berlin und blickte zum bewölkten Himmel hoch. Sie blieb einen Moment vor der Buchhandlung Ecke Stresemann- und Anhalter Straße stehen, schaute sich die ausgestellten Bücher an und atmete die frische Morgenluft ein.

Was sie jetzt tat und auch noch den Rest des Vormittags und den frühen Nachmittag über tun würde, war nun seit über zweiundzwanzig Jahren ein gleichbleibendes Ritual.

Doch bevor sie heute morgen damit anfing, betrachtete sie sich einen Moment lang im Schaufenster der Buchhandlung. Was sie sah, gefiel ihr. Mit dreiundsiebzig konnte man nicht erwarten, wie dreiundzwanzig auszusehen. In ihrer Jugend war sie eine Schönheit gewesen: groß, schlank, reserviert, kultiviert, mit aschblondem Haar und voller Stolz auf ihre langen Beine. Die Beschreibung, die der liebe Keitel – Generalfeldmarschall Wilhelm Keitel – nach dem Krieg von ihr gegeben hatte, ging ihr durch den Sinn: »Sehr schlank, elegante Erscheinung, wohlgeformte Beine – das konnte man sehen. Sie schien nicht schüchtern zu sein, war aber zurückhaltend und verschlossen – eine sehr, sehr nette Person.« Dem von den Nazis geschätzten Bildhauer Arno Breker hatte sie Modell gestanden und eine Zeitlang gehofft, in Hollywood als Filmstar Erfolg zu haben, wenn alles vorüber war. Doch das war lange her. Spielte keine Rolle mehr. Auch heute noch war sie eine beeindruckende Erscheinung. Das Alter hatte sie nicht gebeugt, sie hielt sich noch immer aufrecht und achtete auf ihre Figur. Das Haar hatte sie sich braun gefärbt, das Gesicht war von Falten überzogen, aber es hätten noch mehr sein können. Ihr Verstand und ihr Erinnerungsvermögen waren so scharf wie je. Nur ihrem Gang merkte man die Jahre an. Er war langsamer geworden, zögernder, und sie geriet schneller außer Atem.

Doch nun an die Arbeit.

Evelyn Hoffmann ging an der Buchhandlung vorbei und zu einer kleinen Konditorei gleich daneben. Sie ließ sich einen Karton mit frischen Nußplätzchen füllen und als Geschenk verpacken.

Dann ging sie langsam, die Handtasche in der einen Hand, die Kuchenschachtel in der anderen, zur Bushaltestelle Askanischer Platz. In der Schöneberger Straße blieb sie an einem Kiosk stehen, um sich die *Berliner Morgenpost* zu kaufen, mußte sich aber mit der weniger seriösen *BZ* zufriedengeben, da die *Morgenpost* schon ausverkauft war. An der Bushaltestelle wartete sie auf die Nummer 29, die sie in zwanzig Minuten zum Ku'damm bringen würde.

Im Bus überflog sie die *BZ*. Der Aufmacher handelte von den neuen Cruise Missiles mit Atomsprengköpfen, die der amerikanische Präsident in Deutschland aufstellen ließ und jederzeit auf Rußland abfeuern konnte. Das befriedigte sie zutiefst, denn sie haßte die Russen noch mehr als die Amerikaner. Im Weiterlesen stieß Evelyn auf eine Nachricht aus London.

Der britische Verlag Ryan and Maxwell gab gestern bekannt, daß die langerwartete Biographie *Herr Hitler*, verfaßt von Sir Harrison Ashcroft und seiner Tochter Emily Ashcroft, zum vorgesehenen Termin erscheinen wird. Um die Zukunft des Buches hatte es einiges Rätselraten gegeben, als Dr. Ashcroft bei Recherchen in Berlin auf mysteriöse Weise ums Leben gekommen war. Der Verlag teilte mit, daß Emily Ashcroft sich bereit erklärt habe, das Projekt, an dem sie und ihr Vater fünf Jahre lang gearbeitet hatten, allein fertigzustellen.

Evelyn runzelte die Stirn und stopfte die Zeitung in ihre Handtasche. Am Ku'damm stieg sie aus und ging die Knesebeckstraße hinunter, bis sie das sechsstökkige Haus erreichte, in dem ihre Verwandten, Franz und Klara Fiebig, wohnten. Klara arbeitete stundenweise als Zeichnerin für eine Werbeagentur, und Franz unterrichtete in Deutsch und Geschichte an einem Gymnasium in Charlottenburg. Zusammen mit Klaras hinfälliger Mutter Lisa, die oft auf einen Rollstuhl angewiesen war, lebten sie in einer großen, modern eingerichteten Wohnung im dritten Stock. Lisa war eine entfernte Cousine und hatte Evelyn in besseren Tagen als Hausmädchen gedient.

Gewöhnlich freute Evelyn sich auf die wöchentlichen Besuche bei ihrer Familie – eine Familie von entfernten Verwandten, aber die einzige, die sie hatte –, auf Tee und heiteres Geplauder, doch irgendwie hatte die Busfahrt heute morgen ihr die Stimmung verdorben. Gedankenverloren und schlecht gelaunt stieg sie die Treppen zum dritten Stock hinauf.

Sie klingelte und merkte sofort, daß Klara vor Euphorie zu bersten schien. Sie fiel Evelyn um den Hals und strahlte. Lisa in ihrem Rollstuhl ebenfalls. Franz war in der Schule, sonst hätte er wahrscheinlich auch gestrahlt.

»Sag's ihr schon, Klara, du mußt es ihr sagen«, krähte Lisa.

Klara hielt Evelyn fest und sagte. »Stell dir vor, Tantchen, ich kriege ein Baby.«

Evelyn fühlte, wie ihr die Knie weich wurden, und riß Klara an sich. »Du bist schwanger«, flüsterte sie. »Gott sei Dank, du bist endlich schwanger.«

Sie hatte schon angefangen, die Hoffnung aufzugeben. Klara hatte erst spät geheiratet, mit dreißig. Nach fünf Jahren war sie immer noch nicht schwanger gewesen. Noch ein paar Jahre, und es wäre schwierig geworden, ein Kind zu bekommen, vielleicht unmöglich. Doch jetzt, mit fünfunddreißig, war sie endlich soweit und sogar schon in der sechsten Woche.

Während Klara den Tee zubereitete und dabei vor guter Laune übersprudelte, überreichte Evelyn ihr das wöchentliche Mitbringsel, die Kuchenschachtel mit den Plätzchen, und wünschte sich dabei, vorher Bescheid gewußt zu haben, damit sie etwas dem Anlaß Angemesseneres hätte mitbringen können. Dann fiel ihr wieder ein, warum sie Klara und Franz seit Jahren keine teuren Geschenke mehr gemacht hatte, nämlich wegen der Reaktion auf ihr letztes großes Präsent, das sie ihnen zum ersten Hochzeitstag mitgebracht hatte. Es handelte sich um eins ihrer kostbarsten Besitztümer, ein wertvolles Erbstück, ein Ölgemälde, das auf herrlich realistische Weise ein stattliches Regierungsgebäude zeigte. Klara war begeistert gewesen, doch Franz vermochte seine Abneigung gegen das Bild nur schwer zu verbergen. »Sehr hübsch«, hatte er höflich gesagt, »aber ein bißchen düster, nicht? Erinnert mich an all diese finsteren Bilder aus dem Dritten Reich.

Trotzdem vielen Dank, Tante Evelyn. Sehr aufmerksam von dir.«

Es entging Evelyn nicht, daß das Gemälde danach weder im Wohn- noch im Eßzimmer auftauchte, sondern in das Kämmerchen von Cousine Lisa verbannt worden war. Also hatte sie aufgehört, den beiden irgend etwas von Wert zu schenken. Seither gab es nur noch Kuchen oder Pralinen oder Kölnisch Wasser.

Heute vormittag waren es Plätzchen, und Klara reichte den Teller mit den Nußkeksen, fröhlich vor sich hin summend, erst ihrer Mutter und dann ihrer Tante. Evelyn betrachtete die junge Frau. Sie merkte, wie Klaras Freude auf sie überging. Klara erzählte, was für ein herrliches Gefühl es sei, ein junges Leben in sich zu tragen, und wie glücklich Franz sie an sich gepreßt habe und wie schwierig es sei, sich für einen Namen zu entscheiden, da sie ja noch nicht wisse, ob es ein Junge oder ein Mädchen werde.

Evelyn lauschte, ein Auge auf der Kaminuhr (sie ließ Wolfgang Schmidt nicht gern warten, da sie wußte, wie beschäftigt er war), und beschloß, beim nächsten Mal ein Paar weiße Babystiefelchen mitzubringen; sicher würde sie damit sowohl der Mutter als auch dem Vater eine Freude bereiten.

Genau Viertel vor zwölf verließ sie die Wohnung wieder, ging zurück zum Ku'damm und dort zu einem Restaurant namens Mampes Gute Stube, in dem sie und Wolfgang Schmidt sich nun schon so viele Jahre einmal in der Woche zum Mittagessen trafen.

Als sie sich dem Lokal näherte, sah sie, daß Schmidt schon da war. Der schwarze Mercedes, in dem sich der Berliner Polizeipräsident von seinem Chauffeur herumfahren ließ, stand auf seinem reservierten Platz. Beim Anblick des Wagens wurde Evelyn wieder einmal klar, was für ein Glück es war, daß sie in dieser wilden, fremd gewordenen Großstadt einen so lieben, vertrauenswürdigen und mächtigen Freund hatte.

Sie entsann sich, daß Schmidt nach dem Krieg wieder ganz unten angefangen und sich durch unermüdlichen Einsatz und großes Können neuerlich nach oben gearbeitet hatte. Aus der besiegten und aufgelösten Schutzstaffel entlassen, war Schmidt auf der Suche nach einer passenden Arbeit in seine Heimatstadt Berlin zurückgekehrt und hatte sich bei der Polizei beworben. Die Besatzungsmächte und die neue demokratische Regierung nahmen jeden Bewerber genau unter die Lupe, aber was Schmidt vorzuweisen hatte, hinterließ einen beträchtlichen Eindruck. In der Gruppe von Offizieren um Graf von Stauffenberg, der Hitler im Juli 1944 in Rastenburg zu ermorden versucht hatte, war Schmidt der einzige Hauptverschwörer gewesen, der es geschafft hatte, der Bestrafung zu entgehen. Er war in keine der Fallen getappt, die ihm die Nazis gestellt hatten, und weiterhin im Untergrund als Widerstandskämpfer tätig gewesen. Angesichts der von ihm dafür vorgelegten Beweise zögerte die Stadt Berlin nicht eine Sekunde, ihn ihrer neu organisierten Polizei zuzuteilen. Vor zehn Jahren war er Chef des Präsidiums geworden und es seitdem geblieben. Abgesehen von Klara und ihrer Cousine Lisa gab es niemand, der Evelyn so viel bedeutete wie Wolfgang Schmidt.

Sie betrat Mampes Gute Stube durch die Tür zum rundum verglasten Café und ging weiter in die kühle Dunkelheit des Restaurants. Vorbei an gekachelten Tischen und hochlehnigen Stühlen, deren braune Lederpolsterung von Nagelköpfen aus Messing gesäumt war, begab sie sich zu einem dekorativen alten Porzellanofen am anderen Ende des Raums, neben dem der von der Geschäftsführung aus Respekt vor der Bedeutung des Stammgastes etwas isolierte Tisch des Polizeipräsidenten stand.

Als er Evelyn sah, kam Wolfgang Schmidt mit der Grazie eines Elefantenbullen auf die Füße. Er trug einen dunkelblauen Anzug, unter dem sich seine kräftigen Muskeln und der dicke Bauch deutlich abzeichneten. Er war groß, sehr groß, und sein kahler Schädel glänzte im Halbdunkel.

Evelyn nahm ihm gegenüber Platz und fragte: »Hast du schon bestellt?«

»Wie immer«, sagte er. Das bedeutete gemischter Salat, Rührei mit Speck und Tee für sie sowie Rindsroulade mit Bratkartoffeln und ein Bier für ihn.

»Wie geht's dir, Wolfgang?«

»Besser denn je«, antwortete er. »Und dir, Effie?«

Er war der einzige, der sie noch bei ihrem altvertrauten Spitznamen nannte, und immer, wenn er es tat, wurde ihr warm ums Herz.

»Gut«, sagte sie. »Ein ereignisreicher Vormittag. Stell dir vor, Klara ist schwanger.«

Schmidt reagierte mit einem breiten Lächeln und griff nach ihrer Hand. »Meinen Glückwunsch, Effie, ich weiß, wieviel dir das bedeuten muß.«

»Alles und noch mehr.«

Schmidt schüttelte seinen mächtigen Schädel. »Ich habe mich schon gefragt, ob es je soweit kommen würde. Jetzt wirst du also endlich Großmutter.«

Evelyn blickte sich hastig um. »Großtante«, korrigierte sie ihren Freund.

»Wenn du darauf bestehst.«

»Du weißt, daß es besser so ist, Wolfgang.«

Er nickte. »Vermutlich hast du recht.«

Beide verfielen in Schweigen, als der Kellner an ihren Tisch trat und das Essen servierte.

Schmidt schob ein Stück Roulade in den Mund und fragte: »Hast du heute schon Zeitung gelesen?«

»Du meinst, ob ich die Nachricht über diese Hitler-Biographie gesehen habe? Ja. Dr. Ashcrofts Tochter schreibt das Buch also an seiner Stelle fertig. Es überrascht mich nicht im geringsten. Sie oder jemand anders, irgendeiner hätte es getan.«

Schmidt warf Evelyn einen Blick unter seinen buschigen Augenbrauen zu. »Das ist nicht die neueste Nachricht, Effie.«

»Nein?«

»Emily Ashcroft kommt nach Berlin. Sie wird im Kempinski wohnen.« Er schwieg einen Moment. »Du weißt, daß es sich dabei nicht um eine Vergnügungsreise handelt.«

Evelyn wartete.

»Natürlich ist sie hier, um in Erfahrung zu bringen, ob der Führer den Krieg überlebt hat, und wenn, wo sein Leben wirklich endete.«

Evelyn nickte knapp. »Wie dumm von ihr«, sagte sie leise.

Schweigend beendeten sie die Mahlzeit. Keiner kam mehr auf das Thema zurück, bis der letzte Bissen gegessen war. Erst im Aufstehen sagte Evelyn, als wäre es ihr gerade erst eingefallen: »Emily Ashcroft – vermutlich wäre es ganz interessant zu erfahren, was sie herausbringt.«

Schmidt lächelte und stand ebenfalls auf. »Zerbrich dir deswegen nicht den Kopf, Effie. Egal, mit wem die junge Dame sprechen wird und worüber, wir sind dabei und erfahren jedes Wort. Überlaß das nur mir. Du hast mir immer vertrauen können. Du kannst dich auch jetzt auf mich verlassen.«

Sie drückte ihm die Hand. »Mein Freund«, sagte sie und verließ das Restaurant.

Eine halbe Stunde später stieg sie am Askanischen Platz wieder aus dem Bus, wartete an der Fußgängerampel auf Grün, überquerte die Straße und ging an der Buchhandlung vorbei ins Café Wolf. Die wenigen Tische waren leer, aber am Tresen stand eine Sekretärin und bezahlte ein Schinkensandwich, das sie ihrem Chef ins Büro bringen sollte.

Evelyn durchquerte das Café und betrat die Küche durch die Schwingtür. Wie immer hielten sich dort zwei unauffällige, aber kräftige Wachtposten auf, als Köche verkleidet. Den Älteren der beiden kannte sie, den Jüngeren nicht. Sie warf ihnen ein flüchtiges Lächeln zu und ging an ihnen vorbei.

Der Jüngere streckte die Hand aus und wollte sie festhalten, doch der Ältere hielt ihn am Arm fest, zog ihn zurück und nickte Evelyn respektvoll zu, als sie vorbeischritt. Auf der anderen Seite der Küche öffnete sie eine Tür und verschwand die dahinterliegende Treppe hinunter.

Der jüngere Wachtposten protestierte: »Aber sie hat sich nicht ausgewiesen.«

Der andere schüttelte den Kopf. »Du bist neu hier, Hans, nicht wahr? Bist du mit der letzten Gruppe aus Südamerika gekommen?«

»Ja. Und man hat mir gesagt, daß jeder, der hier durch will, sich ausweisen muß.«

»Mit Ausnahme von ihr«, sagte der ältere Wachtposten. »Sie nicht.«

»Warum nicht? Wer war das?«

Der ältere Mann lächelte. »Hinter ihrem Rücken ist sie liebevoll immer die lustige Witwe genannt worden.«

»Die lustige Witwe?«

»Ja, weil ihr Liebhaber seinerzeit so selten für sie Zeit hatte und sie oft allein war.«

»Aber wie heißt sie wirklich?«

Der ältere Wachtposten neigte sich dem jüngeren Mann zu und sagte leise: »Du hast soeben Eva Braun kennengelernt. Genauer, Frau Eva Hitler-Braun. Ja, mein Freund, willkommen im Tausendjährigen Reich.«

3

Nachdem Emily Ashcroft sich am Empfang des Kempinski eingetragen hatte, war sie mit dem Lift in den zweiten Stock gefahren und zu ihrer Suite mit der Nummer 229 eskortiert worden. Es war eine hervorragend ausgestattete Zimmerflucht, mit einem kleinen Salon, wie geschaffen, um darin zu arbeiten, einem großen Schlafraum mit einem bequemen Doppelbett und einem Badezimmer. Auf dem Tisch im Salon stand eine Vase mit frischen Blumen, auf dem Fernseher ein Tablett mit drei Flaschen – Scotch, Wodka und ein leichter Rosé –, Gläsern und einem Eimer mit Eiswürfeln. Neben den Blumen im Salon türmten sich Käse und Cracker in einer Schale, an der ein Kärtchen lehnte: *Mit besten Empfehlungen der Direktion.*

Ein gastfreundlicher Empfang.

Als sie das grüne Büchlein in die Hand nahm, auf dem ihre Zimmernummer stand, bemerkte sie darunter einen Zettel mit einer telefonischen Nachricht. Sie stammte von Peter Nitz, dem Reporter der *Berliner Morgenpost,* dem Augenzeugen des Unfalls ihres Vaters. Sie hatte ihm geantwortet, daß sie bald nach Berlin kommen würde, um die Recherchen ihres Vaters fortzusetzen; sie hoffe, ihn nach ihrer Ankunft treffen zu können, um sich persönlich für seine freundlichen Zeilen zu bedanken und vielleicht von ihm zu erfahren, worauf sie sich in der geteilten Stadt vorbereiten müsse. Die telefonische Nachricht, die heute morgen am Empfang entgegengenommen worden war, besagte, daß Peter Nitz sich freuen würde, wenn er sie um zwei Uhr abholen könne, und sie in ihrer Suite aufsuchen werde, falls er nichts Gegenteiliges hörte.

Emily blickte auf die Uhr. Sie hatte noch Zeit, ihren Koffer auszupacken, ein Bad zu nehmen und sich etwas Frisches anzuziehen. Von den drei großen Gepäckstücken, die sie mit sich führte, enthielt ein Koffer ausschließlich Bücher und andere Unterlagen, die sie für die Arbeit an den letzten Kapiteln von *Herr Hitler* brauchte.

Sie griff nach ihrem Toilettentäschchen und ging ins Badezimmer. Als sie ihre Kleider ablegte, sah sie sich in den großen Spiegeln. Gar nicht so schlecht für eine Akademikerin, ihr nackter Körper – Jeremy Robinson hin oder her. Ihr kastanienfarbenes Haar, die grünen Augen, die vollen Lippen und die sommersprossige Stupsnase mochten eines Tages durchaus das Interesse eines ernstzunehmenden Mannes erregen. Ihre Brüste waren für manchen Geschmack vielleicht etwas zu klein, aber immer noch fest, der Bauch flach. Die tägliche Gymnastik zahlte sich aus. Die Taille war schlank und das braune Schönheitsmal unterhalb des Nabels nicht ohne Reiz. Die Hüften waren ausgesprochen weiblich, die Oberschenkel kräftig und die Beine lang und wohlgeformt. Seltsam, daß sie trotz ihrer Attraktivität nie den richtigen Mann gefunden hatte. Nach der Abschlußprüfung am College hatte sie sich in einen fünfzehn Jahre älteren Literaturprofessor verliebt, doch die Verbindung stand unter keinem guten Stern. Er war unreif, arrogant, ein Schürzenjäger und Haustyrann. Die Ehe hatte nur knapp sechs Monate gedauert. Danach war sie gelegentlich in oberflächliche Affären geschlittert, ohne sich innerlich zu engagieren.

Mehr und mehr fand sie den Sinn ihres Lebens im

Lehren und Schreiben. Als ihr Vater sie vor fünf Jahren gebeten hatte, ihm bei der Arbeit an *Herr Hitler* zu helfen, war sie stolz und aufgeregt gewesen. Aber manchmal, in letzter Zeit häufiger als zuvor, sehnte sie sich nach der Liebe, Kameradschaft und körperlichen Nähe eines Mannes. Die Beziehung zu Jeremy Robinson von der BBC hatte ihr wieder Hoffnung gegeben, doch im nachhinein war ihr klargeworden, daß die Sehnsucht nach einem Ehemann und nicht ihre Gefühle für Jeremy sie in seine Arme getrieben hatte. Sie hatte einfach nicht sehen wollen, daß er der Falsche war. Nach dieser Katastrophe war die Beschäftigung mit Adolf Hitler und seinem unglaublichen Hofstaat von Naziclowns befriedigender denn je gewesen.

Sie warf einen letzten Blick auf ihren Körper und ließ sich dann in das heiße Schaumbad sinken. Während ihre Muskeln sich entspannten, überlegte sie, ob sie allein in der Lage sein würde, das Rätsel um Hitlers Ende zu lösen. Jedenfalls stellte Peter Nitz einen guten Anfang dar. Als Journalist konnte er ihr sicherlich den einen oder anderen guten Hinweis geben. Außerdem waren da noch Dr. Max Thiel, der glaubte, daß Hitler den Krieg überlebt hatte, und Professor Blaubach in der DDR, mit dessen Erlaubnis sie vielleicht auf dem Gelände des ehemaligen Führerbunkers nach entsprechenden Hinweisen graben durfte.

Nachdem sie wieder aus der Wanne gestiegen war, trocknete sie sich ab, fuhr in einen hautfarbenen Büstenhalter, schlüpfte in ein winziges Höschen und vervollständigte ihre Garderobe mit einer weißen Bluse, einem blauen Faltenrock und flachen Schuhen. Sie war gerade mit ihrem Make-up fertig, als sie ein Klopfen an der Tür hörte und feststellte, daß der Journalist auf die Minute pünktlich erschien.

Nitz war ein kleiner, fülliger Mann mit spärlichem schwarzem Haar, kleinen grünen Augen und einem zottigen Schnurrbart. Er hielt eine Zigarette in der rechten Hand und lächelte kurz, als er sie sah, aber sie merkte sofort, daß er ein eher ernsthafter Mensch war. Sie bat ihn herein.

»Ich bin so froh, daß Sie kommen konnten, Mr. Nitz«, sagte sie. »Möchten Sie etwas essen? Soll ich den Zimmerservice rufen?«

»Ich habe schon zu Mittag gegessen, danke. Aber Sie können sich gern etwas bestellen.«

»Ich habe schon im Flugzeug gegessen. Aber vielleicht möchten Sie etwas trinken.«

»Nun –«

»Auf dem Fernseher stehen ein paar Flaschen, und Eis ist auch da.«

Er öffnete den Whisky, gab drei Eiswürfel in ein Glas und goß zwei Fingerbreit Scotch darüber. Er nahm einen Schluck, leckte sich die Lippen, glättete seinen feuchten Schnurrbart und ging zu der Couch, auf der Emily Platz genommen hatte. Er zögerte einen Moment, dann setzte er sich ebenfalls.

»Zunächst einmal«, begann Emily, »wollte ich mich persönlich für den freundlichen Brief bedanken, den Sie mir geschrieben haben.«

»Ich hatte das Gefühl, es Ihnen schuldig zu sein, obwohl ich Sie nicht kannte. Ich hoffe, ich habe Sie damit nicht aus der Fassung gebracht.«

»Im Gegenteil.«

»Ich meine mit dem, was ich Ihnen über die Umstände des Todes geschrieben habe.«

»Ich bin froh, daß Sie so geradeheraus waren. Ich will wissen, was sich tatsächlich ereignet hat.« Sie zögerte. »Sie haben angedeutet, es könnte vielleicht kein Unfall gewesen sein?«

Nitz zuckte die Schultern. »Vielleicht, vielleicht auch nicht. Mit letzter Gewißheit läßt sich so was nicht sagen. Ich fand nur, daß die Sache sehr, nun, geplant wirkte. Beschwören will ich es natürlich nicht. Haben Sie mit der Polizei hier gesprochen?«

»Ja, mit einem Mann namens Schmidt, dem Polizeipräsidenten. Er konnte mir nicht viel sagen, außer, daß sie noch immer nach dem Lastwagen fahnden. Aber er wußte nicht einmal, was für ein Fabrikat das war. Ich glaube nicht, daß die Polizei viel Erfolg haben wird.«

»Das glaube ich auch nicht«, pflichtete Nitz ihr bei.

»Aber wenn der Unfall absichtlich verursacht wurde, wer sollte so etwas tun und warum?« fragte Emily verwirrt. »Mein Vater kannte hier kaum eine Menschenseele. Und soweit ich weiß, hatte er auch keine Feinde.«

Nitz ließ die Eiswürfel in seinem Glas aneinanderklirren und trank wieder einen Schluck. »Keine Feinde – es sei denn, Hitler hätte tatsächlich überlebt, als er angeblich gestorben sein soll.«

»Gibt es denn wirklich jemand, der das im Ernst glaubt?«

Nitz leerte das Glas und stellte es auf den Couchtisch. »Seit dem Nachmittag des 30. April 1945, als Eva Braun sich vergiftet und Hitler mit einer Kugel Selbstmord begangen haben soll, sind immer wieder neue Spekulationen aufgetaucht. Josef Stalin glaubte zum Beispiel bis an sein Lebensende, Hitler sei mit einem U-Boot entwischt, möglicherweise nach Japan. Auch General Eisenhower hat Journalisten immer wieder erklärt, es gebe Grund zu der Annahme, daß der Führer mit dem Leben davongekommen sei, und britischen Geheimdienstkreisen zufolge ist im Garten der Reichskanzlei nur ein Doppelgänger Hitlers verbrannt worden. Die russischen Untersuchungsberichte über die verbrannten Knochen, die neben dem Führerbunker sichergestellt worden waren, wiesen einige Ungenauigkeiten auf und kamen teilweise zu widersprüchlichen Schlüssen. Aber das wissen Sie ja alles, Miss Ashcroft.«

»Ich weiß nur eins«, sagte Emily. »Da Hitler nicht

in Nürnberg der Prozeß gemacht werden konnte, wurde er im Herbst 1947 in absentia von einem Münchener Gericht abgeurteilt, damit sein Nachlaß geregelt werden konnte. Zweiundvierzig Zeugen haben seinen Tod bestätigt. Im Oktober 1956 kam das Bayerische Justizministerium zu seinem abschließenden Urteil: ›Es kann nun nicht mehr der geringste Zweifel daran bestehen, daß sich Adolf Hitler am 30. April 1945 im Führerbunker der Reichskanzlei erschossen hat.‹ «

»Stimmt«, sagte Nitz.

Emily starrte den Journalisten an. »Halten Sie es nach dieser Erklärung noch für möglich, daß Hitler überlebt hat, Mr. Nitz? Glauben Sie, er ist seinen Verfolgern entkommen?«

Ohne Zögern antwortete Nitz: »Nein, das glaube ich nicht.«

Er schwieg einen Moment. »Aber Ihr Vater hat es offenbar in Erwägung gezogen. Ich habe es bei der Pressekonferenz kurz vor seinem Tod aus seinem eigenen Mund gehört. Ich darf Sie daran erinnern, daß er von Beweisen sprach, denen zufolge es nicht Hitlers Kieferknochen und auch nicht seine Zähne gewesen seien, die von den Russen gefunden worden sind. Er hatte den Eindruck, daß er das verifizieren könnte, indem er die Erde um den ehemaligen Führerbunker noch einmal Zentimeter für Zentimeter absuchte. Wissen Sie eigentlich, wonach Ihr Vater da genau suchen wollte?«

»Leider nicht. Wir waren gerade dabei, die Arbeit an dem Buch abzuschließen, als mein Vater einen Brief von jemand in Berlin erhielt, der Hitler nahegestanden haben soll. Dieser Jemand behauptete, daß die weithin akzeptierte Version von Hitlers Tod falsch sei. Nachdem mein Vater herausgefunden hatte, daß es sich bei dem Briefschreiber nicht um einen Verrückten handelte, ist er nach Berlin geflogen, um mit ihm zu sprechen. Am Abend vor seinem Tod hat er mich zu Hause angerufen. Er war bester Dinge. Sein Informant hatte ihm geraten, nach irgend etwas im Garten der Reichskanzlei zu graben, und gerade war ihm die Erlaubnis zu dieser Ausgrabung erteilt worden.«

»Sie wissen natürlich, wer dieser Informant war – und ist.«

»Ja, aber ich möchte lieber keinen Namen nennen.«

»Und Sie haben keine Ahnung, wonach Ihr Vater graben wollte?«

»Nein, er mochte am Telefon nicht darüber sprechen. Ich hoffe, daß ich es herausfinde.« Sie blickte Nitz an. »Aber Sie denken wahrscheinlich auch, daß es ein nutzloses Unterfangen ist. Sie glauben, daß Hitler auf gar keinen Fall überlebt haben kann.«

Nitz kramte in seiner Jackentasche, holte eine Zigarette aus einer zerdrückten Packung und zündete sie an. »Schauen Sie, Miss Ashcroft, ich will Sie nicht entmutigen. Am besten überzeugen Sie sich selbst. Aber als Journalist, der schon viel Unsinn gehört und gesehen hat, bin ich ein Zyniker, und in dieser Angelegenheit reagiere ich besonders zynisch. Ich glaube, daß Hitler und seine Herzdame genauso gestorben sind, wie es in den Geschichtsbüchern steht. Bevor Sie sich mit Ihrem abweichlerischen Informanten treffen und sich auf Abwege bringen lassen, sollten Sie mit einem Augenzeugen sprechen, der im Führerbunker war, als der Gröfaz sich das Leben genommen hat. Es gibt immer noch ein paar – alte Leute inzwischen und über ganz Deutschland verstreut –, doch an die Ereignisse des 30. April 1945 können sie sich oft noch sehr genau erinnern. Tatsächlich hat einer von ihnen ganz hier in der Nähe gelebt.«

Emily beugte sich vor. »Wer?«

»Ernst E. Vogel, ein SS-Mann. Er gehörte zur Leibwache des Führers und war dabei, als die Leichen von

Hitler und Eva Braun aus dem Bunker getragen wurden. Vor etwa zwei Jahren habe ich ihn für ein kurzes Feature interviewt. Seine Erinnerungen an jenen Tag klangen sehr überzeugend.«

»Lebt er noch?«

»Ich glaube schon. Damals wirkte er jedenfalls, als wäre er bei bester Gesundheit. Vielleicht treffen Sie sich erst mal mit ihm, bevor Sie weitersuchen. Dann können Sie sich selbst ein Urteil bilden. Ich habe Vogels Adresse und Telefonnummer in meinem Schreibtisch im Büro. Sobald ich wieder da bin, rufe ich Sie an.«

»Dafür wäre ich Ihnen sehr dankbar, Mr. Nitz.«

»Nachdem Sie mit Vogel gesprochen haben, können Sie dann den Informanten Ihres Vaters aufsuchen und die beiden Aussagen gegeneinander abwägen.«

Emily sah schweigend zu, wie er seine Zigarette rauchte. Schließlich räusperte sie sich verlegen und sagte: »Ich muß Ihnen etwas gestehen, Mr. Nitz. Um ganz ehrlich zu sein, ich habe gar keine Verabredung mit dem Mann, der meinem Vater den Brief geschrieben hat. Bis jetzt weigert er sich nämlich, mich zu empfangen.«

Nitz hob die Augenbrauen. »Er weigert sich? Warum? Mit Ihrem Vater hat er sich doch auch getroffen.«

»Ja«, antwortete Emily. »Nach dem Tod meines Vaters habe ich ihm geschrieben, daß ich nach Berlin käme und mich freuen würde, wenn er mir dieselben Informationen zur Verfügung stellen könnte wie meinem Vater. Darauf ließ er mir eine kurze Nachricht zukommen – er könne weder mich noch jemand anderen in dieser Angelegenheit empfangen.« Sie hielt inne. »Ich frage mich, woher dieser plötzliche Sinneswandel?«

Nitz überlegte einen Moment. »Vielleicht hat der eigenartige Tod Ihres Vaters ihm Angst eingejagt?

Vielleicht hat er auch Angst vor fanatischen Neonazis. Ganz zu schweigen von den alten Nazis, die es noch gibt.« Er bemerkte das Interesse auf Emilys Gesicht und beschloß fortzufahren. »Haben Sie schon einmal von dem Unternehmen Werwolf gehört, das in den letzten Tagen des Zweiten Weltkriegs ins Leben gerufen worden ist?«

Emily nickte. »Von Himmler gegründete Guerillatrupps, die von der Waffen-SS ausgebildet worden waren und nach dem *D-Day* eingesetzt wurden. Die Freischärler sollten in Zivil die alliierten Reihen infiltrieren und alle wichtigen deutschen Offiziere ermorden, die mit dem Feind kollaborierten. Von denen gibt es wohl auch heute noch welche?«

»Höchstwahrscheinlich. Durchaus möglich, daß Ihr Informant fürchtet, einer dieser Fanatiker könnte ihm einen Besuch abstatten, um ihn zu ermorden. Ich glaube, er hat Angst und will sich deswegen nicht mit Ihnen treffen.«

»Nun, ich werde versuchen, ihn umzustimmen«, sagte Emily entschlossen. »Ich werde jeden Kniff anwenden, der mir einfällt, um ihn zu einem Treffen mit mir zu bewegen.«

Nitz drückte seine Zigarette aus und erhob sich. »Ich wünsche Ihnen viel Glück. Und denken Sie an mich, falls Sie auf eine Geschichte stoßen, mit der ich etwas anfangen kann.«

Emily stand ebenfalls auf. »Ich werd's nicht vergessen. Schließlich schulde ich Ihnen eine ganze Menge. Nicht nur wegen Ihrer Anteilnahme, sondern auch wegen Vogel.«

»Lassen Sie sich von ihm nur nicht zu sehr entmutigen. Hören Sie ihm einfach zu, und dann setzen Sie Ihrem Informanten die Daumenschrauben an. Treiben Sie den Knaben mit dem Augenzeugenbericht in die Enge. Manchmal gelangt man mit dieser Taktik schneller ans Ziel. Und wenn Sie wissen, was Sie wissen wollten, durchforsten Sie das Bunkergebiet.« Er ging zur Tür, legte die Hand auf die Klinke und drehte sich noch einmal um. »Einen Rat möchte ich Ihnen noch geben. Falls Sie wirklich weitermachen und sich für die Ausgrabung entscheiden, geben Sie es nicht öffentlich bekannt wie Ihr Vater. Gehen Sie nicht das geringste Risiko ein. Unfälle mit Fahrerflucht sind in Berlin nicht so selten, wie man meinen möchte. Finden Sie die Wahrheit heraus. Aber bleiben Sie am Leben dabei.«

Ruhelos wartete Emily in ihrer Suite auf das Klingeln des Telefons. Fünfundvierzig Minuten später rief Peter Nitz aus seinem Büro an. Er gab Emily Adresse und Telefonnummer von Ernst Vogel, doch als sie sich bedanken wollte, unterbrach er sie.

»Bevor Sie sich mit Vogel unterhalten, sollten Sie einiges über den Burschen wissen«, sagte er. »Ich habe mir noch mal meine Notizen von vor zwei Jahren angesehen. Als Hitler gestorben ist, war Vogel vierundzwanzig. Er ist heute also vierundsechzig. Damals war er bei der Leibstandarte Adolf Hitler, und seine Schicht im Bunker dauerte zwölf Stunden. Seine schwarze Armbinde, auf die in Silber Hitlers Name gestickt war, trug er voller Stolz. Im Dienst war er mit einer Maschinenpistole und einer Handgranate bewaffnet. Während der letzten zehn Tage zwischen Hitlers sechsundfünfzigstem Geburtstag und seinem Selbstmord bewachte er den Eingang des Führerbunkers. Er muß das absolute Vertrauen seiner Vorgesetzten besessen haben, denn als es gegen Ende immer kritischer wurde, durfte er immer öfter ins Allerheiligste. Am letzten Tag war er einer der wenigen, die der Einäscherung von Hitler und Eva Braun beiwohnten. Er wird Ihnen die ganze Geschichte erzählen, denn er hört sich gern reden, und diese zehn Tage waren der

Höhepunkt seines Lebens. Wenn er noch lebt, finden Sie ihn wohl in seiner Wohnung. Er hat seine Geschäfte immer von dort aus getätigt.«

»Was für Geschäfte?«

»Er betreibt ein Mail-Order-Geschäft. Seltene Bücher. Deutsche, natürlich. Ach, noch was, Sie müssen laut reden, wenn Sie bei ihm sind. Er hört schlecht, und zwar auf beiden Ohren. Hängt mit der Zeit im Führerbunker zusammen, als die Russen das Gebiet um die Reichskanzlei mit einem Bombenteppich belegt haben. Noch mal viel Glück. Wenn er zu Hause ist, wird er Sie bestimmt empfangen. Sie können sich auf mich berufen, wenn Sie wollen.«

»Ich weiß gar nicht, wie ich Ihnen danken soll, Mr. Nitz.«

»Auf bald, Miss Ashcroft.«

Sie legte auf und wählte die Nummer, die der Journalist ihr gegeben hatte. Nachdem es ein paarmal geklingelt hatte, wurde am anderen Ende abgehoben, und eine laute Stimme meldete sich. Emily dachte an Nitz' Worte und hob ebenfalls die Stimme. »Spreche ich mit Ernst Vogel?«

»Ja, wer ist dort, bitte?«

Emily stellte sich vor, erinnerte ihn an das Interview vor zwei Jahren und den Journalisten, der es geführt hatte. Sie erklärte, daß sie an einem Buch über Adolf Hitler arbeite, und ließ den Namen ihrer Universität sowie ihre akademischen Titel einfließen.

»Ein Buch?« brüllte Vogel. »Sie schreiben ein Buch über Hitlers Tod?«

»Eigentlich mehr über sein Leben, aber der Tod spielt dabei natürlich auch eine Rolle. Ich möchte mich genau an die Wahrheit halten. Ich hoffe, Sie können mir dabei behilflich sein.«

Nach einer kurzen Pause sagte Vogel: »Ja, dabei kann ich Ihnen helfen. Sie haben sich an die richtige Person gewandt. Das bin ich wohl der Nachwelt schuldig. Gut, treffen wir uns also. Sie haben meine Adresse?«

Emily las sie ihm vor.

»Stimmt«, sagte er. »Kommen Sie um vier.«

Da sie noch Zeit hatte, erwog sie, auch Dr. Max Thiel anzurufen, den Zahnarzt, dessen Zweifel an Hitlers Todesumständen erst ihren Vater und jetzt sie nach Berlin gebracht hatten. Doch dann fiel ihr der Rat des Journalisten wieder ein, und sie beschloß, bis nach dem Gespräch mit Vogel zu warten.

Statt dessen ging sie zu dem mit Unterlagen und Akten gefüllten Koffer, packte das Material aus und ordnete es. Anschließend ging sie die Liste der Deutschen durch, die Hitler gekannt hatten oder während seiner letzten Tage im Führerbunker gewesen waren und mit denen ihr Vater bei seinen Besuchen in Berlin bereits gesprochen hatte. Ernst Vogel stand nicht darauf. Seltsam, dachte Emily. Wie auch immer, sie würde die Unterhaltung nachholen.

Sie nahm ein Taxi in die Dahlmannstraße, nicht weit vom Ku'damm. Nach einer achtminütigen Fahrt hielt das Taxi vor einem fünfstöckigen Haus. Der Briefkasten hinter der Tür sagte Emily, daß Ernst Vogel im ersten Stock wohnte. Die grünen Wände des Treppenhauses brauchten dringend einen neuen Anstrich, das Mahagonigeländer war zerkratzt und abgegriffen.

Zu ihrer Überraschung war der Mann, der ihr öffnete, klein und schlank, sein spärliches Haar längst ergraut, die Züge ausgemergelt. Sie hatte gedacht, alle SS-Leute seien wahre Hünen gewesen. Im linken Ohr trug er ein Hörgerät.

»Treten Sie ein.« Er führte sie zu einem zerschlissenen Sessel und nahm selbst in einem Schaukelstuhl Platz. »Noch ein Buch über Hitler? Es gibt doch schon so viele. Eine ganze Industrie lebt davon.«

»Das stimmt«, sagte Emily. »Aber die meisten

wurden in den vierziger und frühen fünfziger Jahren geschrieben, als die Überlebenden aus Hitlers nächster Umgebung nicht für Interviews zur Verfügung standen. Sie erinnern sich vielleicht, daß sie zu Verhören in die Sowjetunion gebracht worden sind. Die Sowjets haben niemand an sie herangelassen. Erst nachdem sie aus der Gefangenschaft entlassen worden waren und nach Deutschland zurückkehrten, konnte man mit ihnen sprechen. Mein Vater war der Ansicht, jetzt sei die Zeit für eine umfassendere, auf aktuellsten Erkenntnissen fußende Biographie.«

»Da hatte er wohl recht«, sagte Vogel.

Emily öffnete ihren Aktenkoffer und holte eine Liste heraus. »Das sind die Leute, mit denen mein Vater schon gesprochen hatte.« Sie reichte Vogel die Liste. »Ihren Namen habe ich nirgendwo gefunden.«

Vogel überflog die Liste, dann gab er ihr das Blatt zurück. »Wann hat er diese Leute befragt?«

»Vor zehn Jahren hat er damit angefangen. Vor fünf Jahren haben er und ich dann begonnen, die Biographie zu schreiben, und jetzt mache ich allein weiter.«

Vogel hatte sich vorgebeugt, um sie besser hören zu können. »Vor zehn Jahren habe ich keine Interviewer empfangen, auch nicht vor fünf Jahren. Wahrscheinlich hat er mir geschrieben, und ich habe nicht geantwortet. Damals habe ich noch gedacht, daß ich eines Tages selbst ein Buch über meine Erlebnisse schreiben würde. Deswegen habe ich niemandem meine Geschichte erzählt. Doch dann habe ich eingesehen, daß ich – trotz all meiner Notizen – kein Schriftsteller bin. Ich lese gern, und ich verkaufe Bücher, mehr nicht. Aber ich wollte, daß die Geschichte erzählt wird, deswegen habe ich angefangen, mich mit Interviewern zu unterhalten. Dieser junge Mann von der *Morgenpost*...«

»Peter Nitz.«

»Ja, er war einer der ersten, mit denen ich mich vor ein paar Jahren getroffen habe. Ich habe noch nie ein Interview für ein Buch gegeben. Ich nehme an, Ihr Buch wird auch auf deutsch erscheinen, und ich erhalte ein paar Exemplare?« Er deutete hinter sich auf die Bücherregale. Auf dem Boden stapelten sich ungeöffnete Kisten. »Neuerscheinungen, Bestseller. Doch hauptsächlich beschäftige ich mich mit dem Versand antiquarischer, seltener Bücher. Ich habe das Geschäft von meinen Eltern geerbt. Sie sind bei einem Luftangriff auf Berlin ums Leben gekommen. Bücher sind mein Leben, aber ich habe auch ein Hobby. Ich bin ein ausgezeichneter Schütze. Das war ich schon, als ich noch in kurzen Hosen herumlief. Deswegen habe ich es in der SS auch so weit gebracht.«

Daher also ist er zum Dienst im Führerbunker eingeteilt worden, dachte Emily. Sie brauchten nicht nur Hünen, sondern auch ausgezeichnete Schützen.

»Können wir jetzt über Hitler sprechen?« wollte sie wissen.

»Über Hitler habe ich zuerst einmal folgendes zu sagen. Er war auf seine Weise ohne Zweifel ein großer Mann. Ich hatte nur zweierlei gegen ihn. Erstens seinen Antisemitismus. Einige der besten Kunden meiner Eltern waren Juden – alles anständige, ehrliche Leute. Zweitens sein Versuch, Rußland zu erobern. Damit hat er den Startschuß zu seinem eigenen Untergang gegeben. Doch davor war er ein großer Mann. Und Sie wollen jetzt also vor allem mehr über seinen Tod erfahren?«

»Über seine letzten zwei Tage. Ich habe Berge von Material über die Vorgänge im Bunker. Doch die Aussagen über seinen Tod sind sehr widersprüchlich.«

»Jeder sieht nur, was er sehen will«, sagte Vogel. »Auch ich kann Ihnen nur sagen, was ich gesehen und gehört habe.«

»Genau darum möchte ich Sie bitten.«

Vogel schaukelte sacht in seinem Stuhl vor und zurück, während er an seinem Hörgerät drehte. »Entschuldigung, was haben Sie gesagt?«

»Was immer Sie mir zu erzählen haben, ist genau das, was ich hören will«, wiederholte sie etwas langsamer und lauter. Sie legte die Liste in ihren Aktenkoffer zurück und holte einen gelben Block und einen Kugelschreiber heraus.

Vogel fummelte wieder an seinem Hörgerät herum. »Ich höre nicht sehr gut, wissen Sie... Es passierte am letzten Tag... Das russische Bombardement auf die Reichskanzlei und den Bunker war mörderisch... die Druckwelle einer Explosion hat mich zu Boden geschleudert... die Rakete muß von einem Katjuscha-Laster abgefeuert worden sein. Noch Monate später hatte ich ein Pfeifen im Ohr, bis ich endlich zu einem Doktor gehen konnte.«

Als er zufrieden mit der Einstellung war, griff er das Gespräch wieder auf. »Hitler wußte schon fünf Tage vor dem Ende, daß alles vorbei war. Die Russen hatten Berlin umzingelt und drangen schon in die Außenbezirke ein. Er sagte Linge – Heinz Linge, der seine Leibwache befehligte –, daß er nicht lebend gefangengenommen werden wollte. ›Ich werde mich erschießen. Wenn ich es getan habe, bringen Sie meine Leiche in den Garten der Reichskanzlei. Nach meinem Tod darf mich niemand zu Gesicht bekommen und erkennen. Sorgen Sie dafür, daß meine sterblichen Überreste verbrannt werden. Sobald das erledigt ist, gehen Sie in meine Zimmer, suchen meine Papiere zusammen und verbrennen sie ebenfalls.‹ Dasselbe sagte er zu Otto Günsche, seinem Adjutanten und Chauffeur. ›Ich möchte eingeäschert werden‹, sagte er. ›Ich will nicht, daß man mich nach meinem Tod in einem russischen Zoo ausstellt.‹«

Emily schrieb eifrig mit. Vogel wartete. Sie blickte auf. »Das waren seine Worte?«

»So habe ich es gehört. Sie sagen, Sie wüßten über die meisten Vorfälle im Bunker Bescheid. Sie sind vor allem an Einzelheiten des letzten Tages interessiert.«

»Der letzten beiden Tage.«

»In Ordnung. Fangen wir mit dem Abend des 28. April 1945 an. Hitler verkündete, daß er vorhabe, Eva Braun zu heiraten, um ihre langjährige Liebesgeschichte zu legalisieren und ihr für die Loyalität zu danken, an seiner Seite im Bunker zu sterben. Es gelang Goebbels, einen Standesbeamten aufzutreiben, denselben, der ihn und Magda getraut hatte. Der Standesbeamte kämpfte bei einer Volkssturm-Einheit in der Friedrichstraße. Die Heiratsurkunde wurde von zwei Zeugen unterschrieben, Goebbels und Martin Bormann. Die Trauung fand nach Mitternacht statt, etwa um null Uhr dreißig am Morgen des 29. April. Anschließend gab es ein kleines Bankett mit acht Gästen. Eva trank etwas zuviel Champagner und hatte einen Schwips. Hitler trank ebenfalls, um sich der allgemeinen Fröhlichkeit anzupassen. Aber jemand hat gehört, wie er murmelte: ›Es ist alles vorbei. Der Tod wird eine Erleichterung für mich sein. Ich bin von allen belogen und betrogen worden.‹ Damit meinte er Göring und Himmler, die ohne sein Wissen mit einem Friedensplan hausieren gegangen waren, um ihre Haut zu retten, und einige seiner Generäle, die ihm nicht die Wahrheit gesagt hatten.«

Vogel sah zu, wie Emily ihren Block vollschrieb. Offenbar hatte er diese Geschichte schon oft erzählt, denn sie ging ihm flüssig von der Zunge. Er fuhr fort: »Im Bunker gab es weder Tag noch Nacht. Meistens hat Hitler die ganze Nacht durchgearbeitet und am Morgen geschlafen. Vor der Trauung rief er seine Sekretärin, Traudel Junge, herein und diktierte ihr zwei Testamente – ein kurzes, in dem er erklärte, warum er Eva Braun heiratete, und ein langes politisches, in dem er noch einmal den ganzen Unsinn aufwärmte, der Krieg sei ihm vom internationalen Judentum aufgezwungen worden. Er blieb wach, bis Frau Junge seine Manuskripte getippt hatte, dann unterzeichnete er sie, ließ noch zwei Zeugen unterschreiben und war endlich bereit, ins Bett zu gehen. Aber das wissen Sie wahrscheinlich schon alles, nicht wahr, Miss Ashcroft?«

»Das meiste. Was jetzt kommt, ist für mich am wichtigsten. Ich hoffe, Sie werden mir nichts verschweigen, Herr Vogel.«

Vogel schaukelte in seinem Stuhl vor und zurück, vor und zurück. »An jenem Morgen und am 30. April zwischen vier Uhr dreißig und fünf Uhr dreißig schliefen Hitler und Eva Braun zum ersten Mal als Verheiratete miteinander. Am 29. April erwachten sie um elf. Um zwölf hielt Hitler seine letzte Lagebesprechung. Anschließend schickte er Kuriere mit seinen Testamenten los, um sie aus Berlin herauszuschaffen. Dann bereitete er sich auf den Tod vor.«

»Wie?«

»Er war in einiger Sorge wegen des Zyankalis, das Himmler ihm besorgt hatte. Vielleicht waren die Kapseln nicht mehr wirksam. Er wollte ganz sicher sein.«

»Hat er dann nicht eine Kapsel an seinem Hund ausprobiert?«

»Ah, das wissen Sie schon.«

Sie konnte nicht sagen, ob ihre Sachkenntnis ihn freute oder verärgerte. Sie beschloß, sich von jetzt ab zurückzuhalten und ihn ungestört erzählen zu lassen.

»Seinen Hund, ja«, fuhr Vogel fort. »Er ließ einen seiner vier Ärzte, Dr. Werner Haase, zu sich in den Bunker kommen. Es fiel ihm ganz offensichtlich nicht leicht, als er Haase erklärte, er wolle wissen, ob die Kapseln noch wirkten und daß eine deshalb an seinem Lieblingsschäferhund Blondie ausprobiert werden sollte. Dr. Haase zwang den Hund, die Kapsel zu fressen, dann erstattete er Hitler Bericht: ›Der Tod trat praktisch auf der Stelle ein.‹ Der Führer zeigte sich zufrieden. An jenem Tag trennte er sich auch von seinem liebsten Besitzstück, einem ovalen Gemälde von Friedrich dem Großen, das über seinem Schreibtisch hing. Er hatte Friedrich immer verehrt, vor allem, weil es ihm gelungen war, 1762, gegen Ende des Siebenjährigen Krieges, der drohenden Niederlage zu entgehen, als die Allianz seiner Gegner – der Russen, Sachsen und Österreicher – nach dem Tod der Zarin auseinanderbrach. Hitler nahm das Gemälde von der Wand und schenkte es seinem Lieblingspiloten, Hans Bauer. Er bat ihn, es zu behalten oder einem Museum zu geben. Als der Pilot später zu entkommen versuchte, schnitt er das Bild aus dem Rahmen und versteckte es unter seinem Hemd. Doch die Russen faßten und internierten ihn – vermutlich ist ihnen auch das Gemälde in die Hände gefallen.«

Nach einer kurzen Pause nahm Vogel den Faden wieder auf. »Um neun an jenem Abend – Sonntag, 29. April – hörte Hitler zufällig die von Radio Stockholm ausgestrahlte Nachricht, daß Mussolini im Norden Italiens von Partisanen gefangengenommen und zusammen mit seiner Geliebten, Clara Petacci, hingerichtet worden war. Es ist unwahrscheinlich, daß er eine Ahnung hatte, was für Schreckensszenen sich danach abspielen würden. Auf alle Fälle wirkte er nicht sonderlich interessiert. Um Mitternacht erfuhr er, daß Berlin nicht länger gehalten werden konnte und daß die Russen die Reichskanzlei im Lauf des nächsten Tages erreichen würden. Um zwei Uhr dreißig wollte er sich von seinen engsten Mitarbeitern verabschieden. Zwanzig Mitglieder seines Stabs stellten sich im Bunkerkorridor in einer Reihe auf, und Hitler, begleitet von Martin Bormann, schlurfte an ihnen vorbei und schüttelte jedem die Hand. Bei Tagesanbruch gingen er und Eva zu Bett.«

»Wann, sagten Sie noch, ist er wieder aufgewacht?«

»Um fünf Uhr dreißig am Morgen des 30. April. Seinem letzten Tag. Man berichtete ihm, daß die Russen durch den Tiergarten vordrangen, den Potsdamer Platz erreicht hätten und daß eine sowjetische Einheit nur noch eine Straße von der Reichskanzlei und dem Bunker entfernt sei.«

»Hatte er keine Angst?«

»Nein, er war ziemlich ruhig«, sagte Vogel. »Vielleicht katatonisch. Er wußte, daß das Ende da war. Er befahl Günsche, zweihundert Liter Benzin zu beschaffen. Günsche rief Kempka an, den Chauffeur, der für Vorräte und Nachschub zuständig war, und verlangte die zweihundert Liter. Kempka konnte sich nicht vorstellen, wozu eine solche Menge gebraucht würde, und antwortete, so viel habe er nicht auf Lager, und es könne riskant werden, den Rest jetzt noch zu organisieren. Günsche befahl ihm, soviel wie möglich aufzutreiben und die Fässer zum Gartenausgang des Führerbunkers zu bringen. Kempka schaffte es schließlich, hundertachtzig Liter zu organisieren, und rollte die neun Fässer mit drei SS-Leuten zum Garten hinauf. Während dies geschah, etwa um halb drei, ließ sich Hitler sein letztes Mittagessen servieren. Er bat seine beiden Lieblingssekretärinnen, Traudel Junge und Gerda Christian, und seine etwas schüchterne Köchin, Konstanze Manzialy, ihm dabei Gesellschaft zu leisten. Eva Braun nahm an der Mahlzeit nicht teil. Sie aßen Spaghetti und Salat. Unterdessen belegte die russische Artillerie das gesamte Gebiet mit Sperrfeuer. Ein Geschoß explodierte dicht beim Bunkereingang, wo ich Wache stand, und die Wucht der Detonation riß mich zu Boden. Ich krabbelte die Stufen zum Korridor hinunter, um mich in Sicherheit zu bringen. Da unten habe ich dann mit eigenen Augen gesehen, wie Hitler sich zum zweiten- und letztenmal verabschiedete. Er hatte gerade mit Eva Braun seine Privaträume verlassen. Wie üblich trug er seine Schirmmütze, eine feldgraue Jacke mit dem Eisernen Kreuz an der Brust, schwarze Hosen und schwarze Schuhe. Seine Frau trug ein dunkelblaues Kleid mit gelben Punkten und italienische Schuhe mit halbhohen Absätzen. Soweit ich sie zählen konnte, standen diesmal zehn Männer und fünf Frauen in einer Reihe im Gang, mit dem Rücken zu einem gerahmten italienischen Gemälde an der Wand. Hitler gab jedem kraftlos die Hand; seine Frau umarmte die Damen und ließ sich von den Herren die Hand küssen. Dann kehrten Hitler und Eva in ihre Zimmer zurück. Die kleine Versammlung davor löste sich auf. In diesem Moment stürzte Magda Goebbels aus ihrem Zimmer und wollte mit Hitler sprechen. Günsche stellte sich ihr in den Weg. Sie schrie etwas wie: ›Ich muß mit ihm sprechen. Er darf sich nicht umbringen. Wir können es immer noch bis Berchtesgaden schaffen.‹ Sie war so hartnäckig, daß Günsche Hitler schließlich ihre Worte ausrichtete. Der Führer murmelte: ›Zu spät. Zu spät für alles.‹ Linge war an Günsches Seite getreten, und Hitler sagte zu Linge: ›Linge, alter Freund, ich möchte, daß Sie mit den anderen durchzubrechen und zu fliehen versuchen.‹ Linge fragte: ›Warum, mein Führer?‹ Hitler antwortete: ›Um dem Mann zu dienen, der nach mir kommen wird.‹ Dann fügte er hinzu: ›Schließen Sie die Tür. Warten Sie im Vorzimmer. Nach zehn Minuten öffnen Sie die Tür und kommen herein.‹ Dann brachten er und Eva sich um.«

Emily fragte: »Aber niemand hat es gesehen?«

Gereizt sagte Vogel: »Natürlich nicht. Seine letzte Anweisung lautete, daß er allein gelassen werden wollte.«

»Woher wußte man dann, daß er und Eva sich umgebracht hatten?«

»Weil die Tür nach zehn Minuten geöffnet wurde und beide tot auf dem blauweißen Samtsofa lagen.«

»Jemand muß doch den Schuß gehört haben.«

»Es war überhaupt nichts zu hören. Die stählerne Doppeltür zu Hitlers Räumen war nicht nur feuer- und gasfest, sondern auch schalldicht.«

»Einige Historiker haben geschrieben, man habe einen Schuß gehört.«

Vogel schüttelte heftig den Kopf. »Nein, nein. Das stimmt nicht. Als Kempka später in den Bunker stürmte, um zu sehen, was los war, hat Günsche ihm gesagt, daß Hitler tot sei. Günsche machte eine vertraute Handbewegung; er schob sich den Zeigefinger wie einen Pistolenlauf in den Mund. Später, als Kempka von amerikanischen und britischen Nachrichtenoffizieren verhört wurde, haben sie ihn gefragt, ob er den Schuß gehört habe. Kempka wußte, was sie hören wollten, deshalb sagte er, jeder habe den Schuß gehört. In Wirklichkeit aber hat niemand irgendeinen Schuß gehört.«

»Als die Leute nach zehn Minuten in Hitlers Räume kamen, waren Sie da dabei?«

»Nein«, sagte Vogel bedauernd. »Ich war wieder vor den Bunkereingang beordert worden. Aber hinterher habe ich noch etwas gesehen, und das werde ich Ihnen gleich erzählen. Jedenfalls habe ich gehört, was vorgefallen war, als die anderen Hitlers Wohnzimmer betraten. Linge ging als erster. Im Raum roch es nach Bittermandeln und Pulver. Hinter Linge folgten Bormann, Günsche, Goebbels und der Reichsjugendführer Axmann, der gerade eingetroffen war.«

»Sie alle haben Hitler tot gesehen?« fragte Emily.

»Ihn und sie, beide tot. Hitler war in der linken Ecke des Sofas zusammengesunken. Er hatte eine Zyankalikapsel zerbissen und sich gleichzeitig mit der rechten Hand in den Mund geschossen. Die Pistole war zu Boden gefallen.«

»Und Eva Braun?«

»Sie lehnte etwa sechzig Zentimeter neben ihm auf der Couch. Sie hatte ihre Schuhe abgestreift und die Beine unter sich gezogen. Sie hatte die Zyankalikapsel zerbissen und war gegen Hitler gerutscht, wobei sie mit den Füßen eine weiße Dresdner Vase mit Tulpen vom Couchtisch gestoßen haben muß. Offenbar hatte sie ebenfalls vorgehabt, auf alle Fälle noch eine Pistole zu verwenden. Linge fand sie auf dem Tisch, unbenutzt. Im Magazin fehlte keine Patrone. Dr. Ludwig Stumpfegger, ein orthopädischer Chirurg, wurde gerufen. Er untersuchte die beiden und erklärte sie für tot.«

»Darauf wurden sie verbrannt?« fragte Emily.

»Ich habe es selbst mit angesehen«, sagte Vogel leise. »Es war schrecklich.« Einen Moment war er in Gedanken versunken, ehe er weitersprach. »Linge hat, so wurde mir erzählt, eine braune Armeedecke genommen und Hitlers Oberkörper damit zugedeckt, um sein blutverschmiertes Gesicht vor den Blicken der Neugierigen zu verhüllen. Dann trug er ihn aus dem Wohnraum durch das Vorzimmer in den Korridor und zu der Treppe, die durch den Notausgang zum Garten hinaufführte. Aber Hitler wog etwa hundertachtzig Pfund und war zu schwer für einen Mann allein. Deswegen gab Linge ihn an drei junge SS-Männer weiter, die ihn mit dem Kopf voran die vier Treppen hinauftrugen. Hinter ihnen kam Bormann, der Eva trug. Auch sie war in eine Decke gehüllt, allerdings konnte man das Gesicht deutlich sehen. Kempka erzählte mir später, Bormann habe sie ›wie einen Sack Kartoffeln‹ getragen. Kempka wußte, wie sehr Eva Bormann verabscheut hatte, und so riß er ihm ihren Körper aus den Händen und reichte ihn an Günsche weiter, der sie mit Hilfe von zwei SS-Leuten die Treppe hinaufschaffte. Zwischen zwei Detonationen russischer Granaten konnte ich hören – oder spüren –, daß hinter dem Führerbunker etwas vorging. Deshalb habe ich meinen Posten verlassen und nachgeschaut.«

»Sie haben gesehen, wie die beiden begraben wurden?«

»Ich habe alles gesehen«, sagte Vogel. »Die drei SS-Männer schleppten Hitlers Leiche in den Garten.«

»Haben Sie sein Gesicht gesehen?«

»Es war noch immer zugedeckt. Aber ganz deutlich sah ich seine schwarzen Hosenbeine und die dikken Schuhe unter der Decke hervorschauen. Etwa zehn Meter von der obersten Treppenstufe entfernt befand sich ein flacher Graben, in den Hitlers Körper gelegt wurde. Anschließend trugen sie Eva heraus. Bei ihr konnte ich das Gesicht genau erkennen. Es wirkte friedlich. Auf der anderen Seite sahen ihre Füße in den Ferragamo-Schuhen hervor. Sie legten ihre Leiche neben die Hitlers in den Graben. Gleich darauf erschienen neun der Insassen des Bunkers im Garten, darunter Linge, Goebbels, Bormann und Dr. Stumpfegger. Zwei SS-Leute übergossen die Leichen mit Benzin. Linge versuchte, ein Streichholz anzuzünden und die Leichen in Brand zu setzen, doch eine Reihe plötzlicher Detonationen trieb sie alle wieder in den Bunkereingang zurück. Endlich gelang es Linge, eine improvisierte Fackel, entweder ein Lumpen oder zusammengerolltes Zeitungspapier, zu entzünden, und er lief zu dem Graben und warf sie auf die benzingetränkten Körper. Sofort leckte eine blaue Flamme empor, Rauch wallte auf. Die neun Zaungäste der Verbrennung hoben den rechten Arm zum Hitlergruß. Die Flammen loderten höher und höher. Dann kehrten die Zeugen in den Bunker zurück, und auch ich ging wieder auf meinen Posten.«

»Das war alles?«

»Nicht ganz. Es war schwierig, zwei Körper in einem so flachen Graben zu verbrennen. Jemand hatte den Befehl gegeben, mehr Benzin über die Leichen zu gießen. Deshalb tauchten in den nächsten drei oder vier Stunden immer wieder SS-Leute an dem Graben auf und leerten weitere Fässer über die Toten. Kurz vor Anbruch der Nacht, als es noch einigermaßen hell war, beschloß ich, selbst einen Blick zu riskieren.«

»Und Sie haben die Überreste von Hitler und seiner Frau gesehen.«

Vogel nickte. »Weit und breit war niemand, also schlich ich zu dem Graben hinüber. Die Flammen waren herabgebrannt. Ich glaubte, die Konturen von Hitlers Gesicht noch erkennen zu können. Es war schrecklich heiß. Beide Leichen dampften, das Fleisch war größtenteils weggeschmolzen. Hitlers Unterkörper war völlig verbrannt. Eva Braun konnte man überhaupt nicht mehr erkennen, nur, daß es sich um den verschmorten Körper einer Frau handelte. Ich trat einen Schritt zurück und mußte mich übergeben. Danach habe ich dann nur noch gehört, daß die beiden Leichen beerdigt worden seien.«

»Hat Ihnen jemand sagen können, wo?« fragte Emily.

»Nach meinen Informationen hat Johann Rattenhuber, der für die Sicherheit im Bunker verantwortlich war, drei SS-Leuten aufgetragen, die Leichen aus dem Graben zu entfernen und in der Nähe zu begraben. Sie holten eine Zeltplane und trugen darin die Überreste – Asche und ein paar Knochen – zu einem nahen Bombenkrater. Nachdem sie die Zeltplane hineingesenkt hatten, füllten sie den Krater mit lockerer Erde auf und stampften sie dann fest. Ich habe gehört, daß Axmann die Wachen vorher noch gebeten hat, etwas von Hitlers Asche in eine Schachtel zu füllen, mit der er dann verschwunden ist, Gott weiß, wohin. Danach wurde der Bunker geräumt, und jeder versuchte, sich durch die russischen Linien zu schlagen. Zusammen mit drei anderen SS-Leuten erhielt ich den Befehl, zurückzubleiben und alles verräterische Material zu vernichten. Wir haben ziemlich viel getrunken und ein bißchen geschlafen, und am nächsten Morgen sind dann die ersten Russen im Bunker aufgetaucht. Sie waren vom NKWD und wollten wissen, was aus Hitler geworden war. Ich habe es ihnen gesagt. Sie wollten die Gräber sehen. Einer von uns führte sie zu dem aufgefüllten Krater. Die Russen hoben ihn wieder aus und holten einen Kieferknochen aus der Grube. Sie verglichen die Zähne mit den Röntgenaufnahmen von Hitlers Zähnen, die sie in der Kartei eines Zahnarztes gefunden hatten. Sie waren zufrieden, daß Hitler nicht mehr lebte und im Garten der Reichskanzlei unter die Erde gebracht worden war. Jetzt wissen Sie alles, Miss Ashcroft.«

Emily saß reglos, ihre verkrampfte Schreibhand bewegte sich nicht mehr. Es hatte alles so real geklungen, so authentisch, als wäre es über jeden Zweifel erhaben.

Trotzdem, sie hatte ihre Arbeit, die Arbeit ihres Vaters, und Emily hörte sich sagen: »Diese Überreste, der Kieferknochen – könnte er von jemand anders als Hitler gewesen sein?«

Vogel blickte sie verwirrt an. »Wie meinen Sie das?«

Emily erinnerte sich daran, daß es sich bei Hitlers Selbstmord um den Höhepunkt von Vogels Leben handelte, daß diese so oft erzählte Geschichte im Grunde sein Leben ausmachte und daß er sie niemals in Zweifel ziehen oder gar aufgeben würde.

Und sie klang echt, das mußte sie zugeben. Es hatte so viele Zeugen gegeben, so viele. Konnten sie sich alle verschworen haben zu lügen? Unmöglich. Oder in die Irre geführt worden sein? Unwahrscheinlich. Oder hatten sie nur den Wunsch gehabt zu glauben, weil es für sie wie für Vogel ein großer historischer Moment in ihrem Leben war, von dem sie nur eins wollten, daß er wahr sein möge und bliebe? War alles wirklich so geschehen, wie sie es eben gehört hatte, und stellte es die reine Wahrheit dar?

Emily fragte sich, was an dem Verdacht eines möglicherweise verrückten Zahnarztes wirklich sein mochte. Solange sie sich nicht mit ihm treffen konnte und er sich nicht als durch und durch überzeugend herausstellte, so lange mußte sie Vogels Geschichte akzeptieren, die weithin als gesichert geltende Version, und damit das Buch beenden. Es war nicht auszuschließen, daß ihr Vater sich geirrt hatte, auf eine falsche Fährte gesetzt worden war. Vielleicht brauchte sie gar nicht weiter zu suchen. Im Grunde konnte sie das Buch mit diesem Augenzeugenbericht ausklingen lassen.

Doch das Nagen in ihrem Innern ließ sich nicht beruhigen. Sie hatte ihren Vater stets als Vorbild betrachtet, seine Sorgfalt bewundert und seine Objektivität respektiert. *Irgend etwas* an der historisch verbürgten Version hatte ihn gestört. Außerdem hatte auch Peter Nitz sie gewarnt. *Lassen Sie sich von ihm nur nicht zu sehr entmutigen. Hören Sie ihm einfach zu, und dann setzen Sie Ihrem Informanten die Daumenschrauben an. Treiben Sie den Knaben mit dem Augenzeugenbericht in die Enge.*

Sie begriff, daß sie noch einen Schritt weitergehen mußte – es führte kein Weg daran vorbei. Wenn dieser Schritt dann nicht die Wahrheit erbrachte, so würde sie auf das eben Gehörte zurückgreifen.

Sie stand auf, dankte Vogel und versprach, ihm eins der ersten Exemplare des Buches zuzuschicken.

In ihrer Suite im Kempinski wurde Emily neuerlich von Zweifeln überfallen. Ernst Vogel hatte so überzeugend gewirkt, war seiner Geschichte so sicher gewesen, daß jeder Versuch, ihn zu widerlegen, geradezu hirnrissig erschien. Vielleicht war die letzte Suche ihres Vaters in Berlin nur eine Narretei gewesen, ein unerklärliches Verlangen, auf seine alten Tage noch eine Sensation zu produzieren. Vielleicht handelte sie wie die meisten Töchter in Freudscher Abhängigkeit von ihren Vätern. Der Vater konnte nichts Falsches tun. War es nicht wirklich besser, wenn sie einfach ihre Sachen packte, nach Oxford zurückkehrte und das Buch abschloß?

Doch der Geist ihres Vaters wachte noch immer über ihr und ihrem Tun. Es war unmöglich, das väterliche Erbe so einfach zu ignorieren.

Langsam ging sie ins Schlafzimmer, holte den Ordner mit der jüngsten Korrespondenz hervor und setzte sich auf die Bettkante. Sie schlug den Brief von Dr. Max Thiel nach, den Brief, mit dem alles begonnen hatte, und überflog ihn noch einmal. *In einem wichtigen Punkt könnten alle bis heute verfaßten Berichte über Adolf Hitler und Eva Braun unrichtig sein. Es ist durchaus möglich, daß Hitler und seine Frau 1945 nicht Selbstmord begangen, sondern überlebt haben. Ich glaube, ich kann das sogar beweisen.*

Ihr Vater hatte sich mit Dr. Thiel getroffen und war immerhin so beeindruckt gewesen, daß er das Gelände um den Führerbunker nach neuen Beweisen umgraben lassen wollte.

Emily blätterte weiter. Sie stieß auf die Kopie des Briefes, den sie an Dr. Thiel geschrieben hatte, daß sie die Recherchen ihres Vaters fortführen wolle und dazu seiner Hilfe bedürfe. Er sei für ihre Untersuchung von größter Wichtigkeit, hatte sie geschrieben, und sie müsse sich unbedingt mit ihm treffen. Dr. Thiels Antwort war mit einer Heftklammer an der Kopie befestigt. *Liebe Miss Ashcroft, es tut mir leid, daß ich in dieser Angelegenheit weder Sie noch sonst jemanden empfangen kann.*

Dann fiel ihr etwas ein, das ihr Vater während ihres letzten Telefongesprächs gesagt hatte: *Emily, ich möchte, daß unser Buch die abschließende Arbeit zu diesem Thema wird, die absolute Wahrheit.*

Eine Narretei? Nein. Er war etwas auf der Spur gewesen.

Emily legte den Ordner aus der Hand, ging ins Wohnzimmer, zog sich das Telefon heran und wählte Dr. Thiels Nummer.

Ein Klingeln. Ein zweites Klingeln. Jemand hob ab.

Die Stimme einer alten Frau fragte: »Ja?«

»Bin ich mit dem Anschluß von Dr. Max Thiel verbunden?«

Ein kurzes Schweigen. »Wer spricht dort?«

»Ich bin die Tochter von Dr. Harrison Ashcroft. Ich muß unbedingt mit Herrn Dr. Thiel sprechen. Ich bin extra deswegen aus England nach Berlin geflogen.«

»Einen Augenblick, bitte.«

Emily konnte jemanden tuscheln hören. Sie wartete gespannt.

Ihr Vater hatte ihr gesagt, daß Dr. Thiels Stimme am Telefon tief und selbstsicher geklungen habe. Und nach dem Treffen hatte er berichtet, daß der Zahnarzt auch ausgesprochen freundlich gewesen sei.

Doch die Männerstimme, die sie jetzt vernahm, war ganz und gar nicht freundlich, eher barsch.

»Wer ist dort?«

»Herr Dr. Thiel? Mein Name ist Emily Ashcroft.« Kurz erinnerte sie ihn an ihren Vater und das Buch. »Sie haben ihm gestattet, sich mit Ihnen in Verbindung zu setzen, und Sie waren ihm gegenüber sehr entgegenkommend und kooperativ. Ich bin hier, um die Arbeit meines Vaters fortzuführen, Herr Dr. Thiel –«

»Bitte erwähnen Sie meinen Namen nicht noch einmal am Telefon«, sagte er scharf.

»Entschuldigung. Ich werde es nicht mehr tun, wenn es Ihnen nicht recht ist.«

»Es ist mir nicht recht. Es ist unklug.«

Sie spürte einen Anflug von Furcht in seiner Stimme und rechnete schon damit, daß er auflegen würde. Rasch sagte sie: »Ich bin nach Berlin gekommen, um mit Ihnen zu sprechen.«

»Unmöglich.«

»Aber mit meinem Vater haben Sie sich auch getroffen. Sie waren bereit, ihm zu helfen.«

»Na und, was hat ihm das genützt?« fragte Thiel, womöglich noch schroffer als zuvor.

»Es war ein Unfall.«

Dr. Thiels Stimme wurde ein wenig weicher. »Vielleicht. Vielleicht war es ein Unfall. Ich bin mir da nicht so sicher.« Er zögerte einen Moment. »Es muß ein schwerer Verlust für Sie gewesen sein, und es tut mir leid.« Dann fügte er starrköpfig hinzu: »Aber ich möchte kein Risiko eingehen. Bitte behelligen Sie mich nicht mehr. Sie können schreiben, was Sie wollen.«

»Ich möchte die Wahrheit schreiben«, sagte sie leidenschaftlich. Dann fiel ihr ein, was Nitze ihr geraten hatte. *Treiben Sie ihn mit dem Augenzeugenbericht in die Enge.* »Na gut, dann kann ich eben nur Ernst Vogels Version verwenden –«

»Wessen Version?«

»Die von Ernst Vogel. Er war bei der Leibstandarte Adolf Hitler im Führerbunker. Er hat Hitlers letzte Tage miterlebt. Ich habe ihn heute interviewt. Er hat bestätigt, was Linge, Günsche und Kempka bereits ausgesagt und beschworen haben. Er ließ keinen Zweifel daran, daß Hitler sich erschossen hat und anschließend in den Bunkergarten getragen und verbrannt worden ist. Nach seinen Worten ist die bisherige Version die einzig richtige, und jede andere kann bloß von Spinnern und Wirrköpfen stammen.«

Dr. Thiel schluckte den Köder. »Dieser Vogel ist ein Idiot«, blaffte er. »Er glaubt, was sie ihn glauben lassen wollten. Dem haben sie das Gehirn gewaschen, und er hat es nicht mal gemerkt. Ich kenne ihn. Er ist blöd, und er hat Hitler nie gekannt.«

»Aber Sie?« fragte Emily.

»Natürlich kannte ich ihn. Viel zu gut.«

»Und Sie hatten noch von etwas anderem Kenntnis, das Sie meinem Vater verraten haben. Schade, daß Sie nicht bereit sind, mir zu erzählen, was Sie ihm gesagt haben. Jetzt bin ich gezwungen, die unrichtige Version weiterzuverbreiten, statt die Wahrheit schreiben zu können.«

Ein kurzes Schweigen. »Spielt das nach vierzig Jahren wirklich noch eine Rolle? Lassen Sie die schlafenden Hunde ruhen.«

»Aber Sie haben doch vorhin angedeutet, daß sie vielleicht gar nicht schlafen«, widersprach Emily energisch. »Jawohl, ich halte es für wichtig, daß nach all den Jahren die ganze Wahrheit über Hitler bekannt wird. Damit nicht noch einmal jemand wie er über uns kommt. Falls Hitler noch lebt, muß er aufgespürt und bestraft werden. Man darf ihn nicht einfach so davonkommen lassen. Die Wahrheit spielt eine große Rolle, Herr Dr. Thiel. Mein Vater war dieser Meinung. Ich bin seine Tochter und denke ebenfalls so. Sind Sie wirklich der Überzeugung, die Vogels dieser Welt sollten ungestraft ihre Lügen und Mythen verbreiten dürfen, falls es sich wirklich um Mythen handelt? Wenn an Ihrer Geschichte wirklich etwas dran sein sollte, dann wünschte ich mir, daß Sie mich unterstützen würden. Um meines Vaters willen. Er war ein guter Mensch –«

»Ja, er war ein guter Mensch«, stimmte Dr. Thiel ihr zu. »Ich fand ihn bezaubernd. Aber er war auch ein sorgloser Mensch, und dafür mußte er bezahlen, vielleicht.« Er zögerte. »Na ja, vielleicht bin ich ebenso sorglos wie er. Vielleicht kann ich Ihnen ein paar Minuten meiner Zeit opfern. Vorausgesetzt, wir treffen uns ganz diskret, und es gibt keine Publicity diesmal.«

»Keine. Ich komme und gehe wie ein Mäuschen, das verspreche ich Ihnen.«

»Einverstanden. Meine Adresse haben Sie ja. Vor dem Abendessen habe ich noch eine Stunde Zeit. Können Sie gleich kommen?«

»Gleich!«

Emily saß auf einem unbequemen Stuhl in einem kleinen Zahnlabor im Erdgeschoß von Dr. Thiels geräumigem zweistöckigem Backsteinhaus in der Heerstraße unweit der Havel. Vom Kempinski bis hierher hatte sie fünfundzwanzig Minuten mit dem Taxi gebraucht. Dr. Max Thiel saß ihr auf einem weißen Drehstuhl gegenüber, einen Ellbogen auf eine kunststoffbezogene Tischplatte hinter sich gestützt.

Er war ein großer, leicht gebeugt gehender Mann, der etwas von einem Reiher hatte. Das feine graue Haar fiel gescheitelt zur Seite, hinter goldgerahmten Brillengläsern leuchteten wache blaue Augen in einem langen, schmalen Gesicht. Thiel trug einen dunklen Sommeranzug, ein weißes Hemd, einen schlichten blauen Schlips, dessen Knoten sich an einen gestärkten Kragen schmiegte, und schwarze Schnürschuhe. Er mochte in den Achtzigern sein.

Vom ersten Augenblick an war er höflich und zuvorkommend gewesen, hatte sie ins Labor geführt und war noch einmal verschwunden, um ein Tablett mit zwei Teetassen und einem Teller mit Keksen zu holen, gebacken von seiner Frau, die allerdings unsichtbar blieb.

»Nun, Miss Ashcroft, hat Ihr Vater Ihnen irgend etwas über unsere Unterhaltung erzählt?«

»Nichts, leider. Aber er war sehr aufgeregt und fühlte sich ermutigt, die Ausgrabung in Angriff zu nehmen. Er sagte, es sei zu kompliziert, am Telefon darüber zu sprechen, und wollte mir alles erklären, wenn er wieder in Oxford war. Ich habe also keine Ahnung, was sie miteinander gesprochen haben. Nur, daß es von großer Wichtigkeit war.«

»Nun, jetzt werden Sie es erfahren.«

Emily beugte sich gespannt vor.

»Sie wissen natürlich«, begann Dr. Thiel, »daß die Sowjets die einzigen waren, die Adolf Hitlers angeblichen Tod und die anschließende Beerdigung untersucht haben.«

»Ja, wir haben die Unterlagen über seine Autopsie in unserem Archiv in Oxford. Allerdings habe ich sie mir in letzter Zeit nicht mehr angeschaut. Ich wollte mich genauer mit ihnen auseinandersetzen, wenn ich an die letzten Kapitel der Biographie komme.«

»Damit wir keine Zeit verschwenden, möchte ich Ihnen kurz die Ergebnisse der verschiedenen russischen Untersuchungen zusammenfassen. Vor allem müssen Sie sich bei alldem über eines stets im klaren sein: Niemand hat tatsächlich gesehen, daß oder wie Hitler sich umgebracht hat. Niemand hat gesehen, daß oder wie Eva Braun sich umgebracht hat. Und niemand hat das je behauptet. Wir wissen lediglich, was die sowjetischen, britischen, französischen und amerikanischen Ermittler von den Deutschen, die im April 1945 im Führerbunker waren, zu hören bekommen haben. Wir haben gehört, daß Hitler angesichts seiner Niederlage und des Zusammenbruchs des Dritten Reiches angekündigt hat, sich umzubringen. Danach haben wir dann gehört, daß er und seine Frau sich in ihren Privaträumen getötet hätten, daß man sie tot dort liegen gesehen habe und daß sie anschließend ins Freie getragen und verbrannt worden seien. Aber abgesehen von den Aussagen seines Stabes und der Sicherheitsleute, hat es nie einen Beweis dafür gegeben, daß es sich bei dem Paar, das dort ums Leben gekommen ist, wirklich um Adolf und Eva handelte. Um ein Verbrechen zu beweisen, begangen an sich selbst oder an jemand anderem, ist es vor allen Gerichten der Welt nötig, ein Corpus delicti beizubringen – den Körper der oder des Getöteten. In diesem Fall aber gab es keine Körper – keine Leichen –, die man hätte untersuchen können. Hastig waren sie verbrannt worden, bis nur noch Asche und halbverbrannte Knochen übrig waren. Aber wie konnte ein Untersuchungsbeamter wissenschaftlich überzeugt von Hitlers und Evas Tod sein, ohne ihre Leichen gesehen zu haben?«

»Aber es gab doch etwas Ähnliches wie ein Corpus delicti«, warf Emily ein.

Dr. Thiel nickte. »Etwas Ähnliches. Die Sowjets waren überzeugt, daß Hitler und Eva Braun tot waren. Aber ich war und bin nicht überzeugt, daß sie tatsächlich gestorben sind.«

Bei den letzten Worten tat Emilys Herz einen Satz. Kein Wunder, daß ihr Vater so aufgeregt gewesen war. Sie wurde selber langsam aufgeregt. Trotzdem versuchte sie, sich nichts anmerken zu lassen, und machte einen letzten schwachen Versuch, den Advocatus Diaboli zu spielen. »Dr. Thiel, Sie wollen sagen, daß Hitler überlebt haben könnte, daß er seinen Jägern vielleicht entwischt ist. Wenn das stimmt, wie soll ihm das gelungen sein? Allem Material zufolge, das ich gesehen habe, konnte er an diesem letzten Tag, als die Russen den Bunker umzingelten, unmöglich zu Fuß oder mit dem Wagen durch ihre Linien schlüpfen. Vielleicht mit dem Flugzeug, möglicherweise. Aber Hanna Reitsch, die Pilotin, die ihn gegen elf besucht hatte, hat uns erzählt, daß sie selbst das letzte verfügbare Flugzeug, eine Arado-96, aus Berlin flog. Nicht einmal Hans Bauer, Hitlers persönlicher Pilot, konnte eine Maschine auftreiben, als er zur Flucht bereit war. Er mußte es zu Fuß versuchen, wurde gefangengenommen und bis 1955 in Rußland festgehalten. Außerdem gab es überhaupt keine unbesetzten deutschen Flugplätze mehr, von denen man hätte starten können. Otto

Skorzeny hat ausgesagt, daß den Nazis kein einziges Flugfeld mehr zur Verfügung stand.« Emily hob die Hände. »Falls Hitler überlebt hat, wie ist es ihm gelungen, zu entkommen?«

Dr. Thiels Antwort war simpel. »Ich weiß es nicht, Miss Ashcroft. Das herauszufinden ist Ihre Aufgabe. Alles, was ich weiß – oder zu wissen glaube –, ist, daß Hitler seinen angeblichen Selbstmord überlebt hat. Und er ist an jenem schicksalhaften Tag auch nicht verbrannt worden. Die Sowjets haben sich geirrt, und ich glaube, ich kann das beweisen.«

Schweigend, neugierig und, wie sie zugeben mußte, voller Hoffnung wartete Emily darauf, daß er fortfuhr.

»Zuerst werde ich Ihnen erzählen, was die Sowjets gefunden haben«, nahm Thiel den Faden wieder auf, »und dann erzähle ich Ihnen, was ich gefunden habe. Einen Tag vor Hitlers angeblichem Selbstmord stellte das sowjetische Oberkommando, schon in Berlin, eine kleine Spezialtruppe von NKWD-Offizieren zusammen, die mit einer Dolmetscherin namens Jelena Rschewskaja keine andere Aufgabe hatte, als Hitler aufzuspüren, tot oder lebendig. Oberstleutnant Iwan Klimenko führte einen Ermittlungstrupp zum Führerbunker. Die Russen wußten natürlich, daß dieser Bunker existierte und daß Hitler bereits hundertfünf Tage darin verbracht hatte. Aber bevor Klimenko mit seiner Suche beginnen konnte, trafen andere Russen beim Bunker ein, unter anderem zwölf Ärztinnen der Roten Armee und etwa zwanzig Offiziere. Sie waren nicht auf der Suche nach Hitler, sondern auf der Jagd nach Andenken. Diese Souvenirjäger konfiszierten alles, von den Lampen bis zu dem mit Monogrammen versehenen Tafelsilber und Eva Brauns schwarzen Seidenbüstenhaltern. Am 2. Mai 1945, zwei Tage nach Bekanntwerden von Hitlers Ableben, traf Klimenko beim Führerbunker ein, um die Todesumstände zu untersuchen. Gegen Abend hatte er eine männliche Leiche gefunden, die von einem anderen Trupp in einem Wassertank aus Eichenholz entdeckt worden war. Er ließ sie auf den Boden einer Halle in der Reichskanzlei nebenan legen und identifizierte sie zögernd als Hitlers Leiche. Trotzdem ist er zwei Tage später noch einmal in den Bunker zurückgekehrt, denn ein Soldat, Iwan Tschurakow, hatte in einem Bombenkrater die Überreste eines Mannes und einer Frau entdeckt. ›Anfangs habe ich natürlich nicht daran gedacht, daß es sich bei diesen Leichen um die von Hitler und Eva Braun handeln könnte‹, sagte Klimenko, ›denn ich glaubte ja, daß Hitlers Leichnam bereits in der Reichskanzlei lag und nur noch endgültig identifiziert werden mußte. Deswegen habe ich angeordnet, daß die Leichen wieder in ihre Decken gehüllt und begraben wurden.‹ In der Zwischenzeit stellten deutsche Offiziere und Diplomaten, die Hitler gekannt hatten, in der Reichskanzlei fest, daß diese Leiche unmöglich die des Führers sein konnte. Möglicherweise ein Doppelgänger, aber keinesfalls der Führer. Da fielen Klimenko die beiden Leichen in dem drei Meter vom Notausgang des Bunkers entfernten Bombenkrater wieder ein. Er trommelte ein paar Leute zusammen und jagte in einem Jeep zurück zum Bunkergelände. Lassen Sie mich Ihnen vorlesen, was dann geschah.«

Dr. Thiel öffnete eine Schublade und holte einen Stapel Papiere und ein paar Fotonegative heraus.

»Sie haben die beiden Leichen wieder ausgegraben«, sagte Emily.

Dr. Thiel nickte. »Ja. Sie waren immer noch in Decken gehüllt. Die Russen legten die Leichen in Holzkisten und fuhren sie mit einem Lastwagen nach Berlin-Buch, einem Vorort im Norden der Stadt. Hier begannen sowjetische Spezialisten mit einer umfassenden Autopsie.«

»An den Leichen?« fragte Emily. »Aber es war doch kaum noch etwas von ihnen übrig.«

»Das ist richtig«, antwortete Dr. Thiel. »Es waren nur noch die Reste von Leichen. Ich lese Ihnen einen Absatz aus dem Bericht der Spezialisten vor, und zwar zuerst über die männliche Leiche: ›In Anbetracht der Tatsache, daß der Leichnam außerordentlich angegriffen war, läßt sich das Alter des Verstorbenen nur schwer feststellen. Wahrscheinlich liegt es zwischen fünfzig und sechzig Jahren. Der Leichnam weist schwerste Verbrennungen auf und riecht nach verkohltem Fleisch. Ein Teil des Kraniums fehlt. Teile des Hinterkopfes, des linken Schläfenknochens sowie des Ober- und Unterkiefers sind noch erhalten. Die Haut fehlt sowohl im Gesicht als auch am Körper gänzlich; nur die Muskeln sind noch teilweise vorhanden, wenn auch vom Feuer versehrt.‹« Dr. Thiel blickte auf. »Keine Haut, daher also auch keine Fingerabdrücke. Weiter im Text, diesmal die Frau betreffend: ›In Anbetracht der Tatsache, daß der Körper zum größten Teil verbrannt ist, lassen sich die Gesichtszüge der toten Frau nicht mehr beschreiben. Das Alter der toten Frau liegt zwischen dreißig und vierzig Jahren.‹ Auch hier keine Fingerabdrücke. Doch dafür hatten die sowjetischen Spezialisten ein ihrer Meinung nach genauso verläßliches Identifikationsmerkmal. Sie verfügten nämlich über Ober- und Unterkiefer der beiden Leichen mit intakten Zähnen und Zahnprothesen.«

»Was genau besaßen sie als Arbeitsgrundlage?«

»Im Falle des Mannes die oberen und unteren Brücken. Eine davon war eine altmodische Goldkrone, die auf die Backenzähne paßte. Dann gab es eine Goldkrone von Eva Brauns Unterkiefer. Die sowjetische Dolmetscherin, Jelena Rschewskaja, schaffte es, Fräulein Käthe Heusemann aufzuspüren, die Hitlers Zahnarzt, Dr. Hugo Johannes Blaschke, assistiert hatte. Und Fritz Echtmann, den Dentaltechniker, der die Brücken angefertigt hatte. Fräulein Heusemann führte die Ermittler zu Dr. Blaschkes Praxis in den Ruinen der Reichskanzlei. Dort fanden sie die letzten Röntgenaufnahmen von Hitlers und Eva Brauns Zähnen, die sie dann mit den Brücken der Leichen verglichen. Das Ergebnis war positiv, Brücken und Bilder entsprachen einander. Obwohl die gerichtsmedizinische Kommission der Sowjets nur zehn übereinstimmende Punkte für eine positive Identifikation benötigt hätte, gab sie an, fünfundzwanzig gefunden zu haben. Von den Ergebnissen dieser Autopsie ausgehend, behaupteten die Sowjets am 9. Juli 1945, endlich und definitiv die Überreste von Adolf Hitler und Eva Braun gefunden zu haben.«

»Aber Sie sind anderer Meinung«, sagte Emily. »Sie glauben nicht, daß es sich um Hitler und seine Frau gehandelt hat. Warum?«

»Weil auch ich zu Hitlers Zahnärzten gehörte. Als er Dr. Blaschke bei bestimmten, ganz speziellen Problemen nicht mehr vertraute, hat er mich hinzugezogen. Da er aber keinen Streit mit Blaschke wollte, hat er mich vor ihm geheimgehalten. Folglich bin ich von den Sowjets auch nicht verhört worden, niemand wußte ja von meiner Arbeit. Ich konnte mir Kopien von den Berichten der russischen Spezialisten beschaffen. Die Brücken waren in der Tat dieselben, bis auf einen winzigen Unterschied. Als ich Hitlers Brükken korrigiert hatte, brachte ich ein kleines, kaum sichtbares Häkchen an seiner Zahnplatte an, damit die Goldkrone besser hielt. Dieses winzige Häkchen fehlte, den Berichten der Ärzte nach, an der Brücke, die den Sowjets vorlag. Das erregte meinen Verdacht.«

»Aber vielleicht war das Häkchen in der Hitze weggeschmolzen?« wandte Emily ein.

Dr. Thiel schüttelte ungeduldig den Kopf. »Nein, nein, unmöglich. Das Häkchen war aus Gold. Wenn es geschmolzen wäre, hätte die ganze Brücke schmelzen müssen. Nein, ich bin ganz sicher, daß die von den Russen ausgegrabene Leiche ein Doppelgänger war, dessen Brücken man exakt denen des Führers nachgestaltet hatte, ohne von meinem Zusatzmechanismus zu wissen. Aber wenn der verbrannte Körper die Leiche eines Doppelgängers war, blieb die Frage: Was war aus dem richtigen Hitler geworden?«

»Haben Sie meinem Vater aus diesem Grund vorgeschlagen, das Gebiet um den Führerbunker zu untersuchen?«

»Ich habe ihm vorgeschlagen, noch einmal genau nach zwei Beweisstücken zu suchen. Erstens – einem anderen Kieferknochen mit der Brücke, die ich Hitler angepaßt habe. Wenn Sie den finden würden, Miss Ashcroft, dann könnten Sie sicher sein, daß der Führer tot und begraben ist, wie behauptet wird.«

»Das wäre das erste Beweisstück. Welches ist das andere?«

Dr. Thiel blätterte in seinen Papieren. Dann hielt er ein Blatt in die Höhe. »Schauen Sie.«

Emily beugte sich vor. Es war eine nicht sonderlich kunstfertige Bleistiftzeichnung, die eine Kamee darzustellen schien, eine Kamee mit dem Gesicht eines Mannes.

»Was ist das?« fragte sie.

»Das zweite Beweisstück, nach dem Sie suchen müssen, wenn man Ihnen gestattet, in der Bunkergegend zu graben. Es handelt sich um eine Kamee, die Hitler an einem Kettchen um den Hals trug, auf der Brust, genau gesagt. Wahrscheinlich wußte niemand außer Eva, daß er diese Kamee trug. Ich selbst habe sie nur durch Zufall entdeckt. Als ich ihn das letzte Mal behandelt habe, setzte ich ihn unter Vollnarkose. Damit er besser atmen konnte, öffnete ich den obersten Knopf seines Hemdes. Da lag die Kamee auf seiner Brust, offensichtlich ein Glücksbringer.«

»Wessen Gesicht zeigt der Stein?«

»Sie kennen das Ölgemälde, das Hitler sechs Jahre lang, wo immer er hinging, mit sich führte? Das er im Führerbunker über seinem Schreibtisch aufhängte und dann, bevor die Russen kamen, seinem Piloten Bauer schenkte, damit er es in Sicherheit brachte? Diese Kamee stellt eine Reproduktion des Gesichts auf jenem Ölgemälde dar.«

»Das Gesicht Friedrichs des Großen.«

Dr. Thiel lächelte zum erstenmal während ihrer Unterhaltung. »Genau. Es wird behauptet, Hitler sei voll bekleidet gestorben und verbrannt worden. Wenn das zuträfe, müßte er unter seinem Hemd noch immer diese Kamee getragen haben, als er beerdigt wurde. Falls es sich also tatsächlich um Hitlers Leichnam handelte, den die Sowjets gefunden haben, müßte die Kamee noch irgendwo da unten in der Erde liegen. Wenn Sie dort graben und die Kamee oder die Goldbrücke finden, dann sind Sie in der Lage zu bestätigen, daß die Sowjets den richtigen Adolf Hitler gefunden haben. Sie müssen dabei allerdings sorgfältiger vorgehen als jeder andere vor Ihnen. Falls Sie nämlich hinterher mit leeren Händen dastehen, dann ist es sehr wahrscheinlich, daß Hitler nicht dort gestorben ist, wie die Sowjets behaupten. Dann hätten Sie den Beweis, daß Hitler sein angebliches Ende überlebt hat und mit heiler Haut davongekommen ist.«

Emily war nur noch etwas unklar. »Aber wenn Hitler die Kamee abgenommen und seinem Doppelgänger um den Hals gehängt hätte?«

»Ich glaube nicht, daß er auf diese Idee gekommen wäre. Falls ihm die Flucht geglückt ist, dann mit der Kamee um den Hals. Es war sein Glücksbringer. Und dann ist da immer noch die Brücke, die ich ihm angepaßt habe.«

Emily blickte Dr. Thiel in die Augen. »Sie meinen also, ich sollte die Grabung durchführen.«

Dr. Thiel nickte bedächtig. »Graben Sie, Miss Ashcroft, graben Sie tief, wenn Sie wirklich an der Wahrheit interessiert sind. Und sollten Sie auf diese Wahrheit stoßen, dann erzählen Sie niemandem davon – bis Sie weit weg von Berlin und in der Lage sind, es der ganzen Welt zu erzählen. Ja, graben Sie. Und schweigen Sie.«

4

Am nächsten Tag saß Emily Ashcroft neben Peter Nitz im Fond einer bequemen Mercedes-Limousine und näherte sich der Mauer, der Grenze zwischen den beiden Welten von West-Berlin und Ost-Berlin.

Sie war früh erwacht, denn ihr Treffen mit Hitlers Zahnarzt ließ ihr keine Ruhe. Sie war fest entschlossen, das Rätsel um die letzten Tage des Führers in seinem unterirdischen Versteck zu lösen.

Sie bestellte Frühstück und ließ sich mit Professor Otto Blaubach in seinem Ostberliner Amt verbinden. Er nahm ihren Anruf sofort entgegen und war die Herzlichkeit selbst. Ja, er hatte ihren Brief erhalten und schon viel früher auf ihren Anruf gewartet. Er freute sich auf ein Wiedersehen und lud sie ein, sich um zwei jenseits der Mauer mit ihm zu treffen. Ob ihr das passe? Emily antwortete, daß sie sich ebenfalls freue und zwei Uhr ihr ausgezeichnet passe.

Während des Frühstücks dachte sie daran, wie sie das erste und einzige Mal in Ost-Berlin gewesen war, vor drei Jahren mit ihrem Vater. Ihr Vater hatte sich um alles gekümmert, und der Grenzübergang war ihr unkompliziert und einfach erschienen. Heute nachmittag hingegen war sie allein, ganz auf sich gestellt. Ihr Fahrtziel kam ihr fremdartiger vor als je, und sie hatte das Gefühl, eine Begleitung zu brauchen, jemanden, der sich drüben auskannte.

Sie hatte bei der *Berliner Morgenpost* angerufen und Peter Nitz an seinem Schreibtisch erreicht. Nach ein paar allgemeinen Worten hatte sie gesagt: »Ich brauche einen Führer. Ich gehe heute nachmittag nach Ost-Berlin und habe ein bißchen Angst. Ich weiß, das ist Unsinn, aber –«

»Ganz und gar nicht«, hatte Nitz gesagt. »Ich kann Ihnen helfen. Ich kenne einen vertrauenswürdigen Mann, einen unabhängigen Chauffeur namens Erwin Plamp.«

»Plamp?«

»Der Name mag für Ihre Ohren etwas seltsam klingen, wie das englische Wort *plump*. Er ist in der Tat etwas rundlich. Er fährt fast täglich nach Ost-Berlin. Meine Zeitung setzt ihn oft ein. Er fährt einen neuen Mercedes. Wann brauchen Sie ihn?«

»Ich muß um zwei im Büro von Professor Otto Blaubach sein.«

»Ich werde mich erkundigen, ob Plamp Zeit hat. Wenn nicht, gebe ich Ihnen Bescheid. Wenn ja, ist er pünktlich bei Ihnen. Ich denke, Sie sollten sich ab ein Uhr bereithalten.«

»In Ordnung.«

»Ich nehme an, Sie wollen um die Erlaubnis nachsuchen, das Bunkergelände umgraben zu lassen?«

»Genau.«

»Miss Ashcroft, haben Sie den Führerbunker seit 1961, als die Mauer errichtet wurde, schon mal wieder gesehen?«

»Ja. Vor drei Jahren habe ich einen Blick darauf geworfen, und dank der Recherchen meines Vaters bin ich über Ost-Berlin ziemlich gut informiert.«

»Vielleicht kann ich Sie vor Ihrem Treffen mit Professor Blaubach noch auf den neuesten Stand bringen. Wenn Sie wollen, würde ich Ihnen in Ost-Berlin gern als Führer zur Seite stehen.«

»Wirklich? Das wäre wunderbar, Mr. Nitz.«

Und jetzt saßen sie hier im Fond des klimatisierten Mercedes, hatten gerade beschlossen, sich mit Emily und Peter anzureden, und näherten sich einem schmutziggrauen Zementgebilde. Nitz bat den Fahrer anzuhalten.

»Die Mauer«, sagte er.

»Kein schöner Anblick«, antwortete Emily, wobei sie den abstoßenden Zementwall anstarrte.

»Kaum zu glauben, daß sie buchstäblich über Nacht errichtet wurde«, sagte Nitz. »Die Deutsche Demokratische Republik hat behauptet, sich mit der Mauer gegen eine Invasion aus dem Westen schützen zu müssen. Sie und ich wissen es natürlich besser. In den zwölf Jahren, bevor sie erbaut wurde, hat etwa ein Fünftel der Ostberliner Bevölkerung ihre Heimat verlassen, um nach Westdeutschland zu gehen. Allein im letzten Monat vor dem Mauerbau sind sage und schreibe hundertvierzigtausend Ostdeutsche nach Westdeutschland geflohen. In den Jahren danach haben zweiundsiebzig Menschen bei dem Versuch, über die Mauer nach Westdeutschland zu gelangen, den Tod gefunden. Insgesamt ist die Grenzbefestigung zwischen den beiden Deutschlands rund hundertzwanzig Kilometer lang, fünfundachtzig Prozent aus Beton, der Rest aus Stacheldraht. Die Mauer zwischen Ost- und West-Berlin ist vierundsechzig Kilometer lang. Ihre durchschnittliche Höhe beträgt dreieinhalb Meter.«

Der Fahrer gab wieder Gas, und jetzt fuhren sie parallel zur Mauer. Wie schon bei ihrem ersten Besuch sah Emily, daß fast jeder Zentimeter der Zementfläche mit Graffiti bedeckt war, Slogans und Zeichnungen, die alles mögliche bedeuten konnten. Obendrauf verlief eine Art Zementröhre.

»Jenseits der Mauer gibt es noch immer eine Zone mit Stacheldrahtverhauen und Panzersperren, die tief im Boden verankert sind«, erklärte Nitz. »Dieser sogenannte Grenzsicherheitssektor ist mit Wachtürmen bestückt, auf denen jeweils drei Soldaten der Volksarmee mit Maschinenpistolen und Ferngläsern Dienst tun. Innerhalb dieses Sektors steht die Ruine des Führerbunkers. Gibt nicht mehr viel her, wie Sie ja wissen.«

Der Mercedes verringerte das Tempo, als sie sich einem unkrautüberwachsenen, leeren Areal näherten, auf dem mehrere Sightseeing-Busse standen, die Tische eines Flohmarkts, eine Erfrischungsbude und ein Andenkenladen mit drehbaren Postkarten, Dia- und Stadtplanständern davor. Rechter Hand, nur knapp zwanzig Meter von der Mauer entfernt, erhob sich ein Aussichtsgerüst mit einer Plattform, auf der sich Dutzende von Touristen drängten, um über die Mauer in die Ostberliner Sicherheitszone hinüberzuspähen.

»Wenn Sie wollen, können wir hier am alten Potsdamer Platz kurz anhalten«, schlug Nitz vor. »Vielleicht möchten Sie von der Plattform noch einen Blick auf den Führerbunker werfen.«

»O ja, gern«, sagte Emily. »Das letztemal konnte ich ihn mir nur kurz anschauen. Jetzt hingegen stellt er gewissermaßen mein Endziel dar.«

Sie stiegen aus, und Emily folgte Nitz zum Fuß einer aus Brettern und Metallrohren bestehenden Treppe, die zu der über die Höhe der Mauer hinausragenden Plattform führte. Sie kletterten die wenigen Stufen empor und arbeiteten sich durch die Touristen an das Geländer vor. Von dort aus hatte Emily einen guten Blick auf das Niemandsland.

Ganz rechts erhob sich ein bemannter Wachturm. Ein graues Motorrad mit Seitenwagen hielt neben dem Turm, und zwei in dunklem Grün uniformierte Soldaten stiegen aus, vermutlich die Ablösung für die Besatzung auf dem Turm. Die wenigen Straßen waren verlassen und durch gezackte Stahlbarrieren unbefahrbar gemacht worden. In der Ferne verlief ein niedriger Zaun, in dem ein Tor den Soldaten aus Ost-Berlin den Zugang in die Sicherheitszone ermöglichte.

Nitz streckte den Arm aus. »Der Führerbunker«, sagte er.

»Wo?«

»Da hinten, links von der schmalen Straße für die Wachen, ungefähr dreihundertfünfzig Meter von hier entfernt – der hohe Geröllhaufen.«

»Ja, jetzt sehe ich ihn.«

»1947 haben die Russen ihn dem Erdboden gleichgemacht, aber nicht ganz«, sagte Nitz. »Offenbar haben sie ihn bloß zugeschüttet, denn einmal hat ein Ostberliner versucht, sich mit einer Schaufel in den Bunker zu buddeln. Er dachte, er könnte von dort aus einen Tunnel nach West-Berlin graben. Er wurde gefaßt, aber vorher hatte er noch Gelegenheit festzustellen, daß einige der Räume unter der Erde beinahe völlig intakt waren. Der Garten der Reichskanzlei, den Sie umgraben wollen, liegt auf unserer Seite des Geröllhaufens. Wie wirkt er auf Sie?«

Emily starrte wie hypnotisiert zu dem Hügel hinüber. »Sieht schwierig aus, aber es ist zu machen. Doch erst brauche ich die Erlaubnis von den Ostberliner Behörden.«

»Gut, dann sollten wir fahren«, sagte Nitz und ergriff ihren Ellbogen.

Als sie die Plattform verlassen hatten und wieder im Auto saßen, drehte Plamp, ihr Chauffeur, sich um und betrachtete sie fragend durch die Gläser seiner Sonnenbrille. »Checkpoint Charlie?«

»Checkpoint Charlie«, bestätigte Emily.

Erst als sie in die Friedrichstraße bogen, nahm Nitz seine Fremdenführerrolle wieder auf. »Es gibt noch sechs andere Grenzübergänge«, erklärte er, »aber Checkpoint Charlie ist für Ausländer der wichtigste.«

Sie näherten sich einem Schild: YOU ARE NOW

LEAVING THE AMERICAN SECTOR. In den beiden schmalen Hütten rechts und links davon hielten sich drei Soldaten auf, die Nitz als britische, französische und amerikanische Militärpolizisten identifizierte. Sie schenkten dem Mercedes keine Aufmerksamkeit, und Plamp fuhr weiter, bis sie zu einem Schlagbaum mit einem STOP-Schild kamen.

Ein Ostberliner Grenzposten trat an die Fahrerseite des Wagens. Plamp zeigte ihm ihre Pässe. Der Posten ließ den Schlagbaum hoch, und Plamp gab Gas. Von einem Glashäuschen auf einem Wachturm aus folgten zwei andere Grenzposten ihnen mit Ferngläsern. Es gab drei teilweise gepflasterte Fahrbahnen, die in den Checkpoint führten. Plamp hatte die innere genommen. Nach ein paar Metern hielt er an und stieg aus. Dann ging er auf die erste von drei gelbgestrichenen Hütten zu, die rechts der Straße standen.

»Das wird jetzt ungefähr fünfzehn Minuten dauern«, erklärte Nitz. »Plamp zeigt unsere Pässe vor, tauscht für jeden von uns fünfundzwanzig Mark ein und gibt dem Zoll unsere ausgefüllten Formulare. Sicher können Sie sich noch von Ihrem letzten Besuch an die Prozedur erinnern.«

Nach einer knappen Viertelstunde kehrte Plamp zurück und nahm wieder hinter dem Lenkrad Platz. Sofort tauchten zwei Ostberliner Grenzposten auf, auf jeder Seite des Wagens einer. Der erste öffnete die Beifahrertür, um das Innere des Mercedes zu inspizieren. Er warf einen Blick ins Handschuhfach, spähte in die Seitentaschen der Türen und unter die Sitze. Der zweite öffnete die Motorhaube und schloß sie wieder, ging um den Wagen herum, öffnete den Kofferraum, schloß ihn wieder und schob schließlich einen Stab mit einem Spiegel daran unter den Wagen.

Emily schüttelte traurig den Kopf. »Warum tun sie das? Sie wissen doch, daß kein Mensch auf die Idee käme, jemand hineinzuschmuggeln. Nur heraus.«

»Sie suchen nach Schmuggelware. In Ostdeutschland gibt es einen blühenden Schwarzmarkt.«

Nun ging auch der zweite Schlagbaum hoch. Langsam steuerte Plamp den Mercedes auf einen dritten zu. Ein weiterer Posten nahm ihre Pässe entgegen und verglich die Fotos mit ihren Gesichtern. Er reichte Plamp die Pässe zurück, und der letzte Schlagbaum ging hoch.

Der Mercedes fuhr weiter, immer noch auf der Friedrichstraße, jetzt aber in Ost-Berlin.

Emily atmete erleichtert aus. »Peter, ich frage mich, ob Professor Blaubach weiß, was an den Grenzen seines Landes vorgeht.«

»Das möchte ich doch meinen«, antwortete Nitz mit einem Lächeln. »Immerhin ist er ein führender Ostberliner Funktionär.«

»Aber er wirkt so nett.«

»Bestimmt ist er auch nett. Es ist sein Land, das an Paranoia leidet.«

Als sie an der Leipziger Straße vor einer roten Ampel halten mußten, beugte Emily sich vor und sagte zu dem Chauffeur: »Fahren Sie uns zum Brandenburger Tor und dann langsam Unter den Linden entlang, damit ich mir die Straße noch einmal in Ruhe ansehen kann. Anschließend können Sie mich dann zum Marx-Engels-Platz bringen, wo Professor Blaubach sein Büro hat.«

»Aber vorher lassen Sie mich beim Café am Palast raus«, schaltete Nitz sich ein. »Dann bringen Sie Fräulein Ashcroft zu ihrer Verabredung, warten, bis sie fertig ist, und holen mich auf dem Rückweg wieder ab.«

Plamp nickte und fuhr los, als die Ampel auf Grün schaltete. Nach ein paar Minuten sah Emily das Brandenburger Tor, umgeben von einem niedrigen Holzzaun.

»Ausgesprochen eindrucksvoll«, sagte sie. »Und höchst ironisch, wenn man bedenkt, daß die Skulptur obendrauf Friedensgöttin heißt.« Als sie nach rechts in eine breite Allee bogen, rief sie aufgeregt: »Unter den Linden, wie herrlich!«

In der Tat handelte es sich um eine der großartigsten Straßen, die sie je gesehen hatte. Mächtige Bäume warfen Schatten auf die breiten Trottoirs, die an Geschäften und Cafés vorbeiführten. In der Mitte zog sich ein schmaler Grünstreifen hin, ebenfalls gesäumt von schattenspendenden Bäumen.

Emily wandte sich Nitz zu und sagte: »Ich vergesse immer wieder, daß dies hier das Herz von Hitlers Berlin war, bevor die Stadt geteilt wurde und die Ostberliner gewissermaßen die Hauptschlagader bekommen haben.«

»Dafür hat West-Berlin mehr Industrie, Parks und Seen abgekriegt«, gab Nitz zurück. »Und mehr Menschen.«

»Stimmt.«

Während sie Unter den Linden entlangrollten, merkte sie, daß der Mercedes praktisch freie Fahrt hatte. »Es gibt hier ja überhaupt keinen Verkehr«, meinte sie.

»Weil die Autos immer noch zu teuer sind, außer für Diplomaten und Regierungsmitglieder«, sagte Nitz. Er deutete auf die Wagen, die längs des Grünstreifens in der Mitte der Straße geparkt waren. »Um sich einen Wartburg oder einen russischen Lada leisten zu können, muß der Durchschnittsbürger länger als sechs Jahre jeden Pfennig sparen.«

»Ich sehe überhaupt keine russischen Soldaten.«

»In der Stadt selbst halten sich auch keine auf. Aber wenn Sie Ost-Berlin verlassen, brauchen Sie nicht weit zu gehen, um auf die ersten zu stoßen.«

Linker Hand stand die ungarische Botschaft, daneben die polnische. Rechts glitt die sowjetische Botschaft mit ihrer Leninbüste aus weißem Marmor vorbei. Dann ein Laden mit Meißner Porzellan, ein Aeroflot-Büro und ein Lebensmittelladen mit Waren aus Vietnam und China.

Allmählich wurden die Gebäude imposanter. Die Humboldt-Universität. Das Denkmal für die Opfer des Faschismus und Militarismus mit seinem Ewigen Licht im Inneren und den im Stechschritt paradierenden Soldaten davor.

»Plamp«, rief Nitz, »lassen Sie mich hier bitte aussteigen.«

»Wollen Sie mich wirklich allein lassen?« fragte Emily.

»Ja, bei Professor Blaubach kann ich Ihnen nicht von Nutzen sein. Ich setze mich da drüben ins Café am Palast, lese Zeitung, trinke Kaffee und warte, bis Erwin Sie zurückbringt und mich abholt.«

Nitz öffnete die Tür, stieg aus und fügte hinzu: »Vergessen Sie nicht, Emily, Sie sind jetzt mitten in dem Viertel, das einmal Adolf Hitlers ganzer Stolz war. Da, wo jetzt der Parkplatz ist, stand einmal die Reichskanzlei. Die Ruine des Führerbunkers haben Sie ja schon gesehen. All das sollte einmal tausend Jahre überdauern, tatsächlich war aber nach zwölf Jahren und drei Monaten schon alles vorbei.« Ein Lächeln. »Das Dritte Reich mit all seinen Geheimnissen – sehen Sie zu, daß es Ihnen gelingt, wenigstens ein paar davon aufzuklären.«

Als Emily sich in den Sessel vor Professor Otto Blaubachs antikem Schreibtisch aus polierter Eiche sinken ließ, wurde ihr klar, daß dies ihr Eröffnungszug war, mit dem sie versuchen würde, eins der größten Rätsel des 20. Jahrhunderts zu lösen. Wenn er erfolglos verlief, konnte sie auf der Stelle umkehren und nach Hause zurückfliegen.

Sie sah zu, wie der Professor langsam zu dem hochlehnigen, mit schwarzem Leder bezogenen Drehstuhl hinter seinem Schreibtisch ging. Seit ihrer letzten Begegnung vor drei Jahren hatte er sich kaum verändert. Er wirkte nur etwas langsamer, aber sein graues Haar war sorgfältig gekämmt, die Krawatte akkurat gebunden und der dunkle Anzug ohne die kleinste Falte. Er trug eine Goldrandbrille auf der schmalen, spitzen Nase, die gut zu seinem ein wenig reservierten Benehmen paßte. Mit einem freundlichen Lächeln fragte er: »Darf ich Ihnen etwas zu trinken anbieten, Miss Ashcroft? Einen Whisky oder ein Glas Wein?«

»Nein, danke. Ich möchte nicht zuviel von Ihrer Zeit in Anspruch nehmen.« Sie lächelte. »Als wir uns das letzte Mal getroffen haben, nannten Sie mich Emily.«

»Habe ich das? Ah, wahrscheinlich, weil Sie sich damals in Begleitung Ihres Vaters befanden und dadurch jünger wirkten. Mittlerweile – mittlerweile sind Sie eine erwachsene junge Dame und haben sich durch Ihre Arbeit für das Fernsehen eine beträchtliche Reputation erworben. Aber es stimmt, alles in allem betrachtet, klingt Miss Ashcroft wohl doch nicht ganz angemessen. Lassen wir es also bei Emily.« Er griff nach einem Brieföffner in Form eines Miniaturrapiers und spielte damit. »Sie wollen also dort weitermachen, wo Ihr Vater unterbrochen wurde?«

»Deswegen bin ich hier«, sagte Emily. »Mein Vater war so glücklich, weil Sie ihm gestattet hatten, beim Führerbunker zu graben.«

»Und nun möchten Sie diese Grabung durchführen?«

»Ja, im Garten und im Bunker.«

Professor Blaubachs Augenbrauen fuhren hoch. »Im Bunker auch?«

Emily dachte an die beiden Beweisstücke, die zu suchen Dr. Thiel ihr geraten hatte, Hitlers richtige Goldbrücke mit dem winzigen Häkchen und die Kamee mit dem Antlitz Friedrichs des Großen. Falls es ihr nicht gelang, sie in dem Bombenkrater oder dem Graben im Garten zu finden, bestand immer noch die Möglichkeit, daß Hitler sie in einem seiner Privaträume im Bunker zurückgelassen hatte. Insofern mochte eine Durchsuchung des zugeschütteten Bunkers durchaus erfolgversprechend sein.

»Ja«, wiederholte sie, »ich glaube, man sollte nicht nur den Garten, sondern auch den Bunker absuchen.«

»Hm, das könnte problematisch werden. Wir – das heißt, eigentlich die Sowjets – haben das Gelände eigens planiert, um den Bunker dem Auge der Öffentlichkeit zu entziehen. Sie hatten Angst, die ewig Gestrigen könnten ihn als Denkmal eines Märtyrers betrachten. Wenn wir ihn wieder freilegen, wird das einigen meiner Parteigenossen ganz und gar nicht gefallen.«

»Herr Professor, das Ganze würde höchstens ein, zwei Tage dauern. Nach meiner Suche würde ich alles wieder zuschütten lassen, so daß niemand auf den Gedanken käme, darin eine Gedenkstätte zu sehen – nur den Haufen Dreck, der es jetzt ist und dann wieder sein wird.«

Blaubach nickte. »Ich werde meine Genossen im Ministerrat von Ihrer Absicht in Kenntnis setzen. Es sollte keine ernsthaften Einwände dagegen geben.« Er drehte den Brieföffner langsam hin und her. »Ich nehme an, Sie suchen nicht noch einmal nach den Leichen von Hitler und Eva Braun. Ihnen geht es um mehr, etwas anderes, oder?«

»Hat mein Vater Ihnen gesagt, worauf er aus war?«

»Ich muß gestehen, das hat er nicht. Er sagte nur, ehemalige Insassen des Führerbunkers hätten neue Mittel und Wege entdeckt, wie man die Zeit von Hitlers Tod genauer bestimmen könnte. Natürlich habe ich Ihren Vater nicht weiter bedrängt. Wir waren alte Freunde. Er hatte mein volles Vertrauen.«

Sie mußte ebenfalls auf der Hut sein, sagte sie sich.

Ihr Vater hatte den Namen seines Informanten nicht preisgegeben, und sie durfte es auch nicht. Natürlich konnte sie Blaubach vertrauen, aber sie hatte Dr. Thiel versprochen, niemand ein Sterbenswörtchen zu verraten.

»Ich möchte nur nach ein paar, na ja, Artefakten stochern«, sagte sie ausweichend, »genau wie mein Vater. Es mag ein ungewöhnliches Unterfangen sein, aber wenn ich Glück habe, könnten wir hinterher mit Bestimmtheit sagen, ob Hitler und Eva Braun dort gestorben sind, wie die Geschichtsschreibung behauptet – oder ob sie uns an der Nase herumgeführt und überlebt haben.«

Blaubach ließ den Brieföffner auf die Schreibtischplatte sinken. »Natürlich werde ich Ihnen meine Unterstützung nicht verweigern, Emily. Aber ich möchte nicht, daß die Enttäuschung für Sie allzu groß wird. Offen gesagt, ich bin der Meinung, daß Ihre Mühe umsonst ist.«

»Warum?«

»Nachdem die sowjetische Armee Berlin überrannt hatte, suchten mindestens fünf Trupps, bestehend aus ihren besten Soldaten, das Gebiet um den Bunker nach Hitlers Überresten ab. Sie haben den Verbrennungsgraben, den Bombenkrater und den Bunker selbst durchsucht. Was sie fanden – die Leichen, ein paar Dokumente –, haben sie der Öffentlichkeit zugänglich gemacht. Ich bezweifle, daß sie irgend etwas übersehen haben.«

»Mein Vater hat sich ausgiebig mit den sowjetischen Untersuchungen beschäftigt, und ich habe die Ergebnisse seiner Arbeit studiert. Dabei konnte ich mich des Eindrucks nicht erwehren, daß die Sowjets das Gelände um den Bunker überhastet und mehr oder weniger aufs Geratewohl durchforstet haben. Wirklich, ein weiterer Versuch kann da ganz und gar nicht schaden.«

»Vielleicht haben Sie nicht ganz unrecht, was unsere russischen Freunde betrifft«, gab Professor Blaubach zu. »Sie arbeiten nicht immer ganz so effizient, wie sie glauben. Ich frage mich aber, ob Sie wissen, daß sie nicht die letzten waren, die im Gebiet des Bunkers Grabungen durchgeführt haben.«

»Ja, aus unseren Unterlagen ist mir bekannt, daß es noch andere gegeben hat.«

»Und ob! Nachdem die Russen ihre Untersuchungen im Mai und Juni 1945 abgeschlossen hatten, baten der amerikanische und der britische Geheimdienst am 3. Dezember 1945 um die Erlaubnis, selbst noch einmal alles umpflügen zu dürfen. Am 30. Dezember gestatteten die Sowjets ihnen, dort einen oder zwei Tage zu graben. Die westlichen Alliierten setzten acht deutsche Arbeiter ein, entdeckten aber keine weiteren Leichen, die Hitler oder Eva Braun hätten sein können. Allerdings fanden sie noch ein paar Kleidungsstücke mit dem Monogramm E. B., offenbar aus der Garderobe von Eva Braun, und einige Dokumente von Josef Goebbels.«

»Wenn Sie nur einen oder zwei Tage gesucht haben, scheint mir auch das nicht besonders gründlich gewesen zu sein«, sagte Emily.

»Nun, um ehrlich zu sein, sie hätten schon gern länger gegraben«, sagte Blaubach, »aber die Russen haben es ihnen nicht gestattet. Sie warfen ihnen vor, wichtige Unterlagen, die von Rechts wegen der Sowjetunion gehörten, zu unterschlagen, und zogen ihre Erlaubnis zurück.«

»Ich verstehe.«

»Aber damit Sie die Russen nicht für allzu kleinlich halten, muß ich Ihnen noch erzählen, daß sie einen Monat später, im Januar 1946, eine Gruppe französischer Militärs aus Berlin einluden, die Gegend um den Führerbunker noch einmal umzugraben, wenn sie wollten. Die Franzosen wollten, fanden aber nichts von irgendwelcher Bedeutung. Auch das Innere des Bunkers ist noch mehrmals durchsucht worden, bis irgendwann ein Teil davon in die Luft gejagt wurde und, begraben unter Bergen von Schutt, endlich zur Ruhe kam.«

Blaubach hielt kurz inne, fügte dann aber eiligst hinzu: »Bitte, verstehen Sie mich nicht falsch, Emily, ich möchte Sie nicht entmutigen. Unsere Behörden sind etwas entgegenkommender als die Russen, und Sie werden bestimmt Gelegenheit erhalten, sich an Ort und Stelle umzusehen. Ich werde die Empfehlung aussprechen, daß man Ihnen die Erlaubnis zur Grabung erteilt.«

»Danke, Herr Professor, ich weiß das zu schätzen.« Emily stand auf. »Wird es lange dauern?«

»Das glaube ich nicht. In spätestens zwei oder drei Tagen hören Sie von mir.«

Emily streckte die Hand aus, und Blaubach beugte sich vor, um einen Handkuß anzudeuten. Als sie an der Tür war, sagte er: »Emily –«

Sie drehte sich um. Er trat hinter dem Schreibtisch hervor und kam auf sie zu. »Da wäre noch eine Sache«, sagte er. »Falls Sie noch einen Moment Zeit haben, könnten Sie mir einen Gefallen tun.«

Überrascht und erfreut, daß sie ihm auch in irgendeiner Weise behilflich sein konnte, sagte sie: »Aber natürlich, was immer Sie wollen.«

Er zögerte. »Als Kapazität in Sachen Hitler könnten Sie mir bei der Beantwortung einer Frage, die sich kürzlich gestellt hat, helfen.«

»Ich fühle mich geschmeichelt, Herr Professor, aber ich weiß wohl nicht halb soviel über Hitler wie Sie.«

»Nein, das stimmt nicht«, widersprach er. »Ich habe mich ein wenig mit dem Dritten Reich und deutscher Zeitgeschichte beschäftigt, aber ich bin sicher, Sie wissen einiges, das mir entgangen ist.«

»Das glaube ich kaum. Aber wenn ich Ihnen von Nutzen sein kann –«

»Nicht mir«, sagte Blaubach, »jemand anderem. Im Nebenzimmer sitzt ein Herr aus der Sowjetunion. Auf seinem Gebiet, den Schönen Künsten, hat er sich einen beträchtlichen Ruf erworben. Es handelt sich um Nikolaus Kirwow, den neuen Kustos der Eremitage in Leningrad.«

»Allerdings ein Mann von Ruf«, sagte Emily.

»Kirwow sammelt Gemälde, die Hitler als junger Mann gemalt hat. Bestimmt sind Sie mit jener Zeit in Hilters Leben auch vertraut.«

»Einigermaßen.«

»Nun, Kirwow möchte in der Eremitage eine Ausstellung von Hitlers Bildern veranstalten, sozusagen als Darstellung einer interessanten Facette im Leben Hitlers. Vor kurzem hat er ein unsigniertes Ölgemälde erworben. Er glaubt, daß es von Hitler stammen könnte, und da es sich um ein unbekanntes Bild handelt, möchte er es natürlich gern im Rahmen seiner Ausstellung präsentieren. Herr Kirwow rechnet damit, daß seiner Ausstellung großes Interesse von seiten der Öffentlichkeit wie auch der Presse entgegengebracht wird, und möchte deshalb ganz sichergehen, daß jedes Exponat authentisch ist. Er hat das Gemälde mitgebracht und mich um meinen Eindruck gebeten. Ich habe es mir genau angeschaut. In der Tat handelt es sich um ein Werk Adolf Hitlers. Trotzdem bleibt noch ein Problem, und das können Sie vielleicht für ihn lösen.«

»Ich kann mir nicht vorstellen, Herr Professor, daß mein Kunstverstand dazu ausreicht. Trotzdem –«, sie zuckte die Achseln, »– wir können es ja auf einen Versuch ankommen lassen. Mein Vater und ich haben einen Teil unseres Archivs Hitlers künstlerischer Periode gewidmet. Und natürlich möchte ich den Kustos kennenlernen.«

Blaubach war erfreut. Er führte Emily in ein angrenzendes Büro. Am Kopfende des Konferenztisches saß ein stämmiger Mann mittleren Alters über einen Stapel Fotos gebeugt. Bei Blaubachs und Emilys Eintreten schob er seinen Stuhl zurück und sprang auf.

»Herr Kirwow, ich möchte Ihnen Miss Emily Ashcroft aus Oxford vorstellen«, sagte Blaubach. Kirwow deutete eine Verbeugung an, dann schüttelte er Emily die Hand.

»Miss Ashcroft ist Historikerin«, fuhr Blaubach fort. »In letzter Zeit hat sie sich ganz auf Adolf Hitler spezialisiert. Sie ist dabei, eine Hitler-Biographie zu vollenden, und hält sich zu letzten Recherchen in Berlin auf.«

»Ihr Name ist mir durchaus bekannt«, sagte Kirwow. »Ich habe ihn oft gelesen.«

»Setzen Sie sich doch, Emily«, sagte Blaubach. »Und Sie auch, Herr Kirwow.« Blaubach nahm neben Emily Platz. »Ich habe Miss Ashcroft Ihr Problem schon angedeutet. Es ist ja ein glücklicher Zufall, daß sie zur selben Zeit wie Sie in Berlin ist.«

»Wenn ich Ihnen in irgendeiner Weise helfen kann, Mr. Kirwow, bin ich gern dazu bereit«, sagte Emily.

»Das ist sehr liebenswürdig von Ihnen, Miss Ashcroft.«

Kirwow hatte ihr auf Anhieb gefallen. Obwohl er etwas derb Bäuerliches an sich hatte, verrieten seine dunklen, traurigen Augen einen sensiblen Menschen. Emily beurteilte Menschen oft nach ihren Augen.

»Professor Blaubach hat mir gerade von Ihrem Hitler-Gemälde erzählt«, sagte sie. »Ich muß sagen, das interessiert mich auch. Wie ist es Ihnen gelungen, in seinen Besitz zu kommen?«

Diese Frage nahm Kirwow seine Befangenheit. Die Gelegenheit, über seinen Fund zu sprechen, ließ sein Gesicht aufleuchten. »Das will ich Ihnen gern erzählen«, sagte er. Er beschrieb ihr seine Sammlung von Hitler-Bildern, sprach von dem Brief des jungen Stewards namens Giorgio Ricci, von Riccis Besuch in der Eremitage und darüber, wie er das Gemälde gegen eine Ikone eingetauscht hatte.

»Und jetzt«, sagte Emily, »wollen Sie Ihre Neuerwerbung in der Eremitage ausstellen?«

»Genau. Ich könnte mir damit, wie man bei Ihnen, glaube ich, sagt, noch eine Feder an den Hut stecken. Aber erst muß ich sicher sein, daß es sich tatsächlich um ein Gemälde von Adolf Hitler handelt. Professor Blaubach hat als Experte einen beträchtlichen Ruf, deswegen habe ich ihn mit dem Gemälde und den Röntgenaufnahmen davon hier in Berlin besucht.«

»Professor Blaubach hat mir schon gesagt, daß er Ihr Gemälde für echt hält. Sie haben noch ein anderes Problem?«

»Ja«, sagte Kirwow. »Ich werde es Ihnen zeigen. Vielleicht können Sie mir helfen.«

Er ging zur Wand, an der das mit einem Filztuch verhüllte Gemälde lehnte. Er nahm das Tuch weg und hielt das Bild, das ein großes, häßliches Gebäude zeigte, hoch. »Offensichtlich eine Behörde oder ein Ministerium«, sagte er. »Es hat jedoch keine Ähnlichkeit mit den Opernhäusern, Museen oder Amtsgebäuden, die Hitler in seiner Jugend gemalt hat.«

Emily nickte. »Ich bin ganz Ihrer Meinung.«

»Nun, wie stellt man fest, ob es sich um ein Original handelt?« fuhr Kirwow fort. »Durch wissenschaftliche Analyse. Das ist bereits geschehen. Erst versucht man, die Herkunft zu bestimmen. Darüber haben wir keine gesicherten Angaben. Dann versucht man, das Sujet des Gemäldes zu identifizieren. Wenn man weiß, worum es sich handelt, kann man den Zweifeln eventueller Kritiker besser entgegentreten.« Kirwow hüllte das Gemälde wieder in das

Tuch und legte es auf den Konferenztisch. »Da haben Sie mein Problem, Miss Ashcroft. Ich weiß nicht, was auf diesem Bild dargestellt und wo und wann es gemalt worden ist. Bei sämtlichen anderen Hitler-Gemälden, die ich bis jetzt erworben habe, kann ich genau sagen, was darauf abgebildet ist. Fast alles, was er in seiner Jugend gemalt oder gezeichnet hat, ist entweder in Linz, Wien oder München entstanden. Ich habe mir Fotos und Zeichnungen der Bauwerke in diesen Städten angesehen, aber der Stil der Gebäude ist dort ganz anders.« Seine sanften Augen trafen sich mit denen Emilys. »Vielleicht können Sie mir sagen, ob Hitler noch irgendwo anders gemalt hat?«

»Ja und nein«, sagte Emily. »Während des Ersten Weltkriegs hat er an der Westfront ein paar Zeichnungen angefertigt, hauptsächlich in Belgien, aber keine davon ähnelt dem Bild, das Sie da haben. Ich würde mich gern etwas intensiver mit dem Gemälde beschäftigen, auch in meinem eigenen Interesse. Haben Sie ein Foto davon?«

»Natürlich«, antwortete Kirwow mit einem scheuen Lächeln. »Ich reiche die Fotos herum wie Fahndungsbilder.« Er griff in die Innentasche seines Jacketts und holte einen länglichen Umschlag heraus, dem er ein Foto des Gemäldes entnahm, und reichte es Emily.

Sie betrachtete die 10 × 15 Zentimeter große Aufnahme genau. »Im Grunde sieht es wie einer dieser scheußlichen Behördenbunker aus, die in den dreißiger Jahren von den Nazis überall in Berlin hochgezogen worden sind. Aber das kann natürlich nicht sein, denn die hat Hitler nie gemalt. Vielleicht handelt es sich um ein Amtsgebäude in einer anderen deutschen Großstadt. Ich werde einfach meine Sekretärin in Oxford anrufen und bitten, daß sie unsere Unterlagen über Hitlers künstlerische Tätigkeit fotokopiert und bei der Gelegenheit auch die über die deutschen Großstädte zur Zeit des Dritten Reiches. Dann sehen wir weiter. Wo kann ich Sie gegebenenfalls erreichen, Mr. Kirwow?«

»Im Augenblick wohne ich hier in Ost-Berlin. Morgen ziehe ich für ein paar Tage nach West-Berlin um. Ich möchte mich dort ein wenig den Sehenswürdigkeiten widmen – den Amtsgebäuden zum Beispiel. Sie wohnen vermutlich auch in West-Berlin, Miss Ashcroft?«

»Ja, im Kempinski.«

»Ich werde im Palasthotel wohnen, wo ich schon ein paarmal abgestiegen bin.«

Emily stand auf und schob das Foto in ihre Handtasche. »Dann versuche ich Sie dort zu erreichen, sobald ich meine fotokopierten Unterlagen durchgesehen habe. Hoffen wir, daß wir Glück haben.«

Kirwow sprang auf. »Ich kann Ihnen gar nicht sagen, wie dankbar ich Ihnen bin.«

»Warten Sie damit lieber, bis ich Ihnen wirklich helfen konnte«, gab Emily mit einem Lächeln zurück.

Professor Blaubach ging zur Tür. Mit gesenkter Stimme sagte er zu Emily: »Ich danke Ihnen, das war sehr freundlich. Was Ihre eigene Bitte angeht, so hören Sie so schnell wie möglich von mir.«

Es war später Nachmittag, als der gemietete Mercedes sie wieder vor den Glastüren des Kempinski absetzte. Nachdem sie sich bei Peter Nitz für seine Unterstützung bedankt hatte, wandte sie sich an den Chauffeur: »Wenn Sie nicht schon völlig ausgebucht sind, benötige ich Sie vielleicht in ein paar Tagen noch mal.«

Plamp legte die Finger an den Schirm seiner Uniformmütze. »Ich stehe Ihnen jederzeit zur Verfügung, gnädige Frau.«

Emily verabschiedete sich von Peter Nitz, dann eilte sie in die Halle und zum Empfang, um ihren Schlüssel zu holen. Sie wollte so schnell wie möglich in ihre Suite und das Westberliner Unternehmen anrufen, das ihr Vater für die Grabungsarbeiten vorgesehen hatte; danach stand Pamela Taylor, ihre Sekretärin in Oxford, auf dem Programm. Das Gebäude auf Kirwows Ölgemälde stellte eins jener kleineren Rätsel dar, die das Salz in der Suppe der wissenschaftlichen Arbeit waren.

»Suite 229«, sagte sie zum Portier.

Er reichte ihr den Schlüssel und einen Papierstreifen. »Miss Ashcroft, es wartet jemand auf Sie.«

»Jemand?« fragte sie. Sie überflog die Nachricht auf dem Papierstreifen: *Miss Ashcroft, ich hoffe, Sie haben einen Augenblick Zeit für mich. Ich bin eigens aus Los Angeles gekommen, um mich mit Ihnen zu treffen. Ich warte in der Bristol Bar.* Unterzeichnet war die Nachricht mit »Rex Foster«, ein Name, der ihr nichts sagte.

Verwirrt durchquerte sie die Halle, um die Bar aufzusuchen.

Am Eingang blieb sie stehen und schaute sich um. Nirgends saß ein Mann für sich. Sie sah drei Paare hinter ihren Drinks. Zwei ältere Frauen, in angeregte Konversation vertieft, ein gesetzter Herr und eine soignierte Dame, offenbar seit langem verheiratet, und ein attraktiver Mann in den Dreißigern, in Gesellschaft einer hübschen Blondine, die neben einem Steinway-Flügel saßen. Der attraktive Mann bemerkte Emily, murmelte der Blondine etwas zu und stand auf. Mit großen Schritten kam er auf sie zu. Ob das ihr Besucher aus Kalifornien war? Ein ausgesprochen interessant aussehender Mann.

Mit einem Lächeln im hageren Gesicht trat er auf sie zu. »Sind Sie Emily Ashcroft?«

»Die bin ich.«

Er deutete auf den Papierstreifen in ihrer Hand. »Falls Sie nach Rex Foster aus Kalifornien Ausschau halten, fürchte ich, daß Sie ihn gefunden haben. Sollte mein Besuch Ihnen gerade ungelegen kommen, hoffe ich, daß wir uns für ein anderes Mal verabreden können. Auf alle Fälle würde ich mich freuen, wenn Sie meine Aufdringlichkeit nicht als allzu störend empfinden.«

Sie musterte ihn genau und stellte fest, daß sie überhaupt nichts als störend empfand. Sie hoffte nur, daß ihr Haar richtig saß und ihr Rock nicht zerknittert war. Ihre ursprünglichen Bedenken, sich hier mit einem Fremden zu unterhalten, hatte seine Erscheinung zerstreut. Sie fand ihn sofort anziehend. Diesmal faszinierten sie nicht nur die ernsten braunen Augen. Foster war fast zwei Meter groß, hatte widerspenstiges schwarzes Haar, ein zerklüftetes Gesicht, eine Kerbe im Kinn und einen athletischen Körper. Sie stellte fest, daß sie bereits getan hatte, was Männer angeblich immer mit sexy wirkenden Frauen taten – sie hatte ihn im Geiste ausgezogen. Sie hatte es völlig unbewußt getan – es war ihr noch nie zuvor so ergangen, nicht einmal bei Jeremy –, und sie fragte sich, ob sie noch ganz bei Trost war.

Um ihre Befangenheit zu verbergen, fragte sie unnatürlich schroff: »Nun, und was kann ich für Sie tun, Mr. Foster?«

»Im Idealfall können wir gleich hier miteinander sprechen. Falls Sie jedoch gerade in Eile sein sollten, können wir uns zu jedem anderen Ihnen genehmen Termin unterhalten.«

Ihre Gefühle gewannen die Oberhand. Sie wollte ihn nicht fortschicken. Sie wollte hier und jetzt bei ihm sein, und sie wollte mehr über ihn und den Grund seines Interesses an ihr wissen. »Ein paar Minuten Zeit kann ich Ihnen geben«, sagte sie vorsichtig.

»Ausgezeichnet«, sagte er. »Vielleicht setzen Sie sich und nehmen einen Drink mit uns.« Er deutete auf die Blondine an seinem Tisch. »Dann kann ich Ihnen alles erklären.«

Emily musterte die junge Frau, und für einen Moment wurde ihr das Herz schwer. Die Frau war jünger als sie und auch hübscher. Seine Frau? Seine Geliebte? Eine Berliner Freundin?

Emily fuhr sich kurz übers Haar, sagte: »Ich habe den ganzen Tag gearbeitet«, und folgte ihm dann so aufrecht wie möglich zu dem kleinen Tisch.

Foster rückte ihr den leeren Stuhl neben dem seinen zurecht und stellte die atemberaubende Blondine vor. »Miss Ashcroft... Miss Tovah Levine aus Israel. Wir haben uns gerade kennengelernt. Wir warten nämlich beide auf Sie.«

Erleichtert quittierte Emily die Vorstellung mit einem freundlichen Lächeln. Foster setzte sich und winkte einem Kellner. »Was darf ich Ihnen bestellen, Miss Ashcroft?«

Sie wollte instinktiv dasselbe wie er, doch dann beschloß sie, ihre Unabhängigkeit zu unterstreichen. Immerhin war er die ganze Strecke gereist, nur um sie zu sehen. »Whisky mit Soda«, sagte sie, »kein Eis.« Dann blickte sie ihre Besucher an. »Sie sind also hergekommen, um mich zu sprechen«, wandte sie sich an Foster. Dann wurde ihr klar, daß sie die junge Dame nicht ignorieren durfte, und ergänzte: »Und Miss Levine ebenfalls, sagen Sie.«

»Um mich brauchen Sie sich nicht zu kümmern«, sagte Tovah rasch. »Ich kann warten. Rex war zuerst hier.«

Foster nickte dankbar und blickte Emily an. »Ja, Miss Ashcroft, in erster Linie bin ich Ihretwegen nach Berlin geflogen.«

»Ich kann mir nicht vorstellen, warum.«

»Das erkläre ich Ihnen gern«, sagte er. »Erst einmal – ich bin Architekt.«

»Architekt?« Sie hatte noch nie mit einem Architekten zu tun gehabt. Foster war ihr eher wie der Sohn eines reichen Bankiers erschienen – voll Selbstvertrauen und Gelassenheit, dem Müßiggang nicht abgeneigt. Nein, kein Müßiggänger, korrigierte sie diesen ersten Eindruck. Dazu lag zuviel Intensität in seinem Wesen, zuviel geballte Kraft. »Was – was tun Sie als Architekt?« fragte sie albern, weil ihr ganz und gar nichts Vernünftiges einfallen wollte.

Ernsthaft antwortete Foster: »Ich versuche, hübsche Dinge zu machen.«

Flüchtig fragte Emily sich, ob er sich absichtlich so doppeldeutig ausgedrückt hatte oder ob das Zufall war. Aber eigentlich spielte die Antwort darauf keine Rolle. »Gebäude, nehme ich an?«

»Gebäude, natürlich. Ich arbeite hart, denn das Kreative bereitet mir Spaß. Ich sehe gern etwas unter meinen Händen wachsen.«

Seine Finger, fiel ihr jetzt auf, waren schlank und lang. Wie mochte eine Berührung dieser Finger sich wohl anfühlen?

»Und haben Sie Erfolg?«

»Mehr oder weniger«, sagte Foster. »Aber das reicht mir noch nicht. In Amerika müssen nicht nur die Professoren nach dem Motto ›publizieren oder krepieren‹ leben. Ich tue dasselbe wie Sie, Miss Ashcroft, obwohl ich die Bedeutung meines Buchprojekts keinesfalls mit der Ihres Vorhabens vergleichen möchte. Ich bereite ein Buch mit dem Titel *Architektur des Tausendjährigen Reiches* vor. Über die Gebäude, die Hitler in Deutschland errichtet hat – und über die, die er noch errichtet hätte, wäre der Krieg anders ausgegangen. Das ist also der Punkt, an dem unsere Interessen sich treffen. Adolf Hitler.«

»Ich verstehe.«

»Wie Sie bin ich nach Berlin gekommen, um meine Recherchen abzuschließen. Allerdings fürchte ich, daß ich dabei ohne Ihre Hilfe einige Schwierigkeiten haben dürfte.«

Sie war hingerissen von seinen Augen und hätte

alles für ihn getan. »Wie kann ich Ihnen helfen, Mr. Foster?«

»Das will ich Ihnen sagen. Meinem Buch fehlt immer noch ein wichtiger Teil. Es handelt sich um einige Pläne, die ich eigentlich durch die Familie Albert Speers aufzutreiben gehofft hatte, doch nun muß ich woanders nach ihnen suchen. Ich habe von der Biographie Ihres Vaters erfahren und dachte mir, wenn einer etwas über Speers Assistenten und Partner wissen müßte, dann er. Ich hatte meine Jagd nach den fehlenden Plänen inzwischen schon mehr oder weniger auf einen von den zehn Mitarbeitern Speers konzentriert, aber ich habe keine Ahnung, wo ich diesen Mann finden kann. Ich dachte mir, vielleicht weiß Ihr Vater etwas darüber. Also habe ich ihm geschrieben und gefragt, ob ich ihn in Oxford besuchen dürfe. Freundlicherweise hat er mir gleich für die nächste Woche einen Termin eingeräumt. Aber dann«, Foster zögerte, »habe ich von seinem Unfall gelesen.« Er blickte Emily an. »Ich kann Ihnen gar nicht sagen, wie leid es mir tut. Nicht für mich natürlich. Für Sie.«

»Danke. Bitte sprechen Sie weiter.«

»Vor zwei Tagen habe ich in der Zeitung von Ihrer Zusammenarbeit mit Ihrem Vater gelesen, und da habe ich mich entschlossen, Sie zu besuchen.«

»Wie um alles in der Welt haben Sie mich hier gefunden?«

»Ich habe bei Ihnen zu Hause angerufen, weil ich dachte, Sie wären noch in Oxford. Ihre Sekretärin war am Apparat, und von ihr erfuhr ich, daß Sie hier in Berlin sind und im Kempinski wohnen.«

Emily runzelte die Stirn. »Ich hatte Pamela verboten, irgend jemand zu erzählen, wo ich mich aufhalte.«

»Ich fürchte, ich habe sie einfach überfahren«, sagte Foster entschuldigend. »Ich habe sie daran erinnert, daß Ihr Vater sich mit mir verabredet hatte, und meine Zuversicht geäußert, daß seine Tochter wohl ebenfalls nichts dagegen haben würde, sich mit mir zu treffen. Da hatte Ihre Sekretärin wohl das Gefühl, mir sagen zu können, wo Sie sind. Ich hoffe, Sie sind deswegen nicht allzu böse.«

»Ich nehme an, Sie haben Erfahrung darin, arglose Sekretärinnen einzuwickeln«, sagte Emily mit einem Lächeln. »Jedenfalls sind Sie jetzt hier.«

»Ich bin vom Flugplatz sofort zum Kempinski gefahren. Aber Sie waren nicht da. Also habe ich gewartet.« Er blickte zu Tovah Levine. »Als ich den Portier nach Ihnen gefragt habe, trat Miss Levine an den Empfang und hat seine Antwort mitgehört. Es stellte sich heraus, daß sie ebenfalls Ihretwegen hierhergekommen ist. So beschlossen wir, zusammen auf Sie zu warten.«

Emily wandte sich der jungen Dame zu. »Und weswegen möchten Sie mich sprechen, Miss Levine?«

Tovah Levine setzte ihr Glas ab. »Offen gesagt, Miss Ashcroft, ich bin Journalistin. Meine Zeitung, die *Jerusalem Post*, hat mich nach Berlin geschickt, damit ich eine Artikelserie über die geteilte Stadt schreibe. Als ich gehört habe, daß Sie hier sind, habe ich gedacht, warum nicht eine Story über Sie schreiben. Hitler verkauft sich noch immer. Bedauerlich, aber wahr.«

»Und woher wußten *Sie*, daß ich im Kempinski wohne?«

»Ganz einfach. Nach meiner Ankunft habe ich mich im Club der Auslandskorrespondenten umgehört. Dort wird über jede Berühmtheit, die ankommt oder abreist, Buch geführt. Der Club steht mit allen Hotels der Stadt in Verbindung, mit den Portiers, Empfangschefs oder Geschäftsführern. Da habe ich gedacht, daß ich einfach mal vorbeischaue und Sie frage, ob Sie etwas gegen ein bißchen Publicity haben.«

»Na ja, als Berühmtheit kann man mich wohl

kaum bezeichnen«, sagte Emily, »und eine Story kann ich Ihnen auch nicht bieten. Glauben Sie mir, Miss Levine – und Sie auch, Mr. Foster –, ich wollte meine Tätigkeit hier geheimhalten. Falls bekannt wird, daß ich die Arbeit meines Vaters fortführe, könnte es gefährlich werden, mit Sicherheit für mein Vorhaben, schlimmstenfalls sogar für mich selbst.«

»Ich verrate niemand auch nur ein Sterbenswörtchen«, sagte Foster.

»Gut«, meinte Emily. »Was nun Ihr Buch angeht, so hoffe ich, daß ich Ihnen geben kann, was Sie brauchen. Wann wollen wir uns treffen?«

»Heute abend?« sagte Foster. »Ich habe Tovah zum Abendessen eingeladen. Ich würde mich freuen, wenn Sie sich ebenfalls als meinen Gast betrachten.«

Emily schaute ihn nachdenklich an. Er war so unglaublich gewinnend, geradezu unwiderstehlich. Sie mußte ihn unbedingt besser kennenlernen, und das bald. Wenn Blaubach sich meldete, würde sie wahrscheinlich sehr viel zu tun haben. »Warum nicht?« sagte sie. »Eigentlich wollte ich auf dem Zimmer essen, aber ich nehme Ihre Einladung gern an. Vielen Dank.«

»Prima«, sagte Foster begeistert.

Emily zögerte und faßte die blonde Journalistin ins Auge. »Allerdings kann ich mich Ihnen nur anschließen, wenn Miss Levine verspricht, daß alles, worüber wir sprechen, unter uns bleibt.«

»Ich verspreche es«, sagte Tovah Levine und hob feierlich die rechte Hand. »Ich bin nämlich sehr neugierig – und hungrig.«

Emily lachte. »Gut, das wären die Regeln.« Sie blickte auf die Uhr. »Es ist jetzt beinahe sieben. Ich brauche eine Stunde für ein paar Telefonate, ein Bad und um mich umzuziehen. Sagen wir, um acht im Foyer?«

Foster erwiderte ihr Lächeln und stand auf. »Ich

werde fünf vor acht in der Halle sein und sehnsüchtig den Fahrstuhl im Auge behalten, Miss Ashcroft.«

»Emily«, sagte sie und erhob sich ebenfalls.

»Fein – Rex, wie Sie wissen. Und ich werde warten.«

Das Berliner Gasthaus lag in der Schlüterstraße, fünf Querstraßen vom Kempinski entfernt, und Foster hatte einen Tisch im hinteren Teil des Nobelrestaurants bestellt. Obwohl das Lokal mit einer Revue im Stil der zwanziger Jahre einschließlich Transvestiten-Show warb, hatte er bei einem früheren Besuch festgestellt, daß man hinten in Ruhe essen konnte.

Emily sah zu, wie der junge Architekt im Schein der Kerzen auf ihrem Tisch für alle drei bestellte – Tomatensuppe, Pfeffersteaks, gemischten Salat und eine Flasche Rotwein. Sie wäre gern mit ihm hier allein gesessen. Sie nippte an ihrem dritten Whisky. Besser vor dem Essen nichts mehr zu trinken. Sie wollte einen klaren Kopf behalten und soviel wie möglich über Foster herausbekommen.

Nach ihrem Tag in Ost-Berlin und dem Treffen mit Foster hatte sie sich völlig ausgelaugt gefühlt. Und in ihrer Suite war sie kaum vom Telefon weggekommen. Zuerst hatte sie Pamela Taylor in Oxford angerufen und sie gebeten, die Unterlagen für Kirwow und Foster zu fotokopieren und per Kurier nach Berlin zu schicken. Anschließend hatte sie die Oberstadt-Hoch- und Tiefbaugesellschaft angerufen, mit der ihr Vater die Grabungen beim Führerbunker durchführen wollte. Andreas Oberstadt hatte sich noch genau an die Abmachung mit ihrem Vater erinnert. »Es wäre eine faszinierende Aufgabe gewesen«, hatte er gesagt. »Es tut mir leid, daß Ihr Vater diesen Unfall hatte, und es tut mir auch leid, daß die Sache damit geplatzt ist.« Emily hatte ihm gesagt, daß möglicherweise alles noch offen war und daß es allein von der Erlaubnis aus Ost-Berlin abhing. »Wenn ich sie bekomme, muß alles ziemlich kurzfristig abgewickelt werden. Könnten Sie mir denn dann umgehend einen Trupp zur Verfügung stellen?« Andreas Oberstadt hatte ihr versichert, daß er für ein derartiges Unternehmen immer eine speziell ausgebildete Mannschaft habe und die Arbeiten selbstverständlich persönlich überwachen werde.

Nach diesem Gespräch war es Emily besser gegangen. Ein Blick auf die Uhr hatte ihr gezeigt, daß ihr bis zu ihrer Verabredung mit Foster und Tovah Levine nur noch wenig Zeit blieb, so daß sie, statt zu baden, nur kurz unter die Dusche gegangen war. Anschließend hatte sie mechanisch nach einem ihrer taillierten Kostüme greifen wollen, dann aber innegehalten. Gerade heute abend wollte sie nicht wie eine steife Akademikerin aussehen. Zum erstenmal seit der Beerdigung fühlte sie sich wieder lebendig und ganz als Frau. Sie hatte sich für eine weiße Batistbluse, einen kurzen blauen Rock und ein pinkfarbenes Eton-Jackett entschieden. Diese Kombination betonte ihre weiblichen Formen, verlieh ihr aber noch immer nicht die erwünschte Wirkung. Sie hatte den obersten Knopf der Bluse geöffnet, dann versuchsweise noch den zweiten und schließlich mit ungewohnter Kühnheit den dritten, bis ihr Brustansatz zu sehen war.

Nun wirkte sie natürlich, aber doch so sexy, daß Rex Fosters Blick wiederholt zu dem offenen dritten Knopf und den Brüsten dahinter wanderte. Tovah trug ein fuchsienfarbenes Kleid aus Seidenjersey, das keine Kurve ihres wohlgeformten Körpers verbarg, aber Emily fühlte sich dadurch nicht gestört, denn Rex Foster schien nur Augen für sie zu haben. Nun, nachdem sie bestellt hatten, wollte Emily die Rede aufs Geschäftliche bringen und Fosters Interesse damit noch mehr auf sich lenken.

»Rex«, begann sie, »ich wüßte gern, was genau Sie suchen. Ich möchte Ihnen helfen, wenn ich kann.«

»Ausgezeichnet. Albert Speer hatte zehn Mitarbeiter. Die meisten ihrer Pläne, die Hitler in Auftrag gab, habe ich bereits aufgetrieben – sie lagen in Speers Archiv. Ein Architekt aber fehlt mir noch, nämlich der, der für Hitler im ganzen Land Unterschlüpfe anlegen ließ.«

»Ich weiß von diesen Unterschlüpfen«, sagte Emily und streifte Tovah mit einem Blick, um sie in die Diskussion einzubeziehen. »Je heftiger oberirdisch der Krieg tobte, desto tiefer verzog sich Hitler unter die Erde. Speer beauftragte einen seiner fähigsten Mitarbeiter, einen jungen Mann namens Rudi Zeidler, geheime Bunker zu entwerfen und zu bauen, um Hitler Schutz vor Luftangriffen zu bieten.«

»Rudi Zeidler«, wiederholte Foster. »Das könnte der Mann sein, dessen Pläne mir noch fehlen.«

»Es war Zeidler, der in Ziegenberg bei Bad Nauheim unter einem bewaldeten Hügel einen derartigen Schutzraum entworfen hat, ebenso ein unterirdisches Hauptquartier in Friedberg.« Sie blickte Foster fragend an. »Besitzen Sie darüber irgendwelche Informationen?«

»Nein, davon höre ich zum erstenmal.«

»Zeidler hat auch den Führerbunker der Reichskanzlei entworfen.«

»Ja, ich habe Kopien der Entwürfe«, sagte Foster. »Ich wußte allerdings nicht, daß Rudi Zeidler der Architekt war. Aber ich brauche die Pläne der sechs anderen Bunker, von denen die Rede ist. Glauben Sie, Zeidler lebt noch?«

»Wahrscheinlich. Vor anderthalb Jahren hat ihn mein Vater noch hier in Berlin interviewt.«

»Steht er im Telefonbuch?«

»Nein. Die meisten alten Nazis stehen nicht mehr drin. Ich entsinne mich, daß mein Vater einige Schwierigkeiten hatte, ihn aufzuspüren. Doch dann zeigte Zeidler sich ausgesprochen kooperativ.«

»Haben Sie eine Ahnung, wo ich ihn finden kann?«

»Kein Problem. Adresse und Telefonnummer befinden sich bei unseren Unterlagen in Oxford.«

»Darf ich Ihre Sekretärin anrufen und sie mir geben lassen?«

Emily lächelte. »Ich habe schon mit ihr gesprochen. Sie schickt alles her, was mit Architektur zu tun hat. Ich habe ja nicht gewußt, was genau Sie benötigen. Das Material ist jedenfalls unterwegs, und damit auch alles, was wir über Zeidler wissen. Morgen nachmittag müßte es hier sein.«

Impulsiv faßte Foster nach Emilys Hand. »Ich bin Ihnen wirklich sehr dankbar, Emily.«

Verlegen blickte sie auf. »Da kommt der Kellner mit unserem Essen.«

Während die Suppe serviert wurde, sagte Foster: »Ich wollte, ich könnte auch für Sie etwas tun.«

Emily hätte ihm gern erklärt, was er für sie tun konnte, hielt sich aber im letzten Augenblick zurück. Statt dessen sagte sie: »Nicht der Rede wert – aber wenn ich es mir genau überlege, können Sie mir doch einen Gefallen tun. Das heißt, weniger mir als einem Bekannten.«

»Mit Freuden. Um was –«

»Heute nachmittag habe ich mich mit einem alten Freund meines Vaters getroffen, mit einem hohen Funktionär, Professor Otto Blaubach. Er versucht, etwas für mich zu tun, und deswegen möchte ich gern auch für ihn etwas tun. Professor Blaubach hat mich einem Besucher vorgestellt, dem er zu helfen hoffte. Es handelte sich um einen ausgesprochen sympathischen Russen, Nikolaus Kirwow, den gegenwärtigen Kustos der Eremitage in Leningrad.«

Zum erstenmal, seit ihre Drinks serviert worden

waren, ergriff Tovah das Wort. »Was gäbe ich darum, dieses Museum einmal zu besuchen!«

»Vielleicht lernen Sie Kirwow ja kennen, und er lädt Sie nach Leningrad ein«, meinte Emily.

»Hoffentlich«, sagte Tovah und tauchte den Löffel in die Suppe. »Entschuldigung, ich habe Sie unterbrochen. Sie wollten gerade von Ihrem Zusammentreffen mit Kirwow erzählen.«

Emily wandte sich wieder an Foster. »Er sammelt Hitlers Gemälde und Zeichnungen. Er möchte sie in der Eremitage ausstellen.«

»Sie sind scheußlich«, sagte Foster. »Absolut banal.«

»Stimmt«, sagte Emily. »Aber darauf kommt es ja nicht an. Als Kuriosität geben sie immer noch eine interessante Ausstellung ab.«

»Vermutlich«, meinte Foster.

»Nun hat Kirwow kürzlich ein unsigniertes Ölgemälde von Hitler erworben, das ein Gebäude zeigt, aber niemand kann sagen, welches. Bevor er das Gemälde öffentlich vorführt, will er natürlich wissen, um was für ein Gebäude es sich handelt. Ich habe versprochen, ihm zu helfen, soweit es in meinen Kräften steht. Ich habe Pamela Taylor gebeten, auch die Kunstordner mitzuschicken. Da Sie Architekt sind und so viel über die Architektur der Nazis wissen, kennen Sie das Gebäude vielleicht, Rex. Hier habe ich ein Foto.« Emily öffnete ihre Handtasche und holte die Aufnahme von dem Ölgemälde heraus, die Kirwow ihr überlassen hatte. Foster nahm sie entgegen und betrachtete sie interessiert. Tovah lehnte sich zur Seite, um ebenfalls einen Blick darauf werfen zu können.

»Und Sie sind sicher, daß es von Hitler ist?« erkundigte sich Foster.

»Sagen zumindest die Experten.«

Foster schüttelte langsam den Kopf. »Ich habe eine riesige Sammlung von Fotografien aller Bauwerke, die Hitler in jener Zeit errichtet hat, aber an ein solches Gebäude kann ich mich weder in München noch in Frankfurt, Hamburg oder sonstwo erinnern. Trotzdem hat es große Ähnlichkeit mit vielen dieser trostlosen Behördenklötze, die er hat bauen lassen. So was wie das hier habe ich bestimmt schon ein dutzendmal gesehen – aber wo?« Er nahm das Bild genauer in Augenschein. »Es sieht aus, als gehörte es zu den häßlichen Kolossalbauten in Berlin, die Hitler nicht schnell genug in Auftrag geben konnte, als er an die Macht gekommen war.«

»Berlin?« fragte Emily. »Aber soweit wir wissen, hat Hitler nur in Linz, Wien und München gemalt, nie in Berlin.«

Fosters Augen ruhten noch immer auf dem Foto. »Ich votiere trotzdem für Berlin.«

»Vielleicht kann Kirwow die Stadt danach absuchen«, schlug Tovah vor.

»Das wäre ein hoffnungsloses Unterfangen«, sagte Foster. »Das Bombardement der Westalliierten und Marschall Schukows Bodenoffensive haben die meisten Fabriken und öffentlichen Gebäude hier in Schutt und Asche gelegt. Gegen Ende des Krieges gab es zweihundertfünfzigtausend Häuser in Berlin, davon wurden dreißigtausend völlig zerstört, zwanzigtausend schwer und hundertfünfzigtausend zumindest teilweise beschädigt. Fast alle Ministerien und Behörden wurden total zerstört. Es ist sehr unwahrscheinlich, daß dieses Gebäude hier noch existiert.« Er hielt das Foto hoch. »Macht es Ihnen etwas aus, wenn ich die Aufnahme ein paar Tage behalte? Ich möchte gern meine Mappe durchsehen und schauen, ob ich irgendwelche alten Fotos entdecke, die diesem Gemälde hier ähneln.«

»Natürlich nicht, aber wir sollten es auch mit meinen eigenen Unterlagen vergleichen, wenn sie morgen eingetroffen sind.«

Emily nahm eilig ein paar Löffel Suppe zu sich, doch als der Kellner kam, um die Teller abzutragen, signalisierte sie ihm, ihren ebenfalls mitzunehmen. Bevor sie ihre Unterhaltung wieder aufnehmen konnte, wurden die Steaks serviert, und sie mußten warten, bis alles an seinem Platz stand.

Tovah ergriff als erste das Wort: »Emily, Sie waren so großzügig, Rex Ihre Unterstützung anzubieten und Kirwow zu helfen, aber eigentlich stehen doch Sie im Mittelpunkt. Bisher haben Sie noch kein Wort über sich gesagt.«

»Sie wissen doch, weswegen ich hier bin«, antwortete Emily ausweichend. »Um die Biographie zu vollenden, an der mein Vater und ich gearbeitet haben.«

»Und was bleibt daran noch zu tun?« wollte Tovah wissen.

Foster bedachte Emily mit seinem unglaublichen Lächeln. »Also, ich wüßte auch gern, was genau Sie hier tun.«

Das gab den Ausschlag für Emily. Sie hätte Rex alles auf der Welt über sich erzählt, wenn er es wissen wollte.

Das strahlende Lächeln wich nicht von seinem Gesicht. »Na, wie steht's?«

Emily blickte die Journalistin an. »Kann ich Ihnen denn auch vertrauen? Sie haben mir versprochen, alles, worüber wir heute abend sprechen, vertraulich zu behandeln.«

»Sie haben mein Wort«, sagte Tovah. »Ich breche mein Versprechen niemals.«

»Also gut«, sagte Emily. Die Geheimhaltung, die sie sich auferlegt hatte, lastete ohnehin wie ein Fels auf ihr. Und sie sehnte sich danach, Rex Fosters Vertrauen zu gewinnen, ebenso wie Tovahs Freundschaft. »Ich werde Ihnen sagen, was mich nach Berlin geführt hat.«

Sie war bereit zu reden und sie redete, redete von den fünf Jahren Arbeit an *Herr Hitler* mit ihrem Vater.

»Du meine Güte«, sagte Foster, als sie geendet hatte, »so schwierig hätte ich mir das Schreiben nie vorgestellt, nicht einmal bei einer so umfassenden Biographie.«

»Tatsächlich ist es eher faszinierend«, entgegnete Emily. »Nein, schwierig eigentlich wirklich nicht – außer in einem Punkt.« Sie sann einen Moment über etwas nach, das sie innerlich schon lange bewegt hatte, und nun glaubte sie endlich, es formulieren zu können. »Ja, in einem bestimmten Sinn war es tatsächlich schwierig«, sagte sie. »Wenn man so intensiv in die kleinsten Details eines fremden Lebens einsteigt, dann besteht die Gefahr, daß man Hitler früher oder später als ganz normalen Menschen sieht, so wie man selbst einer ist. Dabei weiß man, daß dieser Mann grausam und unmenschlich war. Man weiß, was er anderen alles angetan hat. Man versucht, die Wahrheit über sein Tun in den Alltäglichkeiten eines Lebens, das man nach und nach enthüllt, wiederzufinden. Aber das ist unmöglich, weil so monströse Widersprüche in einem einzigen Wesen schlicht unerklärlich sind.«

Sie hielt einen Moment inne, ehe sie den Faden wieder aufnahm. »Sie wissen von Hitlers Konzentrationslagern – Auschwitz, Buchenwald, Dachau, Mauthausen, Treblinka, insgesamt gab es dreißig solche Vernichtungslager. All das ist heute längst bekannt, Auschwitz mit seinen vier großen Todeskammern, in denen täglich zweitausend nackte Opfer vergast wurden, ehe man sie wieder herauszerrte, ihnen die Ringe abnahm und die Goldzähne und Zahnfüllungen aus dem Mund brach, um sie der Reichsbank zuzuführen, und sie dann verbrannte und ihre Asche als Dünger verkaufte. Sie wissen, daß Hitler alles in allem sechs Millionen Juden in die Gaskammern und Verbrennungsöfen geschickt hat, daß während des Zweiten Weltkriegs rund zwanzig Millionen Zivilisten den Tod fanden, daß er selbst seine Landsleute nicht schonte, etwa als er die Berliner U-Bahn überfluten ließ und damit Tausende Männer, Frauen und Kinder umbrachte, ganz zu schweigen von den zahllosen Toten, die es bei der völlig sinnlosen Verteidigung Berlins während der letzten Tage des deutschen Zusammenbruchs gab. Das alles geht allein auf Hitlers Konto.«

Geistesabwesend schnitt sie ein Stück von ihrem Steak ab, führte es aber nicht zum Mund. »Und doch«, sagte sie statt dessen und suchte wieder Fosters Blick, »verfängt man sich bei der Arbeit an einer so detaillierten, genauen Biographie unweigerlich auch in seinem normalen menschlichen Verhalten, seinen kleinen Schwächen, sogar gewissen Liebenswürdigkeiten. Man wird ganz durcheinandergebracht von diesem Menschen, der Schäferhunde und kleine Kinder liebte, der vegetarisch aß und nicht rauchte, der keine Pyjamas trug, sondern ausschließlich Nachthemden, der seine Mutter verehrte und sich eine Komödie wie *Es geschah in einer Nacht* mit Clark Gable immer wieder anschauen konnte. Man ist verwirrt, weil dieses Ungeheuer auch eine menschliche Verletzlichkeit besaß, etwa das Zittern in seinem linken Arm und der linken Hand, die Angst vor der Parkinsonschen Krankheit, wegen der er haufenweise Medikamente schluckte, und die nachlassende Sehkraft seines rechten Auges.«

Emily holte tief Luft, ehe sie weiterredete. »Und noch ein Widerspruch bereitet einem Kopfzerbrechen – nämlich seine Aufmerksamkeit gegenüber Eva Braun. Er genoß es, mit ihr zu schlafen, und wann immer er nicht zu müde oder zu krank dafür war, tat er es auch. Er liebte sie so sehr, daß er ihr verbot, Ski zu fahren, damit sie sich nicht die Beine brach, und in der Sonne zu liegen, damit sie keinen Hautkrebs bekam. Er schenkte ihr eine diamantenbesetzte Armbanduhr aus Platin, Strumpfgürtel aus reiner Seide, die teuersten Parfüms aus dem besetzten Paris und wurde nicht müde, sich mit ihr Schlager wie *Tea for Two* anzuhören.«

Sie schüttelte den Kopf. »Auf der einen Seite sind da also diese kleinen Menschlichkeiten, auf der anderen sechs Millionen Männer, Frauen und Kinder, die er dazu verdammte, ausgezogen und vergast zu werden – jeder ein Vater, eine Mutter, ein Sohn, eine Tochter, ein Enkel, Menschen, die älter werden, das Leben genießen wollten und dennoch hilflos dem Tod ins Auge sehen mußten, bis endlich, endlich dieses Blutbad ein Ende fand, weil Millionen besserer, anständigerer Menschen als Hitler bereit waren, Jahre ihres Lebens, ja ihr Leben selbst zu opfern, um uns alle von ihm zu befreien.«

Emily starrte Foster an. »Es tut mir leid, Rex – Tovah –, daß ich mich habe fortreißen lassen. Aber Sie haben danach gefragt, und ich mußte Ihnen antworten. Das also war die Schwierigkeit beim Schreiben dieses Buches – daß man immer wieder in die Fallstricke der menschlichen Details geriet, die einen eines der größten Ungeheuer der Geschichte beinahe wie ein menschliches Wesen erscheinen ließen. Und doch war er kein Mensch, hatte absolut nichts Menschliches an sich. Er war ein herzloser Wilder, ichbesessen und ohne jede Anteilnahme, was andere betraf, seine engste Umgebung vielleicht ausgenommen. Allmählich frage ich mich sogar, ob er nicht die ganze Welt irregeführt hat, ob er seinen Selbstmord nicht nur vorgetäuscht und sich in Wirklichkeit der verdienten Strafe entzogen hat. Wenn er tatsächlich überlebt haben sollte – und noch lebt –, dann lohnt es jeden Aufwand, das herauszufinden, nicht nur für ein Buch, sondern um ihn vor Gericht zu stellen. Was ich sagen will, hat wohl am besten der amerikanische Ankläger Robert Jackson beim Nürnberger Prozeß formuliert: ›Die Übeltaten, die wir hier zu verurteilen und zu bestrafen versuchen, waren so kalt berechnet, so bösartig und so verheerend, daß die Zivilisation sie nicht ignorieren kann, denn sie könnte es nicht überstehen, wenn sie wiederholt würden.‹ «

Jetzt war es an Foster, sie anzustarren. »Emily, wollen Sie sagen, daß Hitler 1945 nicht gestorben ist? Glauben Sie, er ist womöglich ungestraft davongekommen?«

»Ja, das ist möglich. Ganz sicher weiß ich es natürlich nicht. Lassen Sie mich erklären.« Sie begann mit der unerwarteten Unterbrechung der Arbeit an *Herr Hitler* durch den Brief von Dr. Thiel, ohne seinen Namen zu erwähnen, und schloß mit ihrem Besuch bei Professor Blaubach am Nachmittag. »Jetzt wissen Sie, warum ich hier bin.«

Rex Foster war geradezu überwältigt. »Was für eine phantastische Geschichte«, sagte er.

Tovah war genauso gebannt von Emilys Bericht, hatte aber noch eine Frage. »Hitler und Eva Braun sind tot auf ihrem Sofa gefunden worden und in Gegenwart vieler Zeugen aus dem Bunker getragen und verbrannt worden. Wie können Sie das erklären?«

»Doppelgänger«, antwortete Emily einfach. »Zwei Doubles, die getötet und verbrannt wurden, während der echte Hitler und seine Frau lebten und geflohen sind.«

»Ein Doppelgänger Hitlers.« Tovah ließ die Worte geradezu auf der Zunge zergehen. »Wenn man das beweisen könnte ...!«

»Nun, ich werde zu beweisen versuchen, daß es so gewesen sein könnte, indem ich meine Grabungen beim Führerbunker durchführe, vorausgesetzt, ich bekomme die Erlaubnis.«

Tovah war ganz aufgeregt. »Und ich nehme mir auch ein paar Ausgrabungen vor, aber woanders, um mehr über Hitler-Doppelgänger herauszufinden.« Als fürchtete sie, Emily könnte Einwände haben, ergänzte sie rasch: »Ich bin Journalistin. Ich bin es gewohnt, die Wahrheit ans Tageslicht zu fördern.«

Emilys Lippen wurden schmal. »Diese Geschichte ist nicht für die Medien bestimmt, noch nicht. Denken Sie daran, was meinem Vater zugestoßen ist.«

»Keine Sorge, ich würde Sie nie in Gefahr bringen«, versprach Tovah. »Ich möchte Ihnen nur helfen, die Wahrheit herauszufinden. Und ich möchte auch meinem Land helfen. Halb Israel sucht nach den untergetauchten Nazis – Martin Bormann und so weiter. Aber Adolf Hitler zu finden, das größte Monster überhaupt, das wir lieber als jeden anderen am Galgen sähen...«

»Falls er überlebt hat«, sagte Foster nachdenklich. »Emily, ich möchte Ihnen auch helfen.«

»Danke, Rex«, sagte Emily. »Ich brauche alle Hilfe, die ich kriegen kann.« Sie schwieg einen Moment. »Aber ich muß Sie daran erinnern, daß mein Vater ebenfalls wegen der Wahrheit nach Berlin kam. Jetzt ist er tot. Deswegen –« sie starrte Tovah und Foster an »– müssen wir vorsichtig sein. *Sehr* vorsichtig.«

5

Als der Wecker schrillte, klingelte das Telefon. Noch halb im Schlaf tastete Emily nach dem Hörer.

Es war Professor Otto Blaubach.

»Emily«, sagte er, »was Ihre Erlaubnis, beim Führerbunker zu graben, angeht –«

Ihr Herz begann heftig zu klopfen.

»– so scheint noch ein weiterer Schritt nötig zu werden. Der Ministerrat möchte gern wissen, in welchem Umfang Sie zu graben gedenken. Ich muß erst genauen Bericht erstatten, bevor wir mit einer Entscheidung rechnen können.«

Emily war verwirrt. »Aber wie soll ich sagen können, welches Ausmaß die Grabungen annehmen, wenn ich mir das Areal noch nicht einmal anschauen konnte?«

»Genau«, sagte Blaubach. »Deswegen habe ich eine Besichtigung für Sie arrangiert. Wenn Sie sich nach dem Mittagessen mit mir treffen, werden wir gemeinsam einen Abstecher in die Sicherheitszone machen. Dann können Sie mir zeigen, wo Sie zu graben gedenken. Anschließend informiere ich den Ministerrat.«

Emily setzte sich im Bett auf. »Natürlich, ich komme gern, jederzeit. Aber etwas bereitet mir Kopfzerbrechen. Ich habe das Gelände noch nie besichtigt. Ich kann mich an Fotos erinnern, die 1945 von den

Russen aufgenommen wurden. Aber ich weiß ja nicht einmal, wo genau der Graben und der Bombentrichter im Garten waren.«

»Dann bringen Sie einen Grundriß mit«, sagte Blaubach geduldig. »Sie werden doch irgend etwas haben, wonach Sie sich richten können. Das heißt, ich habe noch eine bessere Idee. Kennen Sie nicht jemanden in Berlin, der mit dem Gelände etwas vertrauter ist als ich, und Ihnen sagen kann, wo Sie graben sollten?«

Sofort fiel ihr Rex Foster ein, der beinahe alles über die Naziarchitektur wußte.

»Doch, ich kenne jemanden«, sagte sie.

Aber Blaubach erklärte ihr bereits, wo sie sich in Ost-Berlin mit ihm treffen sollte, und sie notierte alles auf dem kleinen Block neben ihrem Telefon.

»Ich bin heute nachmittag um drei da«, versprach Blaubach. »Wir treffen uns und gehen dann zum Bunker.«

Um sich abzureagieren, duschte Emily; das gab ihr einen klaren Kopf.

Nachdem sie ihre Arbeitskleidung – rote Baumwollbluse, blauer Hosenrock aus Jeansstoff, rotweißer Schal – angezogen hatte, bereitete sie den nachmittäglichen Abstecher zum Führerbunker vor. Zunächst einmal kramte sie in ihren Karten und Skizzen nach einem Plan des Bunkers. Als sie ihn gefunden hatte, stellte sie fest, daß er vermutlich nicht präzise genug war, um zu zeigen, wo genau sie graben mußte. Von der Aussichtsplattform hatte sie gestern das Gelände gesehen, wie es heute war: ein Haufen unkrautüberwucherter Schutt. Blaubach hatte recht. Sie brauchte jemand, der Bescheid wußte, wo 1945 alles gewesen war und wo sie 1985 danach graben mußte.

Sie bestellte ihr Frühstück und versuchte sich etwas zu beruhigen, bevor sie Rex anrief. Er kannte sich bestimmt mit dem Führerbunker aus. Doch allein der Gedanke, ihn anzurufen, war so aufregend, daß sie nicht länger wartete. Sie ließ sich mit seinem Zimmer verbinden. Das Telefon klingelte und klingelte. Keine Antwort. Er mußte schon früh ausgegangen sein. Vielleicht kam er den ganzen Tag nicht ins Hotel zurück.

Mist! Wen konnte sie sonst noch anrufen?

Da fiel ihr Ernst Vogel ein. Der ehemalige SS-Mann war 1945 dort gewesen und hatte so lebendig von den Ereignissen und den Umständen von Hitlers Tod erzählt, daß er ihr bestimmt mehr nützen konnte als Rex oder Blaubach.

Glücklicherweise war Vogel zu Hause und ging ans Telefon.

Sie wollte sich ihm wieder vorstellen, doch er konnte sich noch gut an ihre Unterhaltung erinnern. Sie erklärte ihm, was heute nachmittag auf ihrem Programm stand, allerdings ohne den wahren Grund für die Besichtigung zu nennen. Sie mußte sich, so sagte sie, das Gelände anschauen, um ihrem Buch die nötige Glaubwürdigkeit zu geben, konnte das allein aber nicht. Ihr Ostberliner Kontaktmann hatte ihr geraten, jemand mitzubringen, der den Bunker von damals kannte.

»Sie meinen mich?« fragte Vogel. »Sie wollen, daß ich Sie begleite?«

»Ich habe gehofft, daß Sie mitkommen. Sie erinnern sich so genau daran, wo sich 1945 alles abgespielt hat, und ich dachte, Sie –«

»Und ob ich mich noch an alles erinnere! Darauf können Sie Gift nehmen. Ich werde es niemals vergessen. Es wird ein denkwürdiger Augenblick sein, wenn ich den Ort nach so langer Zeit wiedersehe. Ja, ich begleite Sie sehr gern.«

»Ich habe einen Plan vom Führerbunker und vom Garten. Den kann ich mitbringen.«

»Nicht nötig«, sagte Vogel. »Ich bringe meinen eigenen Plan mit. Von dem weiß ich, daß er stimmt.«

»Ich habe einen Wagen mit Fahrer. Wir holen Sie spätestens um zwei Uhr dreißig ab.«

»Ich warte dann auf Sie.«

Schließlich und endlich Wagen und Fahrer. Auch hier keine Schwierigkeiten. Plamp und sein Mercedes würden um zwei vor dem Kempinski sein.

Erwin Plamp stoppte den Mercedes neben einem hohen Zaun an der Niederkirchnerstraße in Ost-Berlin, und Emily sah Professor Blaubach neben einem Jeep stehen, hinter sich ein elektronisch gesichertes Eingangstor und ein Wachtpostenhäuschen. Sie winkte, und Blaubach winkte zurück.

»Wir steigen hier aus«, sagte sie zu Vogel. Sie entriegelte die Tür, doch Plamp war schon um den Wagen herumgelaufen und hielt ihr den Schlag auf.

»Danke, Herr Plamp«, sagte sie. »Warten Sie bitte hier, bis wir fertig sind. Länger als eine Stunde wird es kaum dauern... Herr Vogel, kommen Sie bitte.«

Sie gingen auf das Tor zu. Professor Blaubach begrüßte Emily herzlich und musterte Vogel fragend. Rasch stellte Emily die beiden Männer einander vor. Als Blaubach sie zu dem Jeep führte, hinter dessen Steuer ein Soldat der Volksarmee wartete, erklärte Emily, warum sie sich für Vogel entschieden hatte. »Herr Vogel hat während der letzten zehn Tage, ehe die Russen kamen, vor und im Führerbunker Dienst getan. Er war auch dabei, als Hitler im Garten verbrannt und begraben worden ist.«

Blaubach half Emily hinten in den Jeep, bedachte Vogel mit einem kalten Blick und ließ ihn ebenfalls im Fond Platz nehmen. Mit einer für einen Mann seines Alters bemerkenswerten Behendigkeit stieg er auf den Beifahrersitz und wies den Fahrer an: »Zum Führerbunker.«

Langsam rollten sie durch das geöffnete Tor, wobei die beiden Wachtposten vor ihrem Häuschen Blaubach einen militärischen Gruß entboten.

In der Sicherheitszone fuhren sie über eine schmale, unbefestigte Straße, neben der eine an Betonpfosten verankerte Kette verlief. In Abständen hingen Metallschilder an der Kette, auf denen das Wort GRENZGEBIET stand, außer auf deutsch noch auf englisch, französisch und russisch. Darunter stand DURCHGANG VERBOTEN, ebenfalls in vier Sprachen.

Vorbei an Panzersperren, mit Stahldornen versehenen Reifenfallen und einem bemannten Wachturm rollten sie näher und näher an den großen Schutthaufen heran, der sich nicht weit von der inneren Mauer über das Gelände erhob. Ein Schauer lief Emily über den Rücken. Bald fuhren sie parallel zu dem Haufen, und der Jeep bog scharf nach links, verließ die Straße und holperte über eine unkrautüberwachsene Wiese voller Steinbrocken auf den Schuttberg zu. Emily war so gebannt von dem Anblick, daß sie kein Wort hervorbrachte. Der längliche Berg aus Erde, Geröll und zerstörtem Mauerwerk ragte fünf bis sieben Meter über dem Jeep in die Luft.

Der Fahrer hielt, und Blaubach bedeutete ihnen, auszusteigen. Wortlos standen sie am Fuß des Hügels in der Sonne.

»Da wären wir«, sagte Blaubach, »das Grab des Führerbunkers. Oder besser, Hitlers Katakombe.« Er blickte Vogel an. »Erkennen Sie es wieder?« fragte er, nicht ohne Spott.

Vogel stand unbehaglich vor dem Schuttberg und fummelte an seinem Hörgerät herum. Emily musterte ihn besorgt. »Finden Sie sich zurecht, Herr Vogel? Ich muß genau wissen, wo unter all dem Schutt hier der Führerbunker ist, und ich muß wissen, wo der Graben verlief, in dem Hitler und Eva Braun verbrannt worden sind. Außerdem müssen Sie mir den Bombenkrater zeigen, wo sie beerdigt und später von den sowjetischen Soldaten wieder ausgegraben worden sind.«

Ernst Vogel setzte eine Brille mit getönten Gläsern auf und holte ein zerknittertes Stück Papier aus der Jackentasche. Er entfaltete es, und Emily konnte sehen, daß es sich um einen Grundriß des Bunkers und eine Karte des umliegenden Geländes handelte. Vogel vertiefte sich in die Zeichnung. Dann blickte er auf und musterte das Areal rings umher, ehe er schließlich einen Punkt direkt vor sich anstarrte. Plötzlich leuchtete sein Gesicht auf.

Er hob den Arm und deutete in südlicher Richtung an dem Schuttberg vorbei. »Da hinten stand die neue Reichskanzlei, an der Voßstraße«, sagte er. Zögernd blickte er Blaubach an. »Das stimmt doch, oder?«

Blaubach nickte knapp. »Ja, stimmt.«

»Der Rest ist einfach«, fuhr Vogel mit wachsendem Selbstvertrauen fort. »Die alte Reichskanzlei war gleich hier. Also muß –« Er hielt einen Moment inne und starrte auf den Geröllhaufen. »Kommen Sie, ich kann Ihnen genau zeigen, wo sich der Führerbunker befunden hat. Folgen Sie mir bitte.«

Er ging um den Schuttberg herum und wartete, bis die beiden anderen ihn eingeholt hatten. Für einen Moment schien seine Lebhaftigkeit nachzulassen; er wirkte wie in eine andere Zeit versetzt. »Sie befinden sich jetzt in der neuen Reichskanzlei, im Festsaal. Sie haben eine Verabredung mit Hitler. Sie gehen also durch einen langen Tunnel zur alten Reichskanzlei, biegen in die Kannenbergallee – so benannt nach Hitlers fettem Diener Arthur Kannenberg – und steigen schließlich eine Wendeltreppe hinunter, bis Sie an drei Stahlbetontüren kommen, deren letzte von zwei SS-Männern bewacht wird. Diese Tür führt zum oberen Stockwerk des Führerbunkers –«

Vogel kehrte wieder in die Gegenwart zurück, löste seinen Blick von einem Asphaltbrocken und ging mit raschen Schritten zu einem Punkt am Fuß des Schuttberges. »– Genau hier«, sagte er und zog mit der Schuhspitze eine Linie ins Gras.

Emily trat zu ihm. »Wann war der Bunker bezugsfertig?« wollte sie wissen.

»Das obere Stockwerk, auch ›Vorbunker‹ genannt, wurde 1936 unter der alten Reichskanzlei und ihrem Garten gebaut. Damals lag er nur zehn Meter tief. Zwei Jahre später entschied Hitler, das sei nicht tief genug, und befahl, den Bunker größer anzulegen, was auch geschah. 1943, als sich sein Kriegsglück zu wenden begann, ließ er die Mauern von der Firma Hochtief-Bau verstärken, und 1944 befahl er, einen zweiten, noch tiefer gelegenen Bunker darunter auszuheben. Diese zweite Ebene, in der Hitler und Eva Braun sich aufhielten, lag etwa achtzehn Meter unter der Erde.«

»Wo war der Bunkereingang?« fragte Emily.

Vogel überschritt die Linie, die er mit dem Fuß ins Gras gezogen hatte. »Gleich hier am Fuß einer kurzen Betontreppe. Im oberen Stock des Bunkers lagen dreizehn kleine Räume, untapeziert, nur mit Rauhputz. Sechs Zimmer auf jeder Seite, und ein Eßzimmer im hinteren Teil. Die Räume auf der oberen Etage waren für das Personal oder dienten als Vorratskammern. In einem war der Weinkeller untergebracht, in einem anderen die vegetarische Küche und in einem dritten das Deutsche Nachrichtenbüro, die Nachrichtenagentur der Nazis, die vor allem BBC-Berichte auswertete. Im Eßzimmer, auch Messe genannt, stand ein großer Eichentisch. Als Hitler dann selbst in den Bunker umzog, lebte er fast ausschließlich in der unteren Etage und ließ sich selten im oberen Stockwerk sehen.«

»Wie kam man in die untere Etage zu Hitler?« erkundigte sich Emily.

Vogel kletterte den Schuttberg ein Stück hinauf.

»Hier etwa war eine Wendeltreppe mit zwölf Stufen, die in das untere Stockwerk führte. Dort unten spielte sich das Hauptgeschehen ab.«

Emily kletterte zu Vogel auf den Geröllberg, während Blaubach zurückblieb. »Können Sie mir beschreiben, wie der untere Stock angelegt war?«

Vogel nickte und entfaltete den Plan wieder. »Ich will es versuchen. Bitte, folgen Sie mir.« Er ging langsam nach rechts, um den Erdhaufen herum. »Da unten lagen achtzehn winzige Räume, die meisten grau gestrichen, und ein etwa fünfzehn Meter langer und drei Meter breiter Korridor dazwischen. Der war holzverkleidet und mit ein paar kleinen italienischen Gemälden geschmückt, die Hitler selbst ausgewählt hatte. Versuchen Sie sich vorzustellen, wie es da unten ausgesehen hat, während wir hier entlanggehen. Hier war der Kesselraum, daneben das Büro von Martin Bormann vor der Telefonzentrale. Anschließend kamen das Büro von Goebbels und ein winziger Aufenthaltsraum für den Offizier vom Dienst, dann Goebbels' Schlafzimmer und ein Krankenzimmer. Neben dem Krankenzimmer, in dem auch kleinere Operationen durchgeführt werden konnten, lag die Schlafkammer von Hitlers Leibarzt. Aber der wichtigere Teil lag links vom Korridor.«

Vogel kehrte um und marschierte auf seiner eigenen Spur zurück zur Ausgangsposition und ging vor Emily links um den Schuttberg herum. »Unter uns sind das Badezimmer, drei Toiletten und der Hundezwinger, Eva Brauns Ankleidezimmer, ihr Schlafzimmer und ein Bad, das sie mit Hitler teilte.«

Vogel ging noch ein paar Schritte, dann blieb er stehen. »Dann war da unten eine Vier-Zimmer-Suite, die Hitler allein zur Verfügung stand. Ungefähr hier lag das Wohnzimmer, in dem er und Eva Braun tot aufgefunden wurden, hinter einem Wartezimmer zwischen Salon und Korridor. Daneben diente eine kleine

Kammer als Kartenraum, und jenseits des Ganges befand sich der Konferenzraum, in dem er sich mit seinen Generälen traf, um die Verteidigung der Hauptstadt zu organisieren.«

»Wie sah das Wohnzimmer aus?« fragte Emily.

Vogel überlegte einen Moment. »Ein Zweiersofa, ein Schreibtisch, auf dem eine gerahmte Fotografie von Hitlers Mutter stand, und über dem Schreibtisch an der Wand in einem runden Rahmen das Gemälde Friedrichs des Großen von Anton Graff. Außerdem noch drei wertvolle Sessel aus der Reichskanzlei. Die Wände waren tapeziert, und auf dem Boden lag ein Teppich, aber es soll dennoch ein kalter Raum gewesen sein.«

Emily nickte. »Gut, Herr Vogel. Sie haben gesagt, daß Hitler und Eva Braun nach ihrem Selbstmord in den Korridor und dann die Treppe hinauf in den Garten getragen worden sind. Können Sie mir zeigen, wo diese Treppe war?«

»Ich kann es versuchen«, antwortete Vogel. Er kehrte zu der Stelle des Schuttberges zurück, an der er seine Führung begonnen hatte. »Hier, gegenüber vom Konferenzraum, führten vier Treppen in den oberen Stock und von dort zum Gartenausgang. Durch einen Vorraum trat man in den Garten der Reichskanzlei. Nachdem sie Hitler durch diesen Ausgang getragen hatten – kommen Sie, ich zeig's Ihnen ...«

Vorsichtig kletterte Vogel wieder von dem Berg herunter und führte Emily dann zu einem Rasenstück links davon. Er warf noch einen Blick auf seine Karte, ehe er ein paar Schritte zurücktrat. »Der Notausgang war etwa hier«, erklärte er. »Beinahe genau in der Mitte zwischen dem Ausgang und einem runden Wachturm – etwa einen Meter von dort, wo Sie stehen – verlief ein flacher Graben. Da hinein wurden die beiden Leichen gelegt und verbrannt.«

»Und wo hat man sie begraben?«

»Drehen Sie sich nach rechts und rechnen Sie drei Meter dazu.«

Emily streckte die Hand aus und deutete auf eine rund drei Meter entfernte Stelle. »Da?«

»Ja, genau da war der Krater mit den Leichen.«

»Danke, Herr Vogel.« Emily registrierte, daß Professor Blaubach neben sie getreten war. Sie sah ihn an. »Haben Sie zugehört? Klang das einigermaßen präzis für Sie?«

»Nach meinem Wissen völlig präzis«, sagte Blaubach. »Offenbar hat sein Erinnerungsvermögen im Lauf der Jahre nicht nachgelassen.«

»Es war ein unvergeßliches Erlebnis«, sagte Vogel.

»Und für den Rest der Welt ein Anlaß zum Jubel«, bemerkte Blaubach trocken. Er nahm Emily beiseite. »Wissen Sie jetzt, wo Sie graben werden?«

Emily nickte. »An drei Stellen. Dort, wo der Graben war, und über dem Krater. Was den Führerbunker betrifft, so brauche ich nicht das ganze Ding freizulegen. Ich werde nur an einem Punkt des Berges graben, nämlich genau über Hitlers Suite.«

Blaubach zeigte sich erfreut. »Daß Sie sich auf den Schutthaufen beschränken wollen, wird die Aussichten für eine Erlaubnis wesentlich verbessern. Was meinen Sie, wie lange Sie brauchen?«

»Ich habe einen erfahrenen Bautrupp zur Verfügung. Ich glaube, drei Tage sollten genügen.«

»Wenn man die Zeit, die Sie für die eigentliche Suche benötigen werden, mitrechnet, scheinen mir fünf oder sechs Tage realistischer. Ich werde den Ministerrat bitten, Ihnen und Ihrem Trupp eine Woche zuzugestehen. Wie klingt das?«

»Ich wäre Ihnen sehr zu Dank verpflichtet, Herr Professor.«

»Falls Ihnen die Erlaubnis erteilt wird, lassen Sie mich Ihnen noch einen Rat geben.«

»Ja?«

»Halten Sie den Grund für dieses Unternehmen geheim, absolut geheim. Ich denke, das kann Ihrem Erfolg und Ihrer Gesundheit nur nützlich sein.«

Werner Demke, ein blutjunger Reporter bei der Boulevardzeitung *BZ*, kletterte routinemäßig jeden Nachmittag, bevor er ins Büro zurückkehrte, auf die Aussichtsplattform am Potsdamer Platz. Zu seinen Aufgaben gehörte es, jeden Tag eine Liste der ausländischen Prominenz zu erstellen, die Berlin besuchte. Normalerweise waren die Polizei und ein halbes Dutzend der besseren Hotels seine Hauptinformationsquellen. Die Aussichtsplattform an der Mauer gab in dieser Hinsicht weniger her, doch gelegentlich wurden Politiker oder Filmstars hier heraufgeführt, damit sie einen Blick über die Mauer ins Niemandsland auf der anderen Seite werfen konnten. Als Nachwuchsjournalist hatte er das Gefühl, sich keine Gelegenheit für eine Meldung oder einen Artikel entgehen lassen zu dürfen.

Er parkte seinen Volkswagen, schlenderte zu dem Andenkenladen, duckte sich, um durch die Tür ins Innere sehen zu können, und rief: »Heute nachmittag irgendwelche großmächtigen Damen oder Herren in der Nähe?«

»Keine, Herr Demke«, rief die Inhaberin zurück, »tut mir leid. Nur eine Gruppe britischer Touristen aus Manchester. Wahrscheinlich sind sie gerade oben auf der Plattform.«

»Nicht gerade die heißeste Story aller Zeiten. Danke.«

Demke drehte um und ging zu seinem Wagen zurück. Ein ausgesprochen unergiebiger Tag heute. Ascher, der Chef der Lokalredaktion, würde auch nicht begeistert sein.

Plötzlich hörte er ein freudiges Quietschen und warf einen Blick über die Schulter. Am Geländer der

Plattform standen zwei füllige Damen mittleren Alters, preßten ihre Ferngläser gegen die Augen und starrten in die Sicherheitszone hinüber. Wieder quietschte eine der Frauen. Dann sah Demke, wie das dritte Mitglied der Gruppe, ein älterer Mann, zu ihnen eilte, seine Kamera auf irgend etwas drüben richtete und zu knipsen begann.

Der junge Reporter fragte sich, was die Aufmerksamkeit der Touristen erregt haben mochte, machte kehrt und schlenderte zu dem Aussichtsturm.

Als cr den Fuß der Holztreppe erreicht hatte, stiegen die drei Touristen bereits wieder herunter, aufgedreht und bester Dinge. Sie unterhielten sich englisch; zweifellos die Briten aus Manchester, von denen die Ladenbesitzerin gesprochen hatte.

Demke trat beiseite, um ihnen nicht im Weg zu stehen.

»Bist du sicher, daß es Emily Ashcroft war?« fragte der Mann. »Ich habe einen ganzen Film von ihr und den beiden Männern verknipst, gerade wie sie in den Jeep steigen wollten.«

Die fülligere der beiden Frauen antwortete: »James, ich habe sie so genau erkannt, wie ich dich in diesem Moment erkenne. Es war die Frau aus dem Fernsehen, von der BBC, da bin ich ganz sicher.«

»Gut«, sagte der Mann, »dann haben wir wenigstens eine Berühmtheit auf dem Film. Na ja, so was wie 'ne Berühmtheit.«

Werner Demke versuchte, dem Namen Emily Ashcroft eine Erinnerung zuzuordnen. Irgendwo in seinem Kopf klingelte es da ganz schwach. Auf einmal wurde aus dem Klingeln ein ganzes Glockenspiel. Natürlich, Ashcroft, der Vater, war bei einem Autounfall auf dem Ku'damm ums Leben gekommen, und seine Tochter war in Berlin, um eine Hitler-Biographie zu vollenden.

Sofort sah Demke die Chance für eine Geschichte.

Er ging den englischen Touristen nach und sprach sie höflich an. »Entschuldigen Sie, ich habe zufällig mitbekommen, daß drüben in der Sicherheitszone irgend etwas los war. Bloß aus Neugier – habe ich womöglich etwas Interessantes verpaßt?«

Die fülligere Frau sagte stolz: »Sie haben eine unserer berühmtesten Fernsehpersönlichkeiten verpaßt. Da stand sie, mitten unter all den Wachtürmen und kommunistischen Soldaten, in Begleitung von zwei Männern.«

»Merkwürdig«, meinte Demke. »Seit Jahren darf niemand das Gelände betreten, außer den Soldaten.«

Der Mann tätschelte seine Kamera. »Ich kann Ihnen genau sagen, was sie und die beiden Männer da unten gemacht haben. Sie sind um diesen Müllhaufen herumstolziert, in dem sich Hitler und seine Frau versteckten, bevor sie sich umgebracht haben. Die Ashcroft und einer der Männer sind auf den Berg geklettert und haben sich dabei die ganze Zeit unterhalten. Dann sind sie wieder heruntergestiegen und zur linken Seite –«

»Der Garten der Reichskanzlei«, murmelte Demke leise.

»Da standen sie und redeten, bis der andere Mann zu ihnen trat. Nach einer Weile sind sie alle drei in einen Jeep gestiegen und weggefahren.« Der Mann streichelte seine Kamera. »Habe ich alles hier drin. Ein hübsches Souvenir.«

Werner Demkes Gedanken rasten. »Sie haben sie fotografiert, alle drei?«

»Der ganze Film ist voll von ihnen.«

Demke schluckte. »Würden Sie mir den Film verkaufen?«

»Verkaufen?« fragte der Mann verblüfft.

»Ja, ich würde Ihnen den Film gern abkaufen.«

Der Mann schüttelte heftig den Kopf. »Ich mache Urlaubsfotos für mein Album. Die gebe ich nicht her.«

»Sie brauchen sie ja nicht für immer herzugeben«, sagte Demke schnell. »Sie kriegen von jedem Bild so viele Abzüge, wie Sie wollen, das verspreche ich Ihnen. Ich möchte lediglich auch eine Serie.« Wieviel Geld hatte er gerade bei sich? Vielleicht knapp hundert Mark. Es war ein Glücksspiel, denn möglicherweise interessierte Ascher sich ja gar nicht für die ganze Geschichte. Andererseits konnte er aber auch mächtig beeindruckt sein. »Ich gebe Ihnen hundert Mark für das Negativ und einen Abzug von jedem Bild.«

Wieder schüttelte der Mann den Kopf. »Nein.«

Die fülligere Frau schob sich vor den Mann, mit dem sie offenbar verheiratet war. »Einen Moment, James, nicht so schnell.« Sie schaute Demke neugierig an. »Wer sind Sie? Was wollen Sie mit dem Film?«

»Ich arbeite für eine Berliner Zeitung«, sagte Demke. »Sie sind da über etwas gestolpert, das für uns vielleicht eine Meldung wert sein könnte. Es ist nämlich schon sehr, sehr lange her, wenn ich mich recht erinnere, daß jemand sich in der Sicherheitszone die Reste des Führerbunkers ansehen durfte. Daß Miss Ashcroft dort war, gibt den Bildern Seltenheitswert. Vielleicht irre ich mich da, und mein Chef will die Bilder gar nicht. Trotzdem ist es mir alles Geld, das ich bei mir habe, wert, ihn wenigstens einen Blick darauf werfen zu lassen. Sie würden hundert Mark verdienen und dazu noch Abzüge von allen Aufnahmen kriegen.«

Die fülligere Frau dachte über sein Angebot nach.

»Wieviel sind hundert Mark?« wollte ihr Ehemann wissen.

Sie flüsterte ihm etwas ins Ohr. Er blinzelte überrascht. »Nur für diesen einen Film?«

Seine Frau wand ihm die Kamera aus der Hand. »Einverstanden, junger Mann, der Film gehört Ihnen. Aber vorher wollen wir das Geld und eine Quittung.«

Gegen Mittag des nächsten Tages saß Evelyn Hoffmann an ihrem Treffpunkt, dem reservierten Tisch in Mampes Guter Stube, und bestellte ein Bier für Wolfgang Schmidt, den Polizeipräsidenten, und einen gemischten Salat und Tee für sich selbst.

Dieses Treffen fiel aus der Reihe. Jahrelang hatten sie sich einmal in der Woche verabredet, um einer des anderen Gesellschaft zu genießen, von den alten Zeiten zu sprechen und Klatsch auszutauschen. Immer am gleichen Tag, Jahr um Jahr. Heute früh aber hatte sie eine Nachricht von Schmidt bekommen, er wolle sich mit ihr treffen. Dabei hatten sie sich erst vor ein paar Tagen gesehen.

Seltsam.

Auf der Busfahrt zum Ku'damm hatte sie über den möglichen Grund für die unerwartete Verabredung nachgedacht. Nichts, das besonders dringlich sein könnte, war ihr eingefallen. Aber weil die Nachricht so unerwartet gekommen war, mußte sie dringlich sein. Beunruhigt, wie sie war, kam Evelyn eine Stunde zu früh auf dem Ku'damm an. Jetzt konnte sie gleich ins Restaurant gehen und dort warten, einen Schaufensterbummel machen oder auf einen Sprung bei Lisa und Klara vorbeischauen, um die Zeit totzuschlagen.

Sie bog in die Knesebeckstraße und ging zur Wohnung der Fiebigs, um ihren Verwandten einen kurzen Besuch abzustatten. Als sie die Treppe hinaufstieg, fiel ihr ein, daß sie vergessen hatte, ein Mitbringsel für Klara zu kaufen. Aber Klara war gar nicht zu Hause. Lisa war allein, ein Grund für Evelyn, erleichtert zu sein. In Gegenwart von Klara konnte man nur schwer von den alten Zeiten sprechen, in Anwesenheit von Franz schon gar nicht. Franz war ein Radikaler, der sich jener Vergangenheit Deutschlands schämte, an die sich Evelyn als ihre große Zeit erinnerte.

»Was für eine angenehme Überraschung«, sagte Lisa. »Was bringt dich denn heute hierher?«

Evelyn hatte Lisas Rollstuhl ins Wohnzimmer gerollt und ihr von Schmidts Nachricht erzählt. Sie brannte darauf, sich mit ihrer Cousine darüber zu unterhalten, doch kaum hatte sie angefangen, drehte sich ein Schlüssel in der Haustür.

»Klara«, erklärte Lisa. »Sie war beim Frauenarzt.«

Fröhlich vor sich hin summend, betrat Klara die Wohnung. Auch sie reagierte auf Evelyns Besuch überrascht. »Tante Evelyn! Wie schön, dich zu sehen.« Sie umarmte ihre Tante und küßte sie auf die Wange. »Hat dein Besuch einen besonderen Grund?«

»Ich habe eine Verabredung in der Nähe«, antwortete Evelyn ausweichend. »Was hat der Doktor gesagt?«

»Alles in Ordnung«, antwortete Klara mit leuchtenden Augen. Dann verzog sie das Gesicht. »Allerdings muß ich bald mit Übelkeit am Morgen rechnen. Ich gehe mich jetzt umziehen und dann in die Küche. Franz kommt zum Essen nach Hause. Ich hoffe, du bleibst, bis er da ist, Tante Evelyn.«

Doch Evelyn war bereits aufgestanden. »Danke, mein Liebes. Ich möchte gern, aber leider ist es unmöglich. Ich muß zu meiner Verabredung.« Vor allem aber wollte sie weg sein, wenn Franz auftauchte.

Es war ihr gelungen, rechtzeitig zu entkommen, und nun saß sie hier in Mampes Guter Stube und wartete auf den Polizeipräsidenten von West-Berlin.

Der Kellner brachte ihren Salat, den Tee und das Bier für Schmidt. Sie ließ zwei Stück Zucker in die Tasse fallen und wollte sich gerade ihrem Salat zuwenden, als sie Schmidts bullige Gestalt neben dem Tisch auftauchen sah. Er küßte ihr die Hand.

»Wie geht's dir, Effie?« fragte er und setzte sich.

»Gut, Wolfgang, danke«, antwortete sie. »Aber jetzt bin ich neugierig, was du mir zu sagen hast.«

»Ich wollte dir keine Angst einjagen«, sagte er. »Aber wir müssen miteinander reden.« Er leerte auf einen Schluck das halbe Bierglas. »Ich bin heute in Eile. Aber es handelt sich um eine Sache von Bedeutung.«

»Was denn?«

»Das hier«, sagte Schmidt. Er zog eine Zeitung aus der Jackentasche und breitete sie vor ihr aus. »Die *BZ* von heute. Du hast sie noch nicht gesehen?«

»Du weißt ja, daß ich die *BZ* nur selten lese.«

»Heute solltest du es aber«, sagte Schmidt und schlug die Zeitung so auf, daß Evelyn die dritte Seite vor sich hatte. »Schau dir mal das Foto an.«

Evelyn betrachtete das ziemlich große Foto aufmerksam.

Es war von der Aussichtsplattform am Potsdamer Platz aufgenommen und zeigte den Schuttberg, der den ehemaligen Führerbunker bedeckte. Neben dem Berg standen eine junge Frau und zwei ältere Männer und unterhielten sich.

Die Schlagzeile lautete: WERDEN SIE WIEDER NACH HITLER GRABEN?

»Lies mal den Artikel darunter«, sagte Schmidt.

Rasch überflog sie den Text. Die drei Personen auf dem Foto wurden identifiziert als Emily Ashcroft, die bekannte britische Historikerin, die sich in Berlin aufhielt, um ihre Biographie Adolf Hitlers zu vollenden; Ernst Vogel, ein ehemaliger SS-Mann, der während der letzten Kriegstage im Führerbunker Dienst getan hatte, und Professor Otto Blaubach, stellvertretender Ministerpräsident der DDR und Kapazität für die Geschichte des Dritten Reiches. Weiter hieß es, daß es sich um die ersten Besucher des ehemaligen Bunkers seit vielen Jahren handelte und daß Miss Ashcroft das Gelände möglicherweise nur besichtige, um weiteren Hinweisen auf Adolf Hitlers Ende nachzugehen.

Evelyn hob verwirrt den Kopf. »Ist das nicht die junge Dame, von der du mir kürzlich erzählt hast?«

Schmidt schob sich einen Cracker in den Mund.

»Emily Ashcroft, die Tochter von Professor Ashcroft. Ich dachte, du solltest wissen, daß sie nicht lockerläßt.«

Evelyn gab sich keine Mühe, ihre Besorgnis zu verbergen. »Glaubst du, man wird ihr erlauben, dort zu graben?«

»Ihr Vater hat die Erlaubnis erhalten, bevor er umgekommen ist. Deswegen nehme ich an, daß man es ihr ebenfalls gestatten wird. Dieser Bursche da auf dem Foto, Blaubach, ist ein hohes Tier in der Regierung der DDR. Er könnte es arrangieren.«

»Aber wonach wollen sie jetzt, nach vierzig Jahren, noch suchen? Jeder weiß, daß der Führer und Eva Braun im Bunker gestorben und dort auch begraben worden sind.«

»Offenbar glaubt doch nicht jeder daran, Effie.«

Evelyn betrachtete das Foto noch einmal und schüttelte dann nachdenklich den Kopf. »Verrückt«, meinte sie. »Ich möchte wissen, wonach sie sucht.«

»Spielt keine Rolle«, meinte Schmidt, faltete die Zeitung wieder zusammen und ließ sie in seiner Jacke verschwinden. »Ich verspreche dir, es wird keine Ausgrabungen am Bunker geben, kein Stochern in der Vergangenheit mehr.«

»Du versprichst es mir?«

Schmidt wuchtete seinen massigen Körper hoch, die fetten Lippen zu einem Lächeln gekräuselt. »Ich verspreche es dir. Wegen Miss Ashcroft brauchst du dir nicht mehr den Kopf zu zerbrechen.«

Emily hatte einen ausgefüllten Vormittag im Kempinski hinter sich.

Spät am Vorabend waren die Unterlagen aus Oxford eingetroffen. Die ersten Mappen enthielten Informationen über Hitlers Laufbahn als Künstler, der Rest bestand aus Fotos aller Regierungsgebäude, die unter der Naziherrschaft in den wichtigsten deutschen Städten errichtet worden waren. Sofort rief Emily Nikolaus Kirwow im Palasthotel an. »Ich habe das Material aus Oxford«, sagte sie. »Vielleicht können Sie daraus etwas über das Gebäude auf Ihrem Gemälde ersehen.«

»Großartig«, sagte Kirwow. »Sind Sie zum Mittagessen noch frei? Wenn Sie wollen, können wir uns hier im Restaurant treffen. Vom Kempinski ist es nicht allzu weit. Anschließend können wir uns die Unterlagen dann gemeinsam anschauen.«

Emily war einverstanden. Kaum hatte sie den Hörer aufgelegt, klingelte das Telefon. Es war Rex Foster, und Emily freute sich wie ein junges Mädchen, als sie seine Stimme hörte.

»Eigentlich geht es mich ja nichts an«, sagte er, »aber wo waren Sie gestern abend? Ich habe mindestens ein halbes dutzendmal bei Ihnen angerufen.«

Das freute sie. »Am Nachmittag habe ich mir das Gelände um den Führerbunker angeschaut, und danach war ich mit dem Mann, der die Grabungen für mich durchführen wird – wenn ich die Erlaubnis kriege –, beim Essen. Ich habe den Abend mit ihm und seiner Frau verbracht und ihnen beschrieben, was es auf dem Gelände zu sehen gibt. Was wollten Sie denn von mir? Ach, ich weiß schon, es ging um diesen Architekten Zeidler.«

»Nein, Emily. Ich wollte mich nur erkundigen, wie es Ihnen geht, und hören, ob Sie nichts vorhaben.«

»Wenn Sie wissen wollen, wie es mir geht, warum begleiten Sie mich nicht zum Palasthotel? Ich esse dort mit Nikolaus Kirwow zu Mittag. Sie wissen schon, der Kustos aus Leningrad. Ich will ihm helfen, das Bauwerk auf seinem Hitler-Gemälde zu identifizieren, und Sie könnten uns dabei auch helfen. Bringen Sie Ihre Mappe über die Architektur des Dritten

Reiches mit. Außerdem könnte es Ihnen Spaß machen, Kirwow kennenzulernen. Sie haben eine Menge gemeinsam.«

»Ich bin mehr daran interessiert, was Sie und ich gemeinsam haben«, sagte Foster. »Na gut, abgemacht. Treffen wir uns um Viertel nach zwölf im Foyer.«

Kirwow erwartete sie eine Viertelstunde später vor dem Palasthotel. Er entschuldigte sich, denn das Restaurant war überfüllt, und ihr Tisch würde erst in einer halben Stunde frei werden.

»Warum lösen wir inzwischen nicht das Rätsel Ihres Gemäldes?« meinte Emily. Sie blickte sich um. »Wir könnten, wenn es Ihnen recht ist, auf Ihr Zimmer gehen. Da sind wir ungestört.«

»Gute Idee«, sagte Kirwow. »Bitte, kommen Sie.«

Minuten später waren sie in Kirwows Zimmer. Ein hübscher Raum, fand Emily, mit Cordvorhängen, einer Tapete aus braunem Reispapier, einem Farbfernseher mit einem Rosenstrauß und einem Doppelbett.

»Lassen Sie uns gleich zur Sache kommen«, schlug Emily vor.

»Bitte, setzen Sie sich doch erst«, sagte Kirwow und rückte zwei Stühle an einem Tisch in der Ecke zurecht. Foster zog sich einen dritten heran. Als sie Platz genommen hatten, holte Kirwow sein Gemälde, packte es aus und lehnte es vor seinen Gästen an die Wand.

Immer wieder zu dem Bild auf dem Tisch hinüberblickend, ging Emily ihre Fotos der Bauwerke im Deutschland der Hitlerzeit durch. Foster blätterte am Boden neben seinem Stuhl in seiner Mappe.

Plötzlich schrie Emily auf. »Ich glaube, ich habe es, Nikolaus!« Sie zog eine Fotografie aus ihrem Ordner und hielt sie neben das Gemälde. »Könnte es nicht das sein?«

Foster zog ein Blatt aus seiner Mappe und hielt es neben das Foto. Offensichtlich handelte es sich um dasselbe Gebäude, allerdings aus einem anderen Blickwinkel aufgenommen.

»Das ist es«, erklärte Emily. »Wir haben zwar keine Frontalaufnahme, die der Perspektive des Gemäldes entspricht, aber ich rufe Pamela an, daß sie noch einmal in unserem anderen Ordner nachschaut. Nur um ganz sicherzugehen.«

»Ja, tun Sie das«, sagte Foster. Er wandte sich an Kirwow. »Ich glaube aber trotzdem, daß wir Ihr Gebäude gefunden haben, Mr. Kirwow.«

Der Russe lächelte glücklich. »Das haben Sie ohne Zweifel. Nur – ich wüßte gern, um was es sich handelt.«

»Es ist das Reichsluftfahrtministerium«, erklärte Emily. Sie drehte das Foto um und las den Text auf der Rückseite. »Erbaut in den Jahren 1933 bis 1935.«

»Ein bemerkenswerter Fund!« sagte Kirwow begeistert. »Meines Wissens das einzige in Berlin entstandene Hitler-Gemälde.«

»Er muß das Bild also nach 1935, aber vor 1940 gemalt haben«, meinte Emily. »Danach hätte er das Ministerium nicht mehr malen können, weil es nämlich nicht mehr existierte. Fast alle Regierungsgebäude des Dritten Reiches sind bei den Luftangriffen in den vierziger Jahren zerstört worden.«

Foster las den Text auf dem Blatt aus seiner Mappe, hob den Kopf und sagte: »Nicht so schnell, Emily. Was Sie sagen, stimmt nicht ganz.«

»Was soll das heißen?« fragte Emily verwirrt.

»Nicht alle Gebäude wurden bei diesen Angriffen zerstört. Eins überstand sie fast ganz unbeschädigt. Allerdings nur eins.«

»Welches?«

Foster deutete auf das Foto, das an das Blatt aus seiner Mappe geheftet war. »Das hier. Das Reichsluftfahrtministerium. Es wurde zwar angekratzt, aber sein Kern blieb erhalten. Es steht heute noch.«

»Was sagen Sie da?« fragte Kirwow.

»Hitler«, antwortete Foster, »kann Ihr Gemälde sehr wohl in den dreißiger Jahren angefertigt haben, ebenso aber auch in den vierziger, sechziger, siebziger oder achtziger Jahren.«

»Wenn er noch am Leben wäre«, sagte Emily leise.

»Wenn er noch am Leben wäre.«

Emily starrte die beiden Männer an. »Ich glaube, jetzt sollten wir erst mal was essen.«

»Und einen ordentlichen Drink zu uns nehmen«, ergänzte Foster.

Sie verbrachten fast den ganzen Nachmittag mit Nikolaus Kirwow im Restaurant des Palasthotels, aßen, tranken und spekulierten darüber, was sie aus der Identifikation des Reichsluftfahrtministeriums auf dem Ölgemälde Adolf Hitlers über das tatsächliche Schicksal des Führers ableiten konnten. Emily mußte sich eingestehen, daß sie noch immer keine Tatsachen hatten, sondern lediglich mit einer Stange im Nebel herumstocherten. Kirwow wollte sich das Gebäude gern einmal anschauen, und Emily und Foster boten sich ihm als Führer an, sobald sie wieder nach Ost-Berlin kamen. In der Zwischenzeit wollte Kirwow versuchen, die Kunstgalerie, die das Bild verkauft hatte, aufzuspüren, da der Steward ihm den Namen noch nicht mitgeteilt hatte.

Als Foster und Emily am späten Nachmittag wieder ins Kempinski zurückkehrten, fragte er: »Hat Ihre Sekretärin Ihnen irgend etwas über Rudi Zeidler mitgeschickt?«

»Der Naziarchitekt, dessen Pläne Ihnen noch fehlen? Entschuldigen Sie, Rex, den hatte ich ganz vergessen. Doch, in Pamelas Paket waren einige Mappen über Hitlers Architekten. Da muß Zeidler dabei sein. Ich schaue sie gleich durch und melde mich dann bei

Ihnen.« Sie wandte sich zum Empfang. »Ich hole nur schnell meinen Schlüssel.«

»Ich habe meinen bei mir«, sagte Foster. »Ich kaufe mir drüben noch etwas zu lesen. Wir treffen uns dann am Aufzug.«

Als Foster näher schlenderte, hatte er eine deutsche Boulevardzeitung aufgeschlagen. Plötzlich blieb er stehen, als wäre er gegen eine Wand gelaufen. Während Emily sich noch fragte, was seine Aufmerksamkeit derart stark gefesselt haben mochte, kam er schon auf sie zu. Er griff nach ihrem Ellbogen und führte sie statt zum Aufzug zu einer kleinen Sitzgruppe in der Halle.

»Was haben Sie denn, Rex?« fragte sie.

»Sie wollten Ihren Besuch hier geheimhalten, oder nicht?«

»Das wissen Sie doch.«

»Wie viele Personen sind über Ihre Anwesenheit in Berlin informiert?«

»Nur die Leute, mit denen ich beruflich zu tun habe, wie Professor Blaubach und noch zwei oder drei andere. Außerdem natürlich Sie, Tovah Levine und Nikolaus Kirwow.«

»Aber Sie haben es niemandem von der Presse erzählt?«

»Selbstverständlich nicht. Das heißt, doch, einem Mann namens Peter Nitz von der *Morgenpost*. Aber er hat mir als allererster geraten, meine Aktivitäten hier geheimzuhalten.« Sie runzelte die Stirn. »Was sollen diese Fragen?«

Er faltete die Zeitung auseinander und sagte: »Weil inzwischen jedermann in Berlin weiß, warum Sie hier sind.«

»Ich – das verstehe ich nicht.«

Er legte die aufgeschlagene dritte Seite vor sie hin. »Sehen Sie selbst.«

Sie warf einen Blick in die Morgenausgabe der *BZ*

und entdeckte ein halbseitiges Foto von sich, Blaubach und Vogel neben dem ehemaligen Führerbunker. Einen Moment lang war sie zutiefst erschrocken. Ihre Augen überflogen den Text.

»Sie wissen sogar meinen Namen und was ich vorhabe.« Sie hob den Kopf. »Rex, wie sind die an das Bild gekommen?«

»Keine Ahnung. Offensichtlich ist es von einem der Aussichtsgerüste an der Mauer geknipst worden. Vielleicht hat die Zeitung dort jemand postiert, der auf Vorfälle aller Art achtet.«

Emily ließ das Blatt sinken. »Das ist ja schrecklich«, sagte sie. »Aber ich lasse mich davon nicht ins Bockshorn jagen. Ich werde einfach tun, was ich zu tun habe, und dann gehe ich nach Hause und beende meine Arbeit.«

»Alle Achtung«, sagte Foster, »aber Sie sollten aufpassen. Emily, ich möchte Ihnen keine Angst einjagen, aber Sie müssen die Tatsachen sehen. Sie können jetzt in Gefahr geraten. Ein paar Neonazis könnten einen Unfall inszenieren, wie bei Ihrem Vater.«

Emily straffte die Schultern. »Ich glaube nicht, daß mir etwas passiert«, sagte sie. »Vielleicht hat es sich bei meinem Vater ja wirklich nur um einen Unfall gehandelt. Ich kann mir nicht vorstellen, daß es nach einem halben Jahrhundert noch so viele Nazis gibt.«

»Ach nein?« fragte Foster. »Warum versuchen Sie dann überhaupt, den Führerbunker umzugraben? Um zu beweisen, daß sie alle tot sind, wie es sich gehört? Oder um herauszufinden, ob einige nicht doch noch am Leben sind?«

»Ach was«, antwortete sie dickköpfig. »Es handelt sich um eine Forschungsarbeit. Und dabei glaube ich noch gar nicht, daß etwas Neues dabei herauskommt.« Sie stand auf. »Ich finde, wir sollten jetzt beide wieder an unsere Arbeit gehen. Aber vorher sehe ich in meinen Unterlagen nach, was wir über Rudi Zeidler haben.«

Foster erhob sich ebenfalls. »Wie Sie wollen. Es hat aber doch keine Eile.«

»Sie wollen doch nicht ewig hier herumhängen. Ich schätze, daß ich bis zum Abendessen Bescheid weiß. Wenn Sie Lust haben, können Sie auf einen Drink in meine Suite kommen, bevor ich was esse.«

»Sind Sie schon verabredet?«

»Nein. Ich wollte mir ein Sandwich aufs Zimmer kommen lassen.«

»Hätten Sie was gegen Gesellschaft?« Er ging mit ihr zum Aufzug. »Es wäre mir ein Vergnügen, mit Ihnen zu Abend zu essen. Nicht nur heute abend. Jeden Abend, an dem Sie frei sind.«

Sie drückte auf den Fahrstuhlknopf und blickte Foster in die Augen. »Ein attraktives Angebot. Was steckt dahinter? Wollen Sie mich beschützen?«

»Das könnte ein Grund sein«, gab er zu. »Doch in Wahrheit möchte ich nur mit Ihnen zusammensein.«

Sie entspannte sich und lächelte zu ihm auf. »Schon besser«, sagte sie. »In diesem Fall dürfen Sie mich um acht abholen.«

Es war Viertel vor acht, und Rex Foster ging nervös in seinem Zimmer auf und ab.

Der Gedanke an Emily ließ ihm keine Ruhe. Die Tatsache, daß sie vielleicht in Gefahr schwebte, hatte ihm auf einmal klargemacht, wieviel sie ihm bedeutete. Obwohl er jeglichen emotionalen Bindungen gegenüber auf der Hut war, mußte er sich eingestehen, daß es sich um mehr als bloße Besorgnis handelte. Noch nie hatte er einer Frau ähnliche Gefühle entgegengebracht, daß er nämlich nicht nur jede Minute mit ihr zusammen verbringen wollte, sondern auch den Wunsch verspürte, sie ganz für sich zu haben.

Er zog den Knoten seiner Krawatte fest und schlüpfte in sein Jackett. Seine Armbanduhr zeigte vierzehn Minuten vor acht. Er beschloß, etwas zu früh zu kommen. Falls sie noch nicht fertig war, würde er sich einen Drink machen, während sie sich anzog. Wenigstens war er dann in ihrer Nähe.

Er verließ sein Zimmer und wartete auf den Fahrstuhl. Dann fuhr er hinunter in den zweiten Stock. Als die Fahrstuhltür aufglitt, sah er, daß die Suite 229 ein Stück den Gang hinauf lag.

Er trat aus dem Lift und bemerkte einen Zimmerkellner, einen kräftigen jungen Mann mit einem Tablett Drinks, der sich Emilys Tür näherte und mit einem Generalschlüssel aufsperrte, ohne geklopft zu haben.

Zuerst dachte Foster, daß Emily ihre Cocktails bereits bestellt hatte und sie gerade gebracht wurden. Gutgelaunt schlenderte er den Korridor entlang und wartete darauf, daß der Kellner wieder herauskam. Aber der Kellner blieb verschwunden. Foster sah, daß die Tür einen Spaltbreit offenstand, und trat ein.

Überrascht stellte er fest, daß der Salon leer war. Der Kellner war nirgendwo zu sehen, obwohl das Tablett mit den Drinks auf einem Tisch stand. Foster spähte ins Schlafzimmer, weil er dachte, daß der Kellner dort vielleicht wartete, während Emily die Rechnung abzeichnete. Aber auch im Schlafzimmer war niemand. Merkwürdig. Zögernd betrat Foster das Schlafzimmer.

Er wollte gerade nach Emily rufen, als er sah, daß die Badezimmertür weit offenstand. Mit wenigen Schritten war er an der Schwelle, um nachzuschauen, was los war. Im selben Augenblick begriff er, und der Schock ließ ihn erstarren.

Foster hörte Wasser laufen. Emily stand offensichtlich noch unter der Dusche – und vor der Glastür zur Dusche stand der Kellner, sehr still und mit dem Rücken zu Foster.

Einen Moment lang dachte der Architekt, einen Voyeur ertappt zu haben, oder daß der Kellner eine Vergewaltigung plante. Da drehte Emily das Wasser ab, und der Kellner zog ein Messer aus der Jacke und riß die Tür zur Dusche auf.

Emily schrie entsetzt auf.

Rex Fosters seit Vietnam vergessene Kämpferinstinkte erwachten zu neuem Leben, und er warf sich vorwärts, einen Wutschrei auf den Lippen.

Der Kellner wirbelte herum, das Messer hocherhoben. Foster war über ihm wie der Zorn Gottes, packte die Messerhand und verdrehte sie, bis das Messer zu Boden fiel. Dann bückte er sich und führte die Judofigur zu Ende, indem er den Kellner über seinen Kopf schleuderte und hinter sich auf den gekachelten Badezimmerboden krachen ließ.

Foster wollte dem Mann gerade den Rest geben, als seine Augen an Emily hängenblieben, die nackt und tropfnaß an einer Wand der Duschkabine lehnte. Nur mit Mühe konnte sie sich aufrecht halten. Ihre Augen waren geschlossen, und sie rang um Atem.

Sobald er sich überzeugt hatte, daß ihr nichts Ernstliches fehlte, drehte Foster sich nach dem Angreifer um. Doch der Kellner hatte sich bereits aufgerappelt und war ins Schlafzimmer gelaufen. Schweratmend setzte der Architekt hinterher. Als er den Salon erreichte, war der Kellner schon auf dem Korridor. Foster folgte ihm bis zur Tür der Suite, doch draußen auf dem Flur verlor er den Flüchtenden endgültig.

Er hätte ihn weiter verfolgt, aber zweifellos hatte der Killer seinen Fluchtweg sorgfältig geplant, und er würde ihn nicht fassen können. Er überlegte, ob er in der Halle anrufen sollte, doch auch das hätte keinen Sinn. Ein gedungener Mörder kannte sicher andere Wege, ein Hotel zu betreten und wieder zu verlassen, als durch die Halle.

Und alles, was jetzt zählte, war Emilys Sicherheit.

Foster lief zurück ins Badezimmer. Emily war an der gekachelten Kabinenwand hinuntergerutscht und lag zusammengekrümmt unter der tropfenden Dusche.

Foster bückte sich, stützte sich mit dem rechten Knie am Boden ab und versuchte, ihren nassen, schlüpfrigen Körper aufzuheben. Als er ihr die Arme unter die Achselhöhlen schob, öffnete sie die Augen. Als sie Foster sah, ließ sie ihren Kopf mit einem Seufzer der Erleichterung gegen seine Schulter sinken.

Er hob sie hoch, und während sie sich an ihn schmiegte, trat er rückwärts aus der Kabine, griff nach einem der Hotelbademäntel und breitete ihn über sie. Behutsam trug er sie ins Schlafzimmer.

»Wie fühlst du dich? Wie fühlst du dich?« flüsterte er.

»Dank für deine Hilfe, Gott sei Dank.«

»Hier«, sagte er, während er sie immer noch in den Armen hielt und ungeschickt gleichzeitig Tages- und Bettdecke zurückzuschlagen versuchte. Endlich gelang es ihm, und er legte sie sanft aufs Bett. Nachdem er den Bademantel beiseite geschoben hatte, deckte er sie zu.

Langsam kam sie wieder zu sich. Blinzelnd blickte sie ihn an und fragte: »Was ist geschehen, Rex? Wer war das?«

»Als ich aus dem Aufzug kam, habe ich ihn für den Zimmerkellner gehalten, der unsere Cocktails bringt.«

»Aber ich habe überhaupt nichts bestellt.« Sie setzte sich auf, wobei sie die Decke gegen ihre Brüste preßte. »Ich hatte unsere Drinks schon hier. Der Kellner ist mir ein Rätsel.«

»Es war ja auch kein Kellner. Es war jemand, der dich umbringen wollte. Als ich ihn im Badezimmer gesehen habe, ist bei mir eine Sicherung durchgebrannt.« Er betrachtete sie genau. »Fehlt dir auch wirklich nichts?«

»Ich lebe«, sagte sie. »Ich glaube, mir fehlt nichts.« Sie schwieg einen Moment. »Wer kann das gewesen sein?«

Er lächelte. »Vermutlich ein treuer Leser, der dein Foto in der Zeitung gesehen hat und nicht wollte, daß du weiter in der Nazivergangenheit herumstöberst.«

Ungläubig schüttelte sie den Kopf. »Aber ein Mord ...«

»Kennst du eine bessere Methode, um neugierige Leute zu entmutigen?« Besorgt blickte er ihr in die Augen. »Emily, geht es dir wirklich gut?«

»Ich bin noch ein bißchen von der Rolle. Aber ich berappele mich schon wieder. Allerdings habe ich keine große Lust mehr, zum Essen hinunterzugehen. Alles was ich jetzt brauche, ist Gesellschaft. Kannst du mir mit leerem Magen Gesellschaft leisten? Gesellschaft ja, und ein ordentlicher Drink. Vielleicht ein Scotch. Und du?«

»Gesellschaft und ein ordentlicher Drink. Zum Teufel mit dem Abendessen. Ist viel gemütlicher ohne. Wir müssen dein Überleben und unser Zusammensein feiern und uns einen antrinken. Jetzt erst mal einen Scotch zum Anwärmen.« Er ging zum Salon, blieb aber vor der Tür stehen. »Weißt du, Emily, ich wollte dir heute abend etwas verraten. Ich meine, wenn der Abend nach Plan verlaufen wäre.«

»Was denn?«

»Ich glaube, ich habe mich in dich verliebt. Darauf sollten wir jetzt aber wirklich einen trinken.«

Es war beinahe Mitternacht. In Emilys Schlafzimmer hatten sie einen Whisky nach dem anderen getrunken und sich fast vier Stunden lang unterhalten. Emily war in den gürtellosen Bademantel geschlüpft und hatte die Bettdecke von sich geschoben. Sie saß aufrecht mit dem Rücken gegen das Kopfende des Bettes gelehnt. Der Morgenrock verhüllte ihre Brüste nur knapp. Foster war im Lauf des Abends von einem Stuhl auf die Bettkante umgezogen.

In der letzten Stunde hatte ihre Unterhaltung einen vertraulicheren Charakter angenommen. Schläfrig und ein wenig benommen, hatte Emily ihm von ihrer Jugendsünde, der überstürzten Eheschließung erzählt, ebenso einiges von der demütigenden Beziehung mit Jeremy Robinson. Darauf hatte er ihr von einigen seiner Affären mit Frauen und seinen Frustrationen berichtet. Und zum erstenmal in seinem Leben hatte er über das Fiasko seiner Ehe mit Valerie Granich gesprochen. Emily hatte ihm voll Verständnis zugehört und dann nachdenklich gesagt: »Wir sind also beide Verwundete. Aber Verwundete von was? Vom Krieg der Geschlechter?«

Er hatte gelächelt. »Ich würde es etwas optimistischer ausdrücken. Wir sind beide Überlebende einer falschen Entscheidung und wissen jetzt, was wir wollen.«

Emily hatte über seine Worte nachgesonnen und sich laut gefragt: »Aber was wollen wir? Was willst du von einer Frau, Rex?« Stockend hatte er versucht, es ihr zu sagen, und sie hatte ihm erklärt, was sie sich von einem Mann erhoffte. Leise fielen immer wieder die Worte Nähe, Zuneigung und Zärtlichkeit.

Jetzt schwiegen sie, alles war gesagt.

Er fühlte sich beschwingt und zitterte vor Begehren, erregt vom Duft ihrer Haut, konnte aber nicht einfach zu körperlicher Intimität übergehen. Er wollte nichts überstürzen, ihre Beziehung erst reifen lassen, auf eine andere, bessere Gelegenheit warten.

Er stand auf. »Ich glaube, ich gehe jetzt besser.«

Sie starrte ihn an. »Warum?«

Unsicher antwortete er: »Damit du schlafen kannst.«

Ihre Augen ließen nicht locker. Sie schien eine Entscheidung zu treffen und stellte das leere Glas auf den Nachttisch. »Ich dachte, du hättest, vor langer Zeit heute abend, gesagt, daß du mich liebst. Stimmt das nicht?«

»Es stimmt.«

»Du hast gesagt, ich sollte nicht länger allein sein. Ich hoffe, du hast auch gemeint, was du gesagt hast. Ich will nicht allein sein, Rex. Ich will mit dir zusammen sein.« Sie streifte den Bademantel von den Schultern. »Du hast mich ja schon nackt gesehen.«

»Na ja, nicht ganz –« Er fand es plötzlich schwierig zu reden. Seine Augen wurden wie magisch von den kleinen, festen, runden Brüsten angezogen. »Ich habe dich nicht wirklich –«

Sie schlüpfte ganz aus dem Frotteemantel. »Jetzt kannst du es«, sagte sie. »Ich war schon immer für Gegenseitigkeit. Herrgott, Rex, zieh dich endlich aus – das heißt, wenn du willst.«

»Ich will«, sagte er und stellte sein Glas weg. »Aber du weißt, worauf du dich da einläßt?«

»Und ob«, sagte sie. »Die Frage ist – weißt du's?«

Noch nie hatte er sich so schnell ausgezogen, sich die Kleider vom Leib gerissen.

Ihre Augen wichen nicht von ihm, und sie merkten beide, daß er wußte, worauf er sich einließ.

Sie streckte die Hand aus, um sein steif gewordenes Glied zu liebkosen. »Wie herrlich«, flüsterte sie.

Er hatte das Gefühl, daß sein Kopf und sein Körper sich in Nichts auflösten, wenn er nicht bald mit ihr zusammen war.

Er ließ sich neben sie aufs Bett sinken, während ihre schlanken Finger weiter mit seinem Glied spielten. Sie betrachtete ihn lächelnd. »Was ich sehe, gefällt mir«, sagte sie leise. »Er sieht aus, als ob er es ernst meint.«

»Er meint es auch ernst, und er sehnt sich nach Gesellschaft.«

Sie ließ ihn los, immer noch lächelnd und sank zurück aufs Kissen. »Du bist herzlich eingeladen«, sagte sie.

Foster erhob sich auf die Knie. Endlich sah er sie in ihrer ganzen nackten Schönheit. Der Bauch unter den milchweißen Brüsten mit ihren braunen Warzen war flach, der Brustkorb trat hervor, der Nabel war kaum mehr als ein Schlitz. Das Dreieck aus dünnem, leicht gekräuseltem Haar darunter enthüllte rosig die Knospe ihrer Klitoris und die engen Falten ihrer Schamlippen.

Sie spreizte die Beine, und er beugte sich zwischen ihre Schenkel, um die Klitoris mit seiner Zunge zu liebkosen.

»O Gott, Liebling«, stöhnte sie.

Dann war er über ihr, zwischen ihren Schenkeln, und sein Glied fand den Weg in sie.

»O Gott«, sagte Emily wieder und wieder.

Er versuchte, seine Stimme zu finden. »Ich liebe dich, Emily. Noch nie habe ich so etwas gefühlt.«

Und dann begann er sich in ihr zu bewegen, rhythmisch, mit langen, weichen Stößen, die langsam schneller wurden, härter und knapper, unaufhörlich und regelmäßig.

Er sah ihr hinreißendes Gesicht unter sich, die Augen geschlossen. Ihr Kopf drehte sich auf dem Kissen hin und her, ihre Lippen murmelten Worte, die er nicht verstand. Er sah, wie ihre Brüste sich hoben und senkten und fühlte die kreisenden Bewegungen ihres Unterleibs. Sie stemmte ihre Hüften hoch mit weit gespreizten, zitternden Schenkeln, und er stieß tiefer in sie hinein. Ihre Hände griffen nach seinen Hoden, umfaßten und drückten sie. Er seufzte und senkte sich ganz auf sie, spürte ihre Brüste nachgeben, fand ihre vollen Lippen, ihre Zunge und hörte, wie ihr Herz im Einklang mit seinem hämmerte.

Ihre Feuchtigkeit verschlang ihn, aber er hielt nicht inne und wurde nicht langsamer. Er glitt vor und zurück in ihrer schlüpfrigen Scheide.

Plötzlich bäumte sich ihr Oberkörper auf, und ihre Schenkel drohten ihn zu zerquetschen, während ein langes, heftiges Zucken sie durchlief. »Oh, Liebling«, keuchte sie.

Er brachte sie zu einem zweiten Orgasmus, und dann, endlich, kam auch er.

Lange lagen sie sich reglos in den Armen. Nach einer Weile sah er, daß ihre Augen geschlossen waren, und hörte, daß sie in einen sanften, entspannten Schlummer gefallen war.

Vorsichtig glitt er neben sie. Später richtete er sich auf und saß nur da und bewachte ihren Schlaf. Nie hatte er sich erfüllter, zufriedener und ausgeglichener gefühlt. Voller Liebe betrachtete er sie und konnte sich kaum noch daran erinnern, wie sie ihm vorgekommen war, als er sie zum erstenmal gesehen hatte. Schwach entsann er sich ihrer als zu gefaßt, beherrscht, abweisend in ihrer Unabhängigkeit, begehrenswert, doch scheinbar unerreichbar.

Und jetzt hatte sie sich ihm leidenschaftlich hingegeben, war ein Teil von ihm geworden, so wie er sich nun als Teil von ihr fühlte.

Die Liebe, die er für sie empfand, war fast unerträglich. Und sein Glück ebenfalls.

Als er sie sacht zudeckte, spürte er, wie kostbar sie ihm war. Es traf ihn wie ein Schlag, als er daran dachte, was sich erst vor wenigen Stunden ereignet hatte. Jemand hatte versucht, sie umzubringen. Und dieser Jemand versuchte es vielleicht wieder. Das mußte er verhindern. Er durfte sie auf keinen Fall verlieren.

Er wußte, daß sie nur dann in Sicherheit sein

würde, wenn sie die Jagd nach Hitler aufgab und das Geheimnis um den Tod ihres Vaters auf sich beruhen ließ. Aber so sehr sie ihn, Foster, auch lieben mochte und sich danach sehnte, bei ihm zu sein, ihr Ziel würde sie auf keinen Fall aus den Augen lassen.

Er schlüpfte zu ihr unter die Decke. Sie regte sich schwach und legte ihm einen Arm über die Brust. Er warf einen letzten Blick auf ihr liebes Gesicht, löschte das Licht und überlegte, was er tun konnte, um sie zu beschützen – Emily, ihrer beider Liebe und die gemeinsame Zukunft. In der Dunkelheit schien das Problem unlösbar. Dann schlief auch er ein.

6

Als Foster erwachte, war heller Morgen. Er öffnete die Augen und wußte, daß er nicht in seinem Zimmer war, und im ersten Augenblick wußte er nicht, wo er die Nacht verbracht hatte.

Dann erinnerte er sich wieder und streckte die Hand nach Emily aus, griff aber ins Leere. Er drehte den Kopf und stellte fest, daß er allein im Bett lag.

Er fuhr hoch.

Sie stand am Ankleidetisch und verschloß einen braunen Umschlag. Ihr Haar war ungekämmt. Sie trug den Frotteemantel, der ihre Brüste nicht ganz bedeckte. Ihre Beine und Füße waren nackt.

Er spürte, wie sein Glied sich regte.

»Emily, was machst du?«

Lächelnd drehte sie sich zu ihm um. »Ich habe Rudi Zeidlers Telefonnummer und Adresse gefunden. Deswegen bist du doch hier, oder?«

Rex lächelte ebenfalls. »Wer ist Rudi Zeidler?«

»Der Mann, der dich nach Berlin geführt hat. Am besten gehst du gleich los und suchst die Entwürfe, die dir fehlen, meinst du nicht?«

»Emily«, sagte er ruhig. »Ich liebe dich. Noch nie habe ich jemanden wie dich getroffen. Und ich will keine andere Frau mehr kennenlernen.«

»Rex, ist das dein Ernst?«

»Von jetzt an möchte ich jede Sekunde meines Lebens mit dir verbringen.« Sein Verlangen nach ihr wurde übermächtig. »Emily, komm her, ich will dich haben, jetzt gleich.«

Sie legte den Umschlag auf den Tisch, schlüpfte aus dem Bademantel und ließ ihn zu Boden fallen.

Nackt ließ sie sich neben ihn gleiten, und sein Glied wurde steif.

Er warf die Decke zur Seite und breitete die Arme aus.

Mit einem leisen Lustschrei drückte Emily seine Schultern nach unten und schob sich leicht und graziös über ihn, bis sein Penis ihre Vagina berührte. Dann glitt sie tiefer, nahm seine harte Männlichkeit in sich auf.

Langsam ritt sie ihn, auf und nieder, vor und zurück. Dann ließen sie sich auf die Seite rollen, Gesicht an Gesicht, und er übernahm die Führung. Bald schon war er über ihr, und sie fanden zu einem schnelleren Rhythmus.

Eine knappe halbe Stunde später konnte er sich nicht mehr zurückhalten, und gleich nach seinem Orgasmus kam auch sie in einem wilden Aufbäumen, spürte das erlösende Zucken von den Fingerspitzen bis zu den Zehen. Nach einer Pause stemmte er sich hoch. Ihre Augen waren fest geschlossen, ihre Hüften wiegten sich leicht. Er liebkoste ihre Klitoris. Rasch kam sie ein zweites Mal. Und dann ein drittes und viertes Mal.

Er nahm sie in die Arme, und sie klammerte sich an ihn, schmiegte den Kopf an seine Brust. Eine Weile später löste sie sich von ihm, strich das lange Haar über die Schultern, richtete sich auf, stützte sich auf den rechten Ellbogen und schaute ihn zärtlich an.

»Weißt du«, sagte sie, »so könnten wir den ganzen Tag weitermachen.«

»Und die ganze Nacht.«

»Aber einer von uns muß praktisch denken«, sagte

sie. »Als Mann in der Familie gehst du jetzt besser zur Arbeit, und diese Arbeit heißt Zeidler.«

Er richtete sich auf. »Und was machst du?«

»Ich verschlinge ein riesiges Frühstück mit dem Mann, den ich liebe. Anschließend schicke ich ihn auf den Weg zu Mr. Zeidler.«

»Und wenn ich weg bin?«

»Dann nehme ich deinen Schlüssel und gehe in dein Zimmer. Ich packe deine Sachen zusammen und bringe sie hierher. Zu zweit können wir hier fast zum Preis von einem wohnen. Es ist nie zu früh und nie zu spät, wirtschaftlich zu denken. Das heißt, falls du einverstanden bist.«

»Ich bestehe sogar darauf.«

»Und sobald ich deine Sachen hier verstaut habe, gehe ich wieder auf die Jagd nach Herrn Hitler.«

»Sei vorsichtig.«

»Sehr vorsichtig.«

Er schwang die Beine aus dem Bett. »Ich gehe rasch unter die Dusche. Sobald wir gefrühstückt haben, informiere ich die Direktion über den Mann mit dem Messer. Ich will nicht, daß dir so etwas noch einmal passiert, mein Liebling.«

Sie lächelte ihn an, und er beugte sich zu ihr und gab ihr einen Kuß.

In seinem Zimmer im vierten Stock wählte Foster die Nummer, die Emily ihm gegeben hatte.

Die Stimme am anderen Ende der Leitung klang heiter und jung, und Foster fragte sich, ob das Zeidler sein konnte, der nach seiner Schätzung mindestens fünfundsechzig Jahre alt sein mußte. Doch es handelte sich in der Tat um Zeidler, wie die Stimme ihm bestätigte, bevor sie fragte: »Und wer spricht da?«

»Mein Name ist Rex Foster«, antwortete der Architekt, »und ich versuche schon seit einiger Zeit, Sie zu finden.«

»Sie haben einen amerikanischen Akzent«, sagte Zeidler.

»Ich bin auch Amerikaner«, sagte Foster. »Ein Architekt aus Los Angeles.«

»Sehr gut«, sagte Zeidler und wechselte ins Englische. »Ich bin fasziniert von der frühen kalifornischen Architektur, besonders vom spanischen Kolonialstil.« Er hustete. »Warum wollten Sie mich denn finden, und woher haben Sie meine Nummer?«

»Ich habe Ihre Telefonnummer von einer englischen Freundin, Miss Ashcroft. Sie und ihr Vater, Dr. Harrison Ashcroft, arbeiteten an einer Biographie Adolf Hitlers. Dr. Ashcroft hat Sie einmal interviewt.«

Einen Moment lang herrschte Schweigen. Dann sagte Zeidler: »Ja, ja, jetzt erinnere ich mich. Ein intelligenter Mann. Ich habe ein paar Stunden mit ihm geredet. Aber weswegen rufen Sie an?«

»Ich arbeite auch an einem Buch, über –«, er stockte, denn er wollte das Wort Nazi vermeiden, »über die deutsche Architektur des Dritten Reiches. Wenn ich mich nicht irre, haben Sie darin eine bedeutende Rolle gespielt.«

»Keine sehr große.« Zeidler schien zu überlegen, ob er sich nicht doch zu bescheiden dargestellt hatte, und fügte hinzu: »In gewisser Hinsicht allerdings war sie nicht unwichtig. Wenn ich daran denke, was für kuriose Sachen ich für diesen Irren machen mußte.«

»Ich hätte gern soviel wie möglich darüber von Ihnen gehört, und zwar so schnell wie möglich.«

»So schnell wie möglich ist heute. Haben Sie heute Zeit?«

»Wann immer es Ihnen recht ist.«

Sie verabredeten sich zum Mittagessen.

Zufrieden mit dem Lauf der Dinge und dankbar, weil Emily den Kontakt überhaupt erst ermöglicht hatte, beschloß Foster, ihr beim Transport seiner Sachen in ihre Suite zu helfen.

Bei dem Gedanken an Emily und ihr Liebesspiel am Morgen summte er fröhlich vor sich hin, während er die Schubladen der Kommode leerte und den Inhalt – Hemden, Socken, Krawatten – aufs Bett legte. Dann nahm er seine Sakkos und Hosen aus dem Schrank und verstaute sie im Kleidersack, sammelte seine Toilettenartikel ein und packte schließlich die Sachen auf dem Bett in seinen Koffer.

Er rief bei der Rezeption an und wünschte den Geschäftsführer zu sprechen. Es sei wichtig und dringend. Da er am Telefon keine weiteren Auskünfte geben wollte, bat man ihn, in die Halle zu kommen.

Er fuhr in einen karierten Sportsakko und klemmte sich seine Mappe unter den Arm. In der Halle wurde er bereits erwartet.

Der kleine, gepflegte Mann – ein Schweizer, wie sich herausstellte – war nicht der Geschäftsführer, sondern sein Stellvertreter. Der Geschäftsführer selbst war augenblicklich in Baden-Baden.

»Sie haben ein Problem?« fragte der stellvertretende Geschäftsführer.

»Ja, und ich glaube, Sie ebenfalls«, antwortete Foster.

Ohne Umschweife erzählte er von dem versuchten Anschlag auf Emilys Leben am vergangenen Abend. Der stellvertretende Geschäftsführer lauschte mit wachsendem Entsetzen. »Ein Zimmerkellner mit Messer?« fragte er. »Sind Sie sicher, daß es sich um einen Kellner gehandelt hat?«

Foster beschrieb, wie der Angreifer angezogen war.

»Würden Sie den Mann wiedererkennen?«

»Es ging alles so schnell, daß ich ihm nur für Sekunden ins Gesicht blicken konnte. Aber möglicherweise würde ich ihn wiedererkennen.«

»Gut, Mr. Foster. Warten Sie bitte hier. Wir haben Paßfotos von unserem gesamten Personal. Ich möchte sie Ihnen zeigen.« Im Weggehen fügte er hinzu: »Würde es Ihnen etwas ausmachen, die Geschichte auch noch unserem Empfangschef zu erzählen? Vielleicht hat er gestern jemand das Haus verlassen sehen, einen Verdächtigen. Um welche Zeit etwa hat sich das Ganze abgespielt?«

»Gegen acht.«

»Bitte sagen Sie das dem Portier. Ich bin gleich wieder da.«

Foster ging zur Rezeption und berichtete auch dem Empfangschef von dem Angriff auf Emily Ashcroft.

Der Empfangschef wurde blaß. »Das ist ja entsetzlich«, murmelte er. »Er hat sie erstechen wollen?«

»Genau.«

»Sie hätten uns sofort informieren müssen.«

»Das konnte ich nicht. Miss Ashcroft hatte einen schweren Schock, und ich mußte mich um sie kümmern.« Foster hielt inne. »Frage: Haben Sie gestern abend gegen acht jemand überstürzt das Hotel verlassen sehen? Einen stämmigen jungen Mann, dunkle Haare, muskulös?«

Der Empfangschef schüttelte den Kopf. »Mr. Foster, um diese Zeit kommen und gehen so viele Leute, und ich habe hier an der Rezeption so viel zu tun, daß ich kaum jemand in der Halle wahrnehme. Auch gestern ist mir niemand aufgefallen, der es besonders eilig gehabt hätte oder –«

Er wurde unterbrochen, denn der stellvertretende Geschäftsführer kehrte zurück, ein orangefarbenes Fotoalbum in der Hand. Er reichte es Foster. »Unser Personal vom Zimmerservice. Sagen Sie, ob der Mann, der in Miss Ashcrofts Suite eingedrungen ist, dabei ist.«

Foster betrachtete die in kleinen Plastiktaschen

steckenden, paßfotogroßen Bilder, unter denen der Name und die Angestelltennummer standen. Eine Seite nach der anderen blätterte er um, doch als er fertig war, wußte er, daß der Mann nicht zum Personal gehörte.

»Pech gehabt«, meinte er und reichte dem stellvertretenden Geschäftsführer das Album zurück. »Offenbar ist der Bursche von draußen hereingeschlichen und hat sich als Kellner verkleidet.«

»Ich überlege schon die ganze Zeit, was für Vorsichtsmaßnahmen wir treffen können, damit sich so was nicht wiederholt«, sagte der stellvertretende Geschäftsführer.

Der Empfangschef lehnte sich über die Rezeptionstheke und sagte zu Foster: »Dürfte ich einen Vorschlag machen, Sir? Ich glaube, es handelt sich hierbei nicht allein um eine Angelegenheit des Hotels. Sie sollte vielleicht in berufenere Hände gelegt werden.«

»Was wollen Sie damit sagen?« fragte Foster.

»Ich finde, man sollte die Polizei informieren«, sagte der Empfangschef. »Ich bin mit dem Polizeipräsidenten befreundet. Im Kampf gegen das Verbrechen gibt es keinen besseren Mann als ihn. Und wenn der Fall wirklich politische Hintergründe haben sollte, wie Sie angedeutet haben, wird er früher oder später ohnehin eingeschaltet. Er haßt alles, was mit den Neonazis zu tun hat, und versucht immer und überall, dieses Übel mit Stumpf und Stiel auszurotten. Sie müssen wissen, daß Herr Schmidt eine führende Rolle spielte im Widerstand gegen die Nazis – der einzige von Graf Stauffenbergs Männern, der nach dem mißglückten Bombenanschlag auf Hitler seinen Verfolgern entkommen konnte. Ich sage ihm, daß Sie schon unterwegs zu ihm sind.«

Foster fuhr mit einem Taxi zum Polizeipräsidium am Platz der Luftbrücke 6. Bis zu seinem Treffen mit Rudi Zeidler hatte er noch Zeit genug, und Emilys Sicherheit war wichtiger als alles andere. Wenn die Polizei den Angreifer auch nicht aufspüren konnte, so konnte sie vielleicht doch für Emilys Schutz sorgen.

Nachdem er sich beim Pförtner ausgewiesen hatte, wurde er ins Büro des Polizeipräsidenten geführt. In dem kleinen Raum waren Wolfgang Schmidt und sein breiter Schreibtisch die einzigen mächtigen Objekte. Hinter dem Schreibtisch hing zwischen zwei mit Vorhängen abgedunkelten Fenstern ein signiertes Foto von Konrad Adenauer in einem schlichten Holzrahmen.

Offenbar war Schmidt vom Empfangschef des Kempinski bereits verständigt worden. Er bat Foster, Platz zu nehmen, zog sich einen gelben Schreibblock heran und griff nach einem Kugelschreiber.

»Man hat mich in groben Zügen über das, was gestern abend im Kempinski passiert ist, informiert«, sagte Schmidt. »Gegen acht, nicht wahr?«

»Ja.«

»Am besten erzählen Sie mir in Ihren eigenen Worten noch einmal genau, was vorgefallen ist. Versuchen Sie, nichts auszulassen, egal, wie unwichtig es Ihnen auch erscheinen mag.«

Während Fosters Bericht kritzelte Schmidt eifrig Notizen auf seinen Block. »Und Sie sind sicher, daß es ein Messer war?«

»Ich habe es mitgebracht«, antwortete Foster. Er hatte das Messer aus dem Badezimmer geholt, in ein Handtuch gewickelt und in seine Jackentasche geschoben. Am Morgen hatte er es dann in seine Mappe gepackt. Jetzt öffnete er die Mappe, nahm die umwikkelte Waffe heraus und legte sie auf den Schreibtisch des Polizeipräsidenten.

Schmidt schlug das Handtuch auf, ergriff die

scharfe Klinge vorsichtig an der Spitze und hielt das Messer hoch. »Ein ganz gewöhnliches Jagdmesser, bekannter Hersteller. Es muß Millionen davon geben. Aber vielleicht finden wir Fingerabdrücke auf dem Griff.«

»Die habe ich wahrscheinlich verwischt. Ich habe nicht nachgedacht und das Messer einfach aufgehoben.«

»Dann müssen wir auch Ihre Fingerabdrücke abnehmen, zum Vergleich. Hoffen wir, daß Sie wenigstens einen brauchbaren Abdruck des Angreifers übriggelassen haben. Ich werde das Messer der Spurensicherung übergeben.« Er wickelte es wieder in das Handtuch und schob es beiseite. »Können Sie den Mann beschreiben?«

»Nicht gut, fürchte ich. Alles ging so schnell. Er war etwas kleiner als ich, vielleicht ein Meter fünfundsiebzig oder siebenundsiebzig. Ich habe ihn über die Schulter geschleudert, und ich kann Ihnen sagen, der war ganz schön schwer und muskulös. Ich schätze, so neunzig Kilo. Er hatte schwarzes Haar, dunkle Augen und eine breite, flache Nase. Etwas dunklere Haut als normal.«

Schmidt kritzelte wieder etwas auf seinen Notizblock. »Ein Deutscher?«

»Keine Ahnung.«

Schmidt legte den Kugelschreiber weg und lehnte sich auf seinem Drehstuhl zurück. »Das Opfer des Anschlags, Miss Emily Ashcroft«, sagte er, »könnten Sie mir etwas mehr über sie erzählen?«

»Was möchten Sie wissen?«

»Ob sie, Ihres Wissens, Feinde in West-Berlin hat, zum Beispiel.«

»Feinde?« wiederholte Foster. »Sie kennt doch in dieser Stadt kaum jemanden. Sie ist eine englische Wissenschaftlerin, vollkommen harmlos.«

»Sie ist also als Touristin hier?«

Foster zögerte. Er überlegte, was er antworten sollte. Aber wenn er Hilfe wollte, sagte er besser die Wahrheit. »Nein, nicht direkt. Sie und ihr Vater haben zusammen an einer Biographie Adolf Hitlers gearbeitet. Ihr Vater, Dr. Harrison Ashcroft, ist hier in Berlin bei einem Unfall ums Leben gekommen.«

»Natürlich, ich habe den Namen doch schon gehört. Miss Ashcroft hat mich damals angerufen. Ich erinnere mich jetzt an den bedauerlichen Unfall.«

»Sie ist hier, um Spuren nachzugehen, die Aufklärung über Hitlers letzte Stunden geben könnten.«

»Was kann man da schon noch groß herausfinden«, meinte der Polizeipräsident mit einem Schulterzucken. »Jeder weiß, daß Hitler 1945 im Führerbunker Selbstmord begangen hat. Die Sowjets haben den Beweis dafür erbracht.«

»Nun ja, Miss Ashcroft ist eine gewissenhafte Historikerin. Sie will alle Details noch einmal überprüfen. Es besteht nämlich die Möglichkeit, daß Hitler mit dem Leben davongekommen ist.«

Schmidt lachte heiser. »Ja, ich kenne diese ganzen wilden Theorien. Der letzten mir bekannten zufolge ist er aus Deutschland hinausgeschmuggelt und mit einem U-Boot nach Japan gebracht worden.« Er lachte wieder. »Vielleicht sollte Miss Ashcroft ihre Nachforschungen in Japan anstellen.«

Die spöttische Art des Polizeipräsidenten ging Foster auf die Nerven. »Der Anschlag auf ihr Leben fand aber hier in Berlin statt«, sagte er scharf. »Ich weiß, daß es immer noch Veteranenvereinigungen der SS gibt, die sich nach den guten alten Zeiten zurücksehnen. Gestern ist in einer Berliner Zeitung ein Foto von Miss Ashcroft erschienen, wie sie in Ost-Berlin den Führerbunker besichtigte. Vielleicht wollte einer dieser Veteranen verhindern, daß eine Ausländerin die Geschichte von Hitlers heroischem Ende neu schreibt.«

Schmidts fleischiges Gesicht nahm wieder einen ernsten Ausdruck an. »Möglich, wenn auch nicht sehr wahrscheinlich. Stimmt, es gibt noch eine Handvoll alter Nazispinner und ein paar Neonazis, die ins Schwärmen geraten, wenn sie an das Dritte Reich denken. Wir lassen sie nicht aus den Augen. Es sind aber wirklich nur verschwindend wenige. Natürlich kann es unter ihnen den einen oder anderen wirklich Verrückten geben.«

»Und vielleicht hat einer dieser Verrückten Miss Ashcroft zu ermorden versucht.«

Schmidt beugte sich vor. »Wir werden diese Möglichkeit in Betracht ziehen, wenn wir unsere Leute in der Neonaziszene anspitzen, die Augen offenzuhalten und herauszufinden, ob sich da etwas tut. Alles in allem würde ich diese Gruppierungen aber nicht allzu ernst nehmen.«

»Was sollte Miss Ashcroft *denn* ernst nehmen?« fragte Foster. »Immerhin *hat* jemand versucht, sie zu ermorden.«

»Für mich klingt das Ganze wie der Überfall eines sadistischen Sexgangsters. Immerhin, Sie haben recht. Ein ausländischer Besucher unserer Stadt ist angegriffen worden, und wir haben die Pflicht, diesen Angreifer festzunehmen und vor Gericht zu stellen. Ich werde die Nachforschungen persönlich leiten.« Der Polizeipräsident hievte sich von seinem Stuhl hoch. »Sie können Miss Ashcroft versichern, daß sie ab sofort Personenschutz genießt. Ich werde das Hotel umgehend veranlassen, für die Dauer ihres Aufenthalts hier seine Sicherheitsmaßnahmen zu verschärfen. Ein solcher Zwischenfall wird sich nicht wiederholen, das verspreche ich Ihnen.« Er brachte Foster zur Tür. »Ich lasse jetzt noch rasch jemand heraufkommen, damit er Ihnen die Fingerabdrücke abnimmt. Bitte informieren Sie Miss Ashcroft, daß wir von nun an sehr wachsam sind.«

»Das mache ich gern. Vielen Dank, Herr Polizeipräsident.« Aber als Foster das Präsidium verließ, hatte sich seine instinktive Abneigung gegen Schmidt noch verstärkt.

Foster folgte Rudi Zeidler durch sein luxuriös eingerichtetes, weitläufiges Haus im Westen Grunewalds.

Zeidler trug ein weißes Freizeithemd, Popelinehosen und Tennisschuhe. Er war so groß wie Foster, aber schlaksiger, knochiger; ein lebhafter, aufgeweckter Mann in den Sechzigern. Sein Englisch war exzellent. Während sie durch das hypermodern mit viel dänischem Teakholz eingerichtete Haus schlenderten, beschrieb er Foster mit Witz und Geist die Herkunft seiner zahllosen Skulpturen und französischen Expressionisten.

Im hinteren Teil des Hauses lag ein luftiges Studio, in das die Sonne durch ein großes Oberlicht hereinströmte. Abgesehen von einem großen Schreibtisch und ein paar Stahlrohrstühlen mit Gitterlehnen bestand die Einrichtung nur aus etlichen Tischen, auf denen Entwürfe und Grundrisse ausgebreitet lagen.

Zeidler umfaßte den Raum mit einer ausholenden Handbewegung. »Ein Teil meiner Arbeitswelt«, sagte er und ergänzte, auf die Tische deutend: »Von Zeit zu Zeit nehme ich noch den einen oder anderen reizvollen Auftrag an.« Er rückte Foster einen Stuhl zurecht und nahm selbst hinter dem Metallschreibtisch Platz. Die Schreibtischplatte war leer bis auf einen grünen Computer.

»So«, sagte Zeidler, »in Ihrem Buch geht es also um deutsche Architektur. Wollen Sie mir davon erzählen?«

»Ich würde es Ihnen lieber zeigen«, sagte Foster und reichte Zeidler seine Mappe. »Wie Sie sehen, habe ich es *Architektur des Tausendjährigen Reiches* genannt. Was gebaut wurde und was geplant war, aber nie ausgeführt worden ist. Sie brauchen sich nicht das ganze Buch anzuschauen. Ich zeige Ihnen das nur, damit Sie einen Eindruck davon bekommen, was ich bisher zusammengetragen habe. Und damit Sie sehen, was mir noch fehlt.«

Zeidler blätterte die Seiten mit den Fotos und Zeichnungen durch. Ohne aufzuschauen, fragte er: »Was fehlt Ihnen denn noch?«

»Die Entwürfe, die Sie für Albert Speer und Adolf Hitler ausgeführt haben. Ihren Worten am Telefon nach zu schließen, muß das damals eine ziemlich verrückte Zeit gewesen sein.«

»Verrückt«, sagte Zeidler, »ausgesprochen verrückt.« Er klappte die Mappe zu und gab sie Foster zurück. »Sie scheinen in der Tat alles zu haben, bis auf meine Sachen.«

»Ich möchte gern, daß das Buch vollständig ist, Mr. Zeidler. Ich muß wissen, wie Ihre Arbeit ausgesehen hat.«

»Es war nicht viel. Allerdings nicht ganz ohne Bedeutung.«

»Soweit ich informiert bin, haben Sie insgesamt sieben Gebäude für Hitler entworfen und gebaut.«

Zeidlers totenschädelähnlicher Kopf ruckte nach unten und wieder hoch. »Genau sieben.«

»In Speers Unterlagen habe ich weder Fotos noch Pläne davon gefunden.«

Zeidler rümpfte seine spitze Nase. »Speer war nicht gerade stolz darauf. Deswegen hat er auch keine Kopien davon aufgehoben. Und woanders konnten Sie die gar nicht finden, denn sie sollten geheim bleiben.«

»Geheim? Warum?«

»Weil es sich um unterirdische Hauptquartiere Hitlers handelte, die auf ganz Deutschland verteilt waren.«

»Sie wurden tatsächlich geheimgehalten?«

»Na ja, soweit das bei so etwas überhaupt möglich ist«, sagte Rudi Zeidler. »Immerhin waren an jeder Baustelle ja doch eine Menge Leute eingeweiht. Da waren beispielsweise die Arbeiter, obwohl Hitler bei diesen Objekten in erster Linie Juden, Tschechen und Polen einsetzte, die hinterher exekutiert wurden. Sobald wir fertig waren, brachte der Führer in jedem Bunker einen General der Wehrmacht samt komplettem Stab unter. Die Feinde des Reiches erfuhren von diesen unterirdischen Bauwerken erst nach Kriegsende.«

»Und das waren die, welche Sie entworfen und gebaut haben«, hakte Foster nach.

»Alle, ja«, sagte Zeidler nicht ohne Stolz.

»Haben Sie Fotos davon?«

»Unglücklicherweise nur wenige. Schließlich handelte es sich um Geheimanlagen. Als der Krieg verloren war und Deutschland überrannt wurde, befahl Hitler ihre Zerstörung. Einige wurden auch von den Russen, Briten, Amerikanern und Franzosen zerstört. Vielleicht habe ich noch ein paar Bilder von den Ruinen. Aber sie lassen kaum einen Rückschluß auf die ursprünglichen Konstruktionen zu. Was ich habe, will ich Ihnen gern zuschicken. Wo wohnen Sie?«

»Im Kempinski.«

»Sie können morgen oder übermorgen damit rechnen.« Zeidler zog eine Schublade auf, nahm ein Stück Papier heraus und kritzelte eine Notiz. Anschließend förderte er nach kurzem Herumtasten eine gelbe Meerschaumpfeife und einen ledernen Tabaksbeutel zutage. »Es stört Sie doch nicht, oder?«

Aus der rechten Seitentasche seines Sportsakkos holte Foster seine eigene, leicht ramponierte Bruyèrepfeife und ein Päckchen Tabak. »Ich leiste Ihnen Gesellschaft.«

Zeidler schob Foster seinen Tabaksbeutel zu.

»Probieren Sie mal von meinem. Sehr mild, stammt aus Holland.«

Foster stopfte seine Pfeife und sagte. »Wenn Sie keine Fotos Ihrer Bauwerke mehr haben – was ist denn mit den Bauplänen?«

»Darauf wollte ich gerade zu sprechen kommen«, sagte Zeidler voller Enthusiasmus. »Ich habe sie tatsächlich noch, alle sieben.«

»Also, ich meine, damit kann ich mindestens soviel anfangen wie mit Fotos«, sagte Foster. »Das heißt, falls Sie mir gestatten, sie in meinem Buch zu reproduzieren. Dann wäre es endlich vollständig.«

Zeidler war vollauf damit beschäftigt, seine Meerschaumpfeife in Brand zu setzen. Endlich gelang es ihm, und nach ein paar Zügen sagte er: »Kein Problem. Möchten Sie sie jetzt gleich sehen?«

»Wenn es Ihnen recht ist.«

Zeidler nickte. »Ich kann sie aus dem Archiv holen. Mal sehen, wo sie stecken. Ich habe alles hier in meinem Computer gespeichert.« Er rollte mit seinem Stuhl am Tisch entlang zum Computer. »Da sind sie ja schon – Untergrundbunker. Gleich habe ich sie hier. Geben Sie mir fünf Minuten.« Er sprang auf und verschwand im Nebenzimmer.

Foster lehnte sich zurück, zufrieden, endlich ans Ziel gelangt zu sein. Die Bunker stellten, wenn sie richtig präsentiert wurden, einen dramatischen Höhepunkt seiner Untersuchung dar. Kurz dachte er an jene seltsame Gestalt, die den Auftrag zum Bau der unterirdischen Hauptquartiere gegeben hatte. Die Luftschutzbunker, die gegen Ende des Krieges gebaut worden waren, konnte man ja noch verstehen. Aber diese sieben Maulwurfshügel ließen darauf schließen, daß Hitler ein Geschöpf der Nacht gewesen war, ein Fürst der Dunkelheit, der sich tief in der Erde vergraben wollte, um weit fort zu sein von der Zerstörung, die er an ihrer Oberfläche anrichtete.

Geduldig wartend, paffte Foster blaue Rauchringe in die Luft.

Einige Minuten später kehrte Zeidler zurück, zusammengerollte Pläne unter dem Arm. »Da haben wir sie«, sagte er, »alle sieben.« Er legte die Pläne auf den Schreibtisch. »Kommen Sie, ich zeig sie Ihnen.«

Foster sprang auf, klopfte seine Pfeife in einem Aschenbecher aus und trat neben den Deutschen, der den ersten Plan auseinanderrollte und an den Rändern beschwerte.

»Das ist der Dorische Bunker, den ich in der Eifel aus einer Höhle gemacht habe«, erklärte Zeidler. »Eigentlich hat Speer Ende 1939 mit dem Entwurf angefangen, aber dann die Lust verloren, weil Hitler ihn so simpel haben wollte, und mir die Beendigung übertragen. Ich habe den Entwurf zu Ende geführt und 1940 dann die Bauarbeiten überwacht.« Zeidlers dürrer, knochiger Zeigefinger fuhr über den Plan. »Dieser eine Bunker hat allein sechs Millionen Mark in heutigem Geld gekostet.«

Zeidler rollte den zweiten Plan auseinander und breitete ihn über den ersten. »Das ist der Bunker Felsennest, ebenfalls in der Eifel, aber näher an der belgischen Grenze. Auch hier habe ich wieder auf eine Höhle zurückgegriffen. Wir mußten ganze Heerscharen von Fledermäusen vertreiben, ehe wir mit den Bauarbeiten beginnen konnten.«

Ein dritter Konstruktionsplan wurde über dem zweiten ausgerollt. »Bunker Tannenberg im Schwarzwald unter dem Kniebis.«

Fasziniert sah Foster zu, wie ein Bauplan nach dem anderen vor ihm ausgebreitet wurde, während der deutsche Architekt fortfuhr, die Entwürfe zu kommentieren. »Hier, der größte und ausgeklügeltste Bunker im Obersalzberg bei Berchtesgaden. Da können Sie die vielen verzweigten Kaninchengänge sehen, die zu den unterirdischen Räumen der anderen Parteibonzen führten... Hier der Bunker in Pullach bei München... und zu guter Letzt...« Zeidler breitete die letzte Skizze mit deutlichem Mißvergnügen aus, »der, auf den ich am wenigsten stolz bin, der aber von allen der bekannteste wurde. Das ist der Führerbunker neben der Reichskanzlei, in dem Hitler sich bis zum Ende des Krieges verschanzte. Speer begann damit 1936, zwei Jahre später überarbeitete ich den Entwurf und vergrößerte den Bunker, wobei ich auf eine verläßliche Firma mit Namen Hoch-Tief zurückgriff, um das Betonmonstrum absolut sicher zu machen. Der Führerbunker war beengter und weniger bequem als die anderen unterirdischen Quartiere, und zum Teil ist er sogar unvollendet geblieben, weil wir nie ernsthaft geglaubt haben, daß er einmal genutzt werden würde. Keiner von uns hat mit der Möglichkeit gerechnet, daß Hitler sich seine letzten Monate würde verstecken müssen. Jedenfalls, Mr. Foster, da haben Sie Ihre fehlenden Entwürfe.«

»Sie haben von sieben Plänen gesprochen, Mr. Zeidler. Das sind aber nur sechs.«

»Nein, sieben«, widersprach Zeidler. »Sehen Sie.« Er fächerte die Pläne an den Rändern auf und zählte sie durch. »...vier, fünf, sechs.« Verwirrt blickte er auf. »Sie haben recht, es sind nur sechs. Aber es waren sieben. Ich weiß es, und der Computer hat es ja auch bestätigt. Einer fehlt.«

»Vielleicht haben Sie ihn im Archiv liegenlassen.«

»Das haben wir gleich.« Schnell verschwand Zeidler im Nebenzimmer und war fast ebenso schnell wieder zurück. »Nein, da ist er auch nicht.« Er runzelte die Stirn. »Ich kann mir überhaupt nicht vorstellen, was mit ihm passiert sein könnte.«

»Haben Sie die Entwürfe je aus der Hand gegeben?«

»Das hätte ich nie gewagt. Ich habe nur einen Satz Kopien für Hitler angefertigt. Angeblich sollen sie vor seinem Tod im Bunker verbrannt worden sein. Der einzige andere Satz ist dieser hier.«

»Könnten Sie die Pläne vielleicht jemandem geliehen haben?«

»Nein, nie. Warum auch? Es gab dazu gar keinen Grund –« Er schwieg unvermittelt, als ihm etwas einfiel. »Sie haben recht. Ja, einmal habe ich die Pläne ausgeliehen. Jetzt erinnere ich mich. Durch die Familie Albert Speers hatte ich erfahren, daß er in Erwägung zog, ein Buch über die Architektur des Dritten Reiches, ganz ähnlich dem Ihren, zu verfassen, wobei es sich aber mehr um eine technische Rekapitulation seiner Arbeit als um ein Bildbuch handeln sollte. Er wollte sich die Projekte, die ich für ihn entworfen hatte, noch einmal anschauen. Von seiner zwanzigjährigen Gefängnisstrafe hatte er nur noch ein Jahr abzusitzen. Ich habe ihm die sieben Pläne ins Gefängnis gebracht und dort gelassen. Als er aus Spandau entlassen wurde, gab er sie mir wieder.«

»Bis auf einen.«

»Ja, einer fehlt. Der Plan für den siebten Bunker. Vielleicht hat Speer mir nur sechs zurückgegeben und den siebten irgendwo verlegt oder in Spandau vergessen. Möglicherweise bei seinem Freund Rudolf Heß, den er gelegentlich besuchte. Das wäre nicht auszuschließen.« Er begann die Bauzeichnungen auf seinem Tisch zusammenzurollen. »Ich kann Ihnen diese sechs hier für Ihr Buch kopieren lassen. Was den siebten Plan betrifft, schlage ich vor, daß Sie nach Spandau fahren und –« Er hielt inne und warf einen Blick auf seinen Schreibtischkalender. »Das heißt, warten Sie noch drei Tage, bevor Sie hinfahren. Das Gefängnis wird von den vier Siegermächten bewacht, die sich in einem bestimmten Turnus abwechseln. Im Moment haben die Russen die Verantwortung, aber in drei Tagen übergeben sie an die Amerikaner. Die Russen werden nicht einmal mit Ihnen reden. Wie es mit den Franzosen und Briten steht, weiß ich nicht. Aber die Amerikaner sind entgegenkommend. Fragen Sie doch einfach, ob sie den siebten Plan irgendwo gesehen haben. Wenn er sich noch im Gefängnis befindet, können Sie ihn mitnehmen und für Ihre Mappe kopieren. Warten Sie, ich schreibe Ihnen eine Vollmacht zur Vorlage bei den Amerikanern.«

Zeidler verfaßte rasch eine schriftliche Erlaubnis, derzufolge Foster den Plan in seinem Namen abholen durfte. Foster bedankte sich und fragte zum Abschied: »Fällt Ihnen zu diesem siebten Bunker noch irgend etwas ein?«

»Nicht sehr viel. Ich hatte in der Nähe des Kurorts Charlottenborn eine unterirdische Festung mit Namen Bunker Riese gebaut, die ungeheuer kostspielig war – gut und gern hundertfünfzig Millionen Mark in heutigem Geld. Es war von allen Bunkern der größte. Hitler mochte ihn dann aber nicht und hat ihn nie benutzt. Zusammen mit den Entwürfen dafür ließ er ihn kurz nach seiner Fertigstellung zerstören. Aber dann, 1943, überlegte er es sich noch einmal anders und beschloß, ein Duplikat davon bauen zu lassen, allerdings an einem anderen Ort. Der zweite Versuch sollte Großer Riese heißen. Er ist dann aber doch nie in Auftrag gegeben worden, so daß lediglich der Entwurf dafür existiert, der Bunker selbst dagegen nicht.«

»Für mein Buch wäre er trotzdem von Wert.«

»Dann fahren Sie in drei Tagen nach Spandau und schauen Sie, ob Sie ihn dort finden.«

Tovah Levine hatte so großen Wert darauf gelegt, pünktlich zu der Verabredung mit ihrem Vorgesetzten zu erscheinen, daß sie eine Viertelstunde zu früh beim Café Carré eintraf, was ihr aber nichts ausmachte, da das Café am Savigny-Platz Ruhe und friedliche Abgeschiedenheit bot. Der weiße Tisch, an dem sie auf einem eisernen Stuhl in einem mit Kieseln ausgelegten Hof saß, wurde zur Straße hin durch eine große grüne Hecke vor allen Blicken geschützt. Aber noch ehe Tovah die friedliche Stille genießen konnte, setzte sich Chaim Golding ihr gegenüber.

Er nickte ihr zu, sagte »Guten Morgen« und bestellte sich ein Eis. Da es für ein Frühstück zu spät, zum Mittagessen aber noch zu früh war, bestellte Tovah das gleiche, obwohl sie kein Eis mochte.

Golding leerte seine Taschen und studierte die dabei zum Vorschein kommenden Notizzettel. Tovah fiel noch stärker als bei ihrer ersten Begegnung auf, um wieviel mehr Golding doch einem typischen Arier ähnelte als einem Israeli, der die Mossad in West-Berlin vertrat. Er war etwa einen Meter neunzig groß, von drahtigem, athletischem Körperbau, und sein Gesicht hatte mit der geraden Nase und den strahlenden Augen etwas eindeutig Nordisches.

Als ihre Eisbecher serviert wurden, stand Golding kurz auf, um sein Leinenjackett auszuziehen, und Tovah wurde klar, daß er sich hier entspannter fühlte als bei ihrem ersten Treffen im Mossad-Büro. Damals hatte er steif hinter seinem Schreibtisch gesessen und sie knapp, beinahe mechanisch in ihre Tätigkeit in Berlin eingewiesen, die darin bestand, die Bekanntschaft der englischen Historikerin Emily Ashcroft zu machen und mehr über die Hinweise auf Hitlers Schicksal herauszubekommen.

»So«, sagte er jetzt und schöpfte den Berg Schlagsahne auf seinem Eisbecher ab, »Sie haben also Miss Ashcroft im Kempinski getroffen.«

Tovah war enttäuscht. »Oh, das wissen Sie schon.«

»Es ist mein Beruf, alles zu wissen«, sagte er ohne ein Lächeln. »Mögen Sie sie?«

»Ja, sehr.«

»Mag sie Sie?«

»Ich glaube schon. Wir haben miteinander zu Abend gegessen.«

»Mit dem Amerikaner, diesem Rex Foster.«

»Nun ja, dann wissen Sie ja schon alles.«

»Noch nicht genug.« Golding blickte Tovah in die Augen. »Hinter was ist sie her?«

»Haben Sie in der *BZ* das Bild von ihr am Führerbunker gesehen?«

»Natürlich«, sagte Golding. »Sie will ihn aufreißen. Aber wonach will sie graben?«

Ökonomisch und präzise, wie sie es bei ihrer Ausbildung im Mossad-Trainingszentrum gelernt hatte, berichtete Tovah alles, was sie aus Emily Ashcrofts Mund über die beiden Beweisstücke gehört hatte, die eventuell Aufschluß darüber geben konnten, ob Adolf Hitler und Eva Braun mit dem Leben davongekommen waren – die Goldbrücke und die Kamee mit dem Bildnis Friedrichs des Großen, die er unter seiner Uniformjacke getragen hatte.

»Wer hat ihr von diesen Beweisen erzählt?«

»Das weiß ich nicht, Chaim. Emily wollte es uns nicht verraten. Ich war ohnehin erstaunt, daß sie über die beiden Beweisstücke gesprochen hat.« Tovah beugte sich vor. »Chaim, ich breche mein Versprechen ihr gegenüber. Sie vertraut mir.«

»Kann sie ja auch. So wie Sie mir trauen können. Ich behalte das alles für mich.« Er schwieg einen Moment. »Miss Ashcroft glaubt also, daß Hitler und Eva Braun Doppelgänger hatten, daß die Doppelgänger an ihrer Stelle gestorben und verbrannt worden und die Russen nicht dahintergekommen sind.«

»Genau. Ich habe ihr angeboten, bei den Nachforschungen mitzumachen. Die Idee, daß Hitler einen Doppelgänger benutzt haben könnte, hat mich fasziniert. Ich habe ihr versprochen, der Geschichte nachzugehen. Glauben Sie, an der Sache könnte etwas dran sein?«

Mit einem Schulterzucken antwortete Golding: »In allen Verschwörungstheorien und -phantasien spielen Doppelgänger eine Rolle.«

»Sie glauben also nicht daran?«

»Ich weiß nicht. Rein historisch gesehen, spräche einiges dafür. Der englische König Richard III. hatte ein Double, Franklin D. Roosevelt hatte eins und der Tiger von El Alamein – Feldmarschall Montgomery – ebenfalls. Napoleon soll sich angeblich eines Doppelgängers bedient haben, und im Dritten Reich Rudolf Heß. Von Hitler habe ich das aber nie gehört.«

»Trotzdem gehe ich der Sache nach.«

»Was haben Sie bis jetzt herausgefunden?«

»Noch nichts. Ich habe alle Biographien Hitlers in der Staatsbibliothek durchgeackert, aber nur Nieten gezogen. Aber vielleicht finde ich ja noch was. Heute morgen habe ich mit Miss Ashcroft gesprochen, und sie hat vorgeschlagen, daß ich mich mit einem Redakteur der *Berliner Morgenpost* unterhalte, mit Peter Nitz. Ich bin in einer Stunde mit ihm verabredet.«

»Viel Glück.«

Tovah suchte im Gesicht ihres Führungsagenten nach einem Zeichen der Anerkennung oder des Mißfallens. »Chaim, ist das vielleicht nur eine Grille von mir?« fragte sie ernst. »Verschwende ich meine Zeit?«

Er legte das Geld für die Bezahlung auf den Tisch und stand auf. »Finden Sie's raus«, sagte er. »Machen Sie weiter und bleiben Sie in Verbindung mit mir.«

Das Hochhaus des Axel-Springer-Verlags überragte die umliegenden Häuser wie ein Riese im Land der Liliputaner. Der imposante Bau aus Glas und Stahl beherbergte die Redaktionsräume der *Berliner Morgenpost* und anderer Springer-Blätter, und Tovah Levine betrat sie auf die Minute pünktlich zu ihrer Verabredung mit Peter Nitz.

Die Wände des weitläufigen Foyers waren mit Ahornholz getäfelt. Sicherheitsleute untersuchten Tovah gründlich und verlangten ihren Paß. Erst dann bekam sie einen rosa Passierschein.

Peter Nitz erwartete sie im sechsten Stock vor dem Fahrstuhl. Er führte Tovah zu seinem Büro in der Redaktion der *Morgenpost* – sechs leere Schreibtische, jeder mit einem etwas niedrigeren Tisch daneben, auf dem eine elektrische Schreibmaschine stand; Bücherregale, ein kleiner Kühlschrank und ein Fernseher – und bot ihr einen Platz vor dem Tisch bei der Tür an.

Da Tovah als Kollegin und Freundin von Emily Ashcroft kam, war Nitz sofort bereit zur Zusammenarbeit. Nachdem er sich ihre Bitte um Auskünfte über etwaige Hitler-Doppelgänger angehört hatte, mußte er jedoch zugeben, noch nie von so etwas gelesen oder gehört zu haben. Trotzdem meinte er, daß es sich lohne, der Sache nachzugehen und herauszufinden, ob jemand schon mal über dieses Thema geschrieben hatte.

»Wenn Sie mich einen Augenblick entschuldigen«, sagte er und stand auf, »dann schaue ich schnell im Archiv nach.«

Tovah vertrieb sich die Wartezeit mit dem Studium der Bücherrücken in dem großen Regal neben dem Schreibtisch. Nitz kehrte mit einem Aktendeckel zurück. Er ließ sich auf seinen Stuhl fallen und öffnete den Ordner mit unglücklicher Miene. »Nicht gerade viel, fürchte ich. Mehr hatten sie nicht.«

»Ist was Brauchbares drin?«

»Wird sich zeigen.« Er blätterte in den Zeitungsausschnitten und schüttelte dabei langsam den Kopf. »Nichts als Enten und falscher Alarm. 1950 hat die amerikanische Militärpolizei in einem Krankenhaus in Frankfurt am Main einen Krankenpfleger festgenommen, einen Heinrich Noll, der Hitler sehr ähnlich gesehen haben soll. Sie verhörte ihn, stellte fest, daß es nicht Hitler war, und ließ ihn wieder laufen. Aus dem Jahr 1951 stammt folgende Geschichte aus Wien. Angeblich soll Hitler 1944 bei einem Bombenanschlag ums Leben gekommen sein, worauf Martin Bormann ihn durch einen Doppelgänger mit Namen Strasser ersetzt haben soll. Vorname nicht bekannt. Eine seriöse Quelle für diese Story existiert nicht, Sie können sie also vergessen. Dann gab es 1969 noch einmal ein bißchen Durcheinander, als ein pensionierter Bergarbeiter namens Albert Pankla zum dreihundertsten Mal festgenommen und wieder freigelassen wurde, weil er Hitler ähnelte wie ein Ei dem anderen. Offenbar ist das alles – das heißt, halt, hier ist noch ein Zettel.«

Nitz las und runzelte die Stirn. »Das verstehe ich nicht. Hier hat jemand hingekritzelt: ›Weiteres über Hitler-Doppelgänger siehe Akte Manfred Müller.‹ «

»Wer ist das?«

»Ich habe keine Ahnung. Aber ich werde es herausfinden.« Er stand auf. »Da hinten ist ein Kühlschrank. Nehmen Sie sich doch eine Coca-Cola. Ich bin gleich wieder da.«

Tovah mochte keine Coca-Cola. Wieder wartete sie, niedergeschlagen, aber doch neugierig darauf, was Nitz diesmal aus dem Archiv mitbringen würde.

Er erschien mit einem einzigen langen Zeitungsausschnitt. »Der hier ist etwas neueren Datums«, sagte er. »Ein Bericht über Restaurants und Nachtklubs in West-Berlin, die schon seit den zwanziger Jahren existieren. Manfred Müller war Entertainer in einem dieser Lokale, ein sehr populärer. Er soll eine geradezu frappierende Ähnlichkeit mit Hitler gehabt und die Gäste bei seinen Shows mit Imitationen des Führers unterhalten haben. Aber eines Tages trat er nicht auf, und von da an wurde er überhaupt nicht mehr gesehen, nirgendwo. Niemand weiß, was da passiert war. Vielleicht hat er sich einfach vom Showbusineß zurückgezogen.«

»Ob er noch lebt?«

»Darüber steht hier nichts. Nur der Name des Lokals, in dem er auftrat, wird erwähnt. Es hieß damals Löwendorff-Club, heute nennt es sich Löwendorffs Kneipe. Warum schauen Sie da nicht einfach mal vorbei und fragen, ob sich noch jemand an Müller erinnert? Vielleicht etwas weit hergeholt, aber doch immerhin einen Versuch wert. Ich gebe Ihnen die Adresse.«

Es war eher ein Biergarten als eine Kneipe, wie Tovah feststellte.

Hinter einem Zaun aus weinumranktem Gitterwerk standen, auch überdacht von wildem Wein an Metallverstrebungen, eine Handvoll Tische, an denen junge Leute hockten und Bier oder Schorle tranken. Über dem Eingang zum Inneren des Lokals hing ein Neonschild, das um diese Zeit noch nicht eingeschaltet war. In großen Buchstaben stand darauf *Löwendorffs* und darunter, etwas kleiner, *Frühstückskneipe*.

Tovah hielt einen Kellner auf, der gerade an einem der Tische serviert hatte, stellte sich vor und erklärte, sie wolle den Besitzer interviewen.

»Sie meinen Herrn Bree, Fred Bree«, sagte der Kellner. »Er ist drinnen. Kommen Sie mit, ich bringe Sie zu ihm.«

Tovah folgte dem Kellner aus dem grellen Sonnenschein in die schattendunkle Bierhalle. Die Tische hier waren so früh am Nachmittag noch unbesetzt. Dahinter erstreckte sich eine gebohnerte Tanzfläche, an deren Rand eine fünfköpfige Musikergruppe zu proben begann. Ein drahtiger junger Mann in Hemdsärmeln und Lederhose mit roten Hosenträgern erteilte ihnen letzte Instruktionen.

»Warten Sie hier«, sagte der Kellner, als sie die ersten Tische erreichten. Er eilte zu dem Mann in der Lederhose und raunte ihm etwas ins Ohr, wobei er zu Tovah hinüberzeigte. Der junge Mann drehte sich um, nickte ihr zu und kam durch den Gang zwischen den Tischen zu ihr.

»Ich bin Fred Bree«, sagte er. »Sie wollen mich sprechen?«

»Mein Name ist Tovah Levine. Ich arbeite für die *Jerusalem Post*, und ich schreibe eine Artikelserie über die Unterhaltungsszene in Berlin vor dem Krieg. Wir haben viele Leser, die aus Berlin emigriert sind und solche nostalgischen Geschichten gern lesen. Ich habe gehört, daß dieses Lokal einmal von einem Herrn Löwendorff geleitet worden ist.«

»Walter Löwendorff – ja, er hat das Lokal in den dreißiger Jahren populär gemacht«, sagte Bree.

»Ich habe auch gehört, er habe damals eine besondere Attraktion gehabt, eine Ein-Mann-Show mit einem Manfred Müller in der Hauptrolle. Ich hoffe, etwas über Manfred Müller herauszufinden.«

»Manfred Müller«, wiederholte Bree nachdenklich. »Der Name kommt mir bekannt vor, aber ich weiß nichts über ihn. Damals war ich noch gar nicht geboren. Mein Vater hätte Ihnen wahrscheinlich mehr darüber erzählen können, oder natürlich Herr Löwendorff. Wissen Sie, das ganze Viertel hier ist in den letzten Monaten des Bombenkrieges in Schutt und Asche gelegt worden. Nach dem Krieg konnte Herr Löwendorff sich dann nicht mehr dazu durchringen, den Club noch einmal aufzubauen. Er verkaufte ihn an meinen Vater, der schon mehrere Lokale hatte. Als mein Vater 1975 starb, habe ich die Kneipe geerbt, und seitdem führe ich sie.«

»Sie können mir also gar nichts über Manfred Müller sagen?«

»Vielleicht kann sich Herr Löwendorff noch an seine alten Programme erinnern. Warum fragen Sie den nicht einfach?«

Tovahs Niedergeschlagenheit wich neuer Hoffnung. »Sie meinen, er lebt noch?«

»Den bringt nichts um«, meinte der junge Besitzer mit einem Grinsen. »Er ist zwar nicht mehr der Jüngste, und sein Gedächtnis war auch schon mal besser, aber er erinnert sich immer noch soweit, daß er jeden Tag auf ein Bier in seinem alten Club vorbeischaut.« Er nahm Tovahs Arm. »Kommen Sie, wir sehen nach, ob er schon da ist.«

Sie traten aus der Bierhalle in den rebenüberwachsenen Hof, und Bree ließ seine Augen über die Gäste an den verschiedenen Tischen wandern. »Scheint noch nicht dazusein.« Er schaute auf seine Uhr. »Normalerweise taucht er so gegen drei auf, also in etwa zehn Minuten. Warum setzen Sie sich nicht an einen der Tische und warten auf ihn? Ich lade Sie zu einem Bier ein. Wenn er kommt, bringe ich ihn zu Ihnen.«

»Danke, das ist sehr freundlich von Ihnen, Herr Bree.«

Der Besitzer führte Tovah zu einem leeren Tisch, rief mit einem Fingerschnippen einen der Kellner herbei, bestellte ihr ein frisch gezapftes Bier und kümmerte sich dann um seine anderen Gäste.

Tovah genoß das kalte Bier und den warmen Sonnenschein. Eine Viertelstunde später fragte sie sich allerdings, ob die ganze Geschichte überhaupt irgendeinen Sinn hatte. Doch dann sah sie Bree mit einem älteren, etwas zittrigen Herrn im Schlepptau zurückkehren. Der neue Besitzer half dem alten auf einen Stuhl und stellte ihn vor. »Fräulein Levine, das ist Herr Löwendorff. Ich habe ihm bereits von Ihrem Anliegen erzählt. Ich bin sicher, Sie werden sich gut verstehen.«

Tovah betrachtete den alten Mann mit einiger Skepsis. Seine Augen waren wäßrig, und seine Haut wies so viele Runzeln auf, daß sein Gesicht einer Backpflaume glich. Ein abwesendes Lächeln spielte auf seinen Lippen, während er die Leute an den anderen Tischen anstarrte. Er schenkte Tovah nicht die geringste Aufmerksamkeit, bis das Bier, das er bestellt hatte, vor ihm stand. Er tauchte seine Zunge in den Schaum, dann erst wandte er sich ihr zu.

»Ich schreibe über die berühmtesten Alleinunterhalter und ihre Nummern im Berlin der dreißiger Jahre«, begann Tovah. »Ich habe gehört, Sie hätten einige der besten unter Vertrag gehabt.«

»Das stimmt«, sagte Löwendorff. »Die besten.« Er nahm einen Schluck von seinem Bier und betrachtete Tovah abwartend.

»Ich interessiere mich besonders für ein Programm, das damals berühmt geworden sein soll«, fuhr Tovah fort. »Nach meinen Informationen hatten Sie großen Erfolg mit Manfred Müller, einem Mann, der sensationelle Imitationen Adolf Hitlers vorführte.«

»Ah, Müller, Müller«, sagte Löwendorff und ließ seinen Krug sinken. Schaum klebte an seinen Lippen. »Der Beste, der Allerbeste.«

»Ich wüßte gern mehr über ihn«, sagte Tovah. »Nach allem, was man so hört, hätte er ja beinahe als Hitlers Doppelgänger gehen können.«

Entweder die Erinnerung an Müller oder das Bier brachten Leben in das Gedächtnis des alten Mannes. »Sah haargenau aus wie Hitler«, sagte er. »Das reine Abziehbild, von der braunen Haarlocke in der Stirn über die fanatischen blauen Augen bis zum Bärtchen unter der Nase. Durch und durch Hitler. Er konnte ihn auch perfekt nachahmen, aber satirisch, sehr satirisch. Niemals grausam. Nur humorvoll. Ich habe ihn engagiert, kaum daß er mir seine Nummer zu einem Drittel vorgeführt hatte.«

Löwendorffs Gedanken begannen abzudriften, und er trank wieder mit kleinen Schlucken sein Bier, während er der Vergangenheit einen Besuch abstattete. Tovah versuchte, ihn in die Gegenwart zurückzuholen. »Sie haben Manfred Müller engagiert. Er ist hier aufgetreten. Er hatte Erfolg.«

»Einen riesengroßen. Jeden Abend haben die Leute ihm stehend applaudiert. Die Zuschauer kamen von überall her und aus jeder Schicht. Manfred parodierte kleine Szenen aus Hitlers Leben, etwa wie der Führer im Gefängnis saß und Heß ›Mein Kampf‹ diktierte. Oder wie er anordnete, den Reichstag anzuzünden. Ziemlich gewagt das alles, aber auch sehr witzig. Das Geschäft ging damals so gut wie nie.«

»Aber dann hat er aufgehört«, warf Tovah ein. »Ich habe gehört, er ist abgetreten, als er ganz oben war. Warum hat er nicht weitergemacht?«

Der alte Mann versuchte zu begreifen, was Tovah sagte. »Abgetreten, abgetreten? Nein, nein, er ist nicht abgetreten. Manfred Müller war ganz oben, das Thema Nummer eins in Berlin, bis sie ihn gezwungen haben aufzuhören.«

»Wer hat ihn dazu gezwungen?«

»Hitler und seine Leute natürlich. Eines Abends, nach seinem Auftritt, haben sie auf ihn gewartet. Vier Leute von der Gestapo. Sie haben ihn gepackt, in einen Wagen gestoßen und weggebracht. Das war 1936, im Frühling. Danach habe ich Manfred Müller nie mehr gesehen.«

Tovah verspürte ein Kribbeln im Nacken. »Und was ist aus ihm geworden?«

»Er ist nie wieder aufgetaucht. Vielleicht haben sie ihn erschossen. Vielleicht auch nicht. Vielleicht haben sie ihn bloß zum Schweigen gebracht.«

Oder vielleicht, ganz vielleicht, etwas anderes, dachte Tovah aufgeregt. Ein Mann, der wie Hitler aussah, der Hitler bis zur Vollkommenheit nachahmen konnte, mochte auch noch in anderer Hinsicht brauchbar sein.

»Wenn sie ihm nichts getan hätten, könnte er dann noch am Leben sein?« fragte Tovah.

»Könnte sein, könnte sein. Er war noch jung damals, Anfang Dreißig, als sie ihn abgeholt haben.«

»Fällt Ihnen jemand ein, der wissen könnte, was aus ihm geworden ist?« hakte Tovah nach.

»Nein, niemand – ausgenommen ...« Löwendorff zitterte vor Anstrengung, als er sein Gedächtnis nach dem entfallenen Namen durchforschte.

»Ausgenommen ...«, drängte Tovah ihn.

Offenbar war Löwendorffs Expedition in die Tiefen der Vergangenheit von Erfolg gekrönt. »Anneliese Raab. Sie war Leni Riefenstahls Assistentin beim Film über die Olympischen Spiele in Berlin. Durch die Riefenstahl war sie gut bekannt mit Hitler. Sie muß damals so um die achtzehn gewesen sein und kam abends oft in meinen Club und amüsierte sich über die Parodien Manfred Müllers. Vielleicht hat sie Hitler davon erzählt. Oder vielleicht hat Hitler ihr erzählt, was er mit Müller gemacht hat. Ja, ich glaube, Sie sollten sich an Fräulein Raab halten.«

»Wissen Sie, wo sie wohnt?«

»Jeder kann Ihnen sagen, wo sie zu finden ist. Sie ist noch immer berühmt. Und wenn jemand weiß, was aus unserem Hitler-Imitator geworden ist, dann sie.«

»Natürlich weiß ich, was aus Manfred Müller geworden ist«, sagte Anneliese Raab, während sie mit federnden Schritten den Verbindungsgang zwischen dem Eden-Apartmenthaus und dem Palasthotel entlangging. Stolz hatte sie Tovah erklärt, daß ihr die Penthouse-Wohnung, die sie gerade hinter sich ließen, ebenso gehörte wie die Wohnung, der sie nun zustrebten und in der sie einen privaten Vorführraum eingerichtet hatte. »Müller war ein absolut göttlicher Unterhalter«, sagte sie.

Anneliese Raab war eine kleine, stämmige Frau, die eine blonde Lockenperücke und ein graues maßgeschneidertes Kostüm trug. Tovah hatte keinerlei Schwierigkeiten gehabt, sie zu finden, denn sie schien in Berlin tatsächlich bekannt zu sein wie ein bunter Hund und brauchte auch nicht lange überredet zu werden, die junge Journalistin zu einem Interview einzuladen.

Kaum hatte Tovah Anneliese von dem Grund ihres Besuchs erzählt, als die ältere Frau schon zum Telefon gegangen war, um in ihrem Vorführraum anzurufen. Dann hatte sie Tovah aufgefordert, sich mit ihr eine oder zwei Rollen von dem Olympiafilm, bei dem sie Leni Riefenstahls Assistentin gewesen war, anzuschauen.

»Und was ist nun mit Manfred Müller passiert, nachdem die Gestapo ihn in Löwendorffs Club abgeholt hat?«

Anneliese streifte Tovah mit einem amüsierten Seitenblick. »Er ist natürlich Adolf Hitlers Double geworden, was sonst? Kommen Sie, ich zeig's Ihnen.«

Aufgeregt folgte Tovah der deutschen Filmemacherin in ihren Projektionsraum mit seinen drei Reihen kastanienfarbener Lederstühle.

Anneliese Raab setzte sich in einen Stuhl neben einer Schalttafel, winkte Tovah neben sich, drückte einen Knopf unter einem Mikrophon und sagte zu jemandem in der Vorführkabine über ihnen: »Wenn du soweit bist, können wir anfangen.«

»Ich brauche noch etwa fünf Minuten, um die Rolle umzuspulen«, kam eine Stimme aus der Vorführkammer.

»Gut, dann erzähle ich Ihnen jetzt schnell, was ich weiß«, sagte Anneliese zu Tovah.

»Über Adolf Hitlers Doppelgänger«, ergänzte Tovah mit leicht belegter Stimme. Die schlichte Bestätigung dieser Tatsache schien Emily Ashcrofts Suche nach der Wahrheit enorm aufzuwerten.

»Ja, meinetwegen wurde Manfred Müller Hitlers

Double«, sagte Anneliese. »Und zwar nach einer Unterhaltung mit Hitler bei einem Empfang zu Ehren des amerikanischen Fliegers Lindbergh. Vor dem Essen standen die Gäste in kleinen Gruppen herum und plauderten. Ich war Hitler schon vorher einmal in Begleitung von Leni Riefenstahl begegnet. Goebbels sah mich und zog mich in Hitlers Kreis. Ich war damals noch sehr jung und wirklich ziemlich hübsch. Er wußte, daß Hitler sich gern mit hübschen Mädchen umgab. Ich weiß auch nicht, wie es kam, aber auf einmal stand ich direkt neben Hitler. Mir war ein wenig schwindlig, vermutlich hatte ich zuviel Wein getrunken. Jedenfalls erzählte ich dem Führer von Manfred Müller, seinem Doppelgänger, der Abend für Abend im Löwendorff-Club auftrat. Kaum war ich damit herausgeplatzt, befürchtete ich schon, er könnte sich vielleicht beleidigt fühlen. Doch er war fasziniert. Er legte seine Hand unter meinen Ellbogen und schob mich von der Gruppe fort, bis wir abseits standen. ›Sie meinen‹, sagte er, ›dieser Schauspieler Müller ähnelt mir?‹ Ich sah, daß es ihn wirklich interessierte, deshalb antwortete ich: ›Er ähnelt Ihnen nicht nur, mein Führer, er ist eine vollkommene Kopie in Größe, Bewegung und Mimik. Ich glaube nicht einmal, daß er Schminke oder andere künstliche Hilfsmittel benutzt, um wie Sie auszusehen. Zweifellos handelt es sich um einen dieser Zufälle der Natur, die man nicht glauben kann, bis man sie sieht.‹ Dann fragte Hitler noch einmal, wo genau dieser Manfred Müller auftrat. Ich wußte, daß er es nie wieder vergessen würde. Kurz darauf wurde zum Essen gebeten, und jeder nahm den ihm zugewiesenen Platz ein. Als ich das nächstemal in den Löwendorff-Club ging, erfuhr ich, daß Müller dort nicht mehr auftrat. Man sagte, er habe sich von der Bühne zurückgezogen, aber dazu war er viel zu jung.«

»Wann haben Sie erfahren, daß die Gestapo ihn abgeholt hat?«

»Kurz danach«, sagte Anneliese. »Einige Monate vor den Olympischen Spielen im August 1936 hatte Leni Riefenstahl den Auftrag erhalten, den offiziellen Film darüber zu drehen. Um über die sechzehn Tage umfassend berichten zu können, hatte Leni sich ein Team von hundertsechzig Fachleuten zusammengesucht – davon die Hälfte Kameraleute und -assistenten – und in den Geyer-Werken ausbilden lassen. Ich war ihre persönliche Assistentin. Bis dahin waren alle Filme über die Olympischen Spiele langweilige Wiedergaben der einzelnen Wettbewerbe. Leni war die erste, die aus einem solchen Film ein Kunstwerk machte und 1936 Techniken erfand, die heute gang und gäbe sind – Kamerafahrten auf Schienen, um den Läufern zu folgen, Gruben und Gräben, um den Blickwinkel der Kamera ebenerdig zu machen, Einstellungen aus großer Höhe, etwa aus einem Zeppelin, um das Geschehen am Boden in seiner Gesamtheit zu erfassen. Ein paar Tage, nachdem wir mit den Vorbereitungen begonnen hatten, sprachen Leni und ich beim Essen über das Freizeitangebot Berlins. Dabei sagte ich, daß man den Löwendorff-Club jetzt auch vergessen könne, weil Manfred Müller dort nicht mehr auftrete. Leni nickte. ›Ich weiß‹, sagte sie, ›er arbeitet jetzt für den Führer.‹ Ich war platt. ›Für Hitler?‹ Und Leni erklärte: ›Ja, Hitler hat Müller abholen und zu sich bringen lassen, um festzustellen, ob die Ähnlichkeit wirklich so groß ist. Beim ersten Blick auf Müller hat er ihn Löwendorff abgeworben und als seinen Doppelgänger engagiert.‹ «

»Sind Sie sicher?« fragte Tovah.

Anneliese drückte einen Knopf auf der Schalttafel. »Sehen Sie selbst.«

Der Vorführraum verdunkelte sich. »Ich will Ihnen jetzt die beiden ersten Rollen der Endfassung zeigen, von der Eröffnungszeremonie. Konzentrieren Sie sich dabei ganz auf Hitler.«

Gebannt starrte Tovah auf die flackernden Bilder, die über die Leinwand huschten.

»Das ist Richard Strauss«, erklärte Anneliese, »er dirigiert das Deutschlandlied. Da oben auf der Ehrentribüne steht der Führer und beobachtet den Einzug der Teilnehmer aus den verschiedenen Nationen. Gerade marschieren die Australier ein. Sie begrüßen ihn mit ausgestrecktem Arm, dem Nazigruß. Dann die Franzosen, die es ihnen mehr oder weniger nachtun.« Anneliese drehte den Ton etwas zurück, damit ihre Kommentare besser zu verstehen waren. »Warten Sie auf die Amerikaner, die als letzte kommen. Sie heben weder den Arm zum Hitlergruß noch schwenken sie ihre Fahne in Hitlers Richtung. Sie werden sehen, daß der Führer sein Mißvergnügen einigermaßen zu verbergen versteht, aber auch, daß viele Zuschauer im Stadion unfreundlich auf diesen Affront reagieren. Da, jetzt, schauen Sie genau hin. Wahrscheinlich fragen Sie sich, ob es sich um Hitler oder seinen Doppelgänger handelt. Nun, am Eröffnungstag war es wirklich Hitler, denn eine bessere Propaganda konnte es für ihn gar nicht geben. Es war das einzige Mal, daß er die Olympischen Spiele besuchte. Trotzdem werden Sie ihn noch viermal sehen können.«

Tovah schluckte aufgeregt. Ihre Augen begannen zu tränen, so intensiv starrte sie auf die Leinwand. Anneliese fuhr fort: »Das ist jetzt am zweiten Tag der Olympischen Spiele, dem ersten, an dem Wettbewerbe ausgetragen wurden. Da sehen Sie Hitler wieder. Er gratuliert Hans Wöllke, dem deutschen Goldmedaillengewinner im Kugelstoßen. Da sehen Sie ihn, wie er den drei finnischen Läufern gratuliert, die über zehntausend Meter gewonnen haben. Hier gratuliert er den beiden deutschen Speerwerferinnen, die Gold und Silber geholt haben. Er gibt sich ausgesprochen jovial und leutselig, nur –«, Anneliese legte eine dramatische Pause ein, »– daß der Führer, der den Siegern an diesem zweiten Tag gratulierte, eben nicht Hitler war. Es war sein Doppelgänger, Manfred Müller.«

»Woran können Sie das erkennen?« fragte Tovah.

»Ich weiß es einfach. Wenn man überhaupt einen Unterschied zwischen beiden erkennen kann, dann an den Ohren. Sie weisen ganz geringfügige Verschiedenheiten auf.«

Später, als der Film zu Ende war und die Lichter im Vorführraum wieder angingen, erklärte Anneliese: »Hitler war zwar sehr stolz darauf, die Olympischen Spiele abzuhalten, aber Sport an sich interessierte ihn überhaupt nicht. Er hatte zu viele andere Dinge im Kopf. An seiner Stelle ließ er Manfred Müller die notwendigen Auftritte in der Öffentlichkeit absolvieren. Und Müller erledigte das so vollkommen, daß keiner Menschenseele auch nur der leiseste Verdacht kam. Daß wir uns nicht mißverstehen – wenn es sich um wichtige politische Ereignisse handelte, wie etwa den Nürnberger Reichsparteitag 1934, den wir unter dem Titel *Triumph des Willens* verfilmt haben –, trat Hitler immer persönlich auf; auch später, nachdem er Müller schon engagiert hatte. Sollte er aber bei einer weniger wichtigen, unpolitischen Veranstaltung erscheinen, ließ er sich oft durch Müller vertreten.«

»Das ist ja unglaublich«, sagte Tovah.

»Und doch ist es wahr. Ich will Ihnen etwas erzählen, was weit schwerer zu glauben ist. Ein amerikanischer Sportler namens Carson Thompson schrieb kürzlich in seinen Memoiren, daß Eva Braun seinerzeit die amerikanischen Baseballspieler im Olympischen Dorf besucht hat.«

»Wie das denn? Ich dachte, Hitler habe Eva Braun praktisch eingesperrt.«

»So war es auch. Aber Eva bewunderte alles, was aus Amerika kam. *Vom Winde verweht* beispielsweise hat sie bestimmt ein halbes dutzendmal gesehen. Auch typisch amerikanische Sportarten wie Baseball begeisterten sie. Sie hoffte, einige Teile von Leni Riefenstahls Olympiafilm kommentieren zu dürfen, und deswegen wollte sie mehr über Baseball lernen. Sie wollte sich mit der amerikanischen Mannschaft, die zu einem Schauturnier in Berlin war, treffen. Doch in letzter Minute ließ Hitler sie nicht gehen. Da aber die Verabredung schon getroffen war, schickte Hitler Hannah Wald, auch ein Double, zu den Amerikanern. Hannah war eine attraktive junge Schauspielerin, die gelegentlich als Eva Braun posierte.«

»Was ist aus ihr geworden?«

»Wenn ich das wüßte«, sagte Anneliese. »Ich habe sie seit den dreißiger Jahren nicht mehr gesehen.«

»Und Manfred Müller, was ist aus dem geworden?«

Anneliese hob beide Hände. »Noch eine Niete. Ich weiß, daß Hitler ihn bis 1942 regelmäßig eingesetzt hat. Als ihn dann das Kriegsglück mehr und mehr verließ, war er zu beschäftigt mit seinen Generälen, um weiter Kontakt zu Leni oder mir zu halten.«

»Könnte es jemanden geben, der Bescheid wüßte, wenn Manfred Müller noch am Leben wäre?«

»Na ja, er hatte Familie...«, sagte Anneliese langsam, »zumindest weiß ich, daß er einen Sohn hat. Vor ein paar Jahren habe ich einen Artikel über die Kinder berühmter deutscher Unterhalter gelesen. Zu meiner Überraschung wurde dort auch Manfred Müller erwähnt, mit einem Zitat seines Sohnes Josef, der bei der Air France als Flugdienstleiter arbeitet. Josef Müller sagte, er wünsche sich oft, seinen Vater einmal auf der Bühne erlebt zu haben. Da hatte ich eine nette Idee, um ihm seinen Wunsch zu erfüllen. Ich kopierte die Szenen aus *Olympia,* die wir gerade gesehen haben, und schickte ihm die Kopie mit ein paar Zeilen, so in der Art: ›Wenn Sie wissen wollen, wie Ihr Vater in seiner großen Zeit aussah, hier ist er!‹ Josef war hocherfreut und schrieb mir eine dankbare Antwort auf seinem privaten Briefpapier. Wenn Sie wollen, suche ich sie heraus und bitte ihn, sich mit Ihnen in Verbindung zu setzen.«

»Sie wissen gar nicht, wie dankbar ich Ihnen dafür wäre.«

Als sie sich wenig später an der Tür von Anneliese Raabs Penthouse verabschiedeten, zögerte Tovah einen Moment, bevor sie noch eine Sache zur Sprache brachte, die ihr durch den Kopf ging. Es war gewagt, aber sie beschloß, das Risiko einzugehen.

»Frau Raab, da wäre noch etwas«, begann sie, »etwas, worüber ich schon während unseres ganzen Gesprächs nachgedacht habe.«

»Nämlich?«

»Wenn Hitler einen Doppelgänger hatte, vielleicht war der es dann, der im Führerbunker gestorben und später verbrannt worden ist – der Doppelgänger, verstehen Sie, nicht Hitler selbst.«

Anneliese erstarrte. »Was für eine erstaunliche Idee.«

»Aber doch möglich.«

»Unwahrscheinlich«, sagte Anneliese. Dann, mit einem Schulterzucken: »Aber, natürlich, alles ist möglich.« Sie beäugte Tovah nachdenklich. »Nur, wenn Hitler nicht im Bunker gestorben ist – was ist dann aus ihm geworden?«

7

Polizeipräsident Schmidt saß Evelyn Hoffmann an ihrem gewohnten Tisch gegenüber und wartete, bis der Kellner sein Bier, die Bratwurst, Evelyns Tee und einen Korb mit Brötchen zwischen ihnen auf das karierte Tischtuch gestellt hatte. Finster vor sich hin brütend, zögerte er mit dem, was er zu sagen hatte, bis Evelyn mit dem Buttern ihres Brötchens fertig war und den ersten Schluck Tee trank.

Dann räusperte er sich und sagte: »Effie, ich habe ein paar Neuigkeiten, die nicht besonders erfreulich sind, aber auch nicht ganz schlecht.«

Sie stellte die Tasse ab. »Was für welche, Wolfgang?«

»Ich hatte dir doch versprochen, diese englische Historikerin daran zu hindern, daß sie in der Vergangenheit herumschnüffelt. Ich fürchte, mein erster Anlauf ist danebengegangen.«

»Hast du versucht, sie einzuschüchtern?«

»Nein, Effie, ich habe versucht, sie aus dem Weg zu räumen. Leider hat der Zufall mir einen Strich durch die Rechnung gemacht. Ich hatte einen erfahrenen Mann engagiert, der sie in ihrer Suite im Kempinski überraschen sollte, als ein Amerikaner namens Foster dazukam. Dieser Foster erwies sich als ausgesprochen schnell und stark. Ich habe in Erfahrung gebracht, daß er zum Einsatz in Vietnam ausgebildet worden ist und sich seither gut in Form gehalten hat. Jedenfalls ist er dazwischengegangen, und wir können noch von Glück sagen, daß er meinen Mann nicht niedergeschlagen und festgehalten hat. Im letzten Augenblick konnte mein Mann entwischen.«

»Gott sei Dank.«

»Das macht unseren nächsten Zug leider etwas riskanter. Jetzt ist sie natürlich vorgewarnt und auf der Hut. Sie wird keine Sekunde mehr allein aus dem Hotel gehen. Sie hat diesen Rex Foster sogar dazu gebracht, sein Zimmer aufzugeben und in ihre Suite zu ziehen.«

»Wirklich?«

Schmidt schnaubte mißbilligend. »Vermutlich schlafen sie auch miteinander. Aber was kann man von einer Engländerin schon anderes erwarten als lockere Moral.«

Evelyn Hoffmanns Gesicht legte sich in amüsierte Falten. »Nicht nur von Engländerinnen, Wolfgang«, sagte sie.

»Wie bitte?« murmelte Schmidt.

»Ich war beinahe siebzehn Jahre mit dem Führer zusammen, ohne daß wir einen Trauschein gehabt hätten. Als wir in Wien zum erstenmal miteinander geschlafen haben, waren wir noch nicht verheiratet.«

Schmidts Wangen röteten sich. »Effie, du meine Güte, wie kann man das vergleichen? Du und der Führer, ihr wart ein ganz besonderes Paar. Es war, als hätte Gott dich ausersehen, dem größten Deutschen in der Geschichte Trost und Stütze zu sein.«

Effie stimmte ihm mit feierlichem Ernst zu. »Genauso habe ich es vom Moment unserer ersten Begegnung an auch gesehen.« Normalerweise sprach sie in der Öffentlichkeit nur selten von der Vergangenheit, aber nun wanderten ihre Gedanken zurück. »Wie gut ich mich daran erinnern kann, als ich ihn das erstemal gesehen habe. Ich hatte gerade angefangen, für Heinrich Hoffmann, den fetten Besitzer des Fotoladens in München, zu arbeiten. Ich war erst vier Wochen dabei und hatte keine Ahnung, daß mein Arbeitgeber ein Mitglied der Nationalsozialistischen Partei war, ebenso wie viele seiner Kunden. Ich stand auf einer Leiter und versuchte, eine Mappe von einem hohen Regal herunterzuholen. Da kam dieser Freund von Heinrich in den Laden, ein nichtssagender Bursche, wie ich fand, abgesehen von den glühenden Augen und dem komischen Schnurrbart. Er trug einen Trenchcoat und einen viel zu großen Filzhut. Er nahm gegenüber der Leiter Platz, und ich ertappte ihn dabei, wie er meine Beine anstarrte. An dem Morgen hatte ich nämlich gerade mein Kleid kürzer gemacht. Als ich heruntergeklettert war, stellte Heinrich uns vor. ›Herr Soundso‹, sagte er, ›das ist meine Perle, Fräulein Eva.‹ Natürlich habe ich den richtigen Namen von Herrn Soundso kurz darauf erfahren, und von da an haben wir uns oft getroffen. Er war immer so, so gentlemanlike. Er verbeugte sich höflich, küßte mir die Hand und bedachte mich mit Komplimenten.« Evelyn seufzte. »Dort hat alles begonnen, in dem kleinen Fotoladen.«

»Eine romantische Geschichte«, sagte Schmidt, obwohl er sie schon einige Male gehört hatte.

Evelyn nahm einen Schluck von ihrem Tee und beobachtete den Polizeipräsidenten dabei über den Rand ihrer Tasse hinweg. »Wolfgang, weißt du denn auch noch, wann wir uns zum erstenmal begegnet sind?«

»War das nicht 1940?«

»1941, im Berghof, als der Führer und ich gerade miteinander im Bett lagen.« Sie lachte. »Eines Morgens stürzte sein Kammerdiener herein, weil irgendein Notfall eingetreten war, und fand uns zusammen im Bett. Es war das einzige Mal, daß jemand unzweifelhaft feststellen konnte, was wir für ein Verhältnis hatten.«

»Immerhin habt ihr schließlich noch geheiratet«, sagte Schmidt.

»Der glücklichste Moment meines Lebens«, gab Evelyn zu. »Wir zwei hatten uns aber schon vier Jahre vorher kennengelernt. Ich erinnere mich, wie du auf den Berghof gekommen bist, ein steifer junger SS-Mann mit dem Auftrag, mein Kindermädchen zu spielen.«

»Dich zu beschützen, Effie, wenn du allein in den Wäldern herumgebummelt bist. Der Führer wollte nicht, daß du allein unterwegs warst.«

»Ein Glück, daß ich einen so guten und loyalen Freund wie dich gefunden habe, Wolfgang. Ich wüßte nicht, was ich heute ohne jemand wie dich anfangen würde.«

»Ich habe geschworen, dich mein Leben lang zu beschützen.«

Evelyns Gesicht verfinsterte sich. »Und jetzt stochert diese Ashcroft also in unserer Vergangenheit herum.«

»Ich werde dich vor ihr bewahren«, sagte Schmidt, »wenn es jetzt auch nicht mehr so einfach sein wird, wie ich gedacht hatte. Dieser Foster wird ihr nicht von der Seite weichen. Außerdem habe ich gehört, daß sie noch von anderer Seite Unterstützung erhalten hat. Ein Russe aus Leningrad, Nikolaus Kirwow, und eine deutsch-jüdische Journalistin aus Israel, Tovah Levine. Jeder von denen wird ihr im Ernstfall helfen. Sie stellen eine ernste Bedrohung für alles dar, was wir hochhalten und verehren. Sie bilden so eine Art Amateuruntersuchungskommission, und wie alle Amateure sind sie sehr eifrig. Was die Ashcroft sucht, wissen wir. Rex Foster ist ein Architekt aus Los Angeles, der die Bauwerke des Tausendjährigen Reiches zu rekonstruieren versucht. Nikolaus Kirwow hat irgendwo ein frühes Gemälde des Führers aufgetrieben und versucht nun, eine Bestätigung für seine Echtheit zu finden. Die Levine sucht überall nach Hitler-Doppelgängern. Für sich gesehen erscheint jeder der drei harmlos, aber wenn sie die Ashcroft bei ihrer weit gefährlicheren Suche unterstützen, können sie durchaus zu einer Bedrohung werden.«

»Aber über das Vermächtnis des Führers an uns wissen Sie doch nichts, oder?«

»Ich versichere dir, Effie, sie haben nicht die leiseste Ahnung. Das bleibt unser Geheimnis.«

Ein Anflug von Bedauern geisterte über Evelyns Gesicht. »Ich wünschte, das müßte es nicht. Alles geheim bleiben, meine ich.«

»Effie, wovon redest du überhaupt?«

»Von meinen Kritikern, diesen blöden Historikern, die mich immer als oberflächlich und flatterhaft abgestempelt haben.« Was über sie geschrieben worden war, setzte ihr immer noch zu. »Besonders jener Nürnberger Richter, der 1950 dieses Buch über uns verfaßt hat. Ich sei völlig unpolitisch und hätte von wirtschaftlichen Zusammenhängen nicht die mindeste Ahnung, mich interessierten nur Kleider, Picknicks und Vergnügen aller Art.«

»Arschloch!« entfuhr es Schmidt. »Entschuldige, aber was anderes fällt mir dazu nicht ein. Wenn dieser Idiot und all die anderen wüßten, wie oft der größte Feldherr aller Zeiten dir seine politischen Ideen anvertraut und dich nach deiner Meinung gefragt hat. Wie lange er den geplanten Anschluß Österreichs mit dir diskutiert hat, und wie froh er war, daß du ihn 1938 zu der Konferenz mit Mussolini nach Italien begleitet hast.«

»Und daß er mich mit seinem Vermächtnis betraut hat, das zu erfüllen nun unser einziges Ziel ist.«

»Diesem Geheimnis werden die Ashcroft und ihre Freunde jedenfalls nicht auf die Spur kommen«, sagte Schmidt. »Solange ich darüber informiert bin, was sie tun und vorhaben, so lange mache ich mir keine Sorgen, und du solltest dir auch nicht den Kopf zerbrechen.«

»Woher weißt du denn, was sie vorhaben?« fragte Evelyn unvermittelt. »Woher weißt du überhaupt schon soviel über sie?«

Schmidt lächelte selbstzufrieden. »Nach dem Anschlag auf die Ashcroft kam Foster zu mir. Ich habe ihm vollen Schutz für Frau Ashcroft zugesichert. Dazu gehört auch, daß im zweiten Stock des Hotels überall Wachen postiert sind. Ich habe aber noch mehr arrangiert«, fügte Schmidt hinzu. »Unter dem Vorwand, nach Sicherheitslecks in Frau Ashcrofts Suite suchen zu müssen, hat einer meiner Leute Wanzen in jedem dort angeschlossenen Telefonapparat angebracht.«

»Das hast du wirklich getan, Wolfgang?« fragte Evelyn bewundernd.

»Kaum daß Foster und die Ashcroft das erstemal zusammen die Suite verlassen hatten. Niemand wird die Abhörvorrichtungen entdecken. Sie haben auch schon erste Ergebnisse erbracht.« Schmidt griff in die rechte Außentasche seines Jacketts, zog eine gelbe Schachtel heraus und reichte sie Evelyn. »Emily Ashcrofts Telefongespräche vom ersten Abend, ein Mitschnitt. Du kannst sie dir zu Hause in Ruhe anhören. Bisher ist allerdings nichts besonders Aufregendes dabei. Sie drückt sich immer ziemlich vorsichtig aus. Aber früher oder später wird sie sich verraten.« Schmidt warf einen Blick auf seine Uhr. »Im Augenblick sind die Ashcroft, Foster und Kirwow nach drüben gefahren, um sich das alte Luftfahrtministerium anzuschauen.«

Evelyn runzelte die Stirn. »Aber warum? Ich kann mir nicht vorstellen, was sie sich davon erwarten.«

»Ich auch nicht – bis jetzt«, sagte Schmidt. »Aber ich garantiere dir, bald wissen wir es. Wir werden alles erfahren. Und falls uns irgendeine Gefahr drohen sollte, bin ich drauf vorbereitet, uns zu schützen. Effie, ich sag's dir noch einmal, du brauchst keine Angst zu haben.«

Evelyn lehnte sich zurück und atmete erleichtert aus. »Wolfgang, ich habe keine Angst. Nicht, solange es dich gibt.« Sie ließ die Tonbandkassette in ihre Krokotasche gleiten. »Ich – mein Mann und ich, wir danken dir für das, was du um Deutschlands Zukunft willen tust.«

Erwin Plamp steuerte den Mercedes durch den Checkpoint Charlie nach Ost-Berlin und hielt wenig später in der Leipziger Straße, einen Block vom alten Reichsluftfahrtministerium entfernt. Emily, Tovah, Foster und Kirwow stiegen aus. Es war früher Nachmittag, doch auf der Straße herrschte nur wenig Verkehr, und es gab kaum Fußgänger.

Obwohl der Tag hell und warm war, wirkte das Gebäude düster.

Kirwow überquerte die Straße als erster, um es aus nächster Nähe zu betrachten, das Ölgemälde von Hitler in der rechten Hand. Sein Blick wanderte vom Erdgeschoß an der Fassade empor bis zum vierten Stock.

Foster, Emily und Tovah traten neben ihn.

»Görings Luftfahrtministerium, das einzige Gebäude aus der Zeit des Dritten Reiches, das die Luftangriffe auf Berlin überstanden hat«, sagte Foster.

»Heute heißt es Haus der Ministerien«, sagte Emily.

Kirwow schwieg. Sein Blick glitt von dem Gebäude auf die gemalte Wiedergabe in seiner Hand. Mindestens eine Minute lang verglich er die beiden, ehe er sich schließlich an die anderen wandte. »Sie sind haargenau gleich«, erklärte er, »das Gebäude da und das von Hitler gemalte.«

»Sehen Sie, jetzt konnten Sie sich mit eigenen Augen überzeugen«, sagte Foster, »und wenn Sie das

Gemälde in der Eremitage ausstellen, können Sie allen Betrachtern erklären, worum es sich handelt.«

Emily erinnerte Kirwow: »Natürlich dürfen Sie nicht vergessen, daß ein Drittel im Krieg beschädigt wurde und erst später restauriert worden ist.« Sie griff in ihre Handtasche. »Vielleicht möchten Sie gern eine alte Aufnahme des Eingangs sehen. Ich habe hier ein Foto von 1935, aus meinen Oxforder Unterlagen, das zeigt, wie das Ministerium aussah, bevor es wieder instandgesetzt wurde.«

Sie reichte Kirwow das Foto. Schweigend betrachtete der Russe die Aufnahme aus dem Jahr 1935, dann den Eingang des Gebäudes und schließlich das Ölgemälde.

»Was macht er denn für ein seltsames Gesicht?« fragte Tovah Emily flüsternd.

Kirwows Gesichtsausdruck war in der Tat höchst seltsam. Plötzlich blickte er auf und starrte die anderen an. »Merkwürdig! Ausgesprochen merkwürdig!« Er winkte sie herbei, und als sie sich um ihn geschart hatten, deutete er auf die Fassade des Gebäudes. »Schaut das mal an«, sagte er. »Seht ihr das Mosaik aus Keramikkacheln dort am Eingang, im Schatten der zwölf Säulen? Und jetzt hier –«, er hielt das Ölgemälde hoch und deutete auf die entsprechende Stelle, »– hier könnt ihr es ebenfalls sehen, fast ausgelöscht von den Schatten, aber doch erkennbar. Gut, und jetzt –«, er ließ das Gemälde sinken, lehnte es gegen das rechte Bein und hielt die Fotografie hoch, »– jetzt schaut euch das Ministerium an, bevor es von den Bomben beschädigt und restauriert worden ist. Was könnt ihr hier *nicht* sehen? Richtig, das Keramikmosaik. Ursprünglich war da kein Mosaik. Die Kacheln sind erst bei den Reparaturarbeiten angebracht worden. Aber auf dem Gemälde Hitlers sind sie vorhanden!«

»Darf ich das Foto mal haben?« fragte Foster, nahm Kirwow die Aufnahme aus der Hand und betrachtete sie scharf. »Sie haben recht. Das ist mir völlig entgangen.«

»Das heißt, Hitler hat überhaupt nicht das Originalgebäude gemalt!« rief Emily aus. »Er hat es gemalt, nachdem es restauriert worden ist!«

»Aber wann genau ist es denn restauriert worden?« fragte Kirwow verwirrt.

Emily vermochte ihre Erregung kaum zu verbergen. »Ich weiß schon, wie wir das herausfinden. Wir brauchen nur eine Telefonzelle.«

Eilig ging sie zum Mercedes zurück. »Herr Plamp«, erklärte sie dem wartenden Fahrer, »ich muß sofort zu einer Telefonzelle. Gibt es eine hier in der Nähe?«

Der Chauffeur überlegte einen Moment. »Im Café am Palast gibt es Telefone.«

»Dann bringen Sie uns bitte dorthin.« Sobald alle ihre Plätze eingenommen hatten, gab Plamp Gas und fuhr sie durch die Straßen Ost-Berlins, bis sie die Allee Unter den Linden erreichten. Hinter dem Palast-Hotel parkte er. »Da wären wir. Das Café am Palast ist um die Ecke. Im Foyer sind mehrere Telefonzellen.«

Die vier Fahrgäste stiegen aus, gingen um die Ecke und betraten das Café. Emily deutete zum Speiseraum hinüber. »Nehmt euch einen Tisch. Ich bin gleich wieder da. Ich will nur schnell Professor Blaubach anrufen.«

Aus den Augenwinkeln nahm sie wahr, wie die anderen zu einem leeren Tisch geführt wurden, während sie in ihrer Handtasche nach dem Notizbuch griff, in das sie die wichtigsten Telefonnummern notiert hatte.

Hoffentlich war Blaubach in seinem Büro.

Da hatte sie ihn schon am Apparat.

»Ich habe noch keine Neuigkeiten für sie«, sagte er sofort. »Aber ich rechne am späten Nachmittag damit.«

»Gut, Sie erreichen mich dann im Kempinski.« Sie

hielt einen Moment inne. »Aber ich rufe Sie nicht wegen des Bunkers an, Herr Professor. Ich werde Ihnen alles erklären, wenn wir uns das nächstemal sehen, aber im Moment brauchte ich eine Information über eins Ihrer Regierungsgebäude.«

»Welches?«

»Das Haus der Ministerien.«

»Görings Luftfahrtministerium?«

»Ja.«

»Und was möchten Sie wissen?«

»Soweit ich weiß, ist es im Krieg zu gut einem Drittel zerstört worden. Später haben die Ostberliner Behörden es dann renoviert, richtig?«

»Ja, ich glaube, das stimmt.«

»Wäre es möglich, herauszufinden, wann die Restaurierungsarbeiten ausgeführt worden sind?«

»Ganz sicher«, meinte Blaubach. »Das werde ich in ein paar Minuten haben. Wo sind Sie dann zu erreichen?«

»Ich rufe Sie wieder an«, sagte Emily.

»Gut. Geben Sie mir fünf Minuten.«

Ungeduldig wartete Emily in der Zelle und blickte dabei zu den anderen hinüber. Foster, Kirwow und Tovah studierten die Speisenkarten. Beim Anblick von Fosters kantigem Profil wurde ihr warm ums Herz. Aber sie ließ sich durch sein Gesicht, den Gedanken an seinen Körper nicht von der Spannung ablenken, mit der sie auf Blaubachs Auskunft wartete.

Nach sechs Minuten wählte sie wieder die Nummer von Blaubachs Büro. Er nahm sofort ab. »Ich glaube, ich habe, was Sie wissen wollen. Das Ministerium wurde 1952 restauriert und wieder benutzbar gemacht.«

Sie mußte ganz sichergehen. »Sie sagen: 1952. Kein Irrtum möglich?«

»Nein. Fertiggestellt und Göring übergeben wurde es 1935. 1944 wurde es teilweise zerstört. Und

1952 wurde es wieder instandgesetzt. An den etwas heller getönten Steinen kann man erkennen, wo die Reparaturen durchgeführt wurden.«

»Ja, und außerdem wurden noch einige Verschönerungen vorgenommen, zum Beispiel das Mosaik aus Keramikkacheln am Eingang.«

»Das weiß ich im Moment nicht. Jedenfalls ist alles 1952 ausgeführt worden.«

Ihr Herz hämmerte. »Danke vielmals, Herr Professor.«

»Ich bin Ihnen immer gern zu Diensten. Wahrscheinlich rufe ich Sie später noch wegen der Erlaubnis an.«

Emily hängte ein, wirbelte herum und eilte ins Café. Sie sah, wie neugierig die anderen auf das Ergebnis ihrer Anrufe warteten, als sie sich dem Tisch näherte.

Sie setzte sich, legte die Handtasche auf den Tisch und ließ die Bombe platzen. »Ihr werdet es nicht glauben«, sagte sie. »Das Reichsluftfahrtministerium wurde erst 1952 repariert. Erst da ist auch das Keramikmosaik am Eingang angebracht worden. Und trotzdem hat Hitler es mitgemalt.« Sie schnappte nach Luft. »Das heißt, er kann es erst nach 1952 gemalt haben. Sieben Jahre nach Kriegsende. Und das kann nur bedeuten ...«

Kirwow nickte eifrig. »Es bedeutet, daß Hitler sieben Jahre nach Kriegsende noch lebte, vielleicht aber auch zehn, zwanzig oder mehr. Es bedeutet, er könnte heute noch am Leben sein.«

Um zwanzig Uhr dreißig saßen alle vier im Restaurant Kempinski.

»Es *muß* eins der besten Restaurants hier sein«, meinte Foster, über die Speisenkarte gebeugt. »Schaut euch nur mal die Preise an.«

»Von den Gedecken ganz zu schweigen«, ergänzte Tovah.

Auf dem schneeweißen Tischtuch stand ein vergoldeter Leuchter, darunter schimmerten Porzellanteller und schweres Tafelsilber.

Foster hob seinen Scotch und sagte: »Ich schlage vor, wir trinken auf Emily.«

Sie hoben die Gläser. »Auf deinen Erfolg morgen beim Führerbunker.«

Fröhlich stießen sie an, die Gläser klirrten.

Emily war fast schwindlig vor Glück. Vor drei Stunden, kaum daß sie und Foster wieder im Kempinski waren, hatte das Telefon geklingelt. Otto Blaubach hatte sich mit der guten Nachricht gemeldet, daß der Ministerrat mit der Ausgrabung einverstanden war, und zwar durfte sie nicht nur den Garten neben der alten Reichskanzlei ausheben, sondern auch den Schuttberg abtragen lassen, unter dem seit vierzig Jahren die Reste des Führerbunkers lagen. Die Arbeitserlaubnis erstreckte sich auf eine Woche, und Blaubach hatte Emily noch einmal an ihr Versprechen erinnert, jeden Fund von historischer oder politischer Bedeutung der Regierung in Ost-Berlin mitzuteilen.

Danach hatte Emily zur Feier des Tages ein großes Abendessen vorgeschlagen, und jetzt saßen sie also im Restaurant Kempinski. Emily stellte ihr Glas ab und lehnte sich zurück. »Ich muß zugeben, daß ich schon ein bißchen Angst habe.«

»Du brauchst dir keine Sorgen zu machen«, sagte Foster. »Vermutlich wirst du dort gar nichts finden, weder die Kamee noch Hitlers echte Goldbrücke. Trotzdem bist du auf der richtigen Fährte. Was wir heute beim Haus der Ministerien herausgefunden haben, bestätigt deine Theorie.«

Emily blickte Nikolaus Kirwow an, der links von ihr saß. Er war kein extrovertierter Typ, obwohl er auf der Rückfahrt aus Ost-Berlin zu erkennen gegeben hatte, daß ihre Entdeckung ihn ebenfalls erregte. Jetzt allerdings war der alte Gleichmut wieder auf sein Gesicht zurückgekehrt.

»Und Sie, Nikolaus?« fragte sie. »Ist nach allem, was Sie heute nachmittag gesehen haben, Ihre Arbeit hier beendet?«

Er überlegte sich seine Antwort sorgfältig. »Noch nicht ganz«, sagte er schließlich. »Soll ich Ihnen sagen, was mir durch den Kopf geht?«

»Bitte«, drängte Emily ihn.

»Wir haben entdeckt, daß Hitler sich 1945 nicht umgebracht haben kann, wenn er das Ölgemälde, das ich besitze, tatsächlich gemalt hat. Er müßte bis 1952 oder länger gelebt haben. Diese Erkenntnis wäre natürlich von enormer Bedeutung und ungeheuer aufregend. Sie hängt aber leider an einem nicht zu übersehenden Haken, nämlich, daß wir nicht wissen, ob Hitler das Bild gemalt hat.«

»Aber Sie haben es doch gründlich untersucht«, wandte Foster ein. »Sie waren sicher, daß es von Hitler stammt.«

»Ich glaube es immer noch«, antwortete Kirwow. »Aber unsere Entdeckung heute hat meinen Glauben an die Echtheit des Gemäldes doch erschüttert. Wenn das, was wir herausgefunden haben, der Wahrheit entspräche, dann hieße das, daß Hitler sich nach seinem angeblichen Selbstmord in Wirklichkeit irgendwo versteckt hat. Es hieße auch, daß er sich eines Tages aus seinem Versteck hervorgetraut hat und vor dem ehemaligen Luftfahrtministerium sein Bild gemalt hat. Ich kann mir nicht vorstellen, daß er ein solches Risiko eingegangen sein soll. Deswegen frage ich mich, ob wirklich er das Bild gemalt hat.«

»Nikolaus«, sagte Emily, »angenommen, er stand nicht mit Pinsel und Staffelei vor dem Ministerium? Angenommen, er hat nach einem Foto gemalt, das ein Freund für ihn gemacht hat? Sie haben selbst gesagt, daß Hitler in seinen Anfängen die meisten seiner Zeichnungen und Skizzen nach Postkarten angefertigt hat, die er kopierte.«

»Das stimmt«, sagte Kirwow.

»Vielleicht hat er hier genauso gearbeitet.«

»Vielleicht«, gab Kirwow zu. »Aber in meinem eigenen Interesse muß ich sicher sein, daß diese Arbeit wirklich von Hitler stammt. Ich brauche einen unwiderlegbaren Beweis dafür.«

Foster schaltete sich ein. »Nikolaus, inzwischen müßten Sie aber eigentlich wissen, von welcher Berliner Galerie das Bild stammt. Dort sollte man Ihnen doch eine Expertise geben können.«

Kirwow seufzte unglücklich. »Rex, noch kenne ich den Namen der Galerie nicht. Da liegt ja gerade mein Problem. Der Steward wollte ihn mir schreiben, sobald er zu Hause ist, aber bisher habe ich noch nichts von ihm gehört.« Er zog eine kubanische Zigarre aus dem Jackett. »Ich werde aber noch eine Woche bleiben, um in dieser Zeit irgendwie die Echtheit des Gemäldes zu überprüfen.«

»Wie?« fragte Emily.

»Indem ich meine Suche nach der Galerie fortsetze.«

»Aber da gibt es doch Hunderte in West-Berlin«, sagte Foster.

»Allerdings«, stimmte Kirwow ihm zu. »Im Telefonbuch sind es mehrere Seiten. Glücklicherweise muß ich aber nicht in jede Galerie gehen, denn der Steward hat mir erzählt, daß sie im Zentrum liegt, unweit der Hauptstraße, wie er sich ausdrückte. Ich nehme an, damit meinte er den Kurfürstendamm.«

»Hört sich so an«, sagte Foster.

»Was das Gebiet, das ich absuchen muß, einengt«, sagte Kirwow. »Morgen früh werde ich wieder ein paar Dutzend Galerien abklappern und ihnen mein Gemälde zeigen. Früher oder später werde ich über die richtige Schwelle stolpern. Wenn ich mit dem Ergebnis meiner Suche zufrieden bin, heißt das, ihr seid auch auf der richtigen Spur.«

»Es würde mir eine Menge bedeuten«, gab Emily zu. »Wenn ich Ihnen irgendwie behilflich –«

»Nein, nein, nicht nötig«, sagte Kirwow rasch. »Sie gehen auf Ihrem eigenen Pfad weiter, jeder von Ihnen. Das Gemälde ist allein meine Sache.« Er blickte Tovah an. »Und wie kommen Sie voran?«

»Ja, Tovah«, sagte Emily. »Sie wollten mir schon gestern abend etwas erzählen. Es tut mir leid, daß ich so viele andere Dinge im Kopf hatte. Wollen Sie es mir jetzt sagen oder warten Sie lieber bis ...?«

»Nein, es ist ja kein Geheimnis«, wehrte Tovah vehement ab. »Im Gegenteil, ich brenne darauf, es euch allen zu erzählen. Es geht um Hitlers Doppelgänger.« Ihr Blick streifte die anderen Tische, dann senkte sie die Stimme. »Wenn Ihre Theorie zuträfe und Hitler überlebt hätte, dann wäre an seiner Stelle ein Doppelgänger ums Leben gekommen. Ich habe euch ja gesagt, daß ich mich umhören würde, und das habe ich gestern getan.« Sie lächelte »Nun, ob ihr es glaubt oder nicht, Hitler *hatte* einen Doppelgänger! Aber ihr solltet es glauben, denn es stimmt.«

Emily blinzelte überrascht. »Können Sie das beweisen?«

»Ich habe es schon bewiesen. Hört mal zu.«

Tovah berichtete von ihrer Suche nach dem Doppelgänger Hitlers in Gestalt des Kabarettisten Manfred Müller, von ihrem Besuch bei Anneliese Raab und dem Film über die Olympischen Spiele.

»Anneliese hat mir erzählt, daß Müllers Sohn hier in Berlin lebt. Er heißt Josef, und sie will mich mit ihm zusammenbringen. Vielleicht erfahre ich von ihm, was aus unserem Doppelgänger geworden ist.«

Emily war erfreut, aber auch skeptisch. »Prima Arbeit, Tovah. Aber –«, sie zögerte einen Moment, »– was ist, wenn Josef Müller Ihnen sagt, sein Vater sei noch am Leben, und Sie zu ihm führt?«

»Dann haben wir verloren, fürchte ich«, meinte Tovah. »Ein lebendes Double bedeutet einen toten Hitler. Andererseits kann Josef mir aber auch erzählen, daß sein Vater 1945 unter nie geklärten Umständen verschwunden ist.«

Emily legte Foster die Hand auf den Arm. »Rex, erzähl Nikolaus und Tovah von Zeidler.«

Foster berichtete von seinem Besuch bei dem deutschen Architekten und Zeidlers Vorschlag, den fehlenden Plan für den siebten Bunker im Spandauer Gefängnis zu suchen. Er hatte sich vom amerikanischen Kommandanten bereits einen Termin für übermorgen geben lassen. »Aber worauf es wirklich ankommt, geschieht morgen früh beim Führerbunker«, schloß er. »Hast du alles vorbereitet, Emily?«

»Ich hoffe. Professor Blaubach hat mir versprochen, daß es keine Schwierigkeiten gibt. Wir haben Passierscheine für Plamp und mich, für den Lastwagen der Baufirma Oberstadt, für Andreas Oberstadt und für drei seiner Männer, die das Graben übernehmen. Um zehn Uhr morgen früh fangen wir an.«

»Und dann geht es um die Wurst.« Foster winkte dem Kellner, damit er ihre Gläser nachfüllte. »Trinken wir darauf, daß Emily ins Schwarze trifft.«

Es war später Vormittag, und sie befanden sich in Ost-Berlin.

Spannung zerrte an Emilys Nerven. Sie saß allein auf dem Rücksitz in Plamps Mercedes, der langsam die Niederkirchner Straße hinunter auf das Wachhäuschen neben dem elektronisch gesicherten Tor zur Sicherheitszone zurollte.

Obwohl sie schon einmal hier gewesen war, mit Ernst Vogel und Professor Blaubach, fühlte sie sich unsicher. Sie beugte sich vor und kniff die Augen zusammen, und als sie durch die Windschutzscheibe blickte, merkte sie, daß die Erinnerung an ihren letzten Besuch langsam wieder schärfer wurde.

Während der Wagen sich dem Tor näherte und das Tempo noch mehr drosselte, sah sie ein halbes Dutzend grün uniformierter Wachtposten. Hinter ihnen erhob sich der Zaun, der in die Mauer überging. Emily drehte sich um und stellte voller Besorgnis fest, daß der Lastwagen der Firma Oberstadt verschwunden war.

Der Mercedes hielt ein paar Meter vor den wartenden Soldaten, die mit Maschinenpistolen bewaffnet waren. Plamp stieg aus und hielt Emily den Schlag auf. Gerade als sie den Wagen verließ, tauchte der blaue Toyota-Lastwagen wieder hinter ihr auf. In dem Mann am Steuer, mit den buschigen Augenbrauen, erkannte sie Andreas Oberstadt. Neben ihn hatten sich zwei seiner Männer geklemmt, ein dritter hockte im hinteren Teil der Fahrerkabine.

Als der Lastwagen den Mercedes erreicht hatte, lehnte Oberstadt sich aus dem Fenster und rief Emily zu: »Tut mir leid, daß ich mich verspätet habe. Wir sind am Checkpoint Charlie aufgehalten worden. Die haben meinen Wagen da beinahe in seine Einzelteile zerlegt. Na, jetzt sind wir ja hier und können loslegen.« Er nickte in Richtung Soldaten. »Ich schätze, gleich müssen wir die ganze Prozedur noch mal über uns ergehen lassen.«

»Kann sein«, sagte Emily. »Mal sehen, ob Professor Blaubach ihnen unsere Passierscheine geschickt hat.«

Sie ging auf die Soldaten zu. Aus den Augenwinkeln nahm sie ein Holzschild neben dem Wachhäuschen wahr: ACHTUNG! BETRETEN DES GRENZBEREICHS VERBOTEN!

Einer der Soldaten trat vor. Er war etwas größer als

die anderen und trug eine Brille. Emily sah, daß es sich um einen Offizier handelte.

»Fräulein Emily Ashcroft?« fragte er.

»Ja, das bin ich. Professor Blaubach hat mir versprochen, bei Ihnen Passierscheine für mich und die anderen zu hinterlegen. Haben Sie sie erhalten?«

Der Offizier sagte weder ja noch nein, sondern streckte nur seine Hand aus. »Ihren Paß bitte.«

Emily nahm ihren Paß aus der Schultertasche und reichte ihn dem Offizier, der ihn aufklappte und das Foto mit ihrem Gesicht verglich. Ohne ein Wort gab er ihr den Ausweis zurück, dann spähte er in den Mercedes und die Lastwagenkabine.

»Sie werden von fünf Personen begleitet«, sagte er.

»Richtig.«

»Alles Westdeutsche?«

»Alle aus West-Berlin. Sie haben ihre Pässe bei sich. Wenn Sie wollen –«

Mit einer knappen Handbewegung ging der Offizier über die Pässe hinweg. »Bevor Sie die Sicherheitszone betreten dürfen, müssen wir Ihre Fahrzeuge durchsuchen.«

»Bitte sehr«, sagte Emily.

»Würden Sie Ihre Freunde bitten, aus dem Lastwagen zu steigen und Abstand zu halten, bis wir mit der Durchsuchung fertig sind?«

»Natürlich«, sagte Emily. Sie gab Oberstadt und seinen Leuten ein Zeichen. Die Männer stiegen aus. Plamp trat ein paar Schritte zurück. Der ostdeutsche Offizier rief seinen Männern einen Befehl zu. Sofort setzten sie sich in Bewegung. Einer holte eine Stange mit einem Spiegel an einem Ende aus dem Wachhaus und näherte sich dem Mercedes. Der Offizier kümmerte sich mit zwei Männern um den Lastwagen.

Emily trat zu Oberstadt, der etwa zwei bis drei Zentimeter kleiner war als sie, dafür aber dreimal so breit.

Mißtrauisch beobachtete er die Soldaten, die sich an seinem Toyota zu schaffen machten. »Diesmal kriegen wir das volle Programm geboten«, murmelte er, »nicht nur die übliche Spiegelfechterei.«

Zwei der Soldaten schoben sich auf dem Rücken unter den Laster.

»Was glauben die denn, was sie dort finden?« fragte Emily.

»Waffen vielleicht«, meinte Oberstadt leise. »Oder Martin Bormann.«

Die Durchsuchung der beiden Fahrzeuge dauerte nur knapp zehn Minuten. Dann versammelten sich die Soldaten wieder vor dem Wachhaus. Der Offizier kam auf Emily zu. In der Hand hielt er sechs rosa Karten. »Passierscheine für Sie und Ihre Begleiter«, sagte er, »gültig für sechs Tage von heute an. Sie werden jeden Morgen um zehn Uhr in die Sicherheitszone eingelassen. Natürlich werden Ihre Fahrzeuge jedesmal untersucht, bei der Anfahrt ebenso wie beim Verlassen des Geländes. Spätestens um fünf werden Sie die Sicherheitszone durch dieses Tor wieder verlassen. Sie dürfen sich nur in dem hier angegebenen Bereich bewegen und nirgendwo sonst.«

»Der Schuttberg und das Gelände drumherum«, sagte Emily.

»Das Gebiet um den Führerbunker«, präzisierte der Offizier. »Sie können jetzt passieren.«

Sie kletterten wieder in ihre Fahrzeuge. Der Mercedes fuhr voran, hinterher der Toyota. Sie rollten durch das Tor und dann über die Hindernisstrecke des ostdeutschen Niemandslandes. Sie passierten den Wachturm, von dessen Plattform ihnen zwei bewaffnete Volksarmisten neugierig nachsahen, und schwenkten schließlich auf den unbefestigten Weg, der sie im Zickzack über das unebene Gelände führte.

Am Fuß des länglichen Hügels fiel Emily wieder

auf, daß er gute sieben Meter hoch war und damit das übrige Gelände weit überragte. Sie stieg aus und studierte ihn, die Hände auf die Hüften gestemmt. Völlig isoliert lag er da, auch vom nächsten Wachturm noch ein gutes Stück entfernt.

Rechter Hand verlief der Kettengliederzaun, und dahinter lag ein Parkplatz, wo einmal die alte Reichskanzlei gestanden hatte, bevor sie von amerikanischen und britischen Flugzeugen dem Erdboden gleichgemacht worden war.

Andreas Oberstadt sprang aus dem Führerhaus seines Toyota. Seine Männer luden Schaufeln, Spitzhacken und große Drahtsiebe ab. Oberstadt selbst trat zu Emily und musterte kopfschüttelnd den sonnenlichtüberfluteten Hügel vor ihnen. »Sieht aus wie ein großer Haufen Unrat. Wenn man sich vorstellt, daß der größte Feldherr aller Zeiten unter diesem ganzen Schutt gelebt hat, und zwar – wie lange? – zwei, drei Monate?«

»Die letzten dreieinhalb Monate, mindestens.«

»Und gestorben ist wie eine in die Enge getriebene Ratte.«

»Vielleicht«, sagte Emily, kaum hörbar. Dann, etwas lauter: »Sie wissen, wonach wir suchen?«

»Nach einer Kamee mit dem Gesicht Friedrichs des Großen und einem Kieferknochen mit hoffentlich intakten Zähnen und Goldbrücken.«

»Und nach allem anderen, was vielleicht noch zum Vorschein kommt.«

»Uns entgeht nichts. Aber zuerst mal müssen Sie uns zeigen, wo wir anfangen und welches Gebiet genau wir abgrasen sollen.«

»Sofort«, sagte Emily und holte die Skizze heraus, die sie mit Hilfe von Ernst Vogel angefertigt hatte, ein Plan des Führerbunkers und der angrenzenden Gartenfläche. Die Augen auf die Skizze geheftet, ging sie langsam zur linken Seite des Hügels, dicht neben Andreas Oberstadt, der über ihre Schulter zu spähen versuchte.

Plötzlich blieb sie stehen. »Hier«, sagte sie. »An dieser Stelle war es, wo die Leichen von Hitler und Eva Braun in den Garten getragen worden sind.« Sie ging ein paar Schritte nach links. »An diesem Punkt fangen wir an zu graben.« Sie löste zwei Fotos von den Büroklammern, mit denen sie an den Plan geheftet waren. »Hier verlief der Graben, den die Russen fotografiert haben.«

Oberstadt betrachtete die Aufnahmen und dann den Boden unter seinen Füßen. »Scheint nicht allzu tief zu sein.«

»Immerhin sind inzwischen vierzig Jahre vergangen. Die russischen Bulldozer dürften hier einiges verändert haben. Der Graben wird jetzt kaum noch so flach oder dicht unter der Oberfläche sein. Vielleicht müssen wir einige Meter tief graben.«

»Keine Sorge«, sagte Oberstadt. »Wir graben so tief, wie es nötig ist.«

Er rief seine Leute herbei und gab ihnen einige knappe Anweisungen. Während er mit der Spitze seines Stiefels die Umrisse des Grabens in das Erdreich zeichnete, trug er den Männern auf, das ganze Ausgrabungsgelände mit Pfählen zu markieren. Emily sah zu, wie die Männer an die Arbeit gingen. Dann sagte sie zu Oberstadt: »Ich will Ihnen noch den Bombenkrater zeigen, in dem die Leichen begraben wurden, nachdem man sie verbrannt hatte.«

Sie deutete auf ihren Plan. »Da, drei Meter weiter.«

Sie ging die Strecke ab. Oberstadt runzelte die Stirn. »Und dort sollen wir nachher graben?«

»Ja. Jedenfalls haben die Russen hier die Leichen ausgegraben und als Überreste von Hitler und Eva Braun identifiziert.«

»Sind Sie sicher, daß das die richtigen Leichen waren?«

»Die Antwort auf genau diese Frage suchen wir hier.« Emily betrachtete den grasbewachsenen Fleck Erde. »Da wir den Durchmesser des Kraters nicht genau kennen, sollten wir hier etwas großflächiger vorgehen.«

Wieder markierte Oberstadt die Stelle mit der Spitze seines Stiefels im Erdreich. »So«, sagte er, »damit müßten wir hinkommen. Wir stecken das Gebiet noch etwas weiter ab, damit wir genügend Spielraum haben.«

»Wissen Ihre Männer, wonach sie suchen sollen?« fragte Emily noch einmal.

Oberstadt beruhigte sie mit einem Lächeln. »Sie lassen jede Schaufel Erde durch ein Sieb rieseln. Alles, was wir finden, wird Ihnen vorgelegt. Sie schauen es sich an und entscheiden, ob es wichtig ist oder nicht.«

»Wo und wann fangen wir an?«

Oberstadt drehte sich um und sah, daß seine Leute mit dem Abstecken des Grabens fertig waren. Jetzt holten sie die Schaufeln und Siebe.

»Wir fangen mit dem Graben an, in dem die Leichen verbrannt worden sind.«

Er ging zu dem abgesteckten Grabenbereich, bückte sich und hob einen langstieligen Spaten auf. Dann trat er an den Rand des abgesteckten Terrains, setzte den rechten Fuß auf das scharfkantige Spatenblatt und trieb es mit einem mächtigen Tritt in die Erde.

»So!« Er brach den ersten Haufen Erde aus dem trockenen Boden. »Die Ausgrabung hat begonnen.«

Emily sah gebannt zu, wie die Idee ihres Vaters in die Tat umgesetzt wurde.

8

Es war früher Morgen in West-Berlin, der Himmel hatte sich ein wenig bezogen. Tovah Levine saß mit Josef Müller am Frühstückstisch, der von seiner Frau liebevoll gedeckt worden war. Immer wieder schaute sie ihren Gastgeber an und versuchte, im Sohn den Vater wiederzuerkennen, sah aber keine Ähnlichkeiten mit Hitlers Doppelgänger. Josef Müller mußte um die achtundvierzig Jahre sein. Er hatte ein fleischiges, etwas aufgedunsenes Gesicht, sein Haar wurde an den Schläfen grau, und kein Schnurrbärtchen ließ an den Broterwerb seines Vaters denken. Er sah aus wie Millionen andere.

Erst hatte Tovah versucht, ihn selbst aufzuspüren, über die Air France, erfuhr dort aber, daß er Urlaub hatte. Sein Büro gab weder seine Telefonnummer noch seine Adresse preis, und im Telefonbuch stand er auch nicht. Aber dann hatte Anneliese Raab ihr die Nummer des jungen Müller gegeben.

Als Tovah ihn erreichte, war er gerade vom Urlaub mit seiner Familie aus dem Schwarzwald zurück. Sie hatte sich als israelische Journalistin vorgestellt, die an einer Story über Manfred Müllers berühmte Hitlernummer arbeitete. Erfreut hatte Josef Müller sie für den nächsten Morgen zum Frühstück eingeladen.

Jetzt saßen sie bei Kaffee und belegten Broten im Eßzimmer, und Josef Müller betrachtete gedankenverloren die kleinen Tropfen, die ein leichter Nieselregen auf der Fensterscheibe zurückgelassen hatte. Schon vor dem Frühstück hatte er Tovah Fragen zur Nachtklubkarriere seines Vaters beantwortet und über Manfred Müllers Erfolg als Hitlerimitator gesprochen. Er hatte ihr auch ein Album mit vergilbten Kritiken und Anzeigen für sein stets ausverkauftes Programm im Löwendorff-Club zu lesen gegeben. Danach war sie auf den Abend zu sprechen gekommen, an dem die Gestapoleute ihn nach der Vorstellung abgeholt hatten.

»Ja, das war ein denkwürdiger Moment für unsere Familie«, sagte Müller. »Mein Vater wurde zu Hitler persönlich gebracht.«

»Offenbar, weil Hitler ein Double brauchte. Haben Sie das gewußt, bevor Frau Raab Ihnen den Film über die Olympischen Spiele schickte?«

»Ich wußte nur, daß mein Vater mit Hitler zusammengetroffen war und einige Aufträge für ihn erledigt hatte. Aber meine Mutter machte immer wieder Anspielungen. Genau habe ich allerdings nie gewußt, was mein Vater für Hitler zu machen hatte, denn er weigerte sich, darüber zu sprechen. Außerdem war ich damals ja noch sehr jung, kaum acht Jahre.«

Beim Frühstück fragte Tovah: »Ist Ihr Vater eigentlich nach den Olympischen Spielen noch als Hitlers Doppelgänger aufgetreten?«

Josef Müller löste seinen Blick von den Regentropfen am Fenster, griff nach Messer und Gabel und schnitt ein Stück von der Scheibe Brot auf seinem Teller ab. »Ja, ich hatte immer den Verdacht, daß mein Vater auch weiterhin für Hitler als Double agierte.«

»Aber Sie waren sich nicht sicher?«

»Nicht hundertprozentig, nein.«

»Was hat Ihr Vater denn zwischen 1936 und dem Kriegsausbruch gemacht? Hat er wieder als Schauspieler gearbeitet?«

»Nein. Meine ältere Schwester hat mir erzählt, daß er viel zu Hause war, als hielte er sich auf Abruf bereit. Ich nehme an, daß Hitler ihm regelmäßig etwas zukommen ließ. Es muß sich um ordentliche Beträge gehandelt haben, denn es ging uns gut. Doch zu Beginn des Krieges ging er wieder häufiger weg. Manchmal blieb er tagelang fort. Meine Schwestern haben meine Mutter immer mit ihren Fragen gelöchert, sie wollten wissen, wo Papi war. Meine Mutter sagte dann immer, daß er für die Regierung arbeite oder mit Sonderaufträgen des Führers unterwegs sei. Sie stellte meinen Vater als eine Art Kurier hin.«

»Sie haben aber keine Beweise dafür, daß er bei irgendeinem bestimmten Anlaß als Doppelgänger aufgetreten wäre?«

»Nein, leider nicht«, sagte Müller etwas unglücklich. »Je heftiger der Krieg tobte, desto häufiger war mein Vater unterwegs und desto länger blieb er fort. 1944 kam er nur hin und wieder nach Hause und war dann immer sehr verschlossen. Das letztemal habe ich meinen Vater während der Schlußphase des Krieges gesehen. Ich war gerade acht geworden. Er tauchte zu Hause auf, um dafür zu sorgen, daß meine Mutter, meine Schwestern und ich in Sicherheit gebracht würden. Wir sollten in der Nähe des Obersalzbergs abwarten, bis alles vorüber war. Er wollte auch mitkommen, doch dann erschienen eines Tages wieder vier Gestapomänner und holten ihn ab, auch diesmal auf Hitlers Geheiß. Ich habe ihn nie wiedergesehen. Er ist nicht nachgekommen zum Obersalzberg, und ich habe keine Ahnung, was aus ihm geworden ist.«

Tovah versuchte, ihre Aufregung zu verbergen. »Können Sie sich noch an den Tag erinnern, an dem Ihr Vater damals abgeholt worden ist?« fragte sie.

»Nicht an das genaue Datum, aber ich glaube, es war in den letzten Apriltagen 1945. Eine Woche später war der Krieg zu Ende. Aber mein Vater blieb verschwunden. Wir haben nie wieder etwas von ihm gehört.«

Tovah nickte. Alles schien zusammenzupassen. Der Zeitablauf war perfekt.

Sie betrachtete Josef Müller, dem die Erinnerung an jene Ereignisse an die Nieren zu gehen schien. Dann stellte sie die jetzt entscheidende Frage. »Könnte es sein, daß Ihr Vater zum Führerbunker gebracht worden ist, um Hitler bis zum Ende Gesellschaft zu leisten?«

Josef Müller wirkte überrascht. »Mein Vater und Adolf im Bunker? Oh, das glaube ich nicht. Für zwei Hitlers hätte es doch keine Erklärung gegeben. Jemand hätte sie zusammen sehen können und dann Bescheid gewußt. Wie kommen Sie darauf?«

Tovah holte tief Luft. »Ich komme darauf, weil es doch sein könnte, daß Ihr Vater noch einmal als Hitlers Doppelgänger agieren sollte und gezwungen wurde, sich umzubringen, damit der echte Hitler seine Haut retten konnte.«

Müller erstarrte. »Ich – ich glaube nicht, daß so was möglich gewesen wäre. Ich kann es mir einfach nicht vorstellen.«

»Es gibt ein paar Leute, die sich das sehr wohl vorstellen können.«

Josef Müller versuchte, seine Fassung wiederzugewinnen. »Sie meinen also, daß man meinen Vater gezwungen hat, wieder in Hitlers Rolle zu schlüpfen und sich dann zu erschießen? Und anschließend hat man ihn verbrannt, um die Sieger zu täuschen? Daß es sich um eine List handelte, mit der Hitler seine Haut retten wollte? Halten Sie das wirklich für eine Möglichkeit?«

Tovah zuckte die Schultern. »Vorstellbar wäre es. Bisher konnte ich es nur noch nicht beweisen.«

Erregt sprang Müller auf. »Ich bezweifle, daß es sich überhaupt beweisen läßt«, sagte er. »Ich habe über Hitlers letzte Tage im Bunker gelesen.

Wochenlang hat er sich dort unten versteckt und ist nicht mehr ans Tageslicht gegangen. Wenn mein Vater den Bunker als Hitler betreten hätte, wäre man davon ausgegangen, daß er ihn zuvor verlassen hat und jetzt zurückkehrt. Ich glaube nicht, daß es so geklappt hätte.«

»Sind Sie sicher, daß Hitler den Bunker in jener letzten Woche vor Ende des Krieges nicht doch verlassen hat? Oder nicht von irgend jemand gesehen wurde, wie er in den Bunker zurückkehrte?«

Josef Müllers Erregung wuchs. »Natürlich bin ich nicht sicher. Die einzigen, die diese Frage mit Sicherheit beantworten könnten, wären die SS-Männer, die den Bunkereingang bewacht haben. Wenn Sie so jemand fänden, dann könnten Sie vielleicht beweisen, was Sie sich da ausgemalt haben – daß mein Vater den Bunker betreten hat, während Hitler noch drin war, und daß mein Vater an Hitlers Stelle gestorben ist. Falls Sie so jemanden finden ...«

»Vielleicht kann ich das.«

»Dann finden Sie vielleicht auch heraus, was aus Hitler wirklich geworden ist – und – und, ja, was mit meinem Vater passiert ist. Ich wünsche Ihnen alles Glück der Welt.«

Eine Stunde später stand Tovah Levine auf dem Korridor im zweiten Stock des Kempinski und drückte den Klingelknopf von Suite 229. Sekunden später wurde ihr geöffnet.

»Ich hatte gefürchtet, Sie wären vielleicht schon wieder bei der Ausgrabung«, sagte sie ganz außer Atem.

»Ich wollte gerade gehen«, antwortete Emily und knöpfte ihren Regenmantel zu. Ruhelos trat sie ans Fenster und blickte düster auf die nasse Straße hinaus. »Meine Leute sind schon bei der Arbeit. Ich glaube, der Regen läßt nach. Vielleicht hört er bald auf.« Sie blickte Tovah an, die mitten im Wohnzimmer stand. »Sie sehen aus, als hätten Sie etwas auf dem Herzen, Tovah. Was kann ich für Sie tun?«

»Ich brauche Ihre Hilfe. Wahrscheinlich können wir uns gegenseitig helfen. Haben Sie einen Augenblick Zeit?«

»Natürlich, nehmen Sie doch Platz.«

Tovah ließ sich aufs Sofa fallen und wartete, bis Emily sich ebenfalls gesetzt hatte. »Ich komme gerade von Josef Müller.«

»Von wem?« fragte Emily.

»Dem Sohn von Hitlers Doppelgänger, Manfred Müller. Dem Entertainer, der während der Olympischen Spiele Hitlers Rolle gespielt hat.«

»Ach ja, natürlich! In Gedanken bin ich an zehn Orten gleichzeitig. Und, hat es Sie weitergebracht? Was ist aus seinem Vater geworden?«

Tovah berichtete ihr von der Unterhaltung, und Emily hörte aufmerksam zu, bis sie die junge Journalistin endlich unterbrach und fragte: »Aber was genau mit seinem Vater passiert ist, weiß er auch nicht?«

»Nur daß die Gestapo ihn eines Abends in der letzten Woche vor Hitlers angeblichem Selbstmord abgeholt hat und er ihn nie mehr wiedersah.«

»Als Hitler schon im Bunker war.«

»Das ist genau der springende Punkt, Emily. Wenn der echte Hitler die ganze Zeit dort unten steckte, ohne hinauszugehen oder zurückzukommen – und wenn er dennoch gesehen wurde, wie er den Bunker betrat, dann würde das bedeuten, daß ein zweiter Hitler zu dem echten hinunterging. Und dann wäre alles, was wir bisher nur gemutmaßt haben, plötzlich absolut möglich. Was wir brauchen, ist jemand, der Hitler den Bunker hat betreten sehen – während er bereits im Bunker war. Das könnte zum

Beispiel ein SS-Wachtposten am Eingang sein. Sie haben doch einmal einen solchen Mann erwähnt.«

»Ja, Ernst Vogel hatte in jener Woche dort Dienst.«

»Ich würde mich gern mit ihm unterhalten«, sagte Tovah. »Könnten Sie ihn anrufen?«

Emily ging bereits zum Telefon. »Das werden wir sofort herausfinden.« Sie blätterte ihr Telefonbüchlein durch und wählte.

Als am anderen Ende abgehoben wurde, sprang Tovah auf und trat neben Emily.

Emily kam umgehend auf ihr Anliegen zu sprechen. »Herr Vogel, ich habe da ein kleines Problem, bei dem Sie mir vielleicht helfen können. Wie lange war Hitler im Führerbunker, bevor er sich umgebracht hat?«

»Entschuldigung«, sagte Vogel, »könnten Sie bitte etwas lauter sprechen?«

Emily hob die Stimme. »Nach den Informationen, die wir von mindestens zwanzig Augenzeugen erhalten haben, ist Hitler am 16. Januar 1945 von der Reichskanzlei in den Bunker umgezogen.«

»Das könnte hinkommen«, meinte Vogel.

»Und der letzte Tag, an dem er lebend gesehen wurde, war der 30. April 1945.«

»Stimmt.«

»Gut. Meine Frage ist nun, wann wurde Hitler das letzte Mal beim Verlassen des Bunkers beobachtet – um spazierenzugehen oder so –, und wann ist er danach wieder zurückgekommen?«

»Das ist nicht schwer zu beantworten. Eva Braun hat den Bunker zum letztenmal am 19. April verlassen, um zum Tiergarten zu gehen. Aber es war zu gefährlich draußen, und sie ist schnell wieder umgekehrt. Danach hat sie den Bunker nicht wieder verlassen.«

»Ich spreche von Hitler, Herr Vogel«, sagte Emily

ungeduldig. »Wann hat *er* den Bunker zum letztenmal verlassen, oder wann kam er zurück? Nach unseren Informationen ist Hitler gelegentlich nachts hinausgegangen, um Blondie etwas Auslauf zu geben, und am 10. April hat er zugesehen, wie Eva und zwei seiner Sekretärinnen im Garten mit Pistolen auf Scheiben schossen. Am 20. April ist er durch den Tunnel noch einmal in die Reichskanzlei gegangen, um an den Feierlichkeiten zu seinem sechsundfünfzigsten Geburtstag teilzunehmen. Er ist dort auf Fotos und Filmen festgehalten worden. Danach hat er im Garten neben dem Bunker zwanzig Waisen, Mitglieder der Hitlerjugend, mit dem Eisernen Kreuz ausgezeichnet. Darauf verschwand er wieder im Bunker. Das heißt, er hat die zehn Tage vom 20. April bis zu seinem Tod im Bunker verbracht, jedenfalls soweit wir wissen. Ist das richtig?«

Gespannt wartete sie auf ein Dementi oder eine Bestätigung.

Mit nörglerischer Stimme sagte Vogel: »Sie irren sich, alle Ihre Informationen sind falsch. Hitler soll zum letztenmal am 20. April außerhalb des Bunkers gesehen worden sein? Das ist Unsinn. Ich habe den Führer von einem Spaziergang in der Nähe des Bunkers zurückkehren sehen, und zwar in Begleitung einer jungen Frau – vielleicht eine seiner Sekretärinnen, ihr Gesicht konnte ich nicht erkennen. Es war spät abends. Am 28. April 1945.«

Emily wechselte einen triumphierenden Blick mit Tovah, die ihr Ohr dicht an den Hörer hielt. »Moment mal, Herr Vogel«, sagte sie. »Entgegen allen meinen anderen Quellen behaupten Sie, der Führer habe den Bunker zwei Tage vor seinem Tod noch einmal verlassen?«

»Genau. Ich stand draußen Wache. Hitler kehrte von irgendwo zurück, vielleicht hatte er nur einen kleinen Spaziergang gemacht. Es war sehr spät, und unten schliefen schon alle. Ich habe salutiert. Er hat mir geistesabwesend zugewinkt und ist nach unten gegangen. Das war das letzte Mal.«

»Zwei Tage vor seinem Tod. Haben Sie ihn auch hinausgehen sehen?«

»Nein, mein Dienst begann erst kurz vorher.«

»Sie haben ihn also nicht weggehen sehen, aber zurückkommen. Und Sie sind ganz sicher, daß es sich um Hitler handelte?«

»So sicher, wie wenn ich in den Spiegel schaue und weiß, daß ich mich darin sehe. Es war Hitler, Miss Ashcroft. Ich kann beweisen, daß jedes meiner Worte der Wahrheit entspricht. Ich habe ein Dienstbuch geführt, in dem alle wichtigen Persönlichkeiten verzeichnet sind, die den Bunker betreten und verlassen haben, mit genauen Zeitangaben. Falls Sie noch irgendwelche Zweifel haben sollten, kann ich Ihnen das Buch zeigen. Ich habe es im Lagerraum unten im Keller, zusammen mit anderen Büchern. Wenn Sie mir zwei Stunden Zeit geben, hole ich es herauf.«

Emily hatte keine Zweifel mehr, sagte aber dennoch: »Vielen Dank, Herr Vogel. Ich komme in zwei Stunden vorbei.«

Sie legte auf und blickte Tovah an. »Sie wissen, wen Vogel da zwei Tage vor Hitlers angeblichem Ende den Bunker hat betreten sehen, nicht wahr, Tovah?«

»Manfred Müller«, sagte Tovah glücklich.

Rex Foster hatte in Spandau angerufen, um den amerikanischen Kommandanten zu sprechen. Sein Anruf war zu Major George Elford durchgestellt worden, dem er sein Anliegen vortrug: »Es kann sein, daß Albert Speer einen seiner Pläne im Gefängnis vergessen hat, einen Plan, den er sich geliehen und möglicherweise Rudolf Heß gezeigt hatte, bevor er entlassen wurde. Ich brauche den Plan für ein Buch und wollte mich erkundigen, ob Sie ihn vielleicht gefunden haben.«

»Kann sein, wir haben eine Menge Sachen hier, die von den Gefangenen zurückgelassen worden sind.«

»Der Mann, von dem Speer sich den Plan ausgeliehen hat, ist damit einverstanden, daß ich ihn mir ansehe«, hatte Foster gesagt. »Ich spreche von Rudi Zeidler, der zu Speers engsten Mitarbeitern gehörte. Ich kann ihn bitten, Sie anzurufen –«

»Das hat er schon«, war Elford ihm ins Wort gefallen. »Er hat mich gebeten, Ihnen Zutritt zu gestatten.«

»Ich hätte mich auch mit Ihnen gern noch einen Moment unterhalten.«

»Geht es um was Bestimmtes?«

»Ja, aber darüber möchte ich lieber nicht am Telefon sprechen.«

»Okay, wie wär's mit heute um halb zwölf?«

»Gut, ich werde pünktlich sein.«

Als er aufgelegt hatte und vom Schlafzimmer ins Wohnzimmer ihrer Suite geschlendert war, sagte Foster zu Emily, die sich gerade anzog: »Ich wünschte, ich wüßte mehr über das Spandauer Gefängnis. Mir ist nur bekannt, daß jene sieben führenden Nazis, die beim Nürnberger Prozeß nicht zum Tode verurteilt worden sind, dort seit Juli 1947 ihre Gefängnisstrafe absitzen mußten. Ich gehe nicht gern so schlecht informiert irgendwohin.«

»Du mußt ja nicht uninformiert bleiben«, sagte Emily. »Wenn du dich kurz in die Hintergründe einlesen willst, brauchst du bloß zur *Morgenpost* zu fahren und Peter Nitz um Unterstützung zu bitten.«

Das tat Foster auch. Nitz empfing ihn an seinem Schreibtisch in der Redaktion und eilte sofort ins Archiv, von wo er mit einer prallgefüllten Mappe zurückkehrte. Foster las, soviel er konnte, bis es Zeit war für seine Verabredung mit Major George Elford in Spandau. Mit dem Taxi fuhr er in den britischen Sektor der

Stadt, an dessen äußerem Rand dieses seltsame Gefängnis lag. Auf der Fahrt ließ er sich noch einmal durch den Kopf gehen, was er in der Archivmappe der *Morgenpost* darüber gelesen hatte.

Es handelte sich um eine alte Anlage, erbaut im Jahr 1881. Nachdem die Nazis 1933 an die Macht gekommen waren, nannten sie sie Das Rote Schloß. Sie benutzten sie vorübergehend als Durchgangslager für politische Gefangene, die später in KZs geschickt wurden. Ursprünglich war das Gefängnis mit 132 Zellen für 132 Häftlinge gedacht, doch als die Siegermächte es 1947 übernahmen, um dort die Kriegsverbrecher unterzubringen, fanden sie es voll mit mehr als sechshundert Insassen. Die Alliierten quartierten sie alle aus, bauten einiges um, um die größtmögliche Sicherheit zu gewährleisten, und brachten ihre sieben Kriegsverbrecher in den dunklen, naßkalten Verliesen unter.

Von Anfang an hatten sich die vier Siegermächte die Kontrolle über das Gefängnis geteilt. Vier Kommandanten – ein Franzose, ein Brite, ein Amerikaner und ein Russe – leiteten das Ganze und trafen sich einmal in der Woche. Innerhalb der Gefängnismauern gab es eine aus allen vier Mächten zusammengesetzte Wachmannschaft. Die Wachen außerhalb der Mauern – jeweils dreißig Männer – wechselten sich alle dreißig Tage ab.

Am 18. Juli 1947 traten die sieben verurteilten Nazis ihre Haftstrafe an: Rudolf Heß, Hitlers Stellvertreter; Albert Speer, Stararchitekt des Dritten Reiches und Reichsminister für Rüstung; Großadmiral Erich Raeder; Karl Dönitz, Oberbefehlshaber der Kriegsmarine und Nachfolger Hitlers; Walther Funk, Reichsbankpräsident; Baldur von Schirach, Reichsjugendführer und Reichsstatthalter von Wien; und Konstantin von Neurath, ehemaliger Reichsaußenminister und Reichsprotektor in Böhmen und Mähren.

Raeder, Funk und Neurath waren wegen ihres Alters und schlechten Gesundheitszustandes vorzeitig entlassen worden. Dönitz hatte seine zehn Jahre abgesessen. Anschließend waren Speer und Schirach freigelassen worden, beide nach zwanzig Jahren.

Jetzt saß nur noch Rudolf Heß, zu lebenslänglich Gefängnis verurteilt, hinter den Mauern von Spandau. Das ganze teure Vier-Mächte-Arrangement diente nur noch dazu, einen einzigen, neunzig Jahre alten Nazi zu bewachen.

Fosters Taxi ruckelte durch eine enge Gasse und hielt vor dem Haus Wilhelmstraße Nr. 23, dem Spandauer Gefängnis.

Der leichte Nieselregen hatte aufgehört, aber der rote Backsteinbau glänzte noch immer vor Nässe. Die viereckige Anlage wurde sowohl durch einen Drahtzaun als auch durch eine hohe Backsteinmauer gesichert. Der Doppeltoreingang und die klobige Fassade wirkten fast mittelalterlich. Hinter den Mauern erhoben sich Wachtürme mit Soldaten neben großen Suchscheinwerfern. An dem Zaun hing ein Schild: ACHTUNG – GEFAHR – BETRETEN VERBOTEN! BEI ZUWIDERHANDLUNG WIRD GESCHOSSEN!

Hinter dem einstöckigen Wachhaus konnte Foster den oberen Teil des dreistöckigen Gefängnisgebäudes sehen.

Er ging zum Haupttor und drückte auf die Klingel. Neben dem Tor öffnete sich ein Gittertürchen. Foster nannte seinen Namen. Nach ein paar Sekunden öffnete sich das Haupttor. Ein Wächter und zwei amerikanische Soldaten mit Maschinenpistolen erwarteten ihn. Er wurde gebeten, sich auszuweisen und reichte ihnen seinen Paß. Nach einer kurzen Leibesvisitation mußte er sich in ein Besucherbuch eintragen. Dann begleitete ein Soldat ihn zu Major George Elford.

Foster folgte dem jungen Mann durch einen Innenhof und in den Verwaltungstrakt. Der Soldat wandte sich nach links und deutete auf eine verschlossene Tür. »Das Büro des Kommandanten, Sir.« Foster klopfte. Eine gedämpfte Stimme forderte ihn auf, einzutreten.

Das Büro war klein und einfach eingerichtet. Major Elford stand neben einer an der Wand gelehnten Golftasche. Er war drahtig, um die Vierzig, seine Haut erinnerte an Leder. Er ließ seinen Schläger in die Tasche fallen, schüttelte Foster die Hand und deutete auf einen Stuhl. Dann nahm auch er Platz.

Foster zeigte auf das Fenster. »Ziemlich aufwendige Sicherheitsvorkehrungen haben Sie da.«

Fast verlegen zuckte Elford mit den Schultern. »Ich bin nicht sicher, daß sie wirklich noch nötig sind. Vielleicht 1947, als sie alle sieben Nazis hier eingesperrt hatten. Damals wollte man sie außer Sichtweite der deutschen Bevölkerung haben, die sie sonst vielleicht als Märtyrer betrachtet hätte. Es gab angeblich ein paar alte Nazis, die jahrelang drohten, sie zu befreien.«

»Ernstzunehmende Drohungen?«

»Darauf können Sie Gift nehmen. 1955 hat unser Geheimdienst zum Beispiel herausgefunden, daß der ehemalige SS-Offizier Otto Skorzeny plante, die Kriegsverbrecher zu befreien. Dafür war er der richtige Mann, immerhin hatte er Mussolini vor unseren Truppen in Italien gerettet. Er wollte mit zwei Hubschraubern im Innenhof landen, während die Gefangenen Hofgang hatten. Ein paar Leute sollten von dem einen Hubschrauber aus die Wachen beschießen, während der andere die Kriegsverbrecher aufnahm und sie ausflog. Wir verstärkten unsere Sicherheitsmaßnahmen, so daß das Unternehmen nie stattfand. Aber ähnliche Versuche werden immer wieder unternommen. Erst kürzlich, 1981, wurden fünf alte Nazis dabei ertappt, wie sie ein Munitionslager aufbrachen, weil sie mit Sprengstoff in Spandau eindringen und Heß befreien wollten. Alle fünf wurden festgenommen.«

»Jetzt, wo sie nur noch Heß hier haben, muß die Bewachung doch etwas einfacher sein.«

»Ja, Heß mit seinen neunzig Jahren stellt keine Gefahr mehr dar, außer daß er vielleicht einigen verrückten Neonazis als Galionsfigur dienen könnte. Aber Sie interessieren sich doch nicht in erster Linie für Heß, oder?«

»Nein, mir geht es um den Bauplan für einen Bunker, den er aber vielleicht bei sich aufbewahrt. Ich habe Ihnen ja versprochen, daß ich Ihnen die Zusammenhänge persönlich erklären wollte, und ich hoffe, daß Sie mir helfen können.«

Major Elford biß die Spitze einer Zigarre ab und zündete sie an. »Schießen Sie los. Ich höre.«

Rasch erzählte Foster dem Major von seinem Buchprojekt und dem fehlenden Bunkerplan. »Zeidler hat sieben Pläne an Speer ausgeliehen, als der hier seine Strafe absaß. Offenbar beabsichtigte Speer, eines Tages über seine Arbeit zu schreiben.«

»Stimmt«, bestätigte Elford. »Speer war der einzige Gefangene, der geistig und körperlich völlig gesund blieb, weil er sich fast ununterbrochen mit Lesen und Schreiben beschäftigte.«

»Bei seiner Entlassung hat er die Pläne der Bunker mit seinen anderen Sachen herausgebracht und gab sie Zeidler wenig später zurück. Allerdings waren es da nur noch sechs. Deswegen dachten wir, der siebte Plan sei noch hier.«

»Warum?«

»Zeidler vermutet, daß Speer nicht wußte, was es mit dem siebten Bunker auf sich hatte, und deswegen mit dem Plan zu Heß gegangen sein könnte, um ihn zu fragen, warum und wo Hitler ihn bauen lassen wollte oder tatsächlich bauen ließ. Ich vermute allerdings, daß Heß ihm da nicht helfen konnte.«

»Sie vermuten richtig. Heß ist schon sehr lange nicht mehr bei klarem Verstand.«

»Es könnte jedoch sein, daß Speer diesen siebten Plan bei Heß vergessen hat.« Foster hielt inne. »Zeidler meint, daß er sich vielleicht immer noch bei seinen Sachen befindet. Er hofft, daß ich ihn finde, denn dann wäre uns beiden gedient, ihm für sein Archiv und mir für mein Buch.«

Major Elford paffte eine Wolke blauen Rauchs gegen die Zimmerdecke, dann drückte er den Zigarrenstummel in einem Bronzeaschenbecher aus. »Wenn der Plan noch hier ist, können Sie ihn gern haben.«

»Wo sollen wir danach suchen? In der Zelle von Rudolf Heß?«

»Mein Gott, die ist so kahl wie Kojaks Schädel. Er hat ein Bett, einen Stuhl, einen Tisch, einen Fernseher und ein paar Kleidungsstücke, und das wär's auch schon bald. Vor rund zehn Jahren haben wir die meisten unnötigen Dinge herausgeschafft.« Major Elford stand auf. »Wenn überhaupt, dann ist der Plan in der Gefängnisbücherei. Kommen Sie.«

Sie kamen am Zimmer des Oberaufsehers und an der Krankenstation vorbei. »Die Bücherei liegt wie der Zellenblock auf der anderen Seite«, erklärte Elford.

Sie gingen den Gang hinunter zu der umgebauten Zelle, in der die Gefängnisbücherei untergebracht war. Elford deutete auf die Bücherregale. »Die Insassen durften immer nur vier Bücher gleichzeitig ausleihen – eine Bibel, ein zweites Buch mit religiöser Thematik, ein Lexikon und einen Roman unpolitischen Inhalts. Manchmal durften sie geschichtliche Werke lesen, aber nichts Militärisches. Da, in den drei Kartons unterm Tisch bewahren wir die Besitztümer der Gefangenen auf. Von den sechs, die schon draußen sind, ist kaum noch was dabei. Das meiste gehört Rudolf Heß.«

Major Elford zog die Kartons unter dem Tisch vor.

Er öffnete den ersten und packte den dürftigen Inhalt aus. »Hauptsächlich Sachen aus seiner Raumfahrtsammlung«, erklärte er. »Nachdem er im Fernsehen die Landung auf dem Mond gesehen hatte, ist das sein großes Hobby geworden. Er hat uns gebeten, die NASA in Texas um Informationsmaterial zu bitten, und seitdem kriegt er alle Broschüren, die in Houston herausgegeben werden. Die haben ihm sogar vier Farbposter geschickt, Ansichten vom Mond, aufgenommen auf dem Mond. Die Plakate hängen jetzt an den Wänden seiner Doppelzelle. Nein, also ich glaube, in dem hier ist nichts für Sie.«

Foster half Elford, die Sachen wieder einzupakken, dann wandten sie sich dem zweiten Karton zu, der vor allem Kleidungsstücke zu enthalten schien. Elford holte ein Paar Leinenschuhe mit Holzsohlen heraus. »Soll ich Ihnen was Lustiges erzählen?« fragte der Major. »Albert Speer hat die hier für die Insassen der Konzentrationslager entworfen. Hier mußte er sie dann selber tragen und stöhnte: ›Wenn ich gewußt hätte, daß ich diese Dinger eines Tages selber tragen müßte, hätte ich Leder verarbeiten lassen.‹«

Als nächstes nahm er eine schäbige blaue Kappe, eine schmutzige blaue Jacke und blaue Hosen heraus.

»Und das?« fragte Foster.

»Die Gefängniskleidung, die alle sieben am Anfang tragen mußten. Das hier ist die von Heß.«

Foster zog eine Uniform aus dem Karton. »Was ist das denn?«

»Ein historisches Stück«, sagte Elford. »Heß wollte, daß wir es auf keinen Fall wegwerfen. Es ist die Uniform eines Oberstleutnants der Luftwaffe, die er getragen hat, als er im Mai 1941 nach Schottland geflogen ist, um England ein Friedensangebot zu unterbreiten, weil er wußte, daß Hitler den Rußlandkrieg plante, und dafür sorgen wollte, daß es nicht zu einem Zweifrontenkrieg kam.« Elford schaute wieder in den Karton. »Hier scheint der Bauplan auch nicht zu sein.«

»Und das da auf dem Boden?« fragte Foster.

Major Elford holte das zusammengefaltete Papier heraus. Ein Blick genügte, um zu erkennen, daß es sich um einen Bauplan handelte, und daß der Architekt nur Zeidler gewesen sein konnte.

»Ist es das, wonach Sie suchen?« fragte der Major.

»Haargenau«, sagte Foster. »Der siebte Bunker.«

Elford richtete sich auf. »Am besten nehmen wir ihn mit in mein Büro, da können Sie ihn sich in Ruhe ansehen.«

In Elfords Büro breitete der Major den Plan auf seinem Tisch aus.

»Steht nirgendwo, wo das Ding gebaut worden ist«, sagte Foster. »Seltsam. Auf den anderen sechs standen genaue Angaben zur Lage und Bauweise.«

»Sind Sie sicher, daß es sich um einen unterirdischen Bunker handelt?«

»Keine Frage. Das sieht man schon an den Generatoren und Ventilatoren für die Frischluftzufuhr. Es handelt sich zweifellos um einen von Hitlers unterirdischen Bunkern. Aber wo wurde er gebaut, vorausgesetzt, der Plan ist verwirklicht worden?«

»Ich schätze, die ganze Geschichte war *top secret*«, sagte Elford, faltete den Plan wieder zusammen und reichte ihn Foster. »Vermutlich hat Speer ihn sich angesehen, war genauso ratlos wie Sie und ist damit zu Heß gegangen, in der Hoffnung, daß der vielleicht was damit anfangen konnte. Doch schon damals war das Gedächtnis von Heß äußerst schlecht. Als Speer dann entlassen wurde, hat er wahrscheinlich vergessen, sich den Plan zurückzuholen. Na ja, jetzt haben Sie ihn. Vielleicht fällt Rudi Zeidler das Nötige ein, wenn er ihn wiedersieht.«

»Vielleicht«, sagte Foster. »Ich gehe jedenfalls zu ihm. Danke für alles, Major.«

»Danke wofür?« sagte Elford. »Hauptsache, Sie finden Ihren siebten Bunker.«

Als Rudi Zeidler die Haustür öffnete, schwenkte Foster triumphierend den zusammengefalteten Plan. »Bunker Nummer sieben«, sagte er. »Hier ist er.«

»Gute Arbeit«, sagte Zeidler erfreut. Er zog Foster in den Hausflur. »Wo haben Sie ihn gefunden? In Spandau?«

»Wie Sie vermutet hatten«, sagte Foster. »Ich dachte, Sie wollten vielleicht noch einen Blick darauf werfen, bevor ich ihn kopiere.«

»Unbedingt«, antwortete Zeidler und knöpfte eine schwarze Strickjacke zu. »Gehen wir in mein Studio.«

In seinem Arbeitszimmer schaltete der Architekt das Neonlicht an. Dann schaute er sich die Zeichnung genau an, runzelte die Stirn und drehte den Plan um. Die Rückseite war leer. Schließlich schüttelte er den Kopf, faltete den Plan wieder zusammen und gab ihn Foster zurück.

»Keine Ortsangabe, merkwürdig.«

Foster blickte ihn an. »Aber die Zeichnung selbst – fällt Ihnen da nichts ein?«

»Irgendwo klingelt es bei mir, aber nur leise«, sagte Zeidler. »Sicher, der Plan ist von mir, keine Frage. Ich habe ihn entworfen und signiert. Hitler wollte immer, daß ich den Ort, an dem der Bunker gebaut werden sollte, mit auf den Plan schrieb. Hier war das offenbar nicht der Fall. Ich wüßte gern, warum. Ich kann mich beim besten Willen nicht erinnern.«

»Vielleicht hatte Hitler sich noch nicht entschieden, wo er den Bunker hinhaben wollte«, meinte Foster. »Oder vielleicht wußte er es schon, wollte aber nicht, daß irgend jemand den Platz kannte.«

»Könnte sein«, sagte Zeidler wenig überzeugt. »Aber die anderen Bunker waren auch geheim, und trotzdem wußte ich, wo jeder einzelne gebaut wurde. Nur nicht bei Bunker sieben. Offenbar wollte er es mir nicht sagen.«

»Immerhin ungewöhnlich«, warf Foster ein. »Man entwirft doch keine Grundrisse für ein Bauwerk, ohne zu wissen, wo es entstehen soll.«

»Nicht so ungewöhnlich, wie Sie denken«, sagte Zeidler. »Ich wußte, daß ich etwas entwerfen sollte, das unterirdisch angelegt werden würde, wie alle anderen Bunker, mit denen man mich beauftragt hatte. Und dann mußte ich mich ohnehin an Hitlers Vorgaben halten, was die Zahl der Räume oder ihre Größe anging. Er war darin sogar ziemlich gut. Zweifellos hat er mir auch bei Bunker sieben genaue Anweisungen gegeben und auch gesagt, mit welcher Bodenbeschaffenheit ich rechnen mußte. Wenn er mir nicht gesagt hat, wo dieser Bunker gebaut werden sollte, dann können Sie sicher sein, daß er es niemand gesagt hat. Seine Vision ist 1945 mit ihm gestorben.«

Foster fragte: »Sie wissen also nicht, ob nach Ihrem Plan überhaupt etwas gebaut worden ist?«

»Nein, ich habe keine Ahnung. Die einzigen, die wissen könnten, ob der Bunker gebaut worden ist, wären die Zwangsarbeiter, die beim Bau beschäftigt waren.«

»Alle unterirdischen Bunker wurden also von zwangsverpflichteten Arbeitern gebaut? Von Juden, Zigeunern, Tschechen, Polen und Ukrainern?«

Zeidler zögerte. »Nicht alle. Den Führerbunker zum Beispiel hat eine alte Berliner Firma gebaut. Die meisten unterirdischen Hauptquartiere sind freilich von Zwangsarbeitern gebaut worden, weil es im Krieg nicht mehr genug deutsche Facharbeiter gab.«

»Glauben Sie, daß einer von denen sich an diesen Bunker erinnert und mir sagen kann, wo er ist?«

Zeidler schüttelte den Kopf. »Nein, nein, diese Möglichkeit brauchen Sie gar nicht erst in Betracht zu ziehen, Mr. Foster. Einfach deswegen, weil es diese Zwangsarbeiter nicht mehr gibt. Hitler hat sie alle eliminieren lassen, sobald sie mit ihrer Arbeit fertig waren. Keiner sollte verraten können, wo seine Bunker lagen. Wenn sie auf der Baustelle nicht mehr gebraucht wurden, bekamen sie eine Freifahrkarte nach Dachau oder Auschwitz. Sie werden Bunker sieben in Ihrem Buch also wohl unter ›Unbekannt‹ aufführen müssen.«

»Es sei denn«, meinte Foster, »ich finde doch noch einen Zwangsarbeiter, der den Krieg überlebt hat und diesen Plan wiedererkennt.«

»Sicher«, sagte Zeidler. »Am besten üben Sie Ihre Suche schon einmal an einer Nadel in einem Heuhaufen.«

Erwin Plamp steuerte den Mercedes vor dem schmutzigen, fünfstöckigen Haus in der Dahmannstraße, in dem Ernst Vogel wohnte, an den Randstein und öffnete den beiden Frauen den Schlag. Emily und Tovah stiegen aus. Sie waren in der Zeit bis zu ihrer Verabredung mit dem ehemaligen SS-Mann, der zwei Tage vor Hitlers Tod gesehen haben wollte, wie der Führer in den Bunker zurückkehrte, noch einmal die alten Zeugenaussagen durchgegangen, denen zufolge der Führer den Bunker in den letzten zwanzig Tagen seines Lebens nicht mehr verlassen hatte. Aussage stand gegen Aussage, und jetzt warteten sie gespannt auf die Beweise, die Vogel ihnen vorlegen wollte.

Emily voran gingen sie in den ersten Stock und blieben vor der ersten Tür stehen. Emily drückte auf den Klingelknopf. Als sich nichts rührte, klingelte sie ein zweites Mal. Wieder nichts. Auch Tovah drückte noch einmal auf den Knopf. Sie klingelte drei- oder viermal, aber nichts geschah.

»Vielleicht ist die Klingel kaputt.«

»Vielleicht«, sagte Emily. »Dann versuchen wir's eben auf die altmodische Art.«

Sie klopfte gegen die mit brauner, abblätternder Farbe gestrichene Tür. Die einzige Antwort kam von unten aus dem Treppenhaus. Eine rundliche, ältere Frau watschelte die Stufen herauf. Als sie im ersten Stock angelangt war, fragte sie kurzatmig: »Was ist denn das hier für ein Lärm? Was haben Sie hier zu suchen? Ich bin Frau Lecki, die Vermieterin. Und wer sind Sie?«

»Wir sind Kunden von Herrn Vogel«, antwortete Emily ruhig. »Wir sind hier mit ihm verabredet. Er wollte uns ein wichtiges Buch zeigen.« Sie deutete auf die Tür. »Aber er macht nicht auf.«

Frau Lecki verstand sofort. »Ach, Sie wollen zu Vogel. Er hört nicht gut, deswegen macht er manchmal nicht auf, und wenn er sein Hörgerät ausgeschaltet hat, kriegt er überhaupt nichts mehr mit.« Sie holte einen Schlüsselbund aus ihrer Schürzentasche. »Wenn er gesagt hat, daß er sich hier mit Ihnen trifft, ist er auch da. Sicher hat er nur vergessen, sein Hörgerät einzuschalten. Ich gehe hinein und sage ihm, daß er Besuch hat.«

Sie öffnete die Tür. Schwerfällig schob sie sich in den Raum dahinter, schaute sich um und gab ein triumphierendes Grunzen von sich. »Wie ich gesagt habe, da sitzt er in seinem Schaukelstuhl und schläft.« Sie winkte Emily und Tovah herein. »Treten Sie ein, ich wecke ihn.«

Kaum hatte Tovah die Wohnung betreten, schnüffelte sie. »Hier stinkt's«, flüsterte sie Emily zu.

Emily betrachtete Ernst Vogel, der mit geschlossenen Augen in seinem Schaukelstuhl lag. Tovah folgte ihrem Blick. Ihre Augen blieben an der dürren Gestalt mit den eingefallenen Wangen, der bleichen Haut und den bläulichen Lippen hängen.

»Er sieht krank aus«, murmelte Emily.

Frau Lecki packte Vogel bei der Schulter und

schüttelte ihn. »Wach auf, Ernst. Deine Kundinnen sind da.«

Vogels Augen blieben geschlossen. Sein Kopf fiel vor, und als die Vermieterin ihre Hand zurückzog, rutschte er seitwärts gegen die Armstütze des Stuhls.

»Für mich sieht er eher tot aus«, sagte Tovah leise.

Emily stürzte vor, griff nach dem linken Handgelenk des alten Mannes und fühlte seinen Puls. Nach ein paar Sekunden schüttelte sie den Kopf. »Wie schrecklich.« Sie schloß die Augen und schüttelte wieder den Kopf. »Ja, er ist tot. Wie grauenhaft.« Dann betrachtete sie die zusammengesunkene Gestalt im Schaukelstuhl. »Ich glaube, was hier so stinkt, Tovah, ist Zyankali.«

»Aber vor ein paar Stunden war er doch noch putzmunter«, protestierte Tovah.

»Jetzt ist er es jedenfalls nicht mehr«, sagte Emily. »Der arme Mann hat Gift genommen oder ist gezwungen worden, es zu nehmen. Das Zyankali hat ihn auf der Stelle umgebracht.«

Allmählich fing auch die Vermieterin an zu begreifen. Sie schlug die Hände vor den Mund und unterdrückte ein Schluchzen. »Nein, er kann doch nicht tot sein! Das ist unmöglich, er war doch noch so lebendig. Ich hätte nie gedacht, daß er sich umbringen könnte. Und doch – und doch.«

»Vielleicht hat da jemand nachgeholfen«, murmelte Tovah.

Aber nur Emily hörte sie.

Frau Lecki war schon am Telefon. »Das ist ja entsetzlich! Ich muß sofort die Polizei anrufen!« Als sie den Hörer ans Ohr hob, sah sie, daß die Telefonschnur durchgeschnitten war. »So was! Ich telefoniere bei mir.« Sie eilte aus der Wohnung.

Emilys Blick fiel auf eine Schachtel hinter dem

Schaukelstuhl. Auf der Seite des Kartons stand, mit Kreide *Dienstbücher Bunker.* »Er hat auf uns gewartet«, sagte Emily.

Tovah hastete zu der Schachtel. »Wir müssen die Eintragung vom 28. April finden, Hitlers Rückkehr in den Bunker.« Sie durchwühlte die Kladden, die auf dem Umschlag datiert waren.

»Machen Sie schnell, Tovah«, rief Emily. »Ich möchte nicht, daß die Polizei uns hier entdeckt. Aber ich glaube nicht, daß Sie was finden.«

Nach einer Weile drehte Tovah sich um. »Sie haben recht, die Woche vom 28. April fehlt.«

Emily griff nach Tovahs Arm. »Bestimmt hat jemand unser Telefongespräch mit Vogel mitgehört und so erfahren, was er uns zeigen wollte.«

»Aber wie?«

»Ich weiß nicht. Vielleicht eine Wanze im Telefon. Jedenfalls ist uns hier jemand zuvorgekommen, und Vogel hat ihm arglos die Tür geöffnet. Der Besucher hat Vogel eine Pistole an die Stirn gesetzt und ihn gezwungen, die Zyankalikapsel zu schlucken. Dann hat er sich das Dienstbuch geschnappt und ist abgehauen.«

Emily schob Tovah zur Tür. »Wir sollten jetzt ebenfalls verschwinden.«

»Wir können doch nicht einfach weggehen. Was ist mit der Polizei? Vogel wurde ermordet!«

»Genau wie mein Vater. Das ist mir jetzt klar. Wo war die Polizei damals? Gehen wir, hier können wir nichts mehr tun.«

»Vielleicht haben Sie recht. Wir können es uns nicht leisten, in diese Angelegenheit verwickelt zu werden. Außerdem weiß ja niemand, daß wir hier waren.«

»Außer dem Mörder, natürlich«, sagte Emily.

An der Wohnung der Vermieterin vorbei gingen sie hinaus auf die Straße zu dem wartenden Mercedes.

Als sie im Fond Platz genommen hatten, fragte Tovah: »Was ist jetzt mit unserem Beweis? Vogel hat geschworen, daß er Hitler zurückkommen sah. Wir sind beide der Meinung, daß es sich um Hitlers Doppelgänger gehandelt hat. Aber jetzt haben wir weder Vogel noch das Dienstbuch, um unsere Version zu untermauern.«

»Wir brauchen Vogel und sein Dienstbuch gar nicht. Er hat uns alles gesagt, was wir wissen wollten. Wir sind dicht an der Wahrheit, Tovah, sehr dicht. Es tut mir leid um den alten Mann, aber jetzt muß ich wieder zu meiner Ausgrabung. Kann ich Sie irgendwo absetzen?«

»Am Kempinski, bitte.«

Bevor sie ausstieg, blickte Tovah Emily noch einmal nachdenklich an. »Ich hoffe, Sie haben recht, Emily, damit, daß wir dicht an der Wahrheit seien.«

»Wir werden sie herausfinden«, versprach Emily, »vorausgesetzt, jemand anders findet uns nicht vorher. Sie sollten sich jetzt ausruhen. Bis später, Tovah.«

Tovah blieb noch einen Moment am Randstein stehen und blickte dem Mercedes nach. Sie wußte, daß sie keine Zeit hatte, sich auszuruhen. Sie schienen der Wahrheit tatsächlich nahe zu sein, und es wurde Zeit, daß sie ihren Vorgesetzten Bericht erstattete. Sie mußte mit Chaim Golding und den anderen Mossad-Leuten in Berlin Kontakt aufnehmen und sie über die neuesten Entwicklungen informieren. Jemand hatte sie an der Nase herumgeführt, und das größte Wild von allen mußte noch aufgespürt und gestellt werden.

Vorsichtig lenkte Plamp den Mercedes auf den Bunkerhügel in der Sicherheitszone zu. Emily saß angespannt auf dem Rücksitz und umklammerte ihren rosa Passierschein.

Sie versuchte, sich von ihrer Angst abzulenken, indem sie die Betonpfeiler zählte, an denen die Eisenketten zu beiden Seiten des Weges aufgehängt waren. Doch von dem, was sie mehr als alles andere beschäftigte, vermochte sie sich nicht abzulenken: die Ergebnisse der ersten Grabungen. Ihr standen nur sechs Tage zur Verfügung, um herauszufinden, ob Hitler hier gestorben war oder nicht, und heute ging schon der zweite zu Ende. Inzwischen hatten Oberstadt und seine Männer den Graben und den Krater freigelegt. Damit war die erste Phase vorüber, und sie fragte sich, was die Arbeit erbracht haben mochte.

Hinter dem mit Unkraut überwucherten Schuttberg sah sie einen Teil des Toyota-Lastwagens. Oberstadt ging, einen Spaten in der Hand, um den Berg herum; seine drei Männer waren nirgendwo zu sehen. Er blieb stehen, rammte den Spaten in den Boden und stützte sich auf den Griff, während er ihr entgegenblickte.

Ein paar Meter vor Oberstadt brachte Plamp den Mercedes auf dem unebenen Gelände zum Stehen, zog den Zündschlüssel ab und half Emily aus dem Wagen.

Sie zog den Regenmantel aus, nahm ihn über den Arm und ging über den feuchten Boden auf Oberstadt zu, wobei sie mit den Absätzen tief im Erdreich versank. »Tut mir leid, daß ich mich verspätet habe«, sagte sie. »Aber ich dachte, daß Sie mich vermutlich sowieso nicht brauchen können, bevor Sie die beiden Stellen ausgehoben haben.«

»Stimmt. Aber jetzt brauchen wir Sie vielleicht.«

»Alles glattgegangen?« fragte Emily ängstlich.

»Wir hatten das Gelände mit Plastikplanen abgedeckt, so daß wir gleich weiterarbeiten konnten, als der Regen aufhörte.«

»Und?«

»Nichts, fürchte ich«, gestand Oberstadt unglücklich. »Wir haben drei kleinere Stücke gefunden, aber nichts von dem, was Sie suchen. Möchten Sie die Relikte trotzdem sehen?«

»Natürlich«, sagte Emily.

Oberstadt ließ seinen Spaten in der Erde stecken und ging um den Schuttberg herum. Emily folgte ihm, wobei sie Schwierigkeiten hatte, auf dem schlüpfrigen Boden nicht das Gleichgewicht zu verlieren.

Am anderen Ende des Berges standen die drei Arbeiter, von oben bis unten mit Erde verklebt, neben der Fahrerkabine des Toyota und tranken Kaffee aus einer Thermosflasche. Sie winkten Emily zu, und sie winkte zurück.

Oberstadt führte sie zu einem gelben Handtuch, das in der Nähe des damaligen Verbrennungsgrabens auf einem flachen Geröllbrocken lag. »Das ist alles, was wir an beiden Stellen gefunden haben«, sagte Oberstadt und deutete auf drei kleine Gegenstände, die sich deutlich von dem gelben Untergrund abhoben. »Erstens, ein Zahn. Ich glaube, er gehörte einem Hund.«

»Das könnte hinkommen«, sagte Emily. »Hitlers Hunde wurden getötet und hier verbrannt.«

»Dann das«, sagte Oberstadt und zeigte ihr einen kleinen Klumpen, bei dem es sich um zusammengeknülltes Papier handeln konnte.

»Was ist das?« fragte Emily.

»Nach meiner Meinung könnte es ein Notizbuch gewesen sein. Aber Sie sehen ja, was die Jahre in der feuchten Erde draus gemacht haben.«

Emily nickte. »Könnte auch hinkommen. Goebbels' Notizbücher und Papiere wurden ebenfalls in den Graben geworfen und vermutlich verbrannt.«

»Tja, das wird nun wohl niemand mehr herausfinden.« Endlich hielt Oberstadt den dritten Gegenstand, ein verkohltes Stück Stoff, in die Höhe. »Und dann noch das hier.«

»Sieht nach gar nichts aus«, sagte Emily.

»Ist aber was«, meinte Oberstadt, »und zwar etwas mit einem Monogramm, allerdings kaum lesbar.

Sehen Sie die beiden Initialen da?« Er deutete auf eine Stelle. »Können Sie sie erkennen? Die Buchstaben lauten E. B.«

»Eva Braun«, flüsterte Emily. Die plötzlich so greifbar vor ihr stehende Vergangenheit ließ sie den Atem anhalten. »Es muß ein Stück von einem ihrer Taschentücher sein. Wir sind auf der richtigen Spur, das ist sicher.«

»Würden Sie daraus ableiten, daß Eva Braun hier mit Adolf Hitler begraben worden ist?«

»Nicht unbedingt. Der Stoffetzen kann jemand anders, der hier verbrannt worden ist, in die Tasche gesteckt worden sein. Wenn Sie natürlich die Kamee oder die Goldbrücke gefunden hätten...«

»Bisher leider noch nicht.«

»Verstehen Sie mich nicht falsch, Herr Oberstadt, das ist ganz und gar nicht schlimm. Die Kamee oder die Brücke hätten lediglich bewiesen, daß Hitler tatsächlich hier begraben liegt und nicht irgendein Doppelgänger, und diesen positiven Beweis haben wir eben noch nicht. So weit, so gut.« Sie musterte den riesigen Schuttberg. »Es gibt noch eine Stelle, an der wir graben müssen, und zwar dort, wo Hitlers Schlaf- und Wohnzimmer lagen. Wenn wir die Kamee und die Brücke dort auch nicht finden, dann können wir annehmen, daß Hitler mit beidem das Weite gesucht hat.«

Oberstadt betrachtete den Schuttberg ebenfalls und schüttelte dann den Kopf. »Selbst wenn damit etwas bewiesen wäre, wie sollten wir so weit nach unten kommen?«

»Indem wir senkrecht runtergraben«, sagte Emily.

»Unmöglich«, erwiderte Oberstadt. »Wissen Sie, was das für eine Arbeit wäre? Von der höchsten Stelle des Haufens bis zur ebenen Erde können wir mit sieben Metern Schutt rechnen. Hitlers Räume aber lagen, so wie Sie es mir erklärt haben, noch achtzehn Meter unter der Erde und waren mit einer vier Meter dicken Betonschicht geschützt. Das heißt, wir müßten in fünf Tagen fünfundzwanzig Meter tief graben, von den ganzen Hindernissen dabei nicht zu reden. Selbst wenn die Russen damals die Betondecke zerstört haben, dürften wir an den übriggebliebenen Brocken mit Schaufel und Spitzhacke scheitern.«

»Und wenn Sie Maschinen benutzen?«

»Ich habe auch schon daran gedacht, einen Bagger zu holen, damit wir schneller vorankommen, aber der Offizier dahinten hat heute morgen gesagt, das komme überhaupt nicht in Frage. Verboten.«

Emily biß sich auf die Lippe. »Es muß aber doch einen Weg geben.« Sie schnippte mit den Fingern. »Ich hab's. Können Sie den Führerbunker nicht ebenerdig angraben? Dann sparen Sie schon mal sieben Meter.«

»Auch dann...« Oberstadt runzelte die Stirn. »Wenn wir so graben, müßten wir die ganze Strecke abstützen, damit der Berg nicht über uns zusammenbricht. Und überlegen Sie mal, was passiert, wenn die Russen mit ihren Bulldozern alles durcheinandergebracht haben, die Erde aus den verschiedenen Stockwerken des Bunkers, meine ich. Wir müßten graben und graben und würden nur Zeit verlieren.«

»Aber die unterste Etage, auf der Hitler gelebt hat, ist vielleicht noch intakt. Sie wurde so stabil gebaut, daß sie praktisch allem standgehalten hätte. Können wir nicht über irgendeine Abkürzung dorthin gelangen?«

»Ich weiß nicht. Vielleicht, wenn ich meine Mannschaft aufstocken würde und wir nicht nur am Tag, sondern auch nachts arbeiten könnten.«

»Was kann ich tun, damit das möglich ist?«

»Erst einmal müßten Sie mir mehr Geld bewilligen, damit ich meine Crew für die Tagschicht verdoppeln und eine zweite für die Arbeit bei Nacht einstellen kann.«

»Schon bewilligt.«

»Zweitens müßten Sie Ihren Mann in Ost-Berlin anrufen und uns die Erlaubnis besorgen, daß wir rund um die Uhr graben dürfen.«

»Das ist wohl kein Problem. Ich wollte ihn sowieso anrufen, daß er für Mr. Foster ebenfalls einen Passierschein ausstellen läßt. Rex könnte uns hier von Nutzen sein. Keine Sorge, die Erlaubnis kriege ich.«

»Und dann muß ich mit meinem Mann in West-Berlin sprechen.«

»Ihr Mann in West-Berlin?«

Oberstadt grinste. »Mein Vater, Leo Oberstadt, der unsere Firma gegründet hat. Er ist längst im Ruhestand, aber man kann ihn mit Fug und Recht einen Bunkerexperten nennen, und ich brauche seinen Rat.«

»Was meinen Sie damit – er ist ein Experte?«

»Er hat den Bau von mindestens einem halben Dutzend Nazibunkern überwacht. Vor Kriegsausbruch hatte er eine kleine Baufirma in Berlin, doch dann wurde er eingesperrt, weil er Halbjude war. Erst verpflichteten die Nazis ihn wie viele andere Juden als Zwangsarbeiter. Weil er vorher Ingenieur und Bauleiter gewesen war, machten sie ihn zum Vormann. Er und seine Leute haben die meisten unterirdischen Bunker während des Krieges gebaut. Vor Kriegsende wurden sie dann fast alle nach Dachau oder Buchenwald verfrachtet, aber mein Vater konnte fliehen und hat überlebt. Niemand in Deutschland versteht von Bunkern mehr als Leo Oberstadt, das können Sie mir glauben. Deswegen möchte ich heute abend erst noch einmal mit ihm sprechen und mir erklären lassen, wie sich unser Problem am besten lösen läßt.«

»Und dann machen Sie weiter?«

»Sobald Sie uns die Erlaubnis zur Schichtarbeit besorgt haben. Dann führe ich Sie mitten in Hitlers trautes Heim.«

Als sie am Abend im Bett lagen, waren sie nicht in der Stimmung, miteinander zu schlafen, und hielten einander nur liebevoll in den Armen.

Am Nachmittag hatte Emily Professor Blaubach angerufen, und nach einigem Hin und Her war ihr schließlich die Erlaubnis erteilt worden, auch nachts beim Führerbunker zu graben. Beim Abendessen hatten sie auf das Entgegenkommen der DDR-Behörden angestoßen.

Jetzt schloß Foster Emily fest in seine Arme und fragte: »Was hast du, Emily? Was beschäftigt dich?«

»Ernst Vogel«, sagte sie leise. »Ich sehe ihn immer noch vor mir, wie er tot in seinem Schaukelstuhl liegt. Ich habe das Gefühl, für seinen Tod verantwortlich zu sein.«

Foster streichelte ihre Wange. »Du bist aber nicht verantwortlich. Es tut mir leid, daß du das mit angesehen hast. Am besten, du denkst jetzt nicht mehr daran und versuchst zu schlafen.«

Sie gähnte. »Ja, schlafen. Das wäre gut.«

Sie deckte sie beide zu und knipste die Nachttischlampe aus.

»Rex«, sagte sie schläfrig, »du warst heute aber auch nicht in der richtigen Stimmung. Was beschäftigt *dich* denn?«

Im Halbschlaf erzählte er ihr von seinem Besuch bei Major Elford im Spandauer Gefängnis, dem vermißten, aber wiedergefundenen Plan zum siebten Bunker und wie er damit zu Rudi Zeidler gefahren war.

»Und dann?« fragte Emily.

»Fehlanzeige«, antwortete Foster. »Zeidler hat gesagt, er wisse nicht, ob der Bunker jemals gebaut worden ist, und wenn, dann könne keiner sagen, wo. Denn die Zwangsarbeiter, die Hitler rekrutiert hat, um die Bunker zu bauen, sind nach Zeidlers Wissen alle exekutiert worden, damit sie niemand etwas über die

Bunker verraten konnten. Falls aber doch einer von ihnen überlebt hätte, wäre er nach Zeidlers Meinung schwerer als eine Nadel in einem Heuhaufen zu finden.«

Emily war schon beinahe eingeschlafen und brachte nur mit größter Anstrengung die Lippen auseinander. Ihr Mund war trocken wie Baumwolle.

»Hab' ich das richtig verstanden, du suchst jemand, der beim Bunkerbau beschäftigt war?«

»Und wie.«

»Dann kann ich dir helfen. Andreas Ober – Oberstadts Vater. Ehemaliger Zwangsarbeiter und noch am Leben. Frag' mich morgen noch mal. Frag' mich nach Leo Ober –. Gute Nacht, Liebling.«

9

Nachdem er erst in Weinmeisterhöhe war, hatte Rex Foster keine Schwierigkeiten mehr, sein Ziel zu finden. Der Empfangschef des Kempinski hatte ihm den kürzesten Weg auf dem Stadtplan eingezeichnet, und ein Blick auf die neben ihm liegende Karte in dem gemieteten Audi genügte zu seiner Orientierung. Er mußte noch dreimal abbiegen, dann war er im Gotenweg, wo der Vater von Andreas Oberstadt wohnte.

Er parkte vor Oberstadts Haus, einem kleinen, weißgestrichenen Einfamilienheim, dessen Fassade mit Stuck verziert war. Zwei Kiefern überragten den von der Witterung angegriffenen Holzzaun, der Haus und Garten gegen die Nachbargrundstücke abgrenzte. Hier also lebte Leo Oberstadt, ein ehemaliger Zwangsarbeiter der Nazis.

Ein Blick auf die Uhr zeigte Foster, daß er zehn Minuten zu früh da war, und so lehnte er sich zurück, um bei einem Pfeifchen in Gedanken noch einmal zu erleben, wie der Tag begonnen hatte, nämlich mit dem sanften, weichen Druck von Emilys Körper an seinem. Ihre Lippen hatten seine Wange gestreift, dann seinen Mund. »Rex, bist du wach? Du hast mir gefehlt, heute nacht und gestern abend. Es kommt mir wie eine Million Jahre vor, seit wir das letzte Mal miteinander geschlafen haben.«

»Es ist auch eine Million Jahre her.«

»Ich liebe dich, Rex.«

Er hatte sie in die Arme genommen und geküßt, begierig, sie zu besitzen. Allmählich war aus ihrem Seufzen ein Stöhnen geworden.

Dann hatten sie sich geliebt, zart und langsam. Es war herrlich gewesen, wie eine lang ersehnte Heimkehr, und er wußte, daß er dies sein Leben lang nicht vergessen würde.

Hinterher hatte er sie vom Bett ins Badezimmer geführt, um den Schweiß von ihrer beider Haut zu waschen. Sie hatten einander eingeseift und sich gegenseitig abgetrocknet.

Während Emily sich angezogen hatte, war er zum Telefon gegangen, um das Frühstück aufs Zimmer kommen zu lassen. Gerade, als sie mit dem Frühstück fertig gewesen waren, klingelte das Telefon. Emily hatte abgehoben. Am anderen Ende war Andreas Oberstadt gewesen. Sie hatte ihm mitgeteilt, daß die Erlaubnis zur Nachtarbeit erteilt war, und ihn dann, die Augen auf Foster gerichtet, noch einmal nach seinem Vater und dessen Rolle als Zwangsarbeiter beim Bunkerbau befragt. Anschließend hatte sie Oberstadt erzählt, daß Foster seinen Vater gern kennengelernt hätte, und warum. Fünfzehn Minuten später hatte Andreas Oberstadt wieder angerufen, und Emily konnte Foster ausrichten: »Er ist einverstanden, Rex. Du sollst um halb elf bei Leo Oberstadt sein.«

Jetzt war es zehn Uhr dreißig. Foster stieg aus, öffnete die Gartenpforte, ging über einen schmalen Steinplattenweg zur Haustür und klingelte.

Sekunden später stand eine dicke Frau in einem geblümten Hauskleid vor ihm. Sie hatte ein freundliches Gesicht, einen leichten Damenbart und ein Doppelkinn. Foster stellte sich vor und wurde sofort eingelassen. Aus dem Nebenzimmer hörte er eine heisere Stimme fragen: »Wer ist es denn, Hilda?«

»Ihr Besuch aus Amerika, Herr Oberstadt.«

»Führen Sie ihn herein, bitte!«

Hilda führte Foster in ein altmodisch eingerichtetes, muffig riechendes Wohnzimmer. Auf den Tischen lagen Deckchen, und der Fernseher lief mit voller Lautstärke. Erst als er jemand einen Stock schütteln sah und hörte, wie Hilda aufgetragen wurde, den Fernseher abzustellen und ihnen Bier zu bringen, vermochte Foster Leo Oberstadt zu lokalisieren. Er saß in der Ecke des Sofas, neben sich eine Metallkrücke. Emily hatte ihm gesagt, daß der alte Oberstadt Invalide sei, und er hatte sich einen hinfälligen, zerstörten Körper vorgestellt. Tatsächlich aber war sein Gastgeber groß und einstmals sicherlich muskulös gewesen, nur die Beine schien er nicht bewegen zu können.

»Sie also sind dieser amerikanische Architekt?« rief Oberstadt, und seine heisere Stimme ließ es wie eine Beschuldigung klingen.

»Der bin ich, Herr Oberstadt, und ich bin froh, daß Sie mich empfangen haben.«

Der ehemalige Zwangsarbeiter klopfte mit dem Stock neben sich auf das Sofa. »Setzen Sie sich, junger Mann, setzen Sie sich.« Nachdem Foster Platz genommen hatte, fuhr Oberstadt fort: »Sie sind ein Freund der jungen britischen Dame, für die mein Sohn arbeitet?«

»Ja.«

»Dann haben Sie ja auch von dem Unsinn gehört, den sie da anstellt. Sie will den Führerbunker umgraben und Adolf finden.«

»Ja, ich habe davon gehört, aber ich halte es nicht unbedingt für Unsinn.«

Der alte Mann zog ein Taschentuch hervor, schneuzte sich und fuhr fort, ohne auf Fosters Antwort einzugehen: »Gestern abend hat mir mein Sohn den Originalplan des Führerbunkers gebracht. Ich habe ihn mir noch einmal angesehen und ihm dann meinen Rat gegeben.« Er fixierte Foster mit boshaften Augen. »Sind Sie mit dem Rattenbau vertraut?«

»Ich glaube schon.«

»Natürlich. Sie sind ja der Architekt, der seine Zeit damit verschwendet, ein Bilderbuch über die Bauwerke des Dritten Reiches zusammenzustellen. Na schön, wollen mal sehen, was Sie können.« Er griff nach einer zusammengerollten Bauzeichnung neben sich, rollte das Gummiband ab und breitete den Plan auf dem Couchtisch aus. »Zeigen Sie mir, wie Sie es anstellen würden, in Hitlers Privaträume vorzustoßen, ohne eine Ewigkeit dafür zu benötigen.«

Foster beugte sich über den Bogen, obwohl er inzwischen das Gefühl hatte, den Bunker in- und auswendig zu kennen. Kurz darauf sagte er: »Wie wir wissen, bestehen die Bunkerwände aus Stahlbeton. Das mußten sie, um die Bewohner vor Bomben und Artilleriegranaten zu schützen. Aus diesem Grund glaube ich – egal, was die Russen damit angestellt haben, ob sie ihn niedergewalzt oder sogar teilweise gesprengt haben –, daß die untere Ebene noch weitgehend intakt geblieben ist. Es scheint mir am vernünftigsten, mit dem Graben dort anzufangen, wo einer der beiden oberen Notausgänge in den Garten mündet. So müßte man bald auf die vier Betontreppen stoßen, die vermutlich auch noch da sind. Wenn man ihrem Verlauf nach unten folgt, dürfte es theoretisch nur ein paar Tage dauern, bis man Hitlers Privaträume erreicht hat.« Er hob den Kopf und blickte Oberstadt an. »So würde ich vorgehen.«

Leo Oberstadts Augen glitzerten. »Sie sind ein cleverer junger Bursche«, sagte er. »Denselben Rat habe ich meinem Sohn gestern abend auch gegeben, und genauso wird er die Sache anpacken. Wenn überhaupt, dann klappt es nur auf diese Weise.« Er rollte den Plan wieder zusammen und streifte das Gummiband darüber. »Gut, junger Mann, und nun zu Ihnen. Mein

Sohn hat mir heute morgen erzählt, daß Sie sich für die ehemaligen Zwangsarbeiter interessieren.«

»Ja, Herr Oberstadt, ich habe da ein paar Fragen, auf die ich gern eine Antwort hätte.«

»Vielleicht sind Sie hier an der richtigen Stelle«, sagte Leo Oberstadt. »Von uns gibt's nämlich nicht mehr allzu viele. Wir sind ein kleiner, ziemlich exklusiver Club. Ich bin einer der wenigen überlebenden Veteranen, die für den Bau von Hitlers Rattenlöchern zuständig waren. Wollen Sie wissen, wie ich von den Schergen des Dritten Reiches zur Zwangsarbeit verpflichtet wurde?«

Ohne die Antwort auf seine Frage abzuwarten, begann Oberstadt seine Geschichte zu erzählen, mit heiserer, monotoner Stimme. Foster lauschte fasziniert.

Leo Oberstadts Vater war Halbjude gewesen, seine Mutter Jüdin. Als der Krieg ausbrach, war er selbst gerade zwanzig, frischgebackener Ingenieur und Juniorpartner in der kleinen familieneigenen Baufirma. Wenige Monate später wurden seine Eltern und er in ein Konzentrationslager gesteckt. Kaum vier Wochen danach kamen Mutter und Vater in die Gaskammer. »Ich habe sie nie wiedergesehen. Mich wollte man in Auschwitz ebenfalls vergasen, doch in letzter Minute wurde ich von einem SS-Arzt gerettet, der meine breiten Schultern, meinen mächtigen Brustkasten und den ausgeprägten Bizeps bemerkte. Gerade war im Lager eine Direktive Albert Speers eingegangen, der in Hitlers Auftrag geeignete junge Männer – Juden, Polen, Tschechen, Ukrainer, Zigeuner – suchte, um sie überall in Deutschland zum Bunkerbau heranzuziehen.«

Leo Oberstadt arbeitete an zwei unterirdischen Bunkern außerhalb Berlins – unmenschliche Arbeit, Knochenarbeit, bei der die Erde mit dem Blut, dem Schweiß und den Tränen Hunderter Arbeiter getränkt wurde. Dann fand man heraus, daß er als Ingenieur gearbeitet und in der Firma seines Vaters Erfahrungen gesammelt hatte, und beförderte ihn zum Vorarbeiter, der die Befehle der Nazis entgegennehmen und an seine Leidensgenossen weitergeben mußte.

Als die Arbeit am letzten Bunker beinahe vollendet war, vielleicht zwei Monate vor Kriegsende, wurden die anderen Arbeiter abgeholt und kurz darauf in den Gaskammern umgebracht. Nur Leo, der Vormann, durfte bleiben, um die Restarbeiten am letzten Bunker zu überwachen. Die Ausführung übernahmen junge, fanatische Mitglieder der Hitlerjugend. Zu keiner Zeit während der Arbeit am Bunker oder der zweimonatigen Gefangenschaft in dem größtenteils vollendeten Bauwerk hatte Leo auch nur die leiseste Ahnung, wo in Deutschland er sich genau befand. Jeden Morgen war er mit verbundenen Augen auf das Baugelände geführt worden und jeden Abend mit verbundenen Augen wieder zurückgebracht worden, mit Ausnahme der beiden letzten Monate.

Eines Morgens waren ihm dann neuerlich die Augen verbunden worden. SS-Männer hatten ihn auf die Ladefläche eines Lastwagens verfrachtet. Rings umher bebte die Erde von schwerem Geschützfeuer. Er wurde fortgebracht und ahnte, daß man ihn nun exekutieren würde, aber seine Augen waren die ganze Zeit verbunden und seine Hände gefesselt, so daß ihm nichts übrigblieb, als sich in sein Schicksal zu fügen.

Nach etwa zwanzig Minuten hörte er einen seiner Bewacher schreien: »Sehen wir zu, daß wir ihn loswerden! Wir können jeden Augenblick in einen Hinterhalt geraten!«

Leo wurde brutal auf die Füße gezerrt, über die Ladefläche geschoben und auf die Straße gestoßen. Dabei verrutschte seine Augenbinde, und er konnte sehen, wie der Lastwagen sich wieder in Bewegung setzte. Drei SS-Männer auf der Ladefläche hatten ihre Gewehre auf ihn gerichtet.

Leo versuchte, auf die Füße zu kommen und wegzulaufen. Aber dann krachten die Schüsse, eine Kugel traf ihn in den Rücken, und er stürzte wieder hin. Bevor er das Bewußtsein verlor, sah er auf einmal drei sowjetische Panzer, begleitet von einer Kompanie der Roten Armee, aus einem Wäldchen brechen und das Feuer auf den davonrasenden Lastwagen eröffnen. Er glaubte noch, den Lastwagen explodieren zu hören, dann wurde es dunkel um ihn.

»Ich erwachte in einem russischen Feldlazarett«, erzählte Leo Oberstadt, sichtlich erschüttert von der Erinnerung an seine Leidenszeit. »Die Ärzte hatten mir das Leben gerettet, doch das linke Bein blieb steif. Schließlich, als man mich verhört und mir meine Geschichte geglaubt hatte, wurde ich freigelassen. Ich habe die Baufirma meines Vaters weitergeführt. Ich habe geheiratet. Ich habe einen Sohn bekommen. Ich habe hart gearbeitet. Beim Wiederaufbau Berlins habe ich ein kleines Vermögen verdient. Vor ungefähr fünf Jahren habe ich dann auch die Kontrolle über das andere Bein verloren und mußte mich zur Ruhe setzen.« Er griff nach dem Bierglas, das Hilda hereingebracht hatte. Er trank, leckte sich die Lippen und fragte: »Tja, Herr Foster, und was kann ich nun für Sie tun?«

»Das will ich Ihnen erklären«, antwortete Foster. Er sprach von seinem Buch und über die sieben Bunker, deren Pläne er besaß und deren Standorte er kannte – bis auf einen. »Sechs Bunker habe ich lokalisiert. Nur der siebte fehlt mir noch. Es ist bei weitem der größte, und Zeidler meinte, daß ein Arbeiter, der an seinem Bau mitgewirkt hat, ihn vielleicht anhand seiner Dimensionen wiedererkennen würde.«

»Lassen Sie mich mal einen Blick darauf werfen«, sagte Oberstadt.

Foster zog den zusammengefalteten Plan aus der Innentasche seines Jacketts, schlug ihn auf und reichte ihn seinem Gastgeber. Oberstadt trank noch einen Schluck Bier und betrachtete die Bauzeichnung. »Sie haben recht«, sagte er mit seiner heiseren Stimme. »Er ist groß, sehr groß. Und mir ganz und gar nicht unbekannt.«

»Sie erkennen ihn?« fragte Foster eifrig.

Leo Oberstadt nickte.

»Das ist jener letzte Bunker, an dem ich gearbeitet habe, bevor sie mich fortbrachten, um mich zu erschießen.« Er gab Foster den Plan zurück. »Kein Zweifel, das ist er.«

»Aber wo wurde er gebaut?«

Oberstadt musterte Foster erstaunt. »Wo er gebaut wurde? Ich dachte, das hätte ich Ihnen schon gesagt. In Berlin natürlich.«

»Wie können Sie dessen so sicher sein? Sie waren die meiste Zeit unter der Erde, und dann hatte man Ihnen noch die Augen verbunden.«

Der alte Mann schüttelte langsam den Kopf. »Nein, ich war nicht immer unter der Erde, und meine Augen waren nicht die ganze Zeit verbunden. Ich habe Ihnen doch erzählt, daß sie mich aus dem Bunker geschleppt haben, um mich zu erschießen. Sie haben mich etwa zwanzig Minuten durch die Gegend kutschiert, aber bei dem ganzen Geröll, das überall herumlag, können es höchstens zehn Minuten Luftlinie gewesen sein. Dann merkten sie auf einmal, daß sie Gefahr liefen, den Russen in die Hände zu fallen. Also haben sie mich vom Lastwagen geschmissen, versuchten abzuhauen und schafften es nicht. Die Russen brachen schon aus dem Wäldchen.«

»Welchem Wäldchen?« fragte Foster.

»Dem Tiergarten natürlich. Heute ist das wieder eine der schönsten Grünanlagen, die wir hier in Berlin haben. Nur ein Katzensprung von der ehemaligen Reichskanzlei entfernt – und dem Führerbunker. Dort irgendwo in der Nähe ist der siebte Bunker gebaut worden, dessen bin ich sicher.«

Es überraschte Nikolaus Kirwow, daß er so müde war, obwohl es noch nicht einmal zwölf Uhr mittags geschlagen hatte. Erschöpft saß er an einem Tisch im Freien vor einem Lokal namens Delphis Taverna und trank einen schwarzen Tee. Sein Blick wanderte über die Kantstraße, an der die Terrasse lag, und er dachte, was für einen hochtrabenden Namen man dieser heruntergekommenen Straße gegeben hatte. Von der Esso-Tankstelle an der Ecke bis zu dem fensterlosen Sex-Shop mit den provozierenden Postern neben dem Eingang reihte sich ein schmuddeliger Laden an den anderen. Er konnte sich nicht vorstellen, was für eine Kunstgalerie sich ausgerechnet in dieser Gegend befinden mochte, aber seiner Liste zufolge gab es hier eine – die Galerie Tischer –, wahrscheinlich gleich hinter der nächsten Kreuzung, und er hatte sich geschworen, jeder Galerie der Innenstadt einen Besuch abzustatten.

Was ihn zu dieser kurzen Pause veranlaßt hatte, war allerdings weniger Müdigkeit, sondern vielmehr Enttäuschung. Trotz seiner massigen Gestalt war er immer stolz auf seine starken Beine gewesen und darauf, daß er mühelos scheinbar endlose Treppen hinaufzustürmen vermochte. Zu Hause war seine Begeisterung eine nie ermüdende Antriebskraft gewesen. Hier in Berlin bekam er aus lauter Frustration Wadenkrämpfe und Blasen an den Füßen.

Er war gestern den ganzen Tag und heute schon seit den frühen Morgenstunden auf den Beinen gewesen, um jede einzelne Kunstgalerie in der Gegend des Kurfürstendamms abzuklappern. Schließlich hatte der Steward, Giorgio Ricci, behauptet, das Ölgemälde Adolf Hitlers in der Nähe des Ku'damms gekauft zu haben. Also mußte Kirwows Ziel irgendwo hier in der Gegend sein. Und doch hatte man in jeder Galerie, in der er bisher gewesen war, das Bild ohne Interesse oder Wiedererkennen betrachtet und ihm mitgeteilt, daß man dergleichen niemals zum Verkauf angeboten hätte.

Kirwow merkte, daß die Sonne zwischen den grauen Wolken hervorzulugen begann, und schob mechanisch seinen Stuhl unter der Markise hervor, um etwas Wärme zu tanken. Einen Moment lang überlegte er, ob er die ermüdende Suche nicht einfach abbrechen, nach Leningrad zurückkehren und anschließend zu seiner Familie nach Sotschi weiterfahren sollte. Immerhin war es ihm wenigstens gelungen, das Gebäude auf dem Gemälde zu identifizieren. Damit konnte man jeden Betrachter zufriedenstellen. Trotzdem hatte er weitergemacht, und er wußte, daß er auch jetzt nicht aufgeben würde, allerdings aus einem anderen Grund. Angeblich war Hitler 1945 gestorben, das Gemälde jedoch konnte frühestens 1952 entstanden sein. Unstimmigkeiten dieser Art störten Kirwow, und solange er für einen solchen Anachronismus keine Erklärung gefunden hatte, würde er Berlin nicht den Rücken kehren.

Die Sonne hatte ihm neue Lebensgeister eingegeben. Er trank den Tee aus, bezahlte und eilte die Kantstraße hinauf. Fünf Minuten später sah er das Schild neben der Tür eines großen, modern gehaltenen Geschäfts im Erdgeschoß eines sechsstöckigen Bürogebäudes: *Galerie Tischer Berlin. Ankauf – Verkauf.*

Kirwow warf einen Blick in das Schaufenster. Dort standen drei große naturalistische Gemälde, Ansichten von Berlin.

Vielversprechend, dachte er, ging zum Eingang und betrat die Galerie. Der beige Teppichboden und die weiß gestrichenen Wände gaben dem Raum eine lichte Helligkeit, die in krassem Widerspruch zu der bedrückenden Düsternis der ausgestellten Ölgemälde stand. An einem kleinen Schreibtisch saß ein bebrillter junger Mann und arbeitete. Eine Wendeltreppe führte zu einem kleinen Mezzanin, wo weitere Gemälde zu besichtigen waren. An der Decke hing ein Kristalleuchter.

Kirwow ging auf den Schreibtisch zu. Der junge Mann stand auf und strich sich das strohblonde Haar aus der Stirn.

»Mr. Tischer?« fragte Kirwow auf englisch.

»Ja, ich bin Tischer. Kann ich Ihnen helfen?« Sein Blick wanderte zu dem Gemälde, das Kirwow, in ein Filztuch gehüllt, unter dem Arm trug. »Möchten Sie vielleicht etwas verkaufen? Wir haben immer –«

»Nein, ich möchte Sie nur etwas fragen«, sagte Kirwow. Er legte das Bild auf den Tisch und entfernte das Tuch. »Sagt Ihnen dieses Motiv etwas?«

Tischer nahm das Bild in die Hände, betrachtete es und rümpfte die Nase. »Eine Berliner Ansicht, würde ich meinen. Wahrscheinlich aus der Zeit des Dritten Reiches. Nicht sehr gut.« Er blickte auf. »Ja, dergleichen bekommen wir manchmal herein und werden es sogar wieder los.«

»Ich hatte gehofft, Sie könnten sich daran erinnern. Eine Kunstgalerie hier in der Gegend hat es an jemand verkauft, den ich kenne. Ich habe es ihm abgekauft und möchte jetzt gern mehr über seine Herkunft wissen. Ich wüßte gern, ob das Geschäft in dieser Galerie abgewickelt worden ist.«

»Mir kommt das Bild nicht bekannt vor, allerdings bin ich auch nicht der richtige Adressat für diese Frage. Meine Geschäftsführerin, die auch kleinere Einkäufe tätigt, wird Ihnen da Genaueres sagen können.« Tischer legte das Gemälde wieder auf den Tisch und rief zu dem Zwischengeschoß hinauf: »Fräulein Dagmar! Könnten Sie bitte mal einen Moment herunterkommen?«

Nervös blickte Kirwow zu der Treppe hinüber. Wenig später erschien ein Paar schlanker Fesseln und dann eine große, streng wirkende Frau mit einer Hornbrille und kurzgeschnittenem schwarzem Haar.

»Der Herr hier hat eine Frage«, sagte Tischer. »Vielleicht können Sie ihm helfen.« Er blickte an Kirwow vorbei zum Eingang hinüber, denn ein junges Paar hatte die Galerie betreten. »Bitte, entschuldigen Sie mich.«

»Ja?« Fräulein Dagmar schaute Kirwow fragend an.

»Erkennen Sie dieses Bild wieder?« fragte der Kustos und deutete auf das Hitler-Gemälde.

Sie warf nur einen kurzen Blick auf das Bild. »Natürlich«, sagte sie. »Das Stück hatte ich beinahe ein Jahr lang hier, ehe ich es verkaufen konnte. Es handelt sich um eins dieser Bilder aus der Nazizeit, die von einigen Leuten aus Nostalgie gesammelt werden. Es hat große Ähnlichkeit mit den Arbeiten von Hitler, wenn ich auch nicht in der Lage war, definitiv festzustellen, ob er selbst es gemalt hat. Ich habe es fast die ganze Zeit im Lager versteckt und darauf gewartet, daß mal ein Sammler hereinschaut. Als keiner kam, habe ich es dann ins Fenster gestellt. Und tatsächlich tauchte nach zwei oder drei Wochen ein Kunde auf, ein Italiener, wenn ich mich recht erinnere. Von Kunst hat er wenig verstanden, aber die Vorstellung, daß das Bild von Hitler selbst gemalt worden sein könnte, schien ihn zu faszinieren. Er hat das häßliche Ding gekauft.«

Kirwow spürte, wie seine Handflächen zu kribbeln begannen. »Ich weiß, wer es gekauft hat«, sagte er aufgeregt. »Was ich wissen möchte, ist, wer es *ver*kauft hat. Ich meine, *Ihnen* verkauft hat. Sie haben doch bestimmt eine Quittung oder dergleichen?«

Fräulein Dagmar versteifte sich. »Die habe ich in der Tat, aber ich fürchte, ich kann sie Ihnen nicht zeigen. Unsere Transaktionen werden unter absoluter Diskretion durchgeführt. Es tut mir leid, aber ich kann nicht jedem x-beliebigen, der hier hereinspaziert kommt, die Namen unserer Kunden preisgeben.«

Kirwow griff nach seiner Brieftasche, nahm eine Visitenkarte heraus und reichte sie der Geschäftsführerin. »Ich bin nicht jeder x-beliebige, wie Sie sich selbst überzeugen können.«

Sie streifte die Karte mit einem desinteressierten Seitenblick, dann ruckte ihr Kopf hoch, und die Augen weiteten sich hinter den dicken Brillengläsern. »Sie – Sie sind Nikolaus Kirwow, der Kustos der Eremitage in Leningrad?«

»So ist es.«

Sofort nahm Fräulein Dagmar eine weit respektvollere Haltung an. »Entschuldigen Sie, das konnte ich nicht wissen. Welch eine Ehre für uns. Bitte verfügen Sie über mich.«

»Ich möchte lediglich wissen, wer Ihnen dieses Gemälde verkauft hat. In der Eremitage haben wir eine kleine Sammlung früher Gemälde und Zeichnungen von Adolf Hitler. Es handelt sich um historische Kuriositäten. Als ich dieses Bild hier erstanden habe, geschah das in der Absicht, es mit den anderen Stükken zu einer Ausstellung zusammenzufassen, die sicherlich große Aufmerksamkeit erregen wird. Als Kustos halte ich es für meine Pflicht, die Herkunft dieser Arbeit herauszufinden, und ich hoffe, daß Sie mir dabei behilflich sein werden.«

»Ich will mein Bestes versuchen«, sagte Fräulein Dagmar bereitwillig. »Warten Sie, ich werfe einen Blick in unsere Unterlagen und hole die Kopie der Quittung.«

Sie eilte auf eine Tür hinter dem Schreibtisch zu. Kirwow lächelte zum erstenmal an diesem Tag und wickelte das kleine Gemälde liebevoll wieder in das Filztuch.

Wenig später kehrte Fräulein Dagmar zurück, in der Hand einen Zettel. »Die Verkäuferin war eine junge Frau Anfang Dreißig. Ihr Name ist Klara Fiebig. Ich erinnere mich, daß sie mir erzählte, sie habe das

Bild von einer Freundin oder Verwandten geschenkt bekommen. Es gefiel ihr nicht, sie hat es aber aus sentimentalen Gründen behalten. Ihrem Mann hat es auch nicht gefallen, weil es sich um ein Nazistück handelt. Er hat schließlich darauf bestanden, daß sie es verkauft. Also ist sie zu uns gekommen. Ich habe keinen großen Markt für das Bild gesehen, aber bei einer flüchtigen Untersuchung ist mir klargeworden, daß es sich durchaus um einen Hitler oder aber eine exzellente Imitation von Hitlers Stil handeln könnte. Deswegen habe ich es dann doch erworben, wie Sie sagen, als Kuriosität.« Sie reichte Kirwow die Quittung. »Das ist die Adresse von Frau Fiebig, in der Knesebeckstraße. Man kann sie bequem mit dem Taxi erreichen, aber auch zu Fuß ist es kein weiter Weg.«

»Ich bin Ihnen sehr zu Dank verpflichtet.«

»Ich habe es für einen Apfel und ein Ei erworben.« Bedauernd fügte sie hinzu: »Ich hätte es viel teurer verkaufen sollen. Aber ich wußte nicht, daß es so wertvoll ist.«

»Als Kunst ist es das auch nicht. Nur als geschichtliches Dokument.«

Schwungvoll verließ Kirwow die Galerie. Seine Beine hatten die alte Spannkraft wiedergefunden.

Kirwow klingelte an der Tür der Fiebigs. Seine Spannung stieg. Er umklammerte das Gemälde unter seinem Arm und überlegte fieberhaft, was für einen Vorwand er benutzen konnte, um Frau Fiebig ein paar Fragen zu stellen.

Erst als er die Schritte jenseits der Tür hörte, fiel ihm ein, was er sagen würde. Er straffte sich. Die Tür ging auf.

Im Türrahmen stand eine große, dunkelhaarige Frau mit braunen Augen und einer leicht nach oben geschwungenen Nase. Sie trug ein rosa Umstandskleid. Da sie immer noch schlank war und keinerlei Anzeichen einer Schwangerschaft erkennen ließ, vermutete Kirwow, daß sie das Kleid trug, um sich auf ihre Rolle vorzubereiten. Sie mochte um die Dreißig sein und musterte den Besucher neugierig.

»Mrs. Klara Fiebig?« fragte Kirwow.

»Ja«, antwortete sie, ebenfalls auf englisch.

»Ich heiße Nikolaus Kirwow. Man hat mir Ihren Namen genannt. Ich hätte mich gern kurz mit Ihnen unterhalten.«

»Worüber?«

»Über ein Kunstwerk.«

Klaras Gesicht zeigte Verwirrung. »Kunst? Ich verstehe nichts von Kunst. Ich begreife gar nichts.«

Das war der Moment, und Kirwow wußte, daß er ihr jetzt keine Zeit zum Nachdenken geben durfte. »Ich will es Ihnen erklären«, sagte er. Er zog seine Brieftasche heraus, reichte ihr seine Karte und schob die Brieftasche wieder zurück. Rasch fügte er hinzu: »Ich bin der Kustos der Eremitage in Leningrad, ein großes Museum –«

»Natürlich habe ich davon gehört«, sagte sie und konzentrierte ihre Aufmerksamkeit immer noch auf die Karte.

»Ich bin nach Deutschland gekommen, um mit einigen Sammlern über deutsche Kunst zu sprechen.«

»Aber ich bin kein Sammler«, sagte Klara.

»Das weiß ich. Ich möchte nur Ihre Meinung zu etwas hören, was ich auszustellen gedenke. Bitte, könnten Sie mich nicht kurz hereinlassen? Ich werde wirklich nicht viel von Ihrer Zeit in Anspruch nehmen.«

Er trat einen Schritt vor und setzte den Fuß auf die Schwelle.

Klara Fiebig wirkte nervös. »Ich weiß nicht. Ich bin nicht –«

»Ich bin Ihnen sehr dankbar«, sagte Kirwow. Inzwischen stand er im Flur. »Es dauert auch ganz bestimmt nicht lange.«

»Na gut, meinetwegen, aber Sie verschwenden sicher nur Ihre Zeit.« Ihre guten Manieren gewannen die Oberhand. »Bitte, nehmen Sie Platz. Ich muß Ihnen allerdings sagen, daß ich heute sehr viel zu tun habe.«

»Ich halte Sie nicht lange auf«, sagte Kirwow. Er war schon im Wohnzimmer und registrierte sofort die geschmackvollen Drucke an der Wand. Er streifte den Rollstuhl in der Ecke mit einem Blick und setzte sich in einen Sessel am Couchtisch.

Während Klara Fiebig auf der Couch Platz nahm, packte er das Gemälde aus. Es entging ihm nicht, daß sie ihn mißtrauisch musterte. Er legte das Filztuch beiseite und hielt das Bild hoch. »Ich habe erfahren, daß Ihnen dieses Bild einmal gehört hat«, sagte er. »Sie sollen es dann an die Galerie Tischer verkauft haben.«

Sie schaute das Gemälde kurz an, ließ sich aber keine Reaktion anmerken. »Und weshalb ist das so wichtig?« fragte sie.

»Es handelt sich um eine Rarität aus dem Dritten Reich«, sagte Kirwow, »und ich brauche unbedingt eine Bestätigung für die Echtheit.« Er starrte sie an. »Ich muß wissen, wo Sie es her hatten.«

Klara betrachtete das Gemälde genauer, dann schüttelte sie den Kopf. »Nein«, sagte sie, »das habe ich noch nie gesehen. Wir hatten einmal ein altes Gemälde mit einem ähnlichen Motiv, aber mein Mann fand das Bild häßlich, und deshalb habe ich es verkauft. Ich weiß aber beim besten Willen nicht mehr, an wen.«

Kirwow versuchte herauszufinden, ob sie die Wahrheit sagte. Ihr Gesicht war ausdruckslos. Er schluckte schwer an seiner Enttäuschung. »Mrs. Fiebig, die Dame in der Galerie, der ich das Bild gezeigt habe, kann sich genau daran erinnern, daß sie es von

Ihnen gekauft hat. Von ihr weiß ich auch Ihren Namen und Ihre Adresse. Ein Fräulein Dagmar. Fällt es Ihnen nicht wieder ein?«

Aber Klara schüttelte nur noch entschiedener den Kopf. »Ihr Fräulein Dagmar scheint nicht bei Trost zu sein. Ich habe dieses Bild noch nie gesehen.«

Kirwow forschte nach einer Unsicherheit, entdeckte aber keine. Er argwöhnte, daß sie das Gemälde sehr wohl kannte, daß es ihr sogar gehört hatte, doch er wußte nicht, wie er es ihr beweisen sollte. Langsam packte er das Bild wieder ein. »Dann muß es sich wohl tatsächlich um einen Irrtum handeln«, sagte er.

»Ganz bestimmt.« Klara stand auf. »Es tut mir leid, daß Sie umsonst hergekommen sind.«

Sie begleitete Kirwow zur Tür.

»Ich weiß Ihre Hilfsbereitschaft dennoch zu schätzen«, sagte er. »Nur schade, daß ich nicht mehr über das Bild in Erfahrung bringen konnte. Das hätte mir weitergeholfen.«

Als sie ihm die Tür öffnete, konnte sie eine letzte Frage nicht unterdrücken. »Was ist denn eigentlich so interessant an diesem Bild?«

Kirwow trat ins Treppenhaus und antwortete leichthin: »Ach, nur daß Hitler es 1952 oder irgendwann danach gemalt hat.«

»Das ist doch lächerlich«, sagte Klara. »Jedes Kind weiß, daß Hitler 1945 gestorben ist.«

»Genau«, sagte Kirwow. »Das ist es ja gerade, was das Gemälde so interessant macht. Auf Wiedersehen.«

Den Rest des Nachmittags über fand Klara keine Ruhe. Sie wartete voller Ungeduld auf Tante Evelyn.

Sobald sie vom Fenster aus gesehen hatte, daß der russische Kustos das Haus verließ, war sie ins Schlafzimmer gestürzt, um ihre Mutter zu wecken, die dort ein Nickerchen machte. Kaum war ihre Mutter wach, sagte Klara: »Mama, es tut mir leid, daß ich dich störe, aber ich wußte mir einfach keinen anderen Rat. Ich muß dir etwas erzählen.«

»Was denn, Klara? Du siehst ja so verängstigt aus.«

»Ich habe auch Angst, Mama. Erinnerst du dich noch an das Gemälde, das Tante Evelyn mir und Franz zum ersten Hochzeitstag geschenkt hat und das Franz so häßlich fand, daß wir es verkauft haben?«

»Ja, natürlich.«

»Eben war ein Kunstexperte hier, der behauptet hat, Hitler habe das Bild gemalt!«

»Lächerlich!«

»Das habe ich ihm auch gesagt. Aber es kam noch seltsamer. Er meint nämlich, das Gemälde sei sieben Jahre nach dem Krieg entstanden.«

»Was war denn das für ein Irrer?«

»Es hat geklingelt, und als ich aufmachte...« Hastig erzählte Klara ihrer Mutter in allen Einzelheiten von Nikolaus Kirwows Besuch. Sie schloß mit den Worten: »Mama, ich habe keine Ahnung, was das alles soll. Aber dieser Kirwow macht einen sehr entschlossenen Eindruck. Ich habe Angst, Tante Evelyn könnte erfahren, daß ich ihr Geschenk verkauft habe. Ich – am besten erkläre ich es ihr, bevor sie es von Fremden hört. Ich rufe sie sofort an.«

»Klara, du weißt doch genau, daß Tante Evelyn kein Telefon hat. Aber ich weiß, wie wir sie erreichen können. Überlaß das nur mir.«

»Ich möchte heute noch mit ihr sprechen.«

»Falls sie Zeit hat. Hilf mir jetzt bitte aus dem Bett, und dann laß mich allein.«

Das war vor zwei Stunden gewesen.

Von ihrer Mutter wußte Klara, daß Tante Evelyn informiert war und bald kommen würde. Sie konnte es kaum erwarten, obwohl sie sich zugleich vor dem Moment fürchtete, in dem sie den Verkauf des Bildes beichten mußte.

Weitere zehn Minuten, in denen Klaras Nervosität wuchs, vergingen, dann klingelte es. Im Flur stand Tante Evelyn, attraktiv und gelassen wie immer. Klara führte sie ins Wohnzimmer.

»Es tut mir leid, daß ich dich so aus heiterem Himmel herbitte, Tantchen«, fing sie an.

»Das macht doch nichts. Ich hatte nur Angst, dir könnte etwas passiert sein. Geht es dir gut? Und dem Kind?«

»Mir geht es gut, Tantchen«, sagte Klara. »Aber es ist tatsächlich etwas passiert, und ich hab' gedacht, ich sag's dir lieber so schnell wie möglich. Ich – ich muß dir nämlich etwas gestehen, und ich hoffe, du bist mir dann nicht allzu böse.«

»Klara, dir kann ich doch gar nicht böse sein«, sagte Evelyn. »Dazu habe ich dich viel zu gern. Nun sag schon, was du auf dem Herzen hast.«

Klara schluckte. »Es hat mit dem Gemälde zu tun, Tantchen.«

»Mit welchem Gemälde?«

»Mit dem, das du mir und Franz zu unserem ersten Hochzeitstag geschenkt hast. Du weißt doch, das Bild von dem Berliner Regierungsgebäude aus der Sammlung deines Mannes.«

Evelyn nickte. »Ja, natürlich.«

Klara schluckte wieder und wurde rot. »Tantchen, ich habe es verkauft, vor einem Jahr. An eine Galerie.«

»Verkauft?« fragte Tante Evelyn verblüfft.

»Mit blieb nichts anderes übrig«, sagte Klara flehend und fuhr rasch fort. »Ich will ehrlich zu dir sein. Franz hat es nie gefallen, aber weil es so ein großzügiges Geschenk von dir war, wollte ich es unbedingt behalten. Dann hatte Franz eines Abends vor etwa einem Jahr ein paar Freunde zum Kartenspielen hier, lauter Lehrer. Dem Kunsterzieher an seiner Schule zeigte er das Gemälde. Der Freund wollte wissen, wie er ein derart scheußliches Bild nur in seiner Wohnung ertragen könne. Bei dem Motiv handle es sich ganz eindeutig um ein Regierungsgebäude aus dem Dritten Reich, und das Bild stamme vermutlich von einem jener Nazikünstler, die den Stil Hitlers zu kopieren versuchten, ja vielleicht sogar von Hitler selbst.« Klara schluckte. »Du weißt ja, wie Franz über die Nazis denkt. Als seine Freunde gegangen waren, sagte er zu mir, wir müßten das Bild loswerden. Ich habe ihm erklärt, das gehe nicht, schließlich sei es ein Geschenk von dir. ›Ich will es trotzdem nicht mehr sehen‹, sagte er. ›Tante Evelyn braucht es nicht zu erfahren. Hauptsache, das Ding verschwindet.‹ Und obwohl ich nicht wollte, bin ich doch zu einer Galerie in der Nähe gegangen, habe es verkauft und dann vergessen.« Schuldbewußt blickte sie ihre Tante an. »Ich hoffe, du kannst mir das verzeihen, Tante Evelyn.«

Evelyn Hoffmann blieb die Ruhe selbst. »Und deswegen wolltest du unbedingt mit mir sprechen, Klara? Ich habe volles Verständnis für deine Entscheidung. Schließlich ist doch das Allerwichtigste für dich, daß du dich gut mit deinem Mann verstehst. Es tut mir leid, daß ihm das Bild nicht gefallen hat und du es verkaufen mußtest, aber wenn das alles ist –«

»Das ist noch nicht alles, Tantchen«, unterbrach Klara. »Es ist noch etwas passiert.«

Zum erstenmal sah Evelyn eine Spur beunruhigt aus. »Was denn?«

»Heute nachmittag hat mich ein Mann namens Nikolaus Kirwow besucht, ein Kunstexperte aus Leningrad, und er hatte das Bild dabei. Offenbar hat er es in der Galerie Tischer gesehen und gekauft. Er will es in Leningrad ausstellen, wenn ich ihn richtig verstanden habe. Er wollte mehr über das Bild erfahren, für den Katalog oder für ein Kunstbuch, ich weiß nicht genau.«

»Was hast du ihm gesagt?« fragte Tante Evelyn langsam.

»Nichts. Ich habe ihm erklärt, ich hätte das Bild noch nie gesehen. Ich wollte mit der ganzen Geschichte nichts zu tun haben.«

»Das hast du sehr gut gemacht, Klara«, lobte Evelyn. »Zerbrich dir jetzt nicht weiter den Kopf darüber. Wenn du dir nur Sorgen gemacht hast, weil ich vielleicht davon erfahren könnte, daß du das Bild verkauft hast – dann mach' dir keine Gedanken und vergiß es –«

»Da ist noch etwas, Tantchen. Etwas ganz Seltsames, ja schon fast Gespenstisches.«

»Und zwar?«

»Als dieser Kirwow gegangen ist, habe ich ihn gefragt, was denn an dem Gemälde so interessant sei. Und er hat geantwortet, Hitler habe es gemalt, und zwar 1952. Ich habe gesagt, das sei lächerlich, Hitler könne es gar nicht gemalt haben, weil er seit 1945 tot ist. Und Kirwow hat gesagt: ›Genau das macht es ja so interessant.‹«

Evelyn Hoffmann richtete sich auf. »Aber das ist doch Unsinn. Dieser Kirwow muß verrückt sein.«

»Das habe ich mir auch gedacht, Tante Evelyn. Es kann doch nicht wirklich von Hitler stammen, oder? Ich meine, wo solltest du so was herhaben?«

»Selbstverständlich stammt es nicht von Hitler«, sagte Evelyn Hoffmann bestimmt. »Dein Onkel hätte in seiner Sammlung niemals ein Bild von einem Nazi geduldet. Dein Onkel war ein überzeugter Sozialdemokrat. Dieser Kirwow hat dir einen Bären aufgebunden. Ich kann mir überhaupt nicht vorstellen, warum. Aber in dieser Stadt wimmelt es ja nur so von Verrückten und Provokateuren. Am besten vergißt du die ganze Angelegenheit, Klara. Und daß ich dir nicht böse bin, weil du das Bild verkauft hast, habe ich dir ja schon gesagt.« Sie stand auf, beugte sich vor und drückte Klara einen Kuß auf die Stirn. »Ich werde dich immer liebhaben. Jetzt muß ich mich aber beeilen. Ich habe eine Verabredung.«

Wolfgang Schmidt saß am gewohnten Tisch, war aber so vertieft in sein Essen, daß er Evelyn Hoffmann erst gar nicht bemerkte. Mit gesundem Appetit schaufelte er Grünkohl und Wurst in sich hinein und spülte mit einem kräftigen Schluck Bier nach. Sie lächelte, als er schwerfällig auf die Beine kam und, noch kauend, einen Handkuß andeutete. »Guten Tag, Effie«, sagte er. »Entschuldige, daß ich nicht gewartet habe, aber vorher bin ich nicht zum Essen gekommen, und mir knurrte schon der Magen.«

»Und ich habe mich verspätet«, sagte sie.

»Die Mettenden sind hervorragend. Möchtest du auch etwas?«

»Heute nicht, Wolfgang. Mir ist der Appetit vergangen. Ich glaube, ich trinke eine Glas Weißwein...« Sie rief einer Kellnerin zu: »Ein Glas Riesling, bitte.« Dann wandte sie sich wieder an Schmidt. »Ich bin so froh, daß du dir Zeit für mich genommen hast.«

»Lisa hat gesagt, es ist dringend. Stimmt das?«

»Ich fürchte, ja. Ich wußte zwar nicht, wie wichtig es war, aber eine Nachricht von Klara ist etwas Ungewöhnliches, deswegen bin ich gleich zu ihr gefahren.« Evelyn nickte. »Ja, Wolfgang, es ist ernst.«

Er fuhr sich mit der Serviette über den Mund und fragte: »Worum geht es?«

»Um das Gemälde, das ich Klara geschenkt habe.«

»Gemälde?« wiederholte Schmidt verwirrt.

»Es ist schon lange her, du hast es wahrscheinlich längst vergessen. Vor vielen Jahren, als der Führer sich langweilte und unruhig wurde, kam mir eine Idee, wie ich ihn beschäftigen könnte. Irgendwann am späten Nachmittag habe ich ein Foto vom Reichsluftfahrtministerium aufgenommen und dem Führer gebracht, damit er ein Motiv für ein Gemälde hatte.«

»Natürlich erinnere ich mich daran. Und dann hast du Klara das Bild zum Hochzeitstag geschenkt.«

Evelyn wartete, bis ihr Wein serviert worden war,

und starrte eine Weile schwermütig in das Glas. »Das war ein Fehler. Ich hätte das Bild nicht verschenken dürfen.«

»Warum nicht?«

»Weil Klara es verkauft hat. Natürlich hatte sie keine Vorstellung von seinem Wert. Ihrem Mann hat es nicht gefallen, also hat sie es an eine Galerie verkauft. Dort hat ein Russe es gesehen und gekauft – der Kustos der Eremitage in Leningrad.«

»Nikolaus Kirwow«, sagte Schmidt wie aufs Stichwort. »Einer von Miss Ashcrofts neuen Freunden.«

»Das hatte ich befürchtet. Ja, Kirwow. Er hat gemerkt, daß es sich um ein Gemälde des Führers handelt, schließlich ist er Experte für solche Dinge. Er wollte mehr darüber wissen und ist der Spur bis zu Klara nachgegangen. Er hat sie besucht.«

»Aber sie konnte ihm nichts sagen«, meinte Schmidt. »Sie weiß schließlich nichts.«

Evelyn trank einen Schluck Wein. »Das ist nicht der springende Punkt, Wolfgang. Natürlich konnte sie ihm nichts sagen. Aber dafür hat er ihr etwas gesagt.«

»Was denn?«

»Das Gemälde sei deswegen so interessant, weil es erst 1952 oder später gemalt worden sein könne, obwohl der Künstler schon seit 1945 tot sein soll.«

»Wie kann er das herausgefunden haben?«

»Ich habe nicht die leiseste Ahnung, Wolfgang. Ich weiß wirklich nicht, was Kirwow auf diese Fährte gebracht hat.« Sie trank noch einen Schluck. »Ich weiß nur, daß er jetzt den Verdacht hat, im April 1945 könne sich nicht alles so abgespielt haben, wie es in den Geschichtsbüchern steht.«

Schmidt knurrte und tunkte mechanisch mit einem Stück Brot die Sauce vom Teller auf.

»Du hältst die Lage also für ernst?«

»Für sehr ernst.«

»Möglich.«

Evelyn seufzte. »Wir müssen vorsichtig sein, Wolfgang.« Sie schüttelte den Kopf. »Es tut mir leid, daß ich das Gemälde aus der Hand gegeben habe. Das kann uns alle ruinieren.«

»Mach dir keine Sorgen«, redete Schmidt ihr zu. »Ich kümmere mich um das Bild. Ich werde diesen Beweis aus der Welt schaffen.«

»Bist du dir da ganz sicher?«

»Ich verspreche es dir. Doch jetzt muß ich mir erst mal überlegen, wie Kirwows nächster Schritt aussehen könnte, und Vorsichtsmaßnahmen dagegen ergreifen.« Er faßte nach Evelyns Hand. »Keine Sorge, Effie. Wir treffen uns morgen wieder hier, um die gleiche Zeit. Ich denke mir etwas aus. Unser Nachrichtendienst funktioniert ausgezeichnet. Wir können uns auf jede Bedrohung einstellen und der Gegenseite zuvorkommen.« Er stand auf. »Bis morgen, Effie. Hier an diesem Tisch.«

»Ich komme, Wolfgang. Ganz bestimmt.«

Die immer noch gutaussehende alte Dame war zu Fuß gegangen, sehr rüstig für ihr Alter, und Kirwow hatte sich in seinem gemieteten Opel an ihre Fersen geheftet. Langsam war er ihr nachgefahren, bis sie den Ku'damm verlassen und ein Lokal betreten hatte, Mampes Gute Stube.

Glücklicherweise gelang es Kirwow, nur wenige Häuser weiter einen Parkplatz zu finden. Hastig stieg er aus und eilte zu dem Lokal zurück. Im Näherkommen sah er, daß Mampes Gute Stube einen verglasten Vorbau vor dem Restaurant hatte! – eine Caféterrasse. Weil er gesehen hatte, wie die alte Dame durch das Café ins Restaurant gegangen war, fühlte er sich vorn im Café sicher.

Das Café war elegant eingerichtet, mit runden Tischen auf grünem Teppichboden und grün gepolsterten Stühlen. Kirwow entdeckte einen leeren Tisch in der Nähe des Mittelgangs. Durch die Tür zum Restaurant sah er eine Bar und einen Speisesaal. Die alte Dame konnte er nirgendwo entdecken.

Er setzte sich und warf einen Blick auf die Speisenkarte. Er war nicht hungrig, aber irgend etwas mußte er bestellen. Schließlich entschied er sich für Sauerkirschen mit Schlagsahne.

Dann zündete er sich eine Zigarre an und dachte an Klara Fiebig. Der Besuch bei ihr hatte sich als ausgesprochen unergiebig erwiesen. Und doch war ihm der Verdacht gekommen, sie könne schlicht gelogen haben. Es gab allerdings keine Möglichkeit, das herauszufinden, es sei denn, daß sie aus dem Haus stürzte, um sich mit jemand in Verbindung zu setzen. Er hatte in seinem in der Knesebeckstraße geparkten Opel gewartet und das Haus im Auge behalten.

Nach gut zwei Stunden hatte er begriffen, wie sinnlos das war. Drei Leute waren in das Gebäude gegangen – ein älterer Mann mit einer Einkaufstasche, eine gutaussehende alte Dame und ein Junge mit einem Schulranzen. Keiner war wieder aufgetaucht. Und offensichtlich gab es für Klara Fiebig keinen Grund, in Panik zu geraten und aus der Wohnung zu stürmen.

Kirwow hatte eben wegfahren wollen, als zwei Frauen auf die Straße traten. Die eine war Klara Fiebig, und sie hielt den Arm der gutaussehenden alten Dame, die vorhin hineingegangen war. Klara hatte auf die alte Dame eingeredet, ihre Gesprächspartnerin hatte genickt, und dann waren sie nach einem schnellen Kuß auseinandergegangen, Klara zurück ins Haus und die alte Dame die Straße hinunter. Im Rückspiegel hatte Kirwow der älteren Frau nachgeblickt. Sie hatte Klara besucht. Vielleicht hatte Frau Fiebig sie rufen lassen. Eine dürftige Spur, aber immerhin eine Spur.

Kirwow hatte gewendet und war ihr nachgefahren.

Und jetzt wartete er darauf, daß sie wieder aus dem hinteren Teil des Lokals auftauchte, wenn er auch nicht wußte, was er sich davon versprach. Aber er hatte kein anderes Ziel, und so saß er da und löffelte die Kirschen. Vierzig Minuten später wurde seine Geduld endlich belohnt. Er hatte gerade bezahlt, und da war sie, die gutaussehende alte Dame, mit einem hünenhaften Mann im Schlepptau, der etwa in ihrem Alter sein mochte und vor Gesundheit zu strotzen schien. Sie kamen den Mittelgang herunter und gingen an Kirwows Tisch vorbei. Plötzlich sprang eine Frau von etwa Vierzig in einem roten Kleid auf und machte den Hünen auf sich aufmerksam.

»Wolfgang«, rief die Frau, »wie geht's dir denn?«

Der große Mann blieb stehen und schüttelte ihr die Hand. »Ursula, wir haben uns aber lange nicht gesehen.« Die alte Dame blieb stehen und drehte sich irritiert um. Der Hüne zögerte einen Moment, dann machte er die beiden Frauen miteinander bekannt. »Meine Liebe, das ist Ursula Schleiter. Ursula, darf ich dir Evelyn Hoffmann vorstellen.« Ein Kellner stellte scheppernd einen Tellerstapel ab, so daß Kirwow nichts mehr verstand.

Dann begleitete der Hüne Evelyn Hoffmann aus dem Café hinaus. Auf dem Trottoir wechselten sie noch ein paar Worte, dann gingen sie in verschiedene Richtungen.

Kirwow sprang auf und beschloß, Evelyn Hoffmann wieder zu folgen. Wahrscheinlich eine weitere Übung in Vergeblichkeit, aber die Frau war sein einziger Draht zu Klara Fiebig.

Er folgte ihr den Ku'damm hinunter, brauchte aber nicht weit zu gehen. Sie steuerte auf die Bushaltestelle an der Kreuzung zu. Sie reihte sich in die Schlange der Wartenden ein, und nach ein paar Minuten kam ein gelber Doppeldeckerbus mit der Nummer 29. Kirwow wartete ab, bis er sicher war, daß die alte Dame einstieg, dann rannte er zu seinem Opel zurück.

Wieder fuhr er den Ku'damm entlang, wobei er den Bus nicht aus den Augen ließ. An jeder Haltestelle wartete er, bis die Türen sich geschlossen hatten, dann hängte er sich wieder an das Heck des Riesen. Sie fuhren über den Breitscheidplatz, durch die Tauentzienstraße, die Kleiststraße, über den Lützowplatz und am Landwehrkanal entlang. Hier kannte sich Kirwow überhaupt nicht mehr aus; er wußte nur, daß sie seit einer Viertelstunde unterwegs waren und die alte Dame immer noch im Bus saß.

Als der gelbe Doppeldecker wieder das Tempo verlangsamte, trat auch Kirwow auf die Bremse. Der Bus hielt in der Schöneberger Straße, Kirwow direkt dahinter. Mechanisch beugte er sich vor. Zwei Leute stiegen aus, darunter Evelyn Hoffmann.

Als der Bus anfuhr, trat Evelyn Hoffmann an den Randstein, blickte nach links und rechts, ehe sie die breite Straße überquerte und gleich danach eine weitere. Sie blieb einen Moment vor einem Café stehen, ging dann hinein. Kirwow gab Gas, wendete und fuhr langsam auf der anderen Straßenseite an dem Café vorbei. Es hieß Café Wolf und war das zweite Haus an der Kreuzung Stresemannstraße und Anhalter Straße.

Kirwow suchte einen Parkplatz schräg gegenüber, stellte den Motor ab und stieg aus. Er blieb einen Moment stehen, um sich zu orientieren. Im Norden endete die Stresemannstraße an der Mauer. Kirwow schlenderte darauf zu, wobei er sich immer nach dem Café umschaute, in dem Evelyn Hoffmann verschwunden war.

Beim Hotel Hervis überquerte er die Straße in der Nähe eines unbebauten Grundstücks, das aussah wie ein Bombentrichter. Das Grundstück war verwildert und unkrautüberwachsen. Kirwow kehrte um.

Kleine Läden säumten die Straße: Modellbau zum Beispiel, Küchler, spezialisiert auf Autoradios, dann die Pizzeria Selva, ein Friseur, das Café Wolf, flankiert von einem Tabakladen und einem Antiquariat.

Rechts und links vom Eingang hatte das Café zwei große Fenster mit Blumenkästen. Kirwow schaute hinein und konnte eine Bar mit Hockern, runde Tische und eine Musicbox erkennen. Eine Kellnerin in Sweatshirt und Jeans bediente ein Paar an einem der Tische. Weiter hinten saß noch ein Paar. Keine Spur von Evelyn Hoffmann.

Obwohl sie nicht wissen konnte, wer er war, beschloß Kirwow, nicht im Café nach ihr zu suchen. Er wollte auch nicht allzu lange vor dem Café herumlungern und riskieren, daß er entdeckt wurde. Direkt gegenüber dem Café befand sich die Bushaltestelle Askanischer Platz, rechts davon mündete die Bernberger Straße in die Stresemannstraße.

Kirwow überquerte die Straße und bezog an der Bushaltestelle Posten, das Café immer im Auge, damit er Evelyn Hoffmann auf keinen Fall verpaßte. Nach ein paar Minuten kam er sich dort aber zu auffällig vor und schlenderte zur Ecke Bernberger Straße. Dort blieb er stehen, rauchte eine Zigarre und streifte die Cafétür gelegentlich mit einem unauffälligen Blick.

Über eine halbe Stunde lang geschah überhaupt nichts. Bald würde es Abend werden. Kirwow ließ das Café nicht aus den Augen. Endlich ging eins der beiden Paare, gleich danach auch das zweite. Nervös wartete der Kustos auf Evelyn Hoffmann.

Ein junger Mann verließ das Café. Möglicherweise der Barmann. Dann erschien die Kellnerin, jetzt mit einem Pullover über dem Sweatshirt, und goß die Pflanzen in den Blumenkästen, ehe sie im Café verschwand. Kurz darauf kam sie wieder heraus und ging die Straße hinunter. Feierabend.

Aber keine Evelyn Hoffmann.

Kirwow kam sich vor wie ein Idiot. Es gab nicht die Spur eines Beweises dafür, daß Evelyn Hoffmann ihn auf eine brauchbare Spur führen konnte, außer daß sie offensichtlich eine Bekannte von Klara Fiebig war. Aber Klara Fiebig hatte behauptet, sie kenne das Bild nicht.

Es war inzwischen früher Abend. Das Café Wolf hatte geschlossen. Und doch war Evelyn Hoffmann nicht wieder herausgekommen.

Erstaunlich. Und unerklärlich.

Vielleicht hatte sie das Café durch einen Hintereingang verlassen, überlegte Kirwow. Oder das Café gehörte ihr. Oder sie war mit dem Besitzer verheiratet und wohnte mit ihm im selben Haus.

Alles nicht unmöglich, aber doch unwahrscheinlich. Was für einen Grund hätte sie denn gehabt, das Café unbemerkt zu verlassen? Und ihrer Kleidung, ihrem Auftreten nach war sie zu wohlhabend und zu kultiviert, als daß man sie mit einem kleinen, schäbigen Café hätte in Verbindung bringen können.

Trotzdem war sie hineingegangen und nicht wieder herausgekommen. Zweifellos ein Rätsel, das aufgeklärt werden mußte.

Langsam kehrte Kirwow zu seinem Wagen zurück. Ein letzter Blick zur anderen Straßenseite hinüber. Das Café war dunkel und wirkte unbelebt. Ob Evelyn Hoffmann nun drin war oder nicht.

Mit irgend jemand mußte der Kustos seine Beobachtungen teilen. Emily Ashcroft und Rex Foster waren die naheliegenden Kandidaten, denn sie ging es genausoviel an wie ihn. Er beschloß, sofort zum Kempinski zu fahren und sie um Rat zu fragen.

»Ich muß mit Ihnen reden«, sagte Kirwow.

Er hatte Emily, Foster und Tovah gerade noch rechtzeitig vor dem Hotel abgefangen.

»Dann kommen Sie doch einfach mit«, sagte Emily. »Wir gehen zum Abendessen. Ich muß morgen in aller Frühe zum Führerbunker hinaus. Oberstadt arbeitet heute mit einer Nachtschicht weiter, und ich möchte sehen, wie weit sie vorangekommen sind.«

Obwohl er sehr müde war, entschloß sich Kirwow zum Mitgehen. Emily hatte einen Tisch im Restaurant des Café Kranzler bestellt, wo sie durch Trennwände aus Holz gegen die Nachbartische abgeschirmt waren. Die Kellnerin kam; sie bestellten nach einem kurzen Blick auf die Karte. Dann fragte Foster: »Was haben Sie denn auf dem Herzen, Nikolaus?«

Kirwow zögerte kurz. »Vielleicht ist es für euch gar nicht so wichtig. Mir ist nur heute etwas Seltsames widerfahren, und ich habe gedacht, ich sollte es euch erzählen.«

Sie hörten aufmerksam zu, und als er über den Besuch bei Klara Fiebig berichtete, fragte Emily: »Glauben Sie, sie hat gelogen?«

»Ja«, antwortete Kirwow. »Zumindest war das mein Eindruck. Ich habe draußen gewartet, um zu sehen, ob sie aus dem Haus ging, um mit jemand Kontakt aufzunehmen und ihm von meinem Besuch zu berichten.«

»Hat sie das getan?« fragte Emily.

»Nein, aber jemand ist zu ihr gekommen.«

Kirwow erzählte von Evelyn Hoffmann, von ihrem Besuch in Mampes Gute Stube und schließlich ihrem Verschwinden im Café Wolf.

»Stundenlang habe ich darauf gewartet, daß sie wieder herauskommt«, schloß er, »aber sie hat sich nicht mehr blicken lassen. Das Café hat geschlossen, und trotzdem ist sie nicht mehr aufgetaucht. Das ist mir ein Rätsel.«

»Könnte sie dort nicht ein Zimmer haben?« fragte Tovah.

»Ich bezweifle, daß sie an einem solchen Ort wohnt«, sagte Kirwow. »Dazu hat sie zuviel Stil.«

»Haben Sie irgendeine andere Erklärung?« fragte Emily.

»Leider nicht. Ich hatte gehofft, einer von euch könnte mir vielleicht helfen, das Rätsel zu lösen.«

Emily zuckte hilflos die Schultern. »Ich bin jedenfalls ratlos. Das Ganze kommt mir vor wie *Alice im Wunderland.* Die Stelle, an der sie in das Kaninchenloch fällt.«

Foster fragte: »Das Café Wolf ist also in der Nähe der Mauer?«

»Stresemannstraße. Sie endet direkt an der Mauer.«

»Und auf der anderen Seite ist gleich der Führerbunker«, sagte Foster.

»Vielleicht ist das alles nur eine fixe Idee von mir. Meinen Sie, es lohnt sich, Evelyn Hoffmann weiter auf der Spur zu bleiben?«

»Es könnte reine Zeitverschwendung sein«, sagte Foster. »Und Zeit haben wir am allerwenigsten. Lassen Sie uns eine Nacht darüber schlafen.«

Emily nickte.

Emily und Foster bereiteten sich in ihrer Suite auf das Zubettgehen vor, als das Telefon klingelte. Emily ging hin. Kirwow war am Apparat.

»Ich bin gerade in mein Zimmer zurückgekommen«, sagte er. »Stellen Sie sich vor –«

»Was ist passiert, Nikolaus?« wollte Emily wissen.

»Das Bild. Das Bild von Hitler ist weg. Es muß gestohlen worden sein!«

»Gestohlen?« fragte Emily. »Wo hatten Sie es denn aufbewahrt?«

»Im Kofferraum meines Wagens. Ich habe mir einen Opel gemietet. Aber bevor ich mit euch zum Essen gegangen bin, habe ich die Türen und den Kofferraum abgeschlossen.«

»Wo haben Sie den Wagen geparkt?«

»Auf der Straße. Nach dem Essen bin ich damit zurück zum Palasthotel gefahren. Als ich das Bild aus dem Kofferraum holen wollte, war es fort. Gestohlen.«

»Aber wer außer uns hat denn von dem Gemälde gewußt? Nur die Galerie und diese junge Frau, Klara Fiebig.«

»Sonst niemand, glaube ich –«

»Moment, doch noch jemand«, unterbrach Emily ihn. »Evelyn Hoffmann. Nach allem, was Sie sagen, könnte sie auch davon gewußt haben.«

»Stimmt«, gab Kirwow zu. »Möglich wäre es.«

»Sie haben uns doch vorhin gefragt, ob es sich lohne, Evelyn Hoffmann weiter auf der Spur zu bleiben«, sagte Emily. »Wir meinten, es wäre vielleicht Zeitverschwendung. Jetzt bin ich anderer Meinung. Ich glaube, es könnte sich lohnen.« Sie überlegte. »Nikolaus, machen Sie weiter, nachdem Sie schon so weit gekommen sind. Warum beziehen Sie nicht gleich morgen in aller Frühe wieder Posten vor dem Café und überprüfen, ob sie wieder auftaucht?« Sie zögerte einen Moment, dann fügte sie hinzu: »Rex hat ja die Erlaubnis, an der Ausgrabung teilzunehmen...« Sie wandte sich an Foster. »Rex, könntest du morgen an meiner Stelle zum Führerbunker fahren?«

»Aber ja«, antwortete Rex. »Und du?«

»Ich leiste Nikolaus in der Stresemannstraße Gesellschaft. Ich möchte mir diese Evelyn Hoffmann mal ansehen. Vorausgesetzt, sie taucht wieder auf. Aber daran zweifle ich eigentlich nicht. Vielleicht bringt uns das dann endlich einen Schritt weiter.«

10

Als der Tag anfing, waren sie zu dritt in der Stresemannstraße, und als er zu Ende ging, war nur noch einer von ihnen da.

Sie hatten herausbekommen, daß das Café Wolf um neun Uhr öffnete, und so fanden sie sich kurz vorher dort ein, Kirwow am Steuer des gemieteten Opel, Emily neben ihm und Tovah auf dem Rücksitz. Es war ein sonniger Morgen, und sie fanden gleich einen Parkplatz schräg gegenüber dem Café auf der anderen Straßenseite.

Wenig später näherten sich zwei Personen, in denen Kirwow den Barmann und die Kellnerin erkannte, der Cafétür. Die Kellnerin schloß auf; sie gingen hinein. »Die Angestellten«, erklärte Kirwow.

Emily blickte zum Eingang des Cafés hinüber. »Sie sind der einzige, der Evelyn Hoffmann je gesehen hat. Weder Tovah noch ich wissen, wie sie aussieht. Wir sind also ganz auf Sie angewiesen, Nikolaus.«

»Sie können mir vertrauen«, antwortete Kirwow. »Ich passe schon auf. Für mich ist die Sache genauso wichtig wie für Sie.« Er drehte das Autoradio an. Leise Musik erklang. Dann konzentrierte er seine ganze Aufmerksamkeit auf den Eingang zum Café.

Anderthalb Stunden vergingen, und Kirwow sah niemanden, der Evelyn Hoffmann ähnelte, aus dem Café kommen. Vier Gäste waren im Café ein und aus gegangen. Noch eine halbe Stunde verstrich, und Emily machte sich allmählich Sorgen um das Fortschreiten der Ausgrabungen; dennoch widerstrebte es ihr, Kirwow und Tovah allein zu lassen.

»Ich will diese Evelyn Hoffmann sehen«, stellte sie entschlossen fest. Sie machte die Handtasche auf, um frischen Lippenstift aufzulegen.

Plötzlich sagte Kirwow: »Sie wollen Evelyn Hoffmann sehen? Da kommt sie.«

Emily fuhr hoch und lehnte sich gegen den Kustos, um aus dem Fenster zu starren. Auch Tovah blickte zur anderen Straßenseite hinüber.

Sie konnten die alte Dame alle deutlich sehen, wie sie da mit rüstigem Schritt auf den Askanischen Platz zuging. Sie hatte braunes Haar, war etwa einen Meter fünfundsiebzig groß und hielt sich sehr gerade.

»Evelyn Hoffmann«, flüsterte Kirwow. »Ich möchte wetten, sie geht zur Bushaltestelle.« Die alte Dame war aus ihrem Gesichtsfeld verschwunden, und der Kustos öffnete rasch die Wagentür und stieg aus. »Ich sehe mal nach.«

Er schlenderte ebenfalls auf den Askanischen Platz zu, wobei er gelegentlich einen Blick nach rechts warf und sich schließlich umständlich eine Zigarre anzündete. Ein gelber Doppeldeckerbus näherte sich der Haltestelle. Kirwow wartete, bis sich die Türen des Busses geschlossen hatten, dann trat er die eben angezündete Zigarre aus, lief zum Wagen zurück und ließ ihn an. »Sie ist in den Bus gestiegen«, erklärte er. »Wir hängen uns hinten dran.«

Sie fuhren dieselbe Strecke wie gestern nachmittag, als er den Bus mit der Nummer 29 in umgekehrter Richtung verfolgt hatte. Als sie den Kurfürstendamm erreichten, fiel Kirwow etwas zurück, damit andere Autos zwischen den Opel und den Bus einscheren konnten.

Nach einer kurzen Fahrt über die belebte Hauptstraße sagte der Kustos: »An der nächsten Ecke steigt sie wahrscheinlich aus.«

Er drosselte das Tempo und blieb in zweiter Reihe stehen. Mit zusammengekniffenen Augen blickte er zu dem Bus hinüber. Als er hielt, stiegen etwa ein Dutzend Fahrgäste aus. Darunter Evelyn Hoffmann.

Fasziniert blickten Emily und Tovah der alten Dame nach.

Kirwow gab Gas. »Sie geht jetzt direkt in die Knesebeckstraße«, prophezeite er. »Da geht sie dann in das Haus, in dem die Fiebigs wohnen, im dritten Stock. Am besten suchen wir uns einen Parkplatz und kriegen raus, ob ich recht habe.«

Er fand einen Parkplatz in der Nähe des Steinplatzes, stürmte aus dem Wagen und rannte zur Ecke Knesebeckstraße, um nachzuschauen. »Ich hatte recht! Gerade ist sie hineingegangen«, sagte er, als Emily und Tovah ihn einholten. »Wartet hier, ich will nur ganz sichergehen.«

Nach nicht einmal fünf Minuten war er wieder da, ein zufriedenes Grinsen im Gesicht. »Dasselbe Gebäude, dieselbe Wohnung. Sie besucht Klara Fiebig.«

»Ich frage mich, was sich da abspielt«, sagte Emily.

»Das kriegen wir schon noch raus«, meinte Kirwow zuversichtlich. »Wir brauchen bloß abzuwarten. Wenn alles so läuft wie gestern, taucht sie bald wieder auf. Dann tun wir so, als gehörten wir nicht zueinander, und schauen uns die Schaufenster an. Sobald sie auf dem Ku'damm ist, folgen wir ihr in sicherem Abstand.«

»Wissen Sie denn, wohin sie will?« fragte Tovah.

»Ich habe eine Vermutung«, sagte Kirwow. »Aber sicher bin ich nicht. Warten wir's ab.«

Sie mußten sich fast vierzig Minuten gedulden, und nur ihre Erwartung hielt sie bei Laune.

»Da ist sie«, sagte der Kustos plötzlich. »Es ist besser, wenn wir uns jetzt trennen. Gebt ihr drei Häuser Vorsprung, dann hängt euch dran.«

Die beiden Frauen gingen rasch ein paar Schritte, jede in eine andere Richtung, während Kirwow sich mit dem Rücken zur Straße vor dem Schaufenster eines Fotogeschäfts aufbaute. Emily und Tovah blieben in einiger Entfernung voneinander vor den Auslagen einer französischen Boutique stehen.

Kirwow behielt die Ecke im Auge. Als Evelyn Hoffmann erschien, eilte sie direkt den Kurfürstendamm hinauf, ohne einen Blick in irgendwelche Schaufenster zu werfen. Zweifellos hatte sie ein Ziel vor Augen. Kaum war sie im Strom der Fußgänger untergetaucht, nickte Kirwow Emily und Tovah zu. Sie schlossen rasch zu ihm auf.

»Ich kann sie noch erkennen«, sagte er. »Los.«

Mit großen Schritten folgten sie der alten Dame, drängten sich durch Passantengruppen und umgingen Vitrinen, immer darauf bedacht, den Sichtkontakt nicht abreißen zu lassen.

An einer Ampel blieb Evelyn Hoffmann stehen, ehe sie bei Grün die Straße überquerte.

»Ich glaube, jetzt weiß ich, wo sie hin will«, sagte Kirwow. Er deutete auf ein Lokal, über dessen Eingang Mampes Gute Stube stand. »Dasselbe Restaurant, zu dem ich ihr gestern auch gefolgt bin. Mal sehen, ob sie hineingeht.«

Sie warteten gespannt.

Evelyn Hoffmann betrat Mampes Gute Stube.

»Was tun wir jetzt?« wollte Tovah wissen.

»Wir bleiben in der Nähe«, sagte Kirwow. »Sie trifft sich dort wahrscheinlich wieder mit dem Riesen, mit dem ich sie gestern gesehen habe. Ich frage mich, wer das ist.«

»Das kriegen wir leicht raus«, meinte Tovah. »Wenn sie sich beim Verlassen des Lokals wieder trennen, geht ihr beide hinter ihr her, und ich hänge mich an ihn.«

»Gute Idee«, sagte Kirwow.

»Wie lange wollen wir hier warten?« fragte Emily.

»Wenn es wieder so läuft wie gestern, müssen sie in einer halben Stunde herauskommen.«

»Dann können wir uns ja etwas Ruhe gönnen«, meinte Emily und blickte zu einem kleinen Café hinüber, das ein halbes Dutzend Tische samt Stühlen auf den Gehweg hinausgestellt hatte. »Ich bin hungrig. Wir könnten etwas essen, während wir den Eingang im Auge behalten.«

Sie bestellten Käsekuchen und Kaffee. Als sie sich gestärkt und bezahlt hatten, war eine halbe Stunde vergangen. Fünf Minuten später griff Emily aufgeregt nach Kirwows Arm. »Nikolaus, da ist sie, mit einem Mann, wahrscheinlich mit dem Riesen von dem Sie gesprochen haben. Können Sie die beiden sehen?«

Der Kustos reckte sich, damit er über den Verkehrsstrom hinwegblicken konnte. Er nickte. »Ja, das sind sie. Evelyn Hoffmann und ihr Freund Wolfgang.« Er stand auf. »Ich nehme an, daß sie sich jetzt trennen werden. Tovah, Sie folgen ihm. Wir treffen uns dann im Kempinski. Emily, vermutlich wird sie den Ku'damm überqueren und zu der Bushaltestelle an der nächsten Kreuzung gehen. Das hoffe ich jedenfalls. Sie folgen ihr, in der Zwischenzeit hole ich den Wagen. Ich fahre Ihnen nach, und dann können Sie mir sagen, ob sie in den Bus gestiegen ist.«

Evelyn Hoffmann und ihr Freund standen vor dem Lokal und wechselten noch ein paar Worte. Dann gaben sie sich die Hand und gingen in entgegengesetzter Richtung davon.

»Gut«, sagte Kirwow, »ihr wißt, was ihr zu tun habt.«

Er lief zum Wagen.

Kurz darauf rollte er den Ku'damm entlang und

hielt nach Emily Ausschau. Sie stand auf dem Trottoir und winkte ihm zu. Er fuhr an den Randstein und machte den Schlag auf. Emily ließ sich auf den Beifahrersitz fallen und sagte: »Sie hatten recht, sie ist in den Bus gestiegen. Da vorn, der gelbe.«

»Bestens«, sagte Kirwow und fädelte sich in den Verkehr ein. Es war dieselbe Route wie gestern.

Eine Viertelstunde später stieg Evelyn Hoffmann aus dem Bus, überquerte die Stresemannstraße und betrat das Café Wolf.

»Da wären wir wieder«, sagte Emily, als Kirwow den Wagen in eine Parklücke manövrierte, von der aus sie das Café im Auge behalten konnten. Sie runzelte die Stirn. »Und jetzt?«

»Wir warten«, sagte der Kustos. »Wir bleiben einfach hier sitzen und warten ab, ob sie diesmal herauskommt.«

»Und wenn nicht? Was machen wir dann?«

»Ich weiß es nicht.«

»Aber ich«, sagte Emily geheimnistuerisch.

Eine Stunde verstrich.

Als auch die zweite Stunde vergangen war, ohne daß etwas geschah, wurde Emily unruhig. »Wann macht das verdammte Lokal denn endlich zu?«

»In einer knappen Stunde.«

»Das ist doch Zeitverschwendung«, sagte Emily ungeduldig. Sie legte die Hand auf den Türgriff. »Wenn sie nicht herauskommt, dann gehe ich eben hinein.«

Sie öffnete die Tür, doch Kirwow hielt sie am Ellbogen fest. »Warten Sie. Sie können da nicht hineingehen.«

»Warum nicht?« wollte Emily wissen. »Es ist ein öffentliches Café. Ich bin die Öffentlichkeit, und ich möchte einen Kaffee trinken. Außerdem möchte ich feststellen, ob Evelyn Hoffmann noch drin ist.«

»Tun Sie das nicht, Emily. Das ist gefährlich.«

»Unsinn.« Sie stieg aus.

»Emily, was Ihrem Vater zugestoßen ist, war kein Unsinn. Vielleicht gehört sie zu den Neonazis. Bitte, denken Sie doch an Ihren Vater.«

Daß er von ihrem Vater sprach, brachte Emily dazu, sich umzudrehen. Sie sah Kirwows besorgtes Gesicht und beugte sich zu ihm hinunter. »Ich denke dauernd an meinen Vater«, sagte sie ruhig. »Eben deshalb will ich dorthin.«

»Dann komme ich mit.«

»Nein, Nikolaus. Sie bleiben hier. Wahrscheinlich ist da drin ja gar nichts faul, wahrscheinlich läßt sich alles ganz normal erklären, und wir können diese sinnlose Jagd abblasen. Wenn aber doch was faul sein sollte, dann bin ich wieder hier draußen bei Ihnen, bevor der Laden dichtmacht. Und wenn ich nicht zurückkomme, dann wissen Sie, was Sie zu tun haben. Sie sagen Rex Foster Bescheid, damit er die Polizei benachrichtigt.«

»Mir wäre es lieber, wenn Sie nicht hineingingen«, sagte Kirwow eindringlich.

»Ich muß«, sagte Emily. Sie drehte sich um und ging auf das Café Wolf zu. Wie hypnotisiert sah Kirwow zu, wie sie die Straße überquerte, einen Moment die neben der Tür ausgehängte Speisenkarte musterte und schließlich im Dunkel des Cafés verschwand.

In der Tür blieb Emily einen Augenblick lang stehen und nahm das Café in Augenschein, das sich in nichts von zahllosen anderen Lokalen unterschied. Zu ihrer Linken befanden sich ein Tresen mit einer Reihe brauner Barhocker davor, eine Wendeltreppe, eine Telefonzelle und eine Topfpflanze. Zu ihrer Rechten stand eine Handvoll runder Tische. An einem saßen zwei in ein Gespräch vertiefte Frauen. Hinter dem Tresen lehnte eine junge Kellnerin in Sweatshirt und Nappalederhose, ein Handtuch über dem Arm, und quittierte irgend etwas, das der Barmann ihr erzählte, mit einem Lachen.

Als die Kellnerin Emily erblickte, kam sie hinter der Theke hervor.

»Ich möchte etwas essen«, sagte Emily.

Die Kellnerin blickte sie bedauernd an. »Leider hat die Küche schon zu. Wir schließen nämlich in einer halben Stunde. Vielleicht kann ich noch einen Teller Bohnensuppe oder Würstchen –«

»Nein danke«, sagte Emily schnell.

»Und wie wär's mit einem Bier? Oder einem Kaffee?«

»Ein Bier, ja. Egal, was für eins.«

Während die Kellnerin zum Tresen ging, schaute Emily sich noch einmal um. Die beiden Frauen am Nachbartisch standen auf. Beide hatten Übergewicht und waren billig angezogen. Sie hatten nicht die geringste Ähnlichkeit mit Evelyn Hoffmann.

Es gab nur zwei Ausgänge, abgesehen von der Tür zur Straße. Einmal die Wendeltreppe, die möglicherweise zu einer Wohnung oder einem Büro führte, zum anderen die Tür zur Küche. Eine Schwingtür, neben der eine Durchreiche angebracht war.

Die Kellnerin brachte das Bier und den Kassenbon.

Emily trank einen großen Schluck und sah zu, wie die Bedienung die Salz- und Pfefferfäßchen einsammelte, um sie aufzufüllen. Sie verschwand damit in der Küche. Gleich darauf verließ auch der Barmann den Raum. Emily war allein. Sie überlegte, was sie tun konnte, um sich Gewißheit zu verschaffen, und beschloß, mit der Wendeltreppe anzufangen.

Rasch stand sie auf. Als sie den Fuß auf die erste Stufe setzte, fielen ihr zwei Schilder an der Wand auf. Auf dem ersten stand *Achtung, Stufen!*, auf dem zweiten *Toiletten.* Um ganz sicherzugehen, stieg Emily leise die Treppe hinauf. Vom oberen Absatz gingen zwei Türen ab. Die Toiletten. Emily machte die Tür zur Damentoilette auf. Ein kleiner Vorraum mit einem Waschbecken und zwei Kabinen, beide einzusehen und unbesetzt. Nach kurzem Zögern probierte Emily auch die Tür zur Männertoilette aus. Ein Klo, ein Urinierbecken und ein Waschbecken, sonst nichts.

Enttäuscht stieg Emily die Treppe wieder hinunter. Die Kellnerin war noch nicht wieder da. Emily setzte sich, trank einen Schluck Bier und überlegte, was sie noch tun konnte.

Kurz darauf kam die Kellnerin zurück. »Entschuldigen Sie, wir schließen in fünf Minuten. Dürfte ich bitte kassieren?«

»Natürlich«, sagte Emily. Sie holte drei Mark aus der Geldbörse und gab sie der Kellnerin. Einen Moment lang erwog sie, Evelyn Hoffmann zu beschreiben und die Kellnerin zu fragen, ob sie sie gesehen habe, doch bevor sie sich darüber schlüssig wurde, war die junge Frau schon wieder auf dem Weg zur Küche.

Mit einem Seufzer stand Emily auf.

In der Schwingtür drehte sich die Kellnerin noch einmal nach Emily um und sagte: »Auf Wiedersehen.«

Dann verschwand sie in der Küche.

Am Eingang zögerte Emily und warf einen Blick zurück. Die Küche blieb die einzige Möglichkeit, die sie noch nicht überprüft hatte.

Warum eigentlich nicht? Sie konnte ja mal nachsehen, ob es dort einen Hinterausgang gab.

Emily ging durch den Schankraum und stieß kurz entschlossen die Schwingtür auf. Eine weißgekachelte Küche mit einer Edelstahlspüle, einem hölzernen Hackklotz, einem Profi-Herd, einem großen Kühlschrank und einer Reihe von Geschirrschränken.

Emily blickte sich um. Keine Spur von der Kellnerin. Aber direkt gegenüber zweigte ein Flur ab. Emily ging darauf zu.

Plötzlich tauchte aus dem Halbdunkel des Ganges ein großer, muskelbepackter junger Mann mit blondem Haar auf, offensichtlich der Koch, denn er trug eine weiße Schürze und eine Kochmütze.

Überrascht blieb Emily stehen, als wäre sie gegen eine Wand gerannt.

»Dürfte ich bitte Ihren Ausweis sehen, Fräulein«, sagte der Koch freundlich.

»Meinen was?«

»Ihren Ausweis. Ich muß ihn mir anschauen.«

»Ich weiß nicht, ob ich –«, stammelte Emily.

Doch der junge Mann unterbrach sie, jetzt mit einem scharfen Unterton in der Stimme. »Wer sind Sie?«

»Ich – wieso, ich bin ein Gast – ich wollte nur – aber nein, ich glaube, ich gehe jetzt doch lieber gleich.«

»Das glaube ich nicht.« Der junge Mann hatte unter seine Schürze gelangt und hielt unvermittelt eine ausgesprochen professionell wirkende 7.65 Mauser Automatic in der Hand. »Sie kommen mit.« Er wedelte drohend mit der Waffe. »Gehen Sie vor mir her, aber ein bißchen plötzlich!«

Mit wild klopfendem Herzen zwängte Emily sich an ihm vorbei in den furchterregenden Korridor.

Das Café Wolf hatte längst Feierabend.

Aber weit und breit keine Emily Ashcroft.

Erst keine Evelyn Hoffmann. Und dann keine Emily mehr.

Nikolaus Kirwow stand in der hereinbrechenden Dämmerung auf dem Askanischen Platz und blickte zu dem verdunkelten Café auf der anderen Straßenseite hinüber. Er versuchte sich vorzustellen, was passiert sein konnte, hatte aber nicht die leiseste Ahnung. Er wußte nur, daß etwas Schlimmes geschehen war, und daß sofort etwas unternommen werden mußte.

Sein erster Impuls war, die Vordertür aufzubrechen, Emily, falls möglich, herauszuholen und das Rätsel ein für allemal zu lösen.

Doch die Vernunft hielt ihn davon ab. Wenn er dort hineinging und ebenfalls verschwand, hatte keiner von den anderen die leiseste Ahnung, was mit Emily und ihm geschehen war. Hier draußen, in Sicherheit, stellte er dagegen Emilys Kontakt zur Außenwelt dar, den einzigen Zeugen, der in der Lage war, Hilfe zu holen. *Wenn aber doch was faul sein sollte, dann bin ich wieder hier draußen bei Ihnen, bevor der Laden dichtmacht. Und wenn ich nicht zurückkomme, dann wissen Sie, was Sie zu tun haben. Sie sagen Rex Foster Bescheid, damit er die Polizei benachrichtigt.*

Emily hatte recht gehabt. Dazu gab es keine vernünftige Alternative.

Kirwow eilte zu seinem Wagen, startete und raste zurück zum Hotel.

Als er wieder in der helleren, normaleren Welt des Kempinski eintraf, überließ er seinen Wagen dem Portier und stürmte in das Foyer.

Als er die Rezeption ansteuerte, um sich mit Foster in Verbindung zu setzen, sah er eine junge blonde Frau zur Bar hinübergehen.

»Tovah!« rief er und lief ihr nach. Sie blieb stehen und hob grüßend die Hand. »Hallo, Nikolaus!«

»Tovah, es ist etwas Schreckliches passiert. Wo ist Rex? Wir müssen sofort zur Polizei!«

Sie schaute ihm kurz in das entsetzte Gesicht, dann griff sie nach seinem Arm. »Ich wollte mich gerade mit jemand treffen, der – der die Polizei kennt. Kommen Sie mit, Sie können uns beiden erzählen, was vorgefallen ist.«

Kirwow sträubte sich. »Tovah, es geht um Leben und Tod. Jeder Augenblick zählt.«

»Bitte, Nikolaus«, beharrte sie. »Kommen Sie mit.«

Widerstrebend gab er nach und begleitete sie durch das Foyer in die luxuriöse Bar, die bis auf den bärtigen Pianisten am Flügel leer zu sein schien. Dann bemerkte er einen Mann, der sich aus der Sitzgruppe in einer dunklen Ecke erhob.

Tovah führte den Kustos zu dem wartenden Mann, der noch größer als Kirwow war und dessen sonnengebräuntes, ebenmäßiges Gesicht an einen Filmstar oder einen Sportler denken ließ.

Tovah sagte: »Nikolaus, ich möchte Ihnen Chaim Golding, einen Berliner Freund, vorstellen.« Zu Golding sagte sie: »Das ist Nikolaus Kirwow aus Leningrad. Ich habe Ihnen von ihm erzählt. Auch ein Hitler-Jäger.«

Golding streckte die Hand aus, aber Kirwow ergriff sie nur flüchtig und wandte sich gleich wieder Tovah zu. »Hören Sie, ich habe jetzt keine Zeit für eine gesellige Runde. Ein andermal vielleicht. Im Moment ist die Lage brenzlig. Emily ist verschwunden. Ich weiß nicht, was da vorgefallen ist. Jedenfalls muß ich sofort mit Rex sprechen und dann mit der Polizei. Ich erkläre Ihnen alles, wenn wir unter uns sind.« Er streifte Golding mit einem gleichermaßen nervösen wie entschuldigungsheischenden Blick. »Es handelt sich um eine persönliche Angelegenheit. Ich muß gehen.«

Tovah griff neuerlich nach seinem Arm. »Zur Polizei? Nein. Setzen Sie sich lieber. Mr. Golding kann Ihnen einiges über die Polizei erzählen.«

»Aber –«

»Setzen Sie sich!« forderte Tovah ihn mit einer Autorität auf, die ihm an ihr völlig fremd war. »Sie brauchen vor Chaim Golding keine Geheimnisse zu haben.« Sie schaute Golding fragend an, und er nickte. Tovah fuhr fort: »Wenn wir in Schwierigkeiten stekken, kann er uns nämlich nützlicher sein als die Berliner Polizei.« Etwas leiser fügte sie hinzu: »Nikolaus, Chaim gehört zur Mossad und ich ebenfalls.«

Kirwow ließ keinen Zweifel an seiner Verwirrung. »Mossad?«

»Ja, wir sind vom israelischen Geheimdienst«, sagte Tovah. »Ich bin zwar auch Journalistin, das ist richtig, aber in erster Linie als Tarnung für meine Geheimdiensttätigkeit. Chaim Golding ist mein direkter Vorgesetzter, der Leiter des Berliner Büros.«

Kirwow ließ sich in einen der Sessel sinken. »Aber trotzdem, die Polizei –«

»Vergessen Sie die Polizei«, sagte Tovah und setzte sich, während Golding ihnen gegenüber Platz nahm. »Die Mossad ist weit mächtiger und vertrauenswürdiger als die Berliner Polizei. Erzählen Sie uns jetzt, was mit Emily geschehen ist.«

Neuerlich regte sich Widerstand in Kirwow. »Ich bin nicht sicher, ob wir jetzt Zeit haben für –«

»Soviel Zeit muß sein«, unterbrach Tovah ihn. »Bevor man handelt, muß man reden. Wir haben keine andere Wahl. Sagen Sie uns, wann Sie Emily zum letztenmal gesehen haben.«

Hastig beschrieb der Kustos, was sich seit ihrer Trennung auf dem Ku'damm zugetragen hatte. »Ich bin sofort hierher gerast, um Rex zu informieren und zur Polizei zu gehen, damit sie in das Café eindringt und der Sache nachgeht.«

»Die Polizei wird weder in das Café eindringen noch der Sache nachgehen«, sagte Tovah schlicht. »Wir dürfen sie auf keinen Fall informieren.«

Jetzt verstand Kirwow überhaupt nichts mehr. »Was soll das heißen?«

Tovah beugte sich vor. »Während Sie und Emily Evelyn Hoffmann verfolgt haben, bin ich ihrem Freund Wolfgang nachgegangen.«

»Ja?«

»Ich bin ihm zu einem vierstöckigen Gebäude am Platz der Luftbrücke gefolgt«, sagte Tovah. »Das ist das Polizeipräsidium. Verstehen Sie, Nikolaus?«

Kirwow schüttelte sprachlos den Kopf.

»Ich fand schnell heraus, daß der Mann, dem ich folgte, kein anderer als Wolfgang Schmidt war, der Polizeipräsident persönlich. Haben Sie mich verstanden? Der Berliner Polizeipräsident steckt unter einer Decke mit Evelyn Hoffmann, derselben Frau, die Klara Fiebig zur Hilfe gerufen hat, als es um das Hitler-Gemälde ging. Sehr verdächtig. Für mich als Journalistin war es kein Problem, mir bei der Pressestelle Informationen über Schmidt zu holen. Sie haben mir ein makelloses Charakterbild des Präsidenten verpaßt. Ich bin damit sofort zu Chaim Golding gegangen.«

Golding beugte sich im Sessel vor und wandte sich Kirwow zu, mit leiser Stimme: »Schmidt hat es vor allem seiner weißen Weste zu verdanken, daß er nach dem Krieg zur Berliner Polizei gehen und so schnell Karriere machen konnte. Er konnte beweisen, daß er ein erklärter Gegner Hitlers und maßgeblich an dem Attentat des Grafen Stauffenberg auf Hitler beteiligt war. Sie haben doch von Stauffenberg und vom zwanzigsten Juli gehört, oder?«

»Ich habe mal was darüber gelesen«, sagte Kirwow.

»Dann will ich Ihr Gedächtnis etwas auffrischen. Oberst Graf Stauffenberg war Stabschef des Oberbefehlshabers des Heimatheeres. Insgeheim war er stets gegen Hitler, denn er konnte nicht gutheißen, wie der Führer seine Machtbefugnisse mißbrauchte. Er und einige andere, noch ranghöhere Offiziere waren entschlossen, Hitler durch ein Attentat zu beseitigen. Sechs Versuche schlugen fehl oder wurden rechtzeitig vereitelt. Als schließlich auch der Rußlandfeldzug noch zu einem einzigen Fiasko wurde, beschloß Stauffenberg, ein für allemal Schluß zu machen mit Hitler. Als er nach Ostpreußen beordert wurde, um sich dort mit dem Führer und zwei Dutzend anderer Nazigrößen im Führerhauptquartier Wolfsschanze bei Rastenburg zu einer Lagebesprechung zu treffen, verstaute er zwei Zeitbomben von jeweils zwei Pfund in seinem Aktenkoffer. Er nahm an der Konferenz teil und deponierte die Tasche, allerdings nur mit einer Bombe, neben dem Sockel des Kartentisches. Als es nur noch sieben Minuten bis zur Explosion der Bombe waren, entschuldigte sich Stauffenberg, um telefonieren zu gehen. In seiner Abwesenheit stieß Oberst Heinz Brandt mit dem Fuß gegen die Tasche und rückte sie weg, weil sie ihn störte – weiter fort auch von Hitler. Dann explodierte die Bombe und verwüstete den ganzen Raum. Vier Leute wurden getötet, doch Hitler erlitt nur leichte Verletzungen und Verbrennungen vierten Grades. Inzwischen kehrte Stauffenberg nach Berlin zurück, fest überzeugt, daß der Führer tot sei. Er und seine Mitverschwörer gaben Befehle für die Regierungsübernahme aus. Natürlich hat Hitler mit ihm und seinen Freunden abgerechnet. Tausende Verdächtige wurden festgenommen, eine Vielzahl hingerichtet. Stauffenberg wurde erschossen. Andere wurden mit Klaviersaiten erdrosselt und im Gefängnis Plötzensee an Fleischerhaken aufgehängt. Einigen ist es gelungen, mit dem Leben davonzukommen, darunter Wolfgang Schmidt. Er konnte später Papiere vorweisen, von Stauffenberg unterzeichnet, in denen ihm für seine Rolle bei der Verschwörung gegen Hitler ausdrücklich gedankt wurde. Mit diesen Papieren ist Schmidt bei der Berliner Polizei mit offenen Armen empfangen worden und im Lauf der Zeit bis nach ganz oben aufgestiegen. Alles schön und gut –«

»Klingt eindrucksvoll«, mußte Kirwow zugeben.

»– bis auf einen Punkt«, sagte Golding. »Diese Papiere waren eine Fälschung.«

»Gefälscht?«

»Wolfgang Schmidt war ein hundertprozentiger Nazi, und genau das ist er auch heute noch. Er gehörte zur SS, zu den schärfsten Wachtposten auf dem Berghof Hitlers bei Berchtesgaden. Hitler hat ihn sogar zur persönlichen Leibwache von Eva Braun ernannt. Als das Ende nahe war, ließ Hitler einige der bei Graf Stauffenberg konfiszierten Papiere frisieren und schenkte sie Schmidt zum Abschied. Und jetzt ist dieser eingefleischte Nazi der Polizeipräsident von Berlin.«

»Aber wenn Sie all das wissen –«

»Warum wir dann damit nicht an die Öffentlichkeit gehen? Weil wir all das erst in Erfahrung gebracht haben, als Tovah uns zu ihm geführt hat. Sie sehen also, Mr. Kirwow, auf die Berliner Polizei können wir nicht zurückgreifen. Jeder Versuch, Miss Ashcroft aus dem Café herauszuholen, würde automatisch über Schmidt laufen. Und ich versichere Ihnen, Schmidt würde ganz bestimmt einen Vorwand finden, die Polizei herauszuhalten. Noch schlimmer, er wäre ab sofort eine Bedrohung für Sie alle. Verstehen Sie jetzt, Mr. Kirwow?«

Kirwow war erschüttert. »Ich – ja, ich verstehe. Aber...?«

»Irgend etwas müssen wir für Miss Ashcroft tun, das ist klar. Je eher wir sie finden, desto besser. Aber dabei können wir uns nur auf uns selbst verlassen, auf Sie, Tovah, Rex Foster und die Agenten der Mossad. Offiziell gibt es uns hier gar nicht, in Wirklichkeit aber haben wir ein gut ausgebautes Netz in Berlin. Wir werden das Café Wolf sofort einkreisen und unter Beobachtung stellen.«

»Aber was können wir anderen tun?« fragte Kirwow.

»Sie und Tovah müssen sich sofort mit Mr. Foster beraten. Tovah hat ihn erst vor kurzem gesehen. Vielleicht hat er ein paar nützliche Vorschläge. Wenn ja, wird Tovah uns davon in Kenntnis setzen. Falls nicht, werden wir uns selbst etwas einfallen lassen. Natürlich wird das Ganze nicht leicht sein. Vergessen Sie nicht, die haben den Polizeipräsidenten von Berlin auf ihrer Seite. Am besten gehen Sie jetzt gleich zu Mr. Foster. Ich hoffe, wir kommen noch rechtzeitig – um Miss Ashcroft vor dem Schlimmsten zu bewahren.«

Alle drei standen auf.

»Ach, noch etwas am Rande, Mr. Kirwow«, sagte Golding, »was vielleicht ein Schlaglicht wirft auf dieses Café Wolf. Wissen Sie, wo Eva Braun Hitler zum erstenmal begegnet ist? In einem Fotogeschäft, und dort hat Hitler sich als Herr Wolf vorgestellt. Ja genau, Herr Wolf. Leben Sie wohl, und Gott sei mit Ihnen beiden.«

Nachdem er sich von den Fortschritten bei der Ausgrabung am Führerbunker überzeugt hatte – Andreas Oberstadt rechnete damit, daß seine Nachtschicht am frühen Abend auf den Notausgang stoßen würde –, war Rex Foster ins Hotel zurückgekehrt, um dort auf Emily zu warten. Über die Grundrißskizze des Führerbunkers gebeugt, saß er am Wohnzimmertisch, setzte sich mit bestimmten Einzelheiten der Zeichnung auseinander und gelangte allmählich zu völlig neuen Erkenntnissen. Er telefonierte kurz mit Zeidler, um sich Gewißheit zu verschaffen, und als es an der Tür klingelte, öffnete er voll freudiger Erwartung. Er mußte Emily unbedingt erzählen, was ihm durch den Kopf ging, und dann würden sie zusammen noch einmal nach Ost-Berlin fahren. Als er Tovah und Kirwow auf dem Gang stehen sah, gelang es ihm schlecht, seine Enttäuschung zu verbergen. »Oh, hallo«, sagte er. »Ich hatte eigentlich mit Emily gerechnet –«

»Wir sind hier, um mit Ihnen über Emily zu sprechen«, antwortete der Kustos.

Foster bat sie herein. Sie nahmen auf dem Sofa Platz. Er sah ihre ernsten Mienen und war sofort alarmiert. »Was ist los?« fragte er. »Stimmt mit Emily irgend etwas nicht?«

»Wir sind nicht sicher«, entgegnete Kirwow. »Lassen Sie mich erklären...«

Als der Kustos geendet hatte, war Foster blaß. »Warum haben Sie nicht versucht, sie dort herauszuholen, Nikolaus?«

»Ich habe es ernsthaft in Erwägung gezogen«, entgegnete Kirwow. »Aber falls ich auch nicht wieder herausgekommen wäre, hätte niemand gewußt, was uns zugestoßen ist. Bevor sie hineinging –«

»Was völlig hirnrissig von ihr war«, unterbrach Foster ihn erregt. »Entschuldigen Sie. Sprechen Sie weiter.«

»Sie bestand darauf, allein hineinzugehen«, versuchte Kirwow zu erklären. »Bevor sie über die Straße ging, sagte sie mir noch, wenn sie nicht wieder herauskäme, sollte ich Sie informieren, damit Sie zur Polizei gehen könnten –«

»Und genau das werde ich auf der Stelle tun.«

Foster wollte nach dem Telefon greifen, doch Tovah schüttelte den Kopf. »Das hat keinen Sinn, Rex. Jetzt bin ich mit den Erklärungen an der Reihe.«

Mit wenigen Worten erzählte sie Foster von sich selbst, der Mossad und Wolfgang Schmidts wahrem Charakter.

»Hol' mich der Teufel!« explodierte Foster. »Und ausgerechnet zu dem bin ich nach dem Mordversuch an Emily gegangen, zu diesem Nazischwein.« Er atmete aus, um sich zu beruhigen. »Okay, soviel zur Polizei. Was heißt das im Klartext?«

»Wir haben die Mossad auf unserer Seite, Rex«, sagte Tovah.

»Sie meinen, Golding kann uns wirklich helfen?«

»Er kann und wird. Es ist eine riskante Angelegenheit, aber die Mossad kann in Berlin ziemlich viel ausrichten. Ich weiß nicht genau, wie viele Agenten wir hier haben, aber es gibt außerdem Hunderte von Leuten, auf die wir zurückgreifen können, eingeschworene Antinazis, Experten für alles von Fahrzeugen bis zu Waffen aller Art. Für die gibt es nichts Wichtigeres, als auch die letzten Relikte des Dritten Reiches auszumerzen. Zunächst mal möchte Chaim Golding aber wissen, was Ihrer Meinung nach getan werden kann, bevor er sich auf etwas Auffälliges einläßt.«

»Er darf auf keinen Fall etwas Auffälliges unternehmen«, sagte Foster rasch, »zumindest jetzt noch nicht. Sonst geht die Polizei dazwischen und schiebt allem einen Riegel vor.« Er trat an den Tisch, auf dem der Plan des Führerbunkers lag, und betrachtete den Grundriß einen Moment, ehe er hinzufügte: »Tatsächlich habe ich da sogar eine Idee.«

Ohne die Augen von dem Grundriß zu lösen, begann er zu erklären. »An diesem Plan des Führerbunkers stimmt etwas nicht, und das fällt jedem Architekten sofort auf. Ich habe deshalb noch einmal mit Zeidler telefoniert. Er gab sofort zu, daß die Sache einen Haken hatte, daß aber Hitler selbst ihm befohlen hatte, den Bunker so anzulegen, und er mußte sich an die Befehle halten. So oder so, etwas fehlt an dem Plan, und wenn es so ist, wie ich glaube, dann wird es mir die Lage des siebten Bunkers verraten.«

»Was für ein siebter Bunker?« fragte Kirwow unkonzentriert.

»Der hier.« Foster zog einen zweiten Plan hervor. »Der einzige in Hitlers Auftrag gebaute unterirdische Bunker, der sich nie lokalisieren ließ. Allmählich habe ich so eine Ahnung, wo er liegen könnte. Es hängt alles davon ab, was wir vorfinden, wenn wir erst in den Führerbunker vorgestoßen sind.«

»Sie rechnen damit, den Bunker betreten zu können?« fragte Tovah überrascht.

Foster fuhr in sein Jackett. »Heute abend. Wenn ich wieder auf dem Ausgrabungsgelände bin, müßten die Männer den Schuttberg schon so weit abgetragen haben, daß der Zugang zum Bunker freiliegt.«

»Glauben Sie, der existiert noch?« fragte Tovah.

»Warum nicht? Alle Mauern dort unten waren aus Stahlbeton. Die können nicht einmal die Russen mit ihren Bulldozern völlig zerstört haben, jedenfalls nicht in der Tiefe, in der Hitler sich verkrochen hatte.«

»Aber Sie können unmöglich allein dort hingehen«, protestierte Tovah. »Vielleicht kann ich –«

»Ich habe einen Passierschein«, unterbrach Foster, »Sie nicht. Sie und Nikolaus bleiben hier und informieren Golding darüber, was ich vorhabe. Falls ich Sie brauchen sollte, werde ich mich schon melden, darauf können Sie sich verlassen.«

Der größte Teil des Schuttberges über dem Führerbunker lag verborgen hinter dem Vorhang der Nacht. Nur die Westseite wurde von drei starken Halogenscheinwerfern taghell beleuchtet. Am Rand des Lichtkreises stand Andreas Oberstadt in einem schmutzigen Overall und schlammverklebten Stiefeln und sah zu, wie seine Nachtschicht den Zugang zu einem klaffenden Loch in der Erde erweiterte. Die Männer türmten immer mehr Erde und Schutt auf zwei große Haufen.

Oberstadt begrüßte Foster mit einem kräftigen Händedruck. »Tja, Rex, ich glaube, jetzt haben wir's bald geschafft. Es kann sich nur noch um Sekunden handeln. Die Idee mit dem alten Notausgang auf ebener Erde hat hingehauen. Vorhin habe ich selbst mal einen Blick hineingeworfen. Konnte nicht widerstehen, wollte doch mal sehen, in welchem Zustand er sich befindet. Gar nicht mal so schlecht, wenn man bedenkt, daß inzwischen satte vierzig Jahre und ein Haufen russischer Bulldozer darüber hinweggegangen sind. Die Betondecke scheint Hitlers Privaträume ganz gut geschützt zu haben. Auch die Treppe wirkt größtenteils noch intakt. Ein paar Stufen weiter oben sind natürlich kaputt, aber soweit ich mit der Taschenlampe sehen konnte, ist der Rest noch durchaus benutzbar. Wollen Sie bis zum Morgen warten, ehe Sie hinuntergehen?«

»Nein, ich gehe heute noch.«

Oberstadt blickte ihn zweifelnd an. »Es dürfte ziemlich schwierig werden, jetzt dort unten nach der Kamee und der Goldbrücke zu suchen. Selbst wenn wir Lampen mitnehmen, handelt es sich doch um zwei ziemlich kleine Stücke.«

»Danach suche ich heute abend gar nicht, Andreas. Ich bin hinter etwas Größerem her.«

Oberstadt zuckte mit den Schultern. »Na ja, Sie müssen wissen, was Sie tun. Vermutlich sieht es bei Tageslicht da unten auch nicht sehr viel anders aus. Wann wollen Sie los?«

»Jetzt gleich.«

»Was dagegen, wenn ich mitkomme?«

»Beim ersten Teil des Unternehmens könnte ich Sie gebrauchen. Sollte ich aber finden, wonach ich suche, wäre es besser, wenn Sie wieder nach oben zurückgingen.«

»Wir brauchen Neonlampen«, sagte Oberstadt.

»Jeder eine.«

»Ich möchte gern, daß Sie auch noch etwas anderes mitnehmen«, sagte Foster. »Etwas, womit man Beton zerteilen kann.«

»Ich habe eine batteriebetriebene Säge.«

Foster überlegte einen Moment. »Gut, wir nehmen die Säge mit und außerdem noch Hammer und Meißel.«

Während Oberstadt sich um die Werkzeuge kümmerte, starrte Foster gebannt auf das im Boden klaffende Loch. Im Licht der Halogenscheinwerfer trat er an den Rand, um sich vom Zustand des alten Notausgangs zu überzeugen.

Die schwitzenden Arbeiter hielten mit dem Graben inne, um ihn durchzulassen. Er beugte sich vor.

Genau hier war ein Vestibül gewesen, wie er sich entsann, durch das man von den vier Treppen ins Freie gelangen konnte. Der größte Teil war verwüstet und jetzt mühsam freigelegt worden. Oberstadts Männer hatten die Öffnung mit Pfählen abgestützt. Schwach konnte er die Stufen erkennen, bedeckt mit Schutt, die obersten nur noch rudimentär vorhanden. Weiter unten sahen sie dann mehr wie Stufen aus und verloren sich schließlich in der Dunkelheit.

Plötzlich fiel grelles Licht in die Öffnung. Oberstadt tauchte hinter Foster auf und gab ihm eine große Neonlampe. Er selbst hatte auch eine. Einer seiner Männer reichte ihm einen Beutel mit den Werkzeugen und die Säge.

»Von mir aus können wir«, sagte er.

»Dann los«, sagte Foster.

»Vorsicht, Stufe!« warnte Oberstadt grinsend.

Foster ging voran. Vorsichtig setzte er einen Fuß auf die erste der beschädigten Stufen, wobei er sich mit einer Hand an der Wand abstützte. Dann ließ er sich auf die nächste und die übernächste hinunter, alle ausgebrochen und schief. Dann kamen die besser erhaltenen Stufen. Mit der Lampe vor sich stieg Foster weiter hinunter; Oberstadt blieb ihm dicht auf den Fersen.

Sie stiegen tiefer und tiefer, alle vier Treppen hinab. Vierundvierzig Stufen, erinnerte sich Foster, und als er die vierundvierzigste gezählt hatte, wußte er, daß sie keinem Irrtum erlegen waren; sie befanden sich auf der tiefsten Ebene des ehemaligen Führerbunkers.

Hier unten in diesem Labyrinth, achtzehn Meter unter dem Punkt, an dem sie den Abstieg begonnen hatten, war es empfindlich kühl. Auch das Atmen fiel schwer. Bei jedem Schritt wirbelte Staub auf, legte sich auf die Schleimhäute und brannte in den Augen. Foster mußte husten.

»Alles in Ordnung mit Ihnen?« fragte Oberstadt. Seine Stimme hallte in dem finsteren Gemäuer.

»Alles bestens. Ich möchte nur schnell feststellen, wo wir sind.«

Er hatte den Grundriß des Bunkers im Kopf. Auf dieser Ebene befanden sich achtzehn winzige Räume, und der drei Meter breite und fünfzehn Meter lange Gang mit der niedrigen Decke, an dessen Anfang sie sich befanden, führte zu jedem von ihnen. Doch momentan, in Gedanken ganz bei Emily, interessierte Foster sich nur für sechs Zimmer, Hitlers und Eva Brauns Privaträume, und darunter vor allem für Hitlers Wohn- und Schlafzimmer.

Er hielt die Lampe hoch und versuchte festzustellen, in welchem Zustand sich die Kommandoebene des Bunkers befand. Sie war ein Chaos. Intakt, aber ein Chaos. Die ehemals rostbraune Decke und die Korridorwände waren schwarz vor Schmutz, überall hingen Spinnweben. Der Boden war mit verkrustetem Matsch und stockigen Pfützen bedeckt.

Foster ging probeweise ein paar Schritte und rief dann zurück: »Hier irgendwo müßte die Tür sein. Ich schaue mal nach.«

Da sah er sie auch schon, jenseits der Ruine des ehemaligen Wartezimmers, die dicke, feuerfeste Stahltür, die zu Hitlers Wohnzimmer führte.

Der Türgriff war verrostet. Foster hoffte, daß er sich noch bewegen ließ und daß sie die Tür aufbekamen. Er nahm die Lampe in die linke Hand und tastete mit der rechten nach dem Griff. Er war eiskalt. Foster umklammerte ihn und drehte mit aller Kraft. Mit einem protestierenden Ächzen gab der Schließmechanismus nach. Foster lehnte sich gegen die Tür, um sie mit seinem Körpergewicht aufzustemmen, doch der Druck war überhaupt nicht nötig. Quietschend schwang die Tür langsam nach innen.

Endlose Augenblicke lang blieb Foster reglos stehen, als brächte er es nicht über sich, die Gegenwart zu verlassen und die Vergangenheit zu betreten. Dann ging er weiter, hinein in die Geschichte. Er schwenkte die Lampe, und die schwarze Höhle erwachte zu glänzendem Leben. Gleich darauf machte Oberstadts Lampe die Beleuchtung noch heller.

Vor seinem inneren Auge hatte Foster den Raum immer vollständig eingerichtet gesehen, so wie er von allen Zeugen beschrieben worden war. Er hatte sich vorgestellt, daß da ein Schreibtisch stand mit einem gerahmten Bild von Hitlers Mutter auf der Platte. Auf dem Teppich drei alte Stühle und direkt gegenüber ein runder Tisch und das blutbefleckte Sofa, auf dem Hitler und Eva Braun sich das Leben genommen hatten.

Doch die Realität sah anders aus, und Foster begriff, daß er einem vierzig Jahre alten Bild nachhing. Er befand sich in der Gegenwart. Obwohl der Bunker von den Russen gesperrt worden war, um die Soldaten der Roten Armee und eine neugierige Öffentlichkeit fernzuhalten, waren in den ersten drei, vier Tagen doch alle möglichen Leute hier unten eingedrungen und hatten wie die Vandalen gehaust, um ein Erinnerungsstück oder Möbel für ihre verwüsteten Wohnungen zu ergattern.

Foster ließ den Lichtstrahl durch den drei mal fünf Meter großen Raum wandern. Zwei der drei Stühle fehlten, der dritte sah wie Brennholz aus. Der runde Tisch fehlte ebenfalls. Das einzige, was noch an die Vergangenheit erinnerte, waren Hitlers Schreibtisch an der einen Wand und das vermoderte Sofa an der anderen.

Foster blickte sich suchend um.

»Leuchten Sie mal den Schreibtisch an«, bat er Oberstadt.

Er stellte seine Lampe ab und rückte den Schreibtisch von der Wand weg. Er musterte die Wand dahinter, ging in die Knie und strich tastend über das Mauerwerk. Es war glatt; schmutzig, aber glatt.

Er stand wieder auf und sagte kryptisch: »Hier nicht. Gehen wir nach nebenan.«

Die Holztür zum Schlafzimmer klemmte. Foster rüttelte ein paarmal daran, bis sie schließlich aufflog und dabei einen Staubvorhang durch die Luft zog. Er trat einen Schritt zurück und wartete darauf, daß der Staub sich legte. Dann betrat er das Schlafzimmer, Oberstadt im Schlepptau.

Der Raum war kleiner als das Wohnzimmer. Von dem schmalen Bett war nur noch der Rahmen übrig. Sogar die Matratze fehlte. Daneben hatte vermutlich einmal ein Nachttisch mit einer Lampe gestanden. Beides war nicht mehr da, auch sonst keine Möbel mehr – vermutlich alles schon vor langer Zeit konfisziert –, bis auf eine Kommode mit vier Schubladen, die an der gegenüberliegenden Wand stand und so wuchtig war, daß sie sich nicht ohne weiteres abtransportieren ließ.

Foster untersuchte die Schlafzimmerwände und den Plafond.

Der Beton wies überall Risse auf.

»Komisch«, sagte Foster. »Hier sind Risse, im Wohnzimmer nicht. Und doch handelt es sich um den gleichen Beton.«

Oberstadt richtete den Strahl seiner Lampe auf die Wand rechts von sich und untersuchte einen der Risse. »Das verstehe ich nicht. Eigentlich dürfte es hier keine Risse geben.« Er holte einen Schraubenzieher hervor und stocherte damit in dem Riß herum. »Wissen Sie was? Irgendwie scheinen die keinen natürlichen Ursprung zu haben. Sie wirken eher, als stammten sie von Menschenhand.«

Foster nickte. »Vorgetäuscht«, sagte er ruhig. »Eine Art Tarnung.«

»Was?« fragte Oberstadt verdutzt.

»Damit man nicht auf den wahren Sachverhalt stößt. Hier, helfen Sie mir mal, die Kommode beiseite zu schieben.«

Sie stellten die Lampen auf den Boden, packten die Kommode an beiden Seiten und zogen sie von der Wand weg.

»In die Mitte damit«, ordnete Foster an. »Okay, und jetzt leuchten Sie mir bitte.«

Oberstadt tat wie geheißen, während Foster niederkniete und die Wand untersuchte, die hinter der Kommode verborgen gewesen war. Mit dem Zeigefinger fuhr er über mehrere Stellen, nickte und sagte: »Genau, wie ich vermutet hatte. Geben Sie mir mal Ihren Schraubenzieher.«

Oberstadt reichte ihm das Werkzeug, und Foster kratzte damit an den Stellen, die er vorher mit dem Zeigefinger abgetastet hatte. Wenig später war ein aus Ritzen bestehendes Rechteck zu erkennen, einen Meter hoch und nicht ganz anderthalb Meter breit.

Foster stand auf. »Danach habe ich gesucht«, sagte er.

»Was ist das denn?«

»Ich bin nun schon eine ganze Weile Architekt. Ich konnte mir einfach nicht vorstellen, daß jemand einen fensterlosen Raum wie diesen entwirft, ohne eine Art Fluchtluke als Ergänzung zur einzigen Tür einzuplanen.«

»Aber es gibt doch einen Notausgang. Durch den sind wir eben erst heruntergekommen.«

»Nein, ich meine einen Privatausgang. Auf dem Plan habe ich keinen entdeckt, und das konnte ich einfach nicht glauben. Deshalb, dachte ich mir, ist er wahrscheinlich erst hinterher eingebaut worden. Von Hitler selbst. Ein Geheimausgang.«

Oberstadts zerklüftetes Gesicht trug einen ungläubigen Ausdruck. »Das soll ein Geheimausgang sein?«

»Ich glaube schon.«

»Aber warum? Meinen Sie für den Fall eines Gasangriffs?«

»Nein. Ich glaube, es ging eher darum, unbemerkt kommen und gehen zu können.«

»Sie meinen, da ist er...«

»Das werden wir bald herausfinden. Haben Sie Ihre Säge zur Hand?«

»Und ob.«

»Okay.« Foster zeigte auf die vier Ritzen in der Wand. »An die Arbeit. Ich glaube, dahinter verbirgt sich eine Platte. Mal sehen, ob meine Vermutung stimmt.«

»Nichts lieber als das«, sagte Oberstadt begeistert. Er stellte die Lampe ab, legte den Werkzeugbeutel daneben und griff nach der Säge. Er ging zu der bezeichneten Stelle, kniete vor der Wand nieder und hob die Säge.

Foster sagte: »Hoffentlich macht sie nicht allzuviel Lärm.«

»Ganz ohne Lärm geht es leider nicht«, antwortete Oberstadt, »aber dafür werden wir nicht lange brauchen. Wenn es sich wirklich um eine Platte handelt, dann muß sie ja in eine Öffnung passen, und ich brauche nicht durch massiven Beton zu schneiden. Was Sie da abgekratzt haben, sieht wie Mörtel aus. Der bietet nicht mehr Widerstand als Glaserkitt, und Sie werden gerade mal eben ein Summen hören.« Er machte eine Pause. »Was spielt das überhaupt für eine Rolle, wenn das hier wirklich ein Notausgang ist?«

»Es kommt darauf an, wohin der Ausgang führt – und was auf der anderen Seite ist.«

»Was ist denn auf der anderen Seite?«

»Das finden wir heraus, sobald Sie fertig sind.«

»Bin schon an der Arbeit.«

Oberstadt schaltete die Säge ein. Ein dumpfes, stetes Brummen erfüllte den dunklen Raum. Er setzte die Schneide gegen eine der Linien auf der Wand, und sofort wurde aus dem Brummen ein metallisches Kreischen.

Foster hielt seine Lampe höher, damit Oberstadt mehr Licht hatte, und war überrascht, wie schnell die Säge vorankam. Sie ging durch die Mauer, als wären die Linien auf Kuchen gezogen.

Oberstadt hielt nur einmal kurz inne. »Sie hatten recht. Es handelt sich um eine Platte, Drahtgeflecht mit Mörtel dazwischen. Dauert nicht mehr lange, dann habe ich es draußen.«

Zehn Minuten später stellte er die Säge wieder ab und legte sie neben sich auf den Boden. Mit den Fingern fuhr er in die Mauerritzen und rüttelte sacht an der Platte. »War nur mit Mörtel festgemacht, aber jetzt ist sie überall lose«, sagte er. »Fassen Sie mal mit an.«

Jeder von ihnen packte eine Seite, und nach und nach hoben sie die Platte aus der Mauer.

»Gar nicht mal so schwer«, sagte Oberstadt ächzend, »wahrscheinlich kaum mehr als hundert Pfund. Bei solidem Beton wäre das anders.« Sie trugen die Platte von dem entstandenen Loch fort und lehnten sie an die Schlafzimmerwand.

Foster griff nach seiner Lampe, bückte sich und leuchtete in das Loch.

»Genau, wie ich mir gedacht habe.«

»Was denn?«

»Ein Tunnel, ähnlich dem, der von Speer zwischen der alten und der neuen Reichskanzlei angelegt worden ist. Nur daß Speer mit diesem hier nichts zu tun hat. Ich wette, der ist von den Zwangsarbeitern gebaut worden.«

»Und jetzt?« fragte Oberstadt.

Foster lächelte. »Jetzt trennen sich unsere Wege. Ich muß da hinein und nach jemandem suchen.«

»Nach jemand Bestimmtem? Meinen Sie nicht, ich sollte besser mitgehen?«

»Nein. In diesem Fall sind zwei schon einer zuviel.

Einer macht weniger Lärm. Und das hier muß so geräuschlos wie möglich ablaufen.«

Oberstadt zeigte seine Skepsis ganz offen. »Ich würde trotzdem lieber mitgehen.«

»Noch mal danke, aber das kann ich nur auf meine Weise tun.« Foster streckte die Hand aus. »Sie gehen besser wieder nach oben, mein Freund. Wenn ich Sie brauche, rufe ich.«

»Sie sind der Boß«, sagte Oberstadt.

»Eine der Lampen nehme ich mit«, erklärte Foster. »Hammer und Meißel würde ich auch gern behalten.«

Oberstadt reichte ihm die Werkzeuge, griff nach seiner Lampe und dem Werkzeugsack und ging zur Tür. Dort drehte er sich noch einmal um und sagte: »Viel Glück, wohin auch immer Sie gehen.«

Foster steckte sich Hammer und Meißel in die Hosentasche. Er nahm das rechteckige Loch noch einmal genau in Augenschein. Jetzt konnte es für ihn keinen Zweifel mehr geben. Hitler und Eva Braun hatten auf diese Weise den Führerbunker verlassen. Hinterher hatten Vertraute dann die Platte in die Wand gemauert und die Kommode davorgeschoben.

Und dann war Hitler durch diese Katakombe unter der Stadt geflohen. Aber wohin? Foster argwöhnte, daß er wußte, wohin, und daß Emily jetzt auch dort war, genau dort und auf keinen Fall allein.

Vorsichtig kletterte er durch das Loch, wobei er die Lampe vor sich mit festem Griff umklammert hielt. Im Tunnel auf der anderen Seite richtete er sich auf, Platz gab es genug. Zwischen seinem Kopf und der gewölbten Decke blieben noch gut zehn Zentimeter. Jenseits der Reichweite des Lichtkegels erstreckte sich schwärzeste Finsternis.

Er schaute auf die Leuchtzahlen seiner Armbanduhr. Dann folgte er langsam dem Verlauf des Tunnels. Behutsam setzte er einen Fuß vor den anderen, die

Gummisohlen verursachten nicht das geringste Geräusch.

Es war ein langer, sauberer Tunnel. Keine Spinnweben, kein Schmutz. Nur Beton – oben, unten und zu beiden Seiten. Der Lichtstrahl tastete sich in die Dunkelheit voran.

Foster ging und ging.

Wieder schaute er auf die Armbanduhr. Schon fünfundzwanzig Minuten unterwegs. Bestimmt hatte er inzwischen einen guten Kilometer zurückgelegt. Auf dem Weg zu welchem Ziel?

Und dann sah er es.

Der weiße Lichtstrahl der starken Lampe hatte das Ende des Tunnels erfaßt. Eine Sackgasse. Eine solide Mauer aus Beton blockierte die Strecke.

Aber dann, als Foster wieder an die Vorstellung dachte, die er von seinem Ziel hatte, war er sicher, daß es sich nicht um soliden Beton handeln konnte. Auch hier mußte es eine Öffnung geben, einen Durchschlupf.

Es sei denn, er wäre verzementiert worden.

Schnell und leise erreichte er die Mauer am Ende des Tunnels. Zentimeter für Zentimeter tastete er die Betonfläche ab, von oben nach unten, auf der Suche nach verräterischen Spuren, Merkmalen für einen Fluchtweg. Wenig später hatte er sie gefunden, in der unteren Mitte der Mauer.

Wieder setzte er die Lampe ab und kniete nieder, um das Hindernis genauer in Augenschein zu nehmen. Diesmal handelte es sich um eine viereckige Platte, kleiner als die am Eingang des unterirdischen Ganges. Er versuchte, die Fingerspitzen in die obere Ritze zu schieben, und stellte erleichtert fest, daß die Platte weder durch Zement noch durch Mörtel mit der Mauer verbunden, sondern nur locker hineingeschoben war.

Er griff nach dem Meißel und schob ihn so leise wie möglich in den Spalt. Dann begann er zu drücken.

Die Platte ließ sich leichter bewegen, als er befürchtet hatte. Sie war nicht dick und fiel ihm geradezu in die Hände. Er hob sie heraus und legte sie vorsichtig neben sich auf den Tunnelboden. Unten in der Mauer tat sich ein viereckiges Loch auf, durch das er bequem paßte. Jenseits des Loches bemerkte er einen schwachen Lichtschimmer. Er schaltete die Lampe aus und stellte sie ganz dicht an die Tunnelwand.

Er legte sich flach auf den Bauch und robbte durch das Loch. Noch während er sich auf die andere Seite schob, bemerkte er jenseits der Mauer eine hölzerne Trennwand in ein paar Metern Entfernung. In der Trennwand befand sich eine Holztür, die aber nicht genau mit dem Tunnelboden abschloß. Der schwache Lichtschein fiel durch den Spalt unter der Tür auf den Beton.

Leise, ganz leise, richtete Foster sich wieder auf.

Sein Herz schlug jetzt schneller, Adrenalin schoß ihm ins Blut.

Auf Zehenspitzen näherte er sich der Tür. Kein Schloß. Er drückte die Klinke herunter und öffnete die Tür ein paar Zentimeter.

Als erstes bemerkte er, daß er sich auf einer Art Zwischengeschoß befand, und von der Tür führte eine Treppe hinunter in...

Nur mit Mühe konnte er einen Überraschungslaut unterdrücken. Unter ihm erstreckte sich, schwach beleuchtet, ein zweiter Führerbunker, nur größer, gut doppelt so breit und über zweimal so lang wie der erste. Ein Kaninchenbau aus Gängen, Büroräumen und Zimmern.

Er wußte sofort, was er da entdeckt hatte.

Hitlers geheimen siebten Bunker.

Mit geweiteten Augen nahm er all das in sich auf, Hitlers Refugium unter den Häusern von Berlin, versteckt und bewohnt seit vierzig Jahren. Eine unentdeckte Stadt unter der Stadt.

Seine Augen überflogen den unglaublichen Anblick zu seinen Füßen, und beinahe im selben Moment merkte er, daß er nicht allein hier oberhalb des geheimen Bunkers war.

Jemand leistete ihm Gesellschaft.

11

Es war ein junger Mann in brauner Uniform, eine Hakenkreuzbinde um den einen Arm, eine Maschinenpistole im anderen. Um die Hüfte trug der Wächter einen Gürtel mit einem Halfter, aus der der Griff einer 8-mm-Pistole hervorschaute. Er saß mit dem Rücken zu Foster auf einem Treppenabsatz, der Kopf war nach vorn gesunken, das Kinn ruhte auf der Brust. Er atmete schwer, unterbrochen von gelegentlichen Schnarchlauten.

Für Foster bestand kein Zweifel daran, daß der Wächter schlief, eingenickt während des langweiligen Nachtdienstes. Der nächste Schritt war klar, er brauchte nicht eine Sekunde nachzudenken. Er zog den Hammer aus der Hosentasche, umschloß den Griff mit der rechten Faust, schob die Tür noch ein paar Zentimeter weiter auf und schlüpfte leise hindurch.

Gebückt schlich er über das Zwischengeschoß, näherte sich dem Rücken des schlummernden Wachtpostens. Aus den Augenwinkeln sah er, daß sich unten im Bunkergelände keine Menschenseele befand.

Einen knappen Meter hinter dem schlafenden Wächter blieb er stehen, hielt den Atem an und richtete sich langsam auf, um besser ausholen zu können.

Von oben starrte er auf das sandfarbene Haar des jungen Mannes in der Naziuniform hinab. Er hob den Hammer bis über seine Schulter und zielte.

Krachend schlug der Hammer auf dem Schädel des Wachtpostens auf.

Das Opfer gab keinen Laut von sich. Bewußtlos sank es zur Seite. Die Maschinenpistole glitt ihm aus der Hand und drohte zu fallen.

In einem verzweifelten Versuch, die MPi daran zu hindern, daß sie klappernd die Stufen hinunterrutschte, und gleichzeitig den Körper des Bewußtlosen festzuhalten, packte Foster den jungen Nazi bei den blonden Haaren, während er mit der anderen Hand, die noch den Hammer hielt, nach der MPi schnappte. In letzter Sekunde bekam er sie zu fassen, mit zwei Fingern.

Ein weiterer Blick nach unten.

Niemand hatte etwas gemerkt. Niemand war zu sehen.

Trotzdem, wußte Foster, durfte er nicht eine kostbare Sekunde verstreichen lassen. Er war in unterirdischem Feindesland, stand den Erben des schrecklichsten Verbrechers der Neuzeit gegenüber und mußte auf alles vorbereitet sein. Er schob den Hammer wieder in die Hosentasche, nahm die Maschinenpistole in die rechte Hand und legte den linken Arm um die Taille des bewußtlosen Nazis. Langsam zog er sich mit seiner Last durch die halboffene Tür zurück.

Auf der anderen Seite ließ er sein Opfer zu Boden gleiten und betrachtete es genauer. Ein junger Mann, vielleicht Anfang Dreißig und stupsnasig. Die Augen waren geschlossen. Vom Hammerschlag war die Haut aufgeplatzt; vermutlich war der Schädel gebrochen. Ein dünner Blutfaden zog sich über den Hals des jungen Nazis. Es gelang Foster nicht, festzustellen, ob er atmete oder ob sein Puls noch schlug. Aber wie gut seine Kondition auch gewesen sein mochte, er würde eine ganze Weile bewußtlos bleiben, vielleicht für immer. Nach kurzer Musterung gelangte Foster zu der Erkenntnis, daß sein Opfer ähnlich gebaut war wie er selbst, wenn auch etwas kleiner. Er bückte sich und zog dem Bewußtlosen Hose, Hemd, Stiefel, Armbinde und Waffengürtel aus.

Suchend blickte er sich nach einem Versteck für den reglosen Körper um. Ein paar Meter entfernt entdeckte er eine Art Einbauschrank in der Wand. Er stand auf, trat an den Schrank und öffnete die Türen. Dahinter lagen drei Matratzen auf dem Boden. Foster ging zu dem Bewußtlosen zurück und zog ihn zu dem Schrank, wo er ihn auf die oberste Matratze wuchtete und der Länge nach ausstreckte. Noch ein letzter Blick; kein Anzeichen für ein Nachlassen der Bewußtlosigkeit. Von diesem Nazi drohte für die nächste Zeit keine Gefahr mehr.

Hastig fuhr Foster aus den Kleidern, warf sie ebenfalls in den Schrank und schloß die Türen. Dann zog er die Uniform des Bewußtlosen an. Sie war ihm etwas zu weit und die Hose ein paar Zentimeter zu kurz, aber der schlechte Sitz fiel nicht allzu deutlich auf. Er schnallte das Koppel um, zog die Pistole aus dem Halfter und überzeugte sich, daß ein volles Magazin im Griff steckte.

Es widerstrebte ihm, eine Naziuniform zu tragen, aber die Verkleidung war seine einzige Hoffnung, in Emilys Nähe zu gelangen. Er betete darum, daß sie noch lebte und daß man ihr nichts angetan hatte.

Jetzt seiner selbst schon etwas sicherer, kehrte er durch die Tür auf die Plattform zurück und kauerte sich noch einmal kurz nieder, um das unter ihm liegende Gelände zu studieren. Sein Architektenauge verwandelte den Anblick sofort in den Grundriß des siebten Bunkers, den er so oft betrachtet und seinem Gedächtnis eingeprägt hatte.

Die Anlage dort unten entsprach ihrer Planung absolut perfekt. Im großen und ganzen war sie nach dem Vorbild des ersten Führerbunkers entworfen worden, nur sehr viel großzügiger. Zu beiden Seiten des breiten

Mittelgangs konnte er die Türen zu den kleineren Zimmern sehen. Dem Plan nach befand sich die große Suite am entgegengesetzten Ende des Ganges. Es war die Art Suite, die zu einem Befehlshaber paßte, zu jemand wie Adolf Hitler.

Keine Frage, daß der Führer diese Zimmerflucht für sich und Eva Braun vorgesehen hatte.

Die Möglichkeit, daß hier vielleicht Hitler persönlich lebte, traf Foster mit der Wucht eines Faustschlags. Hitler. Und wenn nicht Hitler, dann Evelyn Hoffmann, denn er war inzwischen überzeugt, daß es sich bei ihr um niemand anderen als Eva Braun handelte.

Und wenn Eva Braun in der Suite am anderen Ende des Ganges war, dann befand sich dort bestimmt auch Emily.

Dorthin also mußte er vorstoßen, und er würde es sofort tun.

Er rechnete damit, daß sich unten noch andere Posten auf Nachtwache befanden, wenigstens einer oder zwei, und er war auf jeden Angriff vorbereitet.

Langsam bewegte er sich in den kurzen, zu engen Stiefeln die Treppe hinunter, bis er den Anfang des mit grünem Teppichboden ausgelegten Ganges erreicht hatte.

Vorsichtig und doch mit neuer Zuversicht ging er zwischen den beiden Reihen geschlossener Türen auf den Kommandostand zu, wobei alle seine Sinne bis aufs äußerste angespannt waren.

Niemand zu sehen.

Doch, da – da war jemand.

Neben einer Tür lehnte ein weiterer Posten, ebenso jung, groß und blond wie der Soldat oben auf der Treppe. Er hatte seine Heckler und Koch neben sich gelegt und war damit beschäftigt, sich die Fingernägel zu reinigen.

Foster näherte sich ihm, ohne im Schritt innezuhalten. Als er beinahe auf gleicher Höhe mit dem Posten war, fiel ihm ein, daß er ja gar nicht wußte, nach wem er fragen mußte. Evelyn Hoffmann oder Eva Braun? Instinktiv beschloß er, sich anders durchzulavieren.

In perfektem Deutsch sagte er zu dem zweiten Wachtposten: »Ich habe eine dringende Botschaft für Nummer eins.« Kein Geschlecht, kein Name. Nur Nummer eins – neutral und sicher, wie er hoffte.

Der Wachtposten blickte nur kurz auf. »Wahrscheinlich schläft sie schon – aber wenn es sich um was Wichtiges handelt, siehst du am besten nach.«

Foster nickte und ging weiter, wobei er sich um einen zackigen militärischen Schritt und die Haltung eines Mannes bemühte, der eine wichtige Nachricht überbringt. Jeden Augenblick rechnete er damit, daß der Posten es sich anders überlegte und ihn zurückrief, doch der Ruf blieb aus.

Als er die Suite am anderen Ende des Korridors erreicht hatte, wandte er sich nach links, einen weiteren kurzen Gang hinunter, und dann stand er vor der Tür zu den Privaträumen.

Gespannt darauf, was ihn im Innern der Suite erwarten mochte, legte er die Hand auf die Messingklinke und drückte sie herunter. Die Tür war nicht versperrt. Er trat in einen kleinen Empfangsraum, möbliert mit einem bescheidenen Schreibtisch, einem Drehstuhl und zwei Klappsesseln. Der Raum war leer. Gegenüber der Eingangstür befand sich eine weitere Tür.

Foster zog die schweren Stiefel aus und schlich auf die zweite Tür zu. Kein Schloß. Er öffnete sie und spähte in das fensterlose Zimmer dahinter, das nur von zwei Deckenlampen erleuchtet wurde. Das Zimmer war halb Wohnzimmer und halb Büro. Rechts von der Tür stand ein großer Eichenholzschreibtisch, ihm gegenüber eine Couch und zwei Sessel. An der Wand stand ein Holzregal mit Büchern, das einen Sims hatte wie ein Kamin.

Soweit er sehen konnte, war der lange Raum leer.

Aber er täuschte sich.

»Rex –« rief eine leise Frauenstimme.

Er wußte, daß es Emily war, noch ehe sie sich mühsam hinter dem Rücken der Couch aufrichtete.

Foster eilte zu der Couch. Emily, an Händen und Füßen gefesselt, war wieder auf den Rücken zurückgesunken. Während er die Knoten der Stricke löste, mußte er über den ungläubigen Ausdruck in ihrem blassen Gesicht lächeln. Ihr Haar war durcheinander und der Tweedrock bis über die Knie hochgerutscht – offenbar infolge ihrer Versuche, sich zu befreien –, doch sie schien nicht verletzt zu sein.

»Bist du in Ordnung?« fragte er.

Sie nickte.

»Sonst noch jemand hier?« fragte er, immer noch flüsternd.

»Pssst«, machte sie. »Vorsichtig, im Schlafzimmer.« Endlich fielen ihre Armfesseln ab. »Wie bist du hier hereingekommen?«

»Wart's ab.«

Er löste auch noch den Knoten ihrer Fußfesseln und half ihr hoch. »Gott, ich habe darum gebetet, daß dir nichts zugestoßen sein möge.« Er zog sie in seine Arme und küßte sie.

Sie klammerte sich an ihn, dann flüsterte sie ihm ins Ohr: »Morgen früh wäre es wahrscheinlich schon zu spät gewesen. Sie halten mich fest, um mich zu verhören. Vor ein paar Stunden war hier ein schrecklicher Mann namens Schmidt –«

»Polizeipräsident von Berlin und verkappter Nazi.«

»– um mich mit Natrium-Pentothal zu traktieren. Er wollte herausfinden, wieviel wir schon wissen. Ich glaube, er will uns aus dem Weg schaffen. Aber kurz nachdem er gekommen war, mußte er schon wieder weg, irgendeine Geschichte im Zusammenhang mit Ernst Vogels Tod. Man will wohl beweisen, daß es sich um Selbstmord handelte. Bevor er ging, hat er mir noch gedroht, morgen früh wiederzukommen und mich zum Reden zu bringen. Ich sollte die erste sein, die er sich vornahm; danach wollte man mich dann umbringen und verbrennen. An der Tür versprach er ihr, mich kräftig in die Mangel zu nehmen, bevor er nach München führe.«

»Ihr?« fragte Foster. »Wen meinst du damit? Wer ist sie?«

»Eva Braun. Heute nennt sie sich Evelyn Hoffmann, aber sie hat sich vor mir damit gebrüstet, daß sie in Wirklichkeit Eva Braun ist.«

»Und Hitler?«

»Tot, schon lange. Er und Eva haben hier unter der Stadt eine ganze Zeitlang gelebt, achtzehn Jahre, bis er dann an der Parkinsonschen Krankheit gestorben ist. Seitdem führt sie hier das Regiment.«

»Unglaublich«, entfuhr es ihm. »Was wollen die nur?«

»Überleben. Nicht nur ihr eigenes, sondern auch das des Dritten Reiches. Sieh mal, da.«

Sie stand auf, führte Foster leicht schwankend zu dem Regalsims und deutete auf eine griechische Urne, die neben Kirwows Hitler-Gemälde stand. »Seine Asche«, erklärte sie. Darüber hing ein Bilderrahmen an der Wand, doch statt eines Bildes enthielt er einen handgeschriebenen Text. Foster las:

Der Konflikt zwischen Rußland und Amerika ist unausweichlich. Er wird kommen. Wenn es soweit ist, muß ich am Leben sein – oder mein Nachfolger mit denselben Idealen –, um das deutsche Volk anzuführen, heraus aus der Asche und dem Endsieg entgegen.

Adolf Hitler

»Großer Gott«, murmelte Foster.

»Das hat er wirklich mal gesagt, zu einem SS-Offizier.«

»Dafür hat er gelebt?«

»Er und sie. Sie lebt noch heute dafür.«

»Aber wie, Emily? Ich frage mich, was sie vorhaben.«

»Ich weiß es nicht. Darüber haben sie nicht gesprochen.«

»Dann laß es uns herausfinden, jetzt gleich«, Foster zog die Pistole. »Wir statten ihr einfach einen Besuch ab. Ist sie im Schlafzimmer?«

»Ja, der Raum neben Hitlers Schlafzimmer. Aber sie wird nicht reden, Rex. Sie wird kein Sterbenswörtchen verraten.«

Foster brauchte nicht lange zu überlegen. »Das Natrium-Pentothal, mit dem sie dich traktieren wollten, wo ist das?«

Emily deutete auf den Schreibtisch. »In der obersten Schublade rechts. Als Schmidt es da hineingestellt hat, sagte er, es hält vierundzwanzig Stunden.«

»Hol es, Emily. Und nimm die Stricke da auf der Couch mit. Wir werden sie brauchen.«

Auf dem Schreibtisch lag eine Plastiktüte. »Eine Injektionsspritze«, sagte Emily erklärend, als sie die Tüte einsteckte. »Und eine Aderpresse.« Sie öffnete die Schublade. »Da hätten wir's ja. Natrium-Pentothal. Sieht aus wie gelbes Zuckerwasser.«

»Wahrheitsserum.« Er betrachtete die Pistole in seiner Hand. »Gehen wir ins Schlafzimmer. Es ist Zeit für die Wahrheit.«

Eine Viertelstunde später lag Eva Braun ausgestreckt auf dem Rücken in ihrem Bett, mit Händen und Füßen an die Bettpfosten gefesselt. In ihrem Mund steckte ein Knebel. Ihre Augen waren offen, blickten aber nicht länger verängstigt. Sie schielte leicht. Das Natrium-Pentothal hatte zu wirken begonnen, wie Foster, der neben dem Bett stand, zufrieden feststellte.

Bis jetzt war alles einfach gegangen. Ihr plötzliches Auftauchen und die unerwartete Helligkeit, als sie das Licht anknipsten, hatten Eva Braun aus dem Schlaf gerissen. Die auf ihren Kopf gerichtete Pistole hatte dafür gesorgt, daß sie keinen Laut von sich gab und jedem Befehl gehorchte.

»Okay, Emily, sieh mal nach, ob du irgendwo ihre Kleider findest.«

Emily war zu einem Stuhl gegangen, auf dem die Kleider lagen. Unter dem Druck der auf sie gerichteten Pistole hatte Eva Braun sich angezogen. Anschließend war sie von Foster ans Bett gefesselt worden.

»Jetzt das Natrium-Pentothal, bitte«, hatte er Emily angewiesen.

Zum erstenmal hatte Eva Braun Angst gezeigt und protestiert. »Nein, nein, nein«, hatte sie gefleht, aber Foster hatte ihr unbeeindruckt den Knebel in den Mund gestopft und die Injektion vorbereitet.

»In weniger als einer Minute müßte die Wirkung eintreten«, hatte er gesagt, als er die Nadel aus der Vene zog.

Jetzt trat ein glasiger Ausdruck in die Augen der Liegenden. Foster nickte. »Das sollte mindestens eine Stunde reichen, wahrscheinlich sogar zwei oder drei. Später setze ich ihr dann noch einen Zusatzschuß.« Er nahm Emilys Hand. »Wir können sie einen Moment allein lassen.« Er schob die Pistole in die Halfter zurück. »Zuerst haben wir noch etwas anderes zu tun.«

Er führte Emily schnell aus dem Schlafzimmer. Als sie im Wohnzimmer standen, fragte er: »Hast du eine Ahnung, wie viele Nazis sich hier unten verstekken?«

»Eva hat gesagt: ›Wir sind fünfzig.‹ «

»Hast du eine Vorstellung, wer die sein könnten?«

»Das hat sie mir auch erzählt, ziemlich stolz sogar. Eine Handvoll Leute aus Hitlers altem Kreis, die offiziell als vermißt gelten. Einige Angehörige der Hitlerjugend, die hier heruntergeschickt wurden, bevor Hitler selbst nachkam. Die meisten von ihnen haben jetzt schon Familie, aber es gibt keine Kinder unter sechzehn hier. Schwangere Frauen werden nach Argentinien geschickt, wo sie die Kinder dann auf die Welt bringen. Die Frauen kehren allein zurück. Die Kinder werden in Argentinien aufgezogen und ausgebildet, von Deutschen. Erst wenn sie sechzehn Jahre alt geworden sind, kommen sie nach Deutschland, damit sie ihren Platz im Bunker einnehmen.«

»Als überzeugte Nazis.«

»Nicht nur das. Überzeugte Nazis, ja, vor allem aber ausgebildete Killer, auf Mord programmiert.«

»Wen sollen sie denn ermorden, Emily?«

»Jeden, der ihnen gefährlich werden könnte. Eva Braun sprach von der Notwendigkeit, bestimmte prominente Juden, Nazijäger und gefährliche Ausländer wie meinen Vater zu liquidieren – ihr Wort, nicht meins.« Emilys Wimpern senkten sich kurz. »Sie gab zu, den ›Unfall‹ meines Vaters arrangiert zu haben. Außerdem hat sie zugegeben, daß mindestens zweihundert Morde in den letzten zwanzig Jahren auf das Konto ihrer Gefolgschaft gehen. Wenn sie wüßten, daß du hier bist, wärst du in der nächsten Sekunde schon tot. Sie sind skrupellos, Rex, gehen buchstäblich über Leichen.«

»Ich möchte, daß du etwas für mich erledigst, Emily«, sagte Foster. »Ich zeige dir den Weg, auf dem ich hereingekommen bin, denn das ist der Weg, auf dem du hinausgehst.«

»Was soll ich denn erledigen?«

»Du gehst durch den alten Führerbunker und kletterst durch den Notausgang nach oben. Oberstadt ist da, er wird dich bestimmt an den Ostberliner Wachtposten vorbeischleusen können. Versuch, so schnell wie möglich ein Telefon zu finden und ruf Tovah Levine im Kempinski an. Sie und Kirwow stehen Gewehr bei Fuß. Sag ihr, wir haben sie hier alle auf einem Haufen, und sie soll so schnell wie möglich Chaim Golding informieren.«

»Chaim Golding?«

»Der Leiter der Mossad in Berlin. Tovah ist eine seiner Agentinnen. Er hat die Leute und die Möglichkeiten, das zu tun, was ich von ihm will. Sag ihr, ich möchte, daß der Rattenbau hier unten ausgeräuchert wird, sofort, noch heute nacht.«

Emilys Augen wurden groß. »Aber wie denn, Rex?«

»Genauso wie Hitler und seine Leute es mit den Juden in Auschwitz gemacht haben. Aber noch präziser, in der Art, wie Albert Speer einmal geplant hatte, Hitler aus dem Weg zu schaffen.«

»Er wollte Gas durch den Ventilator des Führerbunkers pumpen.«

»Genau.«

»Und eine Nervengasgranate hineinschmeißen – Tabun, wenn ich mich nicht irre. Absolut tödlich.«

»Nur daß die Mossad mittlerweile wahrscheinlich über weit ausgereiftere Kampfgase verfügt. Also, Tovah wartet in unserer Suite. Der Plan zu diesem Bunker liegt auf dem Wohnzimmertisch. Golding wird schon wissen, wie er die Sache anpacken soll. Aber der Bunker muß absolut luftdicht gemacht werden. Du bist durch den anderen Eingang gekommen, unter dem Café Wolf?«

»Ja. Der Wachtposten hat mich eine Treppe hinuntergestoßen, bis wir an eine Art Safetür kamen. Er hat sie entriegelt und mich gezwungen, hindurchzugehen.«

»Okay. Die Mossad-Leute sollen den Wachtposten ausschalten und die Tür verschließen, bevor sie das

Gas hineinpumpen. Binnen weniger Minuten müßte auch der letzte Nazi hier unten ausgerottet sein. Hast du deine Uhr an?«

»Ja.«

»Wir müssen die Zeit vergleichen. Auf meiner Uhr ist es genau ein Uhr zwanzig.«

»Ein Uhr zwanzig«, sagte sie. »Okay.«

»Sag Tovah, Golding soll das Gas genau um drei Uhr morgens hereinpumpen. Punkt drei. So, jetzt ab mit dir. Ich bringe dich noch ein Stück auf den Weg, bevor ich zu Eva Braun zurückgehe und ihr den dritten Grad verpasse. Ich muß nur eben meine Stiefel anziehen...«

»He, Rex, einen Moment mal. Was soll das heißen, du bringst mich auf den Weg und kehrst dann um? Was wird aus dir, wenn sie das Gas hereinpumpen?«

»Bis dahin bin ich längst weg. Wir treffen uns oben am Schuttberg. Wenn du mit Tovah und Golding alles geklärt hast, kommst du wieder zum alten Führerbunker. Du darfst nur deinen Passierschein nicht vergessen.«

»Ich werde dasein und auf dich warten.«

Er führte sie zur Tür. »Du wirst auf uns warten«, sagte er. »Ich bringe Eva mit.«

Emily blickte ihn verwundert an. »Wieso Eva?«

Foster grinste. »Wir brauchen einen Überlebenden, um zu beweisen, daß Hitler 1945 nicht ums Leben gekommen ist. Schließlich muß das sensationelle neue Ende deiner Biographie durch einen Zeugen untermauert werden.«

Sie küßte ihn. »Verrückter Kerl, ich liebe dich.«

Zuerst hatte er sich Sorgen gemacht, wie er mit Emily im Schlepptau an der Wache vorbeikommen sollte, doch dann war es noch leichter gewesen als beim erstenmal.

Ein zweiter Posten hatte sich zu dem ersten gesellt – offenbar war gerade Wachablösung –, und die beiden lehnten, ins Gespräch vertieft, an der Wand. Durch seine Erfolge ermutigt, war Foster, die Hakenkreuzbinde am Arm, noch militärischer und geschäftiger aufgetreten als auf dem Weg zur Suite.

Er hatte Emily zu dem Zwischengeschoß hinaufgebracht und ihr durch das viereckige Loch in den Tunnel geholfen. Dann hatte er ihr gezeigt, wo die Lampe stand, und sie instruiert, wie sie weitergehen mußte, um den Notausgang zu erreichen.

Anschließend war er allein zu Eva Brauns Suite zurückgekehrt, wobei die schwache Beleuchtung im Bunker dafür sorgte, daß die Posten ihn nicht als Fremden identifizieren konnten.

Im Schlafzimmer nahm er Eva den Knebel aus dem Mund und setzte sich zu ihr auf die Bettkante. Ihre Augen waren offen, ein wenig ziellos starrte sie zur Decke hoch. Foster wußte nicht genau, wie das Wahrheitsserum wirkte, auch nicht, wo er mit seiner Befragung ansetzen sollte, doch in Vietnam hatte er miterlebt, wie gefangene Vietkong unter Einfluß von Natrium-Pentothal verhört worden waren. Er hatte einen Captain sagen hören, es sei, als versuche man, jemand im Schlaf zum Reden zu bringen. Das Mittel senkte die Hemmschwelle, zerstörte den Schutzmantel aus Lügen und ließ den Verhörten direkt aus dem Unterbewußtsein antworten. Man mußte einfache und direkte Fragen stellen, und wenn die Wirkung der Droge nachzulassen begann, mußte man eine weitere Injektion geben, um den Verhörten im Schwebezustand zu halten. Er durfte weder einschlafen, noch einen Schock durch Überdosierung erleiden.

Foster beschloß, mit ein paar einfachen Fragen anzufangen, um sich einzustimmen. Anschließend würde er direkt zum Kern vorstoßen und verschwinden, bevor die Mossad-Leute den Bunker mit tödlichem Giftgas überfluteten.

»Ihr Name ist Eva Braun, oder?« begann er.

Sie hörte auf, die Decke anzustarren, und versuchte, den Fragesteller zu fixieren. »Evelyn – Evelyn«, flüsterte sie, ehe sie etwas lauter sagte: »Eva. Ich bin Eva Hitler-Braun.«

Es war ein unglaublicher Moment, als diese berüchtigte Frau, so lange tot geglaubt, sich selbst identifizierte.

»Eva, erinnern Sie sich an den 30. April 1945?«

»Ja. Das ist der Tag, an dem wir angeblich gestorben sind. Aber wir haben die ganze Welt getäuscht. Wir sind ihnen entwischt.«

»Wie haben Sie das angestellt?«

»Wir hatten Doppelgänger, Schauspieler, die uns ähnlich sahen. Ich habe ihre Namen vergessen – nein, jetzt fallen sie mir wieder ein – sie hieß Hannah Wald, und sein Name war Müller, glaube ich, ja, Müller. Wir hatten sie am Abend vorher in den Führerbunker schaffen lassen. Sie hatten furchtbare Angst. Ich bin sicher, sie ahnten, was wir mit ihnen vorhatten. Wir haben sie in unseren Privaträumen versteckt gehalten, und in der Nacht mußten sie dann unsere Kleider anziehen, ehe Bormann Müller erschossen und Hannah, das arme Ding, gezwungen hat, Zyankali zu nehmen. Die Leichen kamen in die Kammer, in der die Hunde gewesen waren und ... am nächsten Tag ...«

Ihre Stimme schwankte und verlor sich.

»Am nächsten Tag«, half er ihr weiter, »was geschah am nächsten Tag, Eva?«

»Am nächsten Tag haben wir, haben mein Mann und ich sie auf das Sofa gesetzt. Dann ...«

Wieder ließ ihre Konzentration nach.

»Was dann, Eva?«

»Dann sind wir vom Schlafzimmer aus durch den Tunnel in den neuen Bunker geflohen, und während die anderen die Leichen nach oben gebracht haben, ist Bormann allein in das Schlafzimmer zurückgekehrt, hat die Platte in das Loch gehoben, es notdürftig verputzt und die Kommode wieder davorgeschoben. Dann ist er auch weggegangen, nehme ich an.«

»Wohin?«

»Er sollte sich hinterher mit uns im anderen Bunker treffen und bei uns bleiben.«

»Und, hat er das getan?«

Eva Braun wirkte vorübergehend verwirrt. »Aber nein. Martin sollte zum anderen Eingang kommen –«

»Dem Café Wolf?«

»Damals hieß es anders und war eine Bar, kein Café. Aber – ich – ich weiß nicht – er ist dort nie aufgetaucht. Später hat man uns erzählt, er sei beim Verlassen des Führerbunkers getötet worden – vielleicht von einer russischen Granate. Ich weiß nicht.«

Foster merkte, daß ihre Aufmerksamkeit zu erlahmen begann, und er hoffte, daß ihr Erinnerungsvermögen nicht beeinträchtigt war. »Eva, dieser Bunker, in den Sie und Hitler sich zurückgezogen haben, wann ist der gebaut worden?«

»Nach Stalingrad. Der Führer hatte den Plan schon.«

»Hatte er keine Angst, daß die Arbeiter seine Lage verraten könnten?«

Eva Braun schwieg einen Moment. »Ich weiß nicht – darüber habe ich nie nachgedacht.«

»Sie haben also hier in diesem Bunker gelebt, und niemand hat es je herausgefunden?«

»Niemand.«

»Hat Hitler den Bunker mal verlassen, um in die Stadt zu gehen?«

»Nein, nie, natürlich nicht.«

»Und Sie? Sind Sie zu Lebzeiten des Führers je nach oben gegangen?«

»Ich wollte schon hin und wieder, aber er hat es mir nicht erlaubt. Erst als wir das Baby bekamen ...«

Das Baby? Foster traute seinen Ohren nicht. Er musterte das ausdruckslose Gesicht seiner Gefangenen, sah aber keine Anzeichen geistiger Verwirrung. Langsam fragte er: »Sie und Hitler hatten ein Baby?«

»Das weiß doch jeder«, antwortete Eva Braun ungeduldig.

»Ja, natürlich. Sie bekamen also dieses Baby –«

»Bevor mein Mann krank wurde. Als Klara geboren war, wollte mein Mann, daß sie ganz normal oben in der Stadt aufwächst, ohne daß jemals bekannt wird, wessen Tochter sie ist. Deswegen erhielt ich nach all den Jahren die Erlaubnis, den Bunker zu verlassen und Klara mitzunehmen. Inzwischen gab es schon das Café Wolf, und ich bin dort hinausgegangen –«

»Zu wem haben Sie Klara gegeben?«

»Meinem ehemaligen Mädchen – Lisa. Wolfgang Schmidt wußte, daß sie sich in Berlin niedergelassen hatte. Er glaubte, daß man ihr vertrauen könne, besonders, nachdem er ihr sehr viel Geld gegeben hatte. Schmidt hat dafür gesorgt, daß sie Klara als ihr eigenes Kind ausgeben konnte.«

»Damals waren Sie also das erstemal wieder draußen. Wann war das zweitemal?«

»Ein paar Jahre später.« Ein schmerzlicher Ausdruck trat auf ihr Gesicht. »Als mein Mann gestorben war.«

»Er war krank, sagten Sie?«

»Erst gegen Ende zu. Davor ging es ihm immer sehr gut. Er wurde nicht müde, Pläne für die Zukunft zu schmieden; er las auch viel, hörte Musik, und manchmal malte er sogar. Ich habe ihn dazu animiert, wieder mit dem Malen anzufangen.« Neuerlich verwirrt hielt sie inne. »Nein, ich war ja noch vor seinem Tod ein zweitesmal draußen, bald nach Klaras Geburt. Ich wollte Fotos von seinen Lieblingsgebäuden machen, damit er Motive zum Malen hatte, aber ich konnte keine finden, bis auf eins – das Reichsluftfahrtministerium an der Leipziger Straße. Ein paar Jahre später habe ich dann die Mauer zum erstenmal gesehen – was für eine architektonische Grausamkeit, angetan unserer herrlichen Stadt –«

»Und dann ist Ihr Mann gestorben. Wann?«

»Damals, als dieser amerikanische Präsident, Kennedy, ermordet wurde, in Texas. Es kam im Radio. An dem Tag ist auch mein Mann gestorben, an der Parkinsonschen Krankheit.« Tränen traten ihr in die Augen. »Wir haben eine kleine Trauerfeier abgehalten und ihn dann verbrannt.«

»Danach haben Sie den Bunker aber häufiger verlassen?«

»Einmal im Monat, in etwa, um nach Klara und Lisa zu sehen und mich mit Schmidt zu treffen. Es gab überhaupt keine Probleme, denn jetzt konnte mich ja niemand mehr erkennen. Nach und nach bin ich dann öfters nach oben gegangen, schließlich jede Woche, um Klara zu besuchen, als ihre Tante Evelyn. Ein liebes Kind, sie hat mir immer so viel bedeutet. Und dann war da natürlich noch die Arbeit –«

»Welche Arbeit?«

»Die meines Mannes, sie muß doch fortgesetzt werden.«

»Sie meinen damit, einen bewaffneten Konflikt zwischen den Vereinigten Staaten und der Sowjetunion herbeizuführen?«

»Oh, dazu wird es früher oder später sowieso kommen. Da war mein Mann immer ganz sicher.« Sie lächelte schwach. »Das wird ein herrlicher Tag sein, wenn die beiden sich endlich gegenseitig von der Erdoberfläche fegen. Wir mögen die Amerikaner genausowenig wie die Russen. Ich freue mich schon auf die Nachricht, daß sie sich gegenseitig ausgerottet haben.«

»Diese Auseinandersetzung zwischen den Amerikanern und den Russen – wann sollte die stattfinden? Gab es ein Datum?«

»Irgendwann, irgendwann in naher Zukunft.« Ihre Stimme wurde beinahe unhörbar. »Doch vorher – vorher war da noch etwas weit Wichtigeres. Wenn die Zeit kommt, müssen wir bereit sein. Deutschland muß bereit sein. Deutschland ist alles, was zählt. Deutschland muß wieder stark werden, muß erwachen und bereit sein.«

»Wie soll das geschehen?«

»Indem wir unsere Feinde eliminieren. Morgen wird Schmidt uns diese Ausländer vom Hals schaffen, wie er das im Lauf der Jahre schon mit so vielen unserer Feinde getan hat. Dann fährt er nach München, von wo aus er eine Rundreise durch ganz Deutschland antritt. Er trifft sich mit allen Leuten, die Kontakt mit den gut hundertfünfzig Neonazi-Organisationen oder ihren Sympathisanten überall in unserem Land haben. Weit wichtiger allerdings sind seine Treffen mit respektablen und vertrauenswürdigen deutschen Finanziers, Industriellen, Politikern und prominenten Kriegsveteranen, aus denen sich die neue Partei zusammensetzen wird.«

»Die neue Partei«, wiederholte Foster leise. »Was für eine Partei?«

»Eine nationalsozialistische natürlich, entweder unter dem alten Namen oder unter einem neuen. Das wird Schmidt entscheiden.«

»Und Schmidt wird an der Spitze stehen?«

»Jawohl, Wolfgang Schmidt. Es muß jemand sein, der für die Leute absolut unangreifbar ist, weil an seinem Ruf als Antinazi nicht zu kratzen ist. Wenn die neue Partei dann existiert und Amerika und Rußland sich ausgelöscht haben, dann werden wir, der harte Kern von damals, die Partei übernehmen und die Macht an uns reißen.«

Foster starrte sie an. »Das haben alles Sie geplant?«

»Mein Mann und ich.« Eva schüttelte den Kopf. »Viele Jahre lang. Es gab soviel zu tun, und ich hatte große Angst, mein Mann könnte sich übernehmen, in seinem Zustand. Er hat Millionen amerikanischer Dollars nach Argentinien geschickt, wo Dr. Dieter Falkenheim sich um die atomare Basisausrüstung gekümmert und sie schließlich hierher in den Bunker geschafft hat. Um in der Welt mitreden zu können, braucht heutzutage jedes Land die Fähigkeit zum atomaren Erstschlag.«

Die Worte *atomarer Erstschlag* klangen unnatürlich aus Evas Mund. Es hörte sich an, als plapperte sie jemand nach, vielleicht ihrem verstorbenen Mann. »Das stimmt, Eva«, pflichtete Foster ihr bei. »Aber trotzdem müssen Sie zuerst Deutschland in die Hand bekommen. Diesen Punkt habe ich noch nicht ganz verstanden. Können Sie mir noch mal erklären, wie Sie das anfangen wollen?«

Eva Braun reagierte mit deutlicher Ungeduld. »Aber das ist doch ganz klar. Die politische Partei steht in den Startlöchern. Geld haben wir in Hülle und Fülle zur Verfügung. Es gibt viele sehr reiche Leute in Deutschland und Südamerika, die sich noch an die alten Zeiten erinnern können, die *guten* alten Zeiten, und sich nach ihnen zurücksehnen. Sie wollen wieder an die Macht. Sie werden uns helfen, eine, nein, die Mehrheitspartei zu werden. Sie werden uns freudig willkommen heißen, wenn wir wieder ans Tageslicht treten und die Führung übernehmen. Wir waren schon auf dem besten Weg, als mein Mann plötzlich gestorben ist.«

»Und Ihnen hat er es übertragen, seine Arbeit fortzuführen, Eva?«

Zum erstenmal seit Beginn der Befragung erhielt Foster keine Antwort. Er fragte noch einmal, ebenfalls ergebnislos. Eva Brauns Augen stellten sich auf ihn ein.

Zeit für eine zweite Injektion, beschloß er. Rasch legte er die Aderpresse wieder an, suchte eine Vene und führte die Spritze ein. Dann ließ er eine Minute verstreichen, wobei er hoffte, daß er damit keine Bewußtlosigkeit ausgelöst hatte.

Eva Brauns Augen blieben offen, wurden aber wieder unscharf.

Foster beugte sich tiefer zu ihr herab. »Eva, wir haben über Ihre Rolle bei dem Ganzen gesprochen. Ihnen obliegt es also jetzt, den Plan in die Tat umzusetzen, richtig?«

»Ich bin zuständig für unsere Getreuen hier unten. Oben, in der Außenwelt, trägt Wolfgang Schmidt die Verantwortung. Er kennt jedermann, hat die richtigen Verbindungen. Er wird unser – unser –«

»Euer Führer.«

Sie nickte.

Foster setzte das Verhör fort, erkundigte sich nach Details der Machtübernahme, und sie antwortete, erzählte von Hitlers Erwartungen im Zusammenhang mit dem Atomkrieg, den er vorhersah.

Foster blickte auf die Uhr. Falls oben alles glattgegangen war – wenn sich den Mossad-Leuten niemand in den Weg gestellt hatte –, dann sollte das Ende dieses ganzen Wahnsinns nicht mehr weit sein. Und unter diesen Umständen blieb ihm kaum noch genug Zeit, aus dem Bunker zu verschwinden, ehe das tödliche Gas hereingepumpt wurde.

Ja, es war höchste Zeit, sich abzusetzen und Eva Braun mitzunehmen.

»Eva«, sagte er, »haben Sie eine Taschenlampe?«

»Ja, eine sehr starke sogar. In der Nachttischschublade. Ich habe sie immer in der Nähe, für den Fall, daß der Strom mal wegbleibt.«

Foster stand auf, öffnete die Schublade und nahm

die Taschenlampe heraus. »Ich binde Sie jetzt los, Eva. Wir werden einen kleinen Spaziergang unternehmen.« Er legte die Taschenlampe aufs Bett und bückte sich, um die Fußfesseln zu lösen.

Plötzlich fiel ein großer schwarzer Schatten auf die Wand vor ihm.

Foster wirbelte herum.

Im Türrahmen zum Schlafzimmer stand die mächtige Gestalt von Wolfgang Schmidt, dem Polizeipräsidenten, und füllte ihn fast ganz aus.

Einen Moment lang starrten sie sich sprachlos an, beide gleichermaßen überrascht und unfähig sich zu bewegen. Dann stürmte Schmidt mit haßverzerrtem, rot angelaufenem Gesicht wie ein wildes Tier in den Raum. »Foster, Sie dreckiger Abschaum, was haben Sie mit ihr gemacht?« Gleichzeitig fuhr seine rechte Hand unter das Jackett zur Schulterhalfter.

»Keine Bewegung, Schmidt, oder Sie sind ein toter Mann!« brüllte Foster, wußte aber gleichzeitig, daß er seine Pistole nicht benutzen konnte. Ein Schuß würde ein halbes Dutzend Naziwächter alarmieren. Statt dessen packte er die schwere Taschenlampe auf dem Bett.

Schmidt riß eine schwarze Walther P-38 heraus, Foster stürzte sich auf ihn und ließ die Lampe auf Schmidts Waffenhand heruntersausen. Der Polizeipräsident gab ein schmerzerfülltes Keuchen von sich, die Automatic fiel zu Boden. Foster versetzte ihr einen Tritt, der sie durch die offene Tür und den kurzen Gang dahinter ins Wohnzimmer schleuderte.

Wütend hämmerte Schmidt ihm die riesige Faust gegen den Schädel. Foster taumelte durch den Raum, stieß gegen das Fußende des Bettes und brach dort in die Knie.

Schmidt fuhr herum und stürmte aus dem Schlafzimmer, um seine Pistole zu holen.

Foster sprang auf, stolperte und setzte seinem

Gegner nach. Als er ins Wohnzimmer sprang, bückte Schmidt sich gerade nach der Waffe. Seine fleischige Hand hatte den Griff schon beinahe erreicht, als Foster sich mit einem Satz auf den Hünen warf.

Schmidt krachte zu Boden und versetzte der Pistole dabei aus Versehen einen weiteren Stoß. Wieder stieß er einen wütenden Schrei aus. Torkelnd kamen beide Männer auf die Beine. Wie ein Rasender drosch Schmidt mit beiden Fäusten auf den Architekten ein, verfehlte ihn einmal, verfehlte ihn ein zweites Mal, erwischte ihn mit dem dritten Schlag jedoch voll am Kinn und schleuderte ihn durch das Zimmer gegen das Kaminregal.

Als er mit den Schultern gegen das Regal prallte, riß Foster die Arme hoch, um das Gleichgewicht nicht zu verlieren. Dabei streifte er die griechische Urne, die mit einem lauten Krachen vom Regal fiel.

Schmidt stürmte auf ihn zu, Mordgier in den Augen, die Arme ausgestreckt, um ihm den Gnadenstoß zu versetzen.

Ich bin verloren, dachte Foster, *jetzt ist alles aus.*

Er stürzte sich vorwärts, beinahe in die Umklammerung seines Gegners, wirbelte aber in letzter Sekunde herum und versetzte ihm einen harten Judotritt. Verdutzt versuchte Schmidt, Fosters Bein zu pakken und den Tritt abzuwehren, war aber zu langsam. Der blitzschnell zustoßende Fuß traf ihn voll in die Leistengegend. Der Polizeipräsident krümmte sich und versuchte einen Schmerzensschrei zu unterdrücken, während seine Hände sich zwischen den Beinen zusammenkrampften. Um Luft ringend, brach er in die Knie, und im nächsten Moment traf ihn ein weiterer Tritt des Architekten, diesmal an der Schläfe. Er stürzte zur Seite, benommen und orientierungslos.

Doch Schmidt war stark wie ein Stier und begann sich wenig später schon wieder aufzurappeln. Entsetzt erkannte Foster, daß es um ihn geschehen wäre, wenn der andere wieder zu Kräften kam. Verzweifelt blickte er sich nach einer Waffe um, nach irgend etwas, womit er sich gegen diesen Neandertaler wehren konnte. Er bückte sich. Seine Fingerspitzen berührten die Bronzeurne, die er vom Regal gestoßen hatte. Er packte sie mit beiden Händen und wirbelte zu Schmidt herum, der sich hochzustemmen versuchte und dabei den Kopf schüttelte. Der Architekt hob die Urne und ließ sie mit aller ihm verbliebenen Kraft auf den Schädel des Polizeipräsidenten krachen.

Schmidts Kopf fiel zurück, schien sich an die rechte Schulter zu schmiegen, und Foster schlug noch einmal zu und dann ein drittes Mal, bis sein Gegner mit geschlossenen Augen bewußtlos umkippte.

Schweratmend stand Foster über ihm und merkte erst jetzt, daß die Urne sich bei dem Kampf geöffnet hatte und graue Asche Schmidts Gesicht und Oberkörper bedeckte.

Er stellte die Urne ab und beugte sich zu dem schlaffen Körper hinunter, um ganz sicherzugehen, daß er bewußtlos war. Kein Zweifel. Vor einer halben Stunde würde der Polizeipräsident nicht wieder zu sich kommen. Foster warf einen Blick auf seine Armbanduhr, deren Glas zerbrochen war. Wenn alles planmäßig verlief, sollte dieser Raum und überhaupt der ganze Bunker bald, sehr bald schon mit Gas vollgepumpt werden. Schmidt würde tot sein, genau wie alle anderen, bevor er das Bewußtsein wiedererlangte.

Um die Gewißheit zu haben, daß niemand den Körper des Polizeipräsidenten entdeckte, bevor die tödlichen Dämpfe durch die Belüftungsanlage eindrangen, suchte Foster nach einem Versteck für Schmidt. Da fiel ihm Hitlers Schlafzimmer ein. Er schob dem Deutschen die Hände unter die Achseln und zerrte ihn durch den kurzen Gang zu dem Zimmer, öffnete die Tür, schob Schmidt hindurch und schloß die Tür wieder.

Erschöpft lehnte er sich an die Wand, um wieder zu Atem zu kommen. Doch die Zeit blieb nicht stehen, und er lief Gefahr, zusammen mit den anderen vergast zu werden. Mühsam schleppte er sich zur nächsten Tür und betrat Eva Brauns Schlafzimmer.

Er hatte keine Ahnung, was ihn erwartete. War sie während des hitzigen Kampfes wieder zu sich gekommen, zurück im Reich der Normalität?

Unglaublicherweise lag sie immer noch friedlich auf dem Rücken, die Augen benebelt, weit entfernt von dem, was sich um sie herum abgespielt hatte.

Foster hob die Lampe auf, schob sie in die Hosentasche und trat an das Bett. Über die Liegende gebeugt, wiederholte er noch einmal, was er vor Schmidts Eintreten gesagt hatte. »Eva, ich binde Sie jetzt los, und dann unternehmen wir beide, Sie und ich, einen kleinen Spaziergang.«

Sie blinzelte verständnislos. So schnell wie möglich löste Foster die restlichen Fesseln.

Sie war benommen und fügsam und leistete ihm nicht den geringsten Widerstand.

Foster hielt ihren Arm fest, und nebeneinander gingen sie durch den unterirdischen Bunker. Der diensttuende Posten knallte die Hacken zusammen und salutierte, als er Eva Braun erkannte. Von ihrem Begleiter nahm er keine Notiz.

Foster führte seine Gefangene zu dem Zwischengeschoß hinauf und weiter zur Tür. Ohne irgendeine andere Reaktion als Gehorsam kroch Eva Braun aus dem Bunker, der seit Kriegsende ihr Zuhause gewesen war, durch das kleine Loch in den dunklen Tunnel. Die Taschenlampe in der einen Hand, seine abgelegten Kleider in der anderen, folgte er ihr. Anschließend schob er die Platte wieder an ihre Stelle in der Betonmauer.

Er schaltete die Taschenlampe ein, der Strahl huschte über den Tunnelboden vor ihnen. Mit sanftem Druck führte er Eva Braun den mittlerweile schon vertrauten unterirdischen Weg entlang zum alten Führerbunker und der Öffnung, die in Hitlers dortiges Schlafzimmer führte.

Auf Knien krochen sie durch die zweite Öffnung, erst sie, dann er.

Er legte die Taschenlampe auf den Boden, so daß ihr Strahl das viereckige Loch erfaßte. Er packte die zweite, weit schwerere Platte und schleppte sie zu der Öffnung. Unter Aufbietung aller Energie gelang es ihm, sie wieder an ihren Platz zu hieven, wobei er ihr hier und dort einen Stoß mit dem Knie versetzte, damit sie richtig saß. Mit letzter Kraft schob er die Kommode an die Wand. Jetzt war der siebte Bunker wahrhaftig versiegelt.

Um sich zu orientieren, ließ er den Strahl der Taschenlampe durch den schmutzigen, spinnwebenverhangenen Raum wandern. Als das Licht Hitlers altes Bettgestell streifte, entfuhr Eva Braun ein leises Keuchen. Er nahm ihren Arm und führte sie durch die Tür ins Wohnzimmer. Diesmal ließ er sich mehr Zeit; der Lichtkegel erfaßte erst das Sofa, dann den kaputten Stuhl, die Wände, den Schreibtisch, über dem einstmals das Bild Friedrichs des Großen gehangen hatte, und schließlich Eva Brauns Gesicht.

Sie war aschfahl, ihre Miene eine Studie in Entsetzen, und sie keuchte ein zweites Mal, etwas lauter. Ihre Hände krochen zum Mund hoch. Durch die Finger sagte sie: »Der Führerbunker. Das Wohnzimmer. Unser Zimmer.«

Er fragte sich, ob die letzten vierzig Jahre auf einmal von ihr abgefallen waren und sie jetzt wiedererlebte, was sie damals erlebt hatte, die glücklichen Augenblicke mit Hitler, die langersehnte Hochzeit und den Empfang für die engsten Mitarbeiter.

»Lieber Gott«, flüsterte sie, »was haben sie nur damit gemacht.«

»Die Russen haben ihn zerstört«, sagte Foster nüchtern.

»Diese Tiere!«

Das Zittern in ihrer Stimme sagte ihm, daß sie nun wieder bei vollem Bewußtsein und in der Gegenwart war. Die Droge hatte aufgehört zu wirken.

Sie blinzelte in den Strahl der Taschenlampe. »Wer sind Sie? Wie haben Sie mich hierhergebracht? Ich will zurück –«

»Sie können nicht mehr zurück«, sagte er kurzangebunden. »Das war einmal.« Dann fügte er hinzu: »Die Vergangenheit ist tot oder wird es zumindest in ein paar Minuten sein. Mit Ihnen habe ich andere Pläne.« Er zog die Pistole, damit sie sehen konnte, daß er bewaffnet war. »Wir gehen jetzt nach oben, zum alten Notausgang, verstanden?«

»Warum?«

»Ich will die Wahrheit wissen, Eva. Die ganze Wahrheit.«

»Ich werde Ihnen nichts verraten, nicht ein Wort. Und ich heiße – ich heiße Evelyn Hoffmann.«

»Bewegung!« herrschte er sie an und winkte mit der Pistole zur Tür hinüber.

Sie ging los, und er folgte ihr, durch das Vorzimmer, den Gang entlang und die Zementstufen hinauf nach oben. Vor der letzten Öffnung, die durch den Schuttberg ins Freie führte, scheute sie zurück. »Weiter«, befahl er und preßte ihr die Pistole in den Rücken.

Stolpernd trat sie hinaus in die kühle Nachtluft. Es war dunkel, aber nicht stockfinster. Die ostdeutschen Wachtürme warfen hier und dort einen silbrigen Lichtschimmer auf das Gelände um den Schuttberg.

»Emily!« rief Foster. Er schwenkte die Taschenlampe im Kreis, um zu sehen, wo sie stand, denn sie hatte ja versprochen, ihn hier zu erwarten.

Weit und breit war niemand zu sehen.

Auf einmal verließ ihn der Mut, und er fragte sich, was Emily zugestoßen sein mochte, und ob sie es überhaupt geschafft hatte, Tovah, Golding und die Mossad-Leute zu informieren. Er brauchte sie, und er brauchte sie hier, um zu wissen, daß es ihr gutging und daß endlich der Epilog zu Hitlers Geschichte geschrieben wurde.

Er legte Pistole und Taschenlampe auf die Erde, um sich der Naziuniform zu entledigen und wieder in die eigenen Kleider zu schlüpfen. Als er fertig war, war Emily noch immer nicht zu sehen. Die Minuten verstrichen, und er verspürte Verzweiflung in sich aufsteigen.

Doch dann sah er auf einmal in einiger Entfernung ein Licht. Das Licht hüpfte auf und nieder, eine Lampe, die jemand in der Hand hielt, und als es allmählich größer wurde, erkannte er, daß eine Frau die Lampe trug.

Er wußte, das konnte nur Emily sein.

Endlich.

Plötzlich gab es hinter ihm ein lautes Krachen, und das noch etwa zwanzig Meter entfernte Licht ging zu Boden, genauso wie die Gestalt, die es trug.

In einem Aufwallen schrecklicher Angst umklammerte Foster den Griff der Pistole und stürzte auf die am Boden liegende Lampe zu, überzeugt, daß Emily erschossen worden war.

Doch als er sie erreichte, rappelte sie sich schon wieder auf und tastete nach der Lampe.

»Bist du verletzt?« fragte er besorgt, während er ihr auf die Beine half und sie dann fest umarmte. »Es geht dir doch gut, oder?«

»Ich bin gestolpert, das war alles. Das Knie tut ein bißchen weh, mehr nicht. Gott sei Dank bist du ohne Schwierigkeiten herausgekommen.«

Er nahm Emily die Lampe aus der Hand und

führte sie rasch zu dem klaffenden Loch im Schuttberg.

»Das meiste, was ich von Eva Braun wissen wollte, habe ich schon in Erfahrung gebracht. Den Rest können wir später aus ihr herausholen. In erster Linie ging es ihnen darum, den Nationalsozialismus in Deutschland wieder zum Leben zu erwecken. Sie haben sich auf eine neue Machtergreifung vorbereitet. Du weißt ja, daß Hitler von einem Atomkrieg zwischen Rußland und Amerika geträumt hat, der seiner Meinung nach unausweichlich war. Darauf wollten sie vorbereitet sein. Sie hat es mir in allen Einzelheiten erklärt.«

»Ein neues Drittes Reich in Deutschland?« fragte Emily ungläubig. »Das darf doch nicht wahr sein. Die müssen den Verstand verloren haben.«

»Sie war davon besessen. Es muß die letzte von Hitlers großen Hoffnungen gewesen sein. Sag mal, hast du eigentlich Tovah und die Mossad-Leute erreicht?«

»Ja. Tovah sagte, sie würde sich mit Golding in Verbindung setzen, damit er die Mossad-Agenten mitsamt dem Gas zum Café Wolf führt. Wenn alles gutgegangen ist –«

»Das heißt, wenn die Polizei sich ihnen nicht in den Weg gestellt hat.«

»Da fällt mir Schmidt ein. Was machen wir bloß mit dem?«

»Um den habe ich mich schon gekümmert. Er ist plötzlich im Bunker aufgetaucht. Die Situation war ziemlich brenzlig, aber glücklicherweise hatte ich Jugend und Schnelligkeit auf meiner Seite. Wenn Golding das Gas in den Bunker pumpt, dürfte das Problem Schmidt dadurch auch aus der Welt geschafft sein. Anschließend kann sich dann der deutsche Verfassungsschutz der Sache annehmen. Hauptsache, du hast alle Unterlagen, die du brauchst, und natürlich Eva Braun –«

»Eva!« rief Emily. »Wo ist sie denn?«

»Wieso, hier bei mir«, meinte Foster. »Ich habe sie mit heraufgebracht ... eben war sie noch ...«

Er schwenkte die Lampe, leuchtete zum Schacht hinüber.

Doch Eva Braun war nicht mehr da.

»Sie ist weg«, sagte Emily. »Sie muß abgehauen sein, als du mir entgegengelaufen bist.«

»Sie wird nicht weit kommen, hier in der Sicherheitszone.«

»Aber wir können doch nicht einfach nur so herumstehen, wir müssen sie suchen.«

Foster überlegte einen Moment. »Nicht jetzt, Emily«, beschloß er endlich. »Wir können hier nicht im Dunkeln herumwandern und nach ihr suchen. Zerbrich dir ihretwegen nicht den Kopf. Sie sitzt so oder so in der Falle. Die Ostdeutschen werden sie schon schnappen.«

»Aber wir brauchen sie doch.«

»Wir werden sie auch kriegen, wenn sie erst mal gefangengenommen worden ist.« Er nahm Emily beim Arm und führte sie mit großen Schritten über das unebene Gelände auf das ostdeutsche Wachhaus zu. »Zuerst müssen wir uns davon überzeugen, daß Golding unsere Nachricht erhalten und die Waren geliefert hat. Das ist wichtiger als alles andere.«

Doch als sie an dem Wachhaus vorbei waren, überlegte er es sich anders. »Emily, es ist doch besser, wenn du allein weitergehst. Nimm meinen Wagen und fahr zum Café Wolf. Schau nach, ob alles nach Plan verläuft. Ich komme später mit einem Taxi nach. Im Moment möchte ich lieber noch etwas hierbleiben. Eva fängt an, mir zu fehlen. Vielleicht gelingt es mir doch, sie wiederzufinden. Bitte geh, Emily. Ich bin bald wieder bei dir – und sei vorsichtig, nur für alle Fälle.«

12

Nach Emilys Aufbruch blieb Foster außerhalb der Sicherheitszone am Drahtzaun stehen, blickte zum Ausgrabungsgelände hinüber und wartete auf irgendeine Bewegung dort hinten im Halbdunkel, die ihm verriet, daß Eva Braun wieder aufgetaucht war.

Doch weit und breit war nichts von ihr zu sehen. Während dieser Augenblicke wurde ihm klar, daß Hitlers Frau sich nicht wieder zeigen würde. Sie würde allerdings auch nicht entwischen können. Eva Braun saß in der Falle, und wenn der Tag anbrach, würden die Ostdeutschen sie entdecken und gefangennehmen. Dann mußte Emily nur noch Professor Blaubach darüber informieren, wen seine Leute da arretiert hatten. Foster konnte sich ausmalen, wie überrascht der Professor sein würde.

Aber im Moment war es sinnlos, hier noch länger herumzustehen und in die Sicherheitszone hineinzustarren. Er schüttelte den Kopf über seine Dummheit. Was hatte er sich erwartet? Warum hatte er Emily seinen Wagen überlassen oder sie nicht wenigstens zum Café Wolf begleitet? Die Situation dort interessierte ihn auf einmal mehr als Eva Braun. Er brauchte einen Wagen, und zwar sofort.

Er drehte sich um und ging auf das Wachhaus zu. Der verantwortliche Offizier, ein Major Ganz, war bisher immer sehr höflich zu ihm gewesen. Als der Major ihn jetzt kommen sah, sicherte er die sowjetische SKS, die an einem Lederriemen von seiner Schulter hing, und ging ihm entgegen.

»Ich habe hier auf einen meiner Mitarbeiter gewartet, der nur noch schnell etwas fertigmachen und dann auch herauskommen wollte, aber jetzt bin ich doch etwas knapp mit der Zeit«, erklärte Foster. »Wäre es Ihnen wohl möglich, mir ein Taxi zu rufen?«

»Kein Problem«, sagte der Major. »Ich lasse einen meiner Männer im Palasthotel anrufen. Da gibt es bestimmt Taxis, die auf eine Fahrt zurück nach West-Berlin warten.«

Er ging zum Wachhaus, während Foster wieder an den Zaun zurückkehrte. Noch immer gab es kein Anzeichen dafür, daß Eva Braun sich irgendwo auf dem Gelände versteckt hielt.

Auf einmal merkte er, daß Major Ganz neben ihm stand. »Alles klar«, sagte der Major. »In zehn oder fünfzehn Minuten wird ein Wagen hier sein.«

»Herzlichen Dank«, sagte Foster.

Der Major betrachtete ihn. »Sonst ist alles in Ordnung?« fragte er.

»Mehr oder weniger, danke.«

Aber als er dem Drahtzaun den Rücken kehrte, war Foster absolut nicht überzeugt, daß alles in Ordnung war, für ihn oder für sonst jemand – noch nicht. Es hing alles davon ab, was in diesem Moment unten im Bunker geschah. Denn wenn es Schmidt und seinen Fanatikern gelungen war, der Vernichtung zu entrinnen, dann würden sie bald den Spieß umdrehen und zur Jagd blasen, auf Emily, Tovah, Kirwow und ihn selbst, um Rache zu nehmen und sie alle zu töten.

Emily saß hinter dem Steuer von Fosters Audi und war unterwegs nach West-Berlin. Am Checkpoint Charlie gab es die üblichen Verzögerungen. Diesmal dauerte es wegen der ungewöhnlichen Tageszeit noch länger als sonst, aber schließlich ließ man sie passieren, und sie trat aufs Gas, um so schnell wie möglich an ihr Ziel zu gelangen.

Als sie den Askanischen Platz erreicht hatte und eine Parklücke suchte, gab es in ihrem Kopf nur noch für eins Raum. Sie hoffte voller Inbrunst, daß Tovah Golding erreicht hatte, daß Golding mit seinen Männern zum Café Wolf gerast und es ihnen dort gelungen war, das Krebsgeschwür unter den Häusern der Stadt ein für allemal zu zerstören.

Ist es vorbei, fragte sie sich immer wieder, *ist es endlich vorbei?*

In der Stille der Bunkersuite erklang ein Geräusch.

Langsam, ganz langsam öffnete sich die Tür von Hitlers Schlafzimmer.

Eine fleischige Hand stieß sie schließlich ganz auf. Dann folgte ein blutverkrusteter Kopf. Wolfgang Schmidt kroch heraus, noch benommen und auf allen vieren.

Nachdem er aus seiner Ohnmacht erwacht war, hatte er zunächst die letzten Ereignisse zu rekonstruieren versucht. Er war in den Bunker zurückgekehrt, um sich davon zu überzeugen, daß die Ashcroft noch gefesselt war und nichts Effies Schlaf störte. Doch die Ashcroft hatte nicht mehr auf der Couch gelegen, und so war er in Effies Schlafzimmer gegangen, um sie zu suchen. Und dort hatte er dann Foster, dieses Schwein, entdeckt – und Effie, ans Bett gefesselt.

Es war zu einem Kampf gekommen, und irgendwie hatte Foster ihn bewußtlos geschlagen. Sein Kopf schmerzte mörderisch; er war sicher, daß Foster ihn mit etwas Schwerem niedergeschlagen hatte. Vermutlich war es nur seiner ausgezeichneten körperlichen Verfassung zu verdanken, daß er noch lebte.

Trotz seines geschwächten Zustands gelang es ihm, aufzustehen, indem er sich an der gegenüberliegenden Wand hochstemmte. Schwankend bewegte er sich auf Eva Brauns Schlafzimmer zu.

Sie war nicht da. Das Bett war leer. Und Foster war ebenfalls nicht mehr da. Schmidt torkelte ins Wohnzimmer. Seine Beine waren wie aus Gummi. Das Wohnzimmer war auch leer.

Auf dem Boden bemerkte er seine Walther P-38. Er hob sie auf.

Er versuchte sich vorzustellen, was passiert sein konnte.

Wahrscheinlich hatte Foster Effie als Geisel genommen und war aus dem Bunker entwischt. Aber an wen mochte er sich jetzt um Unterstützung gewandt haben? Vielleicht an die Befehlshaber der vier Besatzungsmächte, um ihnen von der Existenz des Bunkers zu berichten und ihren militärischen Beistand zu erbitten.

Falls das zutraf, sah Schmidt noch einen Hoffnungsschimmer. Er kannte alle vier Befehlshaber hier in Berlin, jeden von ihnen persönlich, und er wußte, wie unmöglich es für sie war, schnell zu handeln, selbst wenn es sich um eine derart kritische Situation handelte. Sie waren verstrickt in einen bürokratischen Paragraphendschungel, und Fosters Geschichte mußte derart hanebüchen klingen, daß keiner von ihnen sich darum reißen würde, als erster loszupreschen.

Ja, in der Tat, es gab noch Hoffnung, wirkliche Hoffnung.

Obwohl sein Schädel zu bersten drohte und das Hämmern zwischen den Schläfen nicht aufhören wollte, versuchte Schmidt nachzudenken, sich zu konzentrieren. Während Foster unterwegs war, um Hilfe zu holen, hatte er bestimmt einen oder mehrere seiner Gefährten oben postiert, damit sie den Ausgang vom Café Wolf im Auge behielten. Aber wie viele es auch sein mochten, sie würden leicht zu überwältigen sein.

Noch konnte er fliehen, entschied Schmidt. Er brauchte bloß die Männer in den Quartieren zu wekken. Mit ihren Maschinenpistolen und Panzerfäusten würden sie sich einen Fluchtweg aus dem Bunker freischießen.

Ja, das konnte funktionieren. Sie würden ausbrechen und irgendwo untertauchen, bis die Sterne wieder günstiger standen.

Er mußte die Männer alarmieren, und zwar schnell.

Schmidt taumelte durchs Wohnzimmer, den kleinen Empfangsraum und aus der Suite auf den Gang.

Torkelnd näherte er sich der Ecke, und dahinter sah er, ein paar Meter entfernt, einen der diensttuenden Wachtposten.

Er öffnete den Mund, um ihn zu alarmieren, um jeden Bunkerbewohner zu alarmieren, doch statt zu schreien mußte er sich übergeben.

Seine Hände flogen zur Kehle hoch. In der Luft hing ein scharfer fauliger Geruch. Etwas schnürte ihm den Hals zu. Kein Wort kam heraus. Die unsichtbare Schlinge zog sich fester und fester zu. Er zitterte unkontrolliert.

Er versuchte, dem jungen Wachtposten etwas zuzurufen, aber da war kein junger Wachtposten mehr.

Verschwommen nahm er wahr, daß der junge Mann zu Boden gestürzt war, sich dort in Krämpfen wand und dann reglos liegenblieb.

Schmidt begriff, daß etwas Schreckliches vorging.

Aus dem Ventilatorschacht rieselten amethystblaue Kristalle und bedeckten den Boden.

Plötzlich wußte er Bescheid. Er war in Auschwitz gewesen. Er hatte diese Kristalle schon einmal gesehen. Und er wußte, was sie anrichteten.

Er sank zu Boden. Liegend rang er um Atem, schnappte nach Luft. Aber da waren nur diese langsam auf ihn zukriechenden Dämpfe.

Und dann berührte ihn die Hand des Todes und schloß ihm für immer die Augen.

Als Emily aus dem Audi stieg, sah sie Tovah vor dem Café Wolf warten und dann über die Straße laufen.

»Emily, Emily!« rief Tovah und blieb atemlos bei ihr stehen. »Wir waren so erleichtert, als wir von Ihnen gehört haben. Sie haben sie tatsächlich in ihrem Versteck aufgespürt!« Sie warf einen Blick in den Wagen. »Wo ist denn Rex?«

»Er wird auch bald hier sein. Ich erzähle Ihnen die ganze Geschichte später. Im Moment interessiert mich nur eins – haben Golding und seine Leute wirklich zugeschlagen?«

Tovah nickte. »Und wie! Auf dem Plan des Bunkers haben sie den verborgenen Belüftungsschacht gefunden und durch den dann eine Unmenge Zyklon-B-Kristalle hinuntergekippt – die gleiche Substanz, mit der die Nazis in Auschwitz achttausend Juden am Tag vergast haben. Ich glaube, unsere Agenten haben so viele von diesen Kristallen in den Bunker geschüttet, daß man damit tausend Nazis in der Minute umbringen könnte. Wie viele, sagten Sie, waren da unten? Fünfzig oder mehr?«

»Ungefähr fünfzig.«

»Tja, die dürften jetzt alle tot sein, Emily, jeder einzelne von ihnen. Ich habe gerade mit Chaim Golding gesprochen. Seine Männer packen bereits wieder zusammen, um zu verschwinden. In ein bis zwei Tagen dürfte sich das Gas soweit verflüchtigt haben, daß man anfangen kann, die Leichen zu bergen. Schade, daß es nicht wenigstens einen Überlebenden gibt, der uns sagen kann, was sich da unten abgespielt hat. Und wie es überhaupt zu all dem gekommen ist.«

»Rex hat jemanden herausgeholt«, sagte Emily.

»Tatsächlich?«

»Ja, er hat Eva Braun mit nach oben gebracht.«

»Eva Braun! Das ist ja unglaublich! Wo hat er sie?«

Emily zögerte. »Er hat sie und hat sie auch wieder nicht. Kommen Sie, ich erklär's Ihnen, während wir auf Rex warten. Warum machen wir nicht einen kleinen Spaziergang?«

Als sie sich bei Tovah einhängte, fragte Emily sich neuerlich, was aus Hitlers Frau geworden sein mochte und was sie wohl im Augenblick gerade tat...

In dem Moment, als der Amerikaner losgerannt war, um seiner Freundin zu helfen, hatte Eva Braun instinktiv reagiert. Das war die Gelegenheit zur Flucht, und sie hatte sie ergriffen.

Nachdem sie rasch die am Boden liegende Taschenlampe aufgehoben hatte, war sie in das dunkle Loch getaucht, das einstmals als Notausgang des Bunkers gedient hatte. Vorbei an den Stützbalken, die den ausgehobenen Schacht säumten, war sie weiter und weiter in den Bunker hineingelaufen, bis sie glaubte, in Sicherheit zu sein.

Von ihrem Versteck aus hatte sie den Amerikaner und die Engländerin zurückkommen hören und festgestellt, daß sie genau beim Bunkerausgang Posten bezogen. Sie nannten sich Rex und Emily und unterhielten sich auf englisch, in einer Sprache, die Eva ganz gut verstand.

Der Amerikaner hatte seiner Freundin von ihren, Evas, politischen Plänen erzählt, ihrem Zeitplan für das Wiedererstarken des Deutschen Reiches. Woher konnte er all das wissen? Von ihr mit Sicherheit nicht, es sei denn, er hätte sie unter Drogen gesetzt. Daran aber konnte sie sich nicht erinnern. Vielleicht hatte er anderswo davon gehört oder irgendwelche Notizen auf ihrem Schreibtisch entdeckt.

Die erschütterndste Nachricht aber war gewesen, daß der Amerikaner, wie er seiner Freundin erzählte, Wolfgang Schmidt niedergeschlagen und bewußtlos unten liegengelassen hatte.

Und dann hatte sie gehört, wie die Engländerin berichtete, daß die Mossad tödliches Gas in ihr unterirdisches Zuhause pumpte. Jüdische Verschwörer standen im Begriff, alle ihre Getreuen zu eliminieren, die ihr und ihrem Mann so viele Jahre aufopferungsvoll gedient hatten. Ein Akt unvorstellbarer Grausamkeit, und doch wurde er begangen, hier und jetzt.

Auf einmal war dort draußen auch ihr Name gefallen, denn die beiden hatten gerade gemerkt, daß sie sich nicht mehr in ihrer Gewalt befand. Zitternd hatte sie in ihrer Höhle gekauert, voller Angst, daß sie mit ihren Lampen kommen könnten, um sie zu holen. Der Gedanke, noch einmal gefangengenommen und anschließend vielleicht verhört, verspottet und öffentlich zur Schau gestellt zu werden, erfüllte sie mit Abscheu und Entsetzen. Auch ihr verstorbener Mann hatte sich davor gefürchtet und ihr immer wieder versprochen, daß er es dazu niemals kommen lassen würde.

Und dann waren der Amerikaner und die Engländerin weggegangen, um sich beim Café Wolf mit eigenen Augen davon zu überzeugen, daß dem Massaker an Evas Getreuen Erfolg beschieden war.

Ihre Stimmen waren leiser und leiser geworden, und nun herrschte schon seit geraumer Zeit absolute Stille. Eva Braun wagte noch eine ganze Weile nicht, sich zu bewegen, obwohl sie das Gefühl hatte, allein zu sein. Sie brauchte Zeit zum Nachdenken, und aus dem Gefühl mußte erst hundertprozentige Sicherheit werden.

Während sie da in der schwarzen Finsternis des Ausgrabungsschachtes kauerte, merkte sie, daß sie nur noch von einem einzigen Gedanken, einer letzten Sorge besessen war. Dabei handelte es sich jetzt nicht mehr um die Zukunft der Partei, auch nicht um Schmidt, den Erben ihres Mannes. Beide waren so oder so verloren.

Nein, etwas ganz anderes ließ ihr keine Ruhe.

Es war das grausame Massaker, das von den ausländischen Verschwörern an ihren Kameraden und Gefolgsleuten unten im Bunker begangen wurde. Giftgas wurde in ihre luftdichte Katakombe geleitet, und binnen weniger Minuten würden sie alle tot sein, und dann gab es niemand mehr, der die Welt erben konnte, nachdem die Sowjetunion und die Vereinigten Staaten sich gegenseitig zerstört hatten.

Zuerst dachte sie daran, ihren Getreuen eine Warnung zukommen zu lassen und sie so zu retten. Sie konnte die Taschenlampe mitnehmen und versuchen, die Betonplatte zu entfernen, um durch den Tunnel zum Bunker zu laufen und Alarm zu geben.

Aber im Grunde wußte sie, daß es zu spät war, viel zu spät. Seitdem sie das Gespräch belauscht hatte, war einige Zeit verstrichen, und inzwischen hatte sich ihr unterirdisches Zuhause längst in ein Massengrab verwandelt.

Ein Schauer lief ihr über den Rücken, als sie begriff, wie groß ihr Verlust war. Jetzt gab es nur noch eins, was getan werden konnte, getan werden mußte, und sie erinnerte sich genau, wie es sich bewerkstelligen ließ.

Aufrecht stand sie in der Dunkelheit, straffte die Schultern. Ihr Mann hatte niemals auch nur den geringsten Zweifel daran gelassen, daß er sich eher das Leben nehmen als von den barbarischen Eroberern zum Schaustück degradieren lassen würde. »Tschapperl«, hatte er einmal zu ihr gesagt, »wenn es ihnen gelingt, uns zu fangen, dann werden sie uns in Käfige stecken und im Moskauer Zoo ausstellen.«

Inzwischen teilte Eva die Ansicht ihres Gatten über das, was ihr bevorstehen mochte.

Sobald sich das Gas verflüchtigt hatte, würden die Männer in den Bunker hinuntergehen und dort Dutzende gräßlich entstellter Leichen vorfinden. Sie würden die Leichen verscharren und alles andere als Trophäen ihres Sieges in diesem nie endenden Krieg fortschleppen. Sie würden die Reste ihres Gatten in seiner Urne in ihren Besitz bringen. Seine Mementos eines großen, erfüllten Lebens würden sie ebenfalls mitnehmen. Sie würden ihre geheimen Tagebücher finden und daraus von Klara erfahren.

Sie würden die Geschichte des Dritten Reiches neu schreiben. Sie würden ihr Schauspiel haben.

Nun lag es an ihr, jenen Schritt zu unternehmen, den ihr Mann zur Verhinderung all dieser Freveltaten vorgesehen hatte.

In der letzten Woche im alten Führerbunker hatte er ihr von den beiden Hebeln erzählt. Jeder dieser Zwillingshebel war durch ein Hochspannungskabel mit dem versteckten Bunker verbunden. Einer befand sich im untersten Geschoß des alten Führerbunkers, der andere im Café Wolf. Mit jedem der beiden Hebel konnte man eine Explosivladung im siebten Bunker zünden und ihn in tausend Stücke sprengen.

Aber jetzt, wo der Bunker voller Gas war, würde eine Explosion verheerender wirken, als man es sich überhaupt vorstellen konnte. Die Explosion würde keinen Stein auf dem anderen lassen.

Ihr Mann hatte logisch und richtig gehandelt. Er hätte ihnen ihr Schauspiel nicht erlaubt, und sie würde es ebenfalls nicht zulassen. Denn das war alles, was zählte – daß sie seinen Wünschen gehorchte.

Der Hebel im Café Wolf war außerhalb ihrer Reichweite.

Aber der Hebel hier unten im Führerbunker war ihres Wissens nie entdeckt worden und konnte daher durchaus noch funktionsfähig sein. Die Anlage war von einem Elektriker der Wehrmacht installiert worden, hinterher hatte ihr Mann ihn liquidiert. Aber wo genau hatte der Hebel sich damals noch befunden? Sie versuchte sich zu konzentrieren, jene Momente wieder in ihr Gedächtnis zu rufen.

Ja, der Hebel war in der kleinen Kammer von Johannes Hentschel, in der auch der für die Wasser-, Strom- und Frischluftversorgung unerläßliche Dieselmotor gestanden hatte. Als Hentschel geschlafen hatte, war ihr Mann mit Eva in den kleinen Raum gegangen, um ihr den Hebel zu zeigen. Der Ingenieursraum lag gegenüber von ihrem Schlafzimmer auf der anderen Seite des Korridors.

»Hier sind zwei wichtige Gegenstände, die du dir einprägen mußt, Effie«, hatte ihr Mann gesagt. »Das hier ist die Notbremse. Sollte es jemals ein Attentat auf mich geben, ziehst du diesen Griff. Dann gehen hier im Bunker alle Lichter aus, und sämtliche Türen werden automatisch verriegelt. Der nächste ist noch wichtiger. Unter dem Boden.« Er hatte eine Betonplatte beiseitegerückt und auf einen roten Hebel gedeutet. »Damit kannst du eine Ladung Dynamit zünden, die unseren geheimen Bunker in die Luft jagt, falls es jemals nötig werden sollte. Daß du mir diese beiden Hebel nie vergißt, Effie, hörst du?« Und dann hatte er beinahe wehleidig hinzugefügt: »Immer muß ich an alles denken.«

Heute, vierzig Jahre später, erinnerte sie sich so deutlich daran, als wäre es erst gestern gewesen.

Langsam ging sie die Betonstufen hinunter, die zur untersten Ebene des Führerbunkers führten. Im Grunde brauchte sie die Taschenlampe überhaupt nicht. Sie hätte den Weg mit verbundenen Augen gefunden.

Mit allmählich rascher werdenden Schritten eilte

sie den kalten, feuchten Mittelgang entlang, vorbei an ihren Privaträumen, bis sie Hentschels Kammer erreicht hatte.

Mit der Taschenlampe leuchtete sie in den völlig verdreckten Raum. Sie ließ sich auf die Knie nieder, legte die Lampe auf den Boden und krallte die Finger in die Ritzen rings um die schmutzige, abgebrökkelte Betonplatte. Einer ihrer Fingernägel brach ab, dann ein zweiter, doch endlich bewegte die Platte sich, und sie konnte sie hochheben.

Sie richtete den Strahl der Taschenlampe in das Loch. Da war er, der Hebel, trocken und ohne eine Spur von Rost.

Ohne eine Sekunde zu zögern, beugte sie sich vor, packte ihn und zog daran. Er gab nach, und sie zog noch heftiger. Dann gab es ein Klicken, und sie wußte, der Mechanismus war in Gang gesetzt.

In zwei Minuten mußte alles rings umher in die Luft fliegen.

Die Taschenlampe in der rechten Hand, sprang Eva auf, lief zurück in den Gang und auf die Treppe zu. So schnell sie konnte, hastete sie die Stufen wieder empor.

Sie war gerade beim Notausgang angelangt, als sie das Grollen der Erde draußen hörte. Durch die abgestützte Öffnung stolperte sie ins Freie. Tief unten explodierte das tödliche Gas.

Rings umher brach die Erde auf wie ein eisiger Vulkan. Eine Feuerzunge leckte in den Himmel. Das Aufbrüllen der Explosion raste über das Gelände und brach sich an der Mauer, lauter als die gesamte russische Artillerie und alle Luftangriffe, die Eva in den letzten Tagen des Krieges gehört hatte. Rauch wallte aus dem Schacht. Erdbrocken flogen durch die Luft.

Eva kniff die Augen zusammen und wandte das Gesicht ab, um sich gegen den Schutthagel zu schützen. Der Grenzbereich schien sich in ein einziges Inferno verwandelt zu haben.

Evas Herz jubilierte.

Du brauchst keine Angst mehr zu haben, mein Liebling, rief sie ihrem Mann zu; es wird kein Schauspiel geben, keine Käfige und keinen Zoo.

Erst als sie die fernen Sirenen hörte, setzte sie sich in Bewegung. Der Himmel war eine einzige, feurige, glutrote Decke über der Stadt. Nach und nach legte sich der Staub wieder, und Eva warf die Taschenlampe fort.

Als sie sich der Mauer näherte, konnte sie sehen, daß die Öffnung groß genug war für drei Panzer nebeneinander.

Triumphierend betrachtete sie die Lücke.

Einmal mehr war sie zur Witwe geworden. All ihre Freunde und die Überreste ihres Geliebten lagen vernichtet unten in der Erde. Eine Witwe, ja, aber sie wußte, sie war nicht allein.

Sie ging einfach drauflos, hinaus aus der ostdeutschen Sicherheitszone, durch die klaffende Lücke in der einstmals so furchteinflößenden Mauer und hinüber nach West-Berlin.

Die Sirenen wurden lauter.

Eva Braun ging weiter.

Als die Wohnungstür aufging, stellte Eva erleichtert fest, daß es Lisa in ihrem Rollstuhl war, die ihr geöffnet hatte. Sie taumelte in die Wohnung. Lisa starrte sie mit großen Augen an.

»Eva«, keuchte sie, »was tust du hier, um diese Zeit? Mein Gott, wie siehst du denn aus ...?«

Eva hatte ganz vergessen, sich den Dreck von den Kleidern zu klopfen, aber es war ihr auch gleichgültig. Sie beugte sich über Lisa und flüsterte zischend: »Sie haben uns entdeckt, der Bunker ist zerstört –«

»Sie – sie –?«

»Die Ausländer, die uns auf der Spur waren.«

»Aber wie?«

»Das spielt doch jetzt keine Rolle. Außer mir sind alle tot. Wir müssen fliehen, bevor sie uns hier finden.«

»Fliehen?«

»Wir dürfen keinen Augenblick verlieren. Unten wartet ein Taxi. Ich habe noch ein paar Mark in der Tasche. Das Taxi bringt uns zum Bahnhof. Kannst du aufstehen?«

»Mit meiner Krücke werde ich es schon schaffen.« Lisa zögerte. »Eva, bist du ganz sicher?«

»Sie kommen, uns zu holen. Ich bin mir sicher, ja. Wir dürfen dann auf keinen Fall mehr hier sein.«

»Aber was ist mit Schmidt? Wo steckt er?«

»Er ist tot. Erst haben sie ihn erledigt, jetzt sind sie hinter uns her.« Eva blickte sich gehetzt um. »Wo ist Klara? Und Franz, wo steckt der?«

»Er ist heute schon früh zur Schule gefahren. Klara ist in der Küche und macht mir mein Frühstück.« Lisa zitterte. »Was sollen wir mit ihr anfangen?«

Ohne zu zögern, sagte Eva: »Sie muß uns begleiten.«

»Sie wird sich weigern. Sie wird nicht verstehen, warum.«

»Und ob sie verstehen wird. Ich sage ihr die Wahrheit.«

»Eva, das können wir nicht wagen.«

»Wir müssen. Wir haben keine andere Wahl. Wir müssen ihr reinen Wein einschenken, und dann müssen wir alle von hier verschwinden.«

Lisa seufzte schwer. »Wie du meinst. Aber ich glaube, es wäre gut, wenn ich als erste mit ihr spräche. Ich wage mir gar nicht vorzustellen, was der Schock ihr womöglich antun wird –«

»Es muß sein, Lisa.«

»Vor diesem Moment habe ich mich seit langem gefürchtet. Aber ja, es muß wohl sein.«

Eva warf einen Blick zur Küche hinüber. »Wenn du willst, kann ich es auch übernehmen.«

»Nein, nein, laß mich zuerst mit ihr reden«, beharrte Lisa und drehte ihren Rollstuhl herum. »Du kannst im Schlafzimmer schon ein paar Sachen für uns zusammenpacken.«

»Da gibt es nichts zu packen«, antwortete Eva. »Nur eine kleine Tasche für das Geld. Du hast das Geld doch noch?«

»Jeden Pfennig. Es liegt in der untersten Kommodenschublade, zusammen mit den Pässen.«

»Gut. Was wir brauchen, kaufen wir uns, wenn wir angekommen sind. Bist du sicher, daß du dir mit Klara nicht zuviel zumutest?«

»Ich – ich weiß nicht.«

Eva sah zu, wie die alte Frau auf die Küchentür zurollte. Dann ging sie entschlossen den Gang hinunter, vorbei am Schlafzimmer der Fiebigs in das von Lisa. Sie öffnete den Schrank, nahm eine kleine Reisetasche aus dem obersten Fach und warf sie auf das ungemachte Bett. Sie zog den Reißverschluß auf und öffnete anschließend die unterste Schublade der Kommode. Unter den Pullovern lagen die Schachteln mit dem Geld. Sie füllte die Reisetasche bis obenhin mit Bargeld, dann zog sie den Reißverschluß wieder zu.

Auf einmal hörte sie einen schrillen Schrei, gleich danach ein scharfes Geräusch. Als sie die Tasche vom Bett hob, wurde die Tür aufgerissen. Sie fuhr herum. Klara stand im Türrahmen, die Augen wild und weit aufgerissen.

Einen Moment lang verspürte Eva Mitleid und Anteilnahme. »Klara, es tut mir leid, aufrichtig leid.«

»Das ist doch ein Scherz, oder?« fragte Klara mit erstickter Stimme, »ein grausamer, gemeiner Scherz?«

»Es ist die Wahrheit, Liebes...« Eva ging auf ihre

Tochter zu und wollte sie umarmen, doch Klara wich zurück.

»Du bist nicht meine Mutter. Du kannst es gar nicht sein. Ich glaube es nicht.«

»Doch, ich bin deine Mutter«, entgegnete Eva fest. »Und *er* war dein Vater.«

»Nein, niemals! Du hast den Verstand verloren! Kein Wort davon ist wahr!«

»Alles ist wahr, Klara, Liebes. Ich bin deine Mutter, und er war dein Vater.«

»Nie im Leben!« schrie Klara. »Nicht dieses Ungeheuer –«

Eva schoß geradezu durch den Raum, mit hocherhobener Hand. Sie versetzte Klara eine heftige Ohrfeige. »Wage das nicht noch einmal!« rief sie. »Ich lasse nicht zu, daß du so von ihm sprichst. Weder jetzt noch irgendwann!«

Klara brach in Tränen aus, ihre Schultern zuckten.

Jetzt war nicht die richtige Zeit, das Kind zu trösten, ihm über den Schock hinwegzuhelfen. In diesem Augenblick kam es auf Stärke an. Er hätte es so gewollt.

»Klara«, sagte Eva fest, »wir müssen jetzt gehen. Wir dürfen uns nicht finden lassen.«

»Nein«, wimmerte Klara. »Ich komme nicht mit. Franz – unser Leben – unser Kind –«

»Du kannst nicht hierbleiben«, widersprach Eva. »Wir müssen alle fort.«

»Nein.«

»Klara, sie dürfen dich nicht finden, verstehst du das nicht? Wirst du nun tun, was ich dir sage?« Sie versuchte, sich gegen Klaras hysterisches Schluchzen durchzusetzen. »Tu jetzt, was ich dir sage! Auf der Stelle, hörst du!«

Auf der Fahrt zum Café Wolf hatte Foster das Gefühl, am Ende seiner Kräfte zu sein. Er war einen erschöpfenden Tag, eine hektische Nacht und einen grausamen Morgen lang auf den Beinen gewesen, ohne einen Moment Ruhe. Seine Knochen schmerzten vor Müdigkeit.

Außerdem trugen die tiefhängenden Wolken auch nicht gerade dazu bei, seine Stimmung zu bessern.

Doch dann, als er sich seinem Ziel näherte, fiel ihm plötzlich auf, daß es sich überhaupt nicht um Wolken handelte, sondern um dichten Qualm. Sofort war seine Neugier geweckt.

Bei der Quelle des Rauchs mochte es sich um die Explosion handeln, die er gehört hatte, als er noch einen halben Kilometer vom Checkpoint Charlie entfernt gewesen war. Der Fahrer drosselte das Tempo. Über und zwischen den Gebäuden am linken Straßenrand konnte Foster den Gipfel eines wahren Flammenbergs erkennen, der sich in einiger Entfernung erhob. Es war nicht die Art Feuer, die beim Brand eines Hauses entsteht, sondern ein Inferno, das er erst einmal so ähnlich erlebt hatte, und zwar bei einer Gasexplosion.

Sie erreichten den Askanischen Platz. Eine Menschenmenge verstopfte die Straßen. Ein Feuerwehrwagen stand hinter dem anderen, Feuerwehrleute liefen durcheinander, Schläuche spritzten Wasser und Schaum. Das ganze Viertel schien in Schutt und Asche gelegt, Flammen tobten um die Ruinen.

Auf einmal begriff der Architekt, was geschehen war. Er sprang aus dem Taxi und rannte auf die Menschenmenge zu. Der mit Gas vollgepumpte Bunker mußte irgendwie zerstört worden sein. Das Ergebnis war eindeutig –

Götterdämmerung.

Das unterirdische Versteck von Hitlers Erben war in die Luft geflogen. Nichts würde von ihm übrigbleiben als ein riesiges Loch in der Erde.

Foster schob sich durch die Schaulustigen. Er entdeckte Kirwow, dann Tovah und endlich auch Emily. Er drängte sich zu ihr durch, riß sie an sich und umarmte sie leidenschaftlich.

Emily klammerte sich an ihn und bedeckte sein Gesicht mit Küssen. »Es ist vorbei«, stieß sie hervor. »Gott sei Dank, es ist vorbei.«

Foster starrte auf die brennenden Häuser. »Wie konnte das passieren, Emily?«

»Ich weiß nicht. Es geschah etwa eine Stunde, nachdem die Mossad-Leute das Gas in den Bunker gepumpt hatten. Golding hat mir davon erzählt. Keiner der Nazis hat überlebt. Und dann, eine Stunde vor Anbruch der Dämmerung, gab es diese Explosion. Alles ist in die Luft geflogen und hat seither nicht aufgehört zu brennen. Vielleicht hat sich das Gas durch einen Zufall entzündet.«

»Vielleicht«, sagte Foster. »Vielleicht auch nicht.«

»Möglicherweise hat jemand eine brennende Zigarette...«, spekulierte Emily.

Tovah schüttelte heftig den Kopf. »Unmöglich. Sie dürfen nicht vergessen, daß da unten schon lange vor der Explosion keiner mehr gelebt hat.«

Emily zuckte die Achseln. »Sie haben recht. Ich kann mir einfach nicht erklären, wie es dazu kommen konnte.«

Foster betrachtete die Verwüstungen längs der Stresemannstraße. Vom Café Wolf bis zur Mauer war kein Stein auf dem anderen geblieben. Sogar ein Teil der Mauer war zerstört worden. Durch die klaffende Lücke, die mindestens vierzig Meter breit war, konnte man sehen, daß sich der von der Explosion gerissene Krater bis in die ostdeutsche Sicherheitszone hinein fortsetzte.

Foster stieß Emily an und deutete auf das Loch in der Mauer. »Wenn nach der Explosion jemand von drüben nach hier wollte, brauchte er bloß loszumarschieren.«

»Du meinst jemand wie Eva Braun, zum Beispiel?«

»Genau, Eva Braun.« Foster wandte sich an Kirwow. »Nikolaus, wo wohnt Klara Fiebig?«

»In der Knesebeckstraße, gleich beim Ku'damm.«

»Worauf warten wir dann noch? Vielleicht erwischen wir wenigstens Klara noch – und mit ihr Eva.«

Kirwow klingelte Sturm, und Foster hämmerte gleichzeitig mit der Faust gegen die Wohnungstür.

Lange Zeit geschah nichts, doch endlich rührte sich jemand hinter der Tür. Langsam wurde sie geöffnet.

Vor ihnen stand ein junger Mann mit runden Schultern, wirrem schwarzem Haar und scharf geschnittenen Gesichtszügen. Er trug eine Brille mit dikken Gläsern und ließ die Schultern hängen. Er wirkte wie in Trance. Die großen Augen hatten rote Ränder, die Wangen wiesen Tränenspuren auf.

Kirwow zögerte einen Moment. Schließlich fragte er: »Sind Sie Franz Fiebig – Klaras Mann?«

Benommen hob der Mann den Kopf und ließ ihn wieder sinken.

»Wo ist sie?« fragte Kirwow. »Wir müssen mit ihr sprechen.«

Franz Fiebig starrte sie weiterhin nur an, oder besser durch sie hindurch, und wieder stiegen ihm Tränen in die Augen. »Sie kommen zu spät«, sagte er und wandte sich ab.

Foster betrat die Wohnung und ging ins Wohnzimmer. Kirwow, Tovah und Emily folgten ihm.

Fiebig stand mitten im Wohnzimmer, mit dem Rücken zu ihnen. Dann schlurfte er durch den Raum und ließ sich in einen Sessel fallen. Er weinte. Fahrig suchte er nach einem Taschentuch. Foster holte seines heraus und reichte es dem jungen Mann.

»Zu spät?« erkundigte er sich.

»Sie ist tot«, sagte Fiebig, wobei er den Kopf ungläubig von einer Seite auf die andere drehte. »Ich bin von der Schule nach Hause gekommen, um mit ihr zu Mittag zu essen. Sie lag tot in unserem Schlafzimmer. Sie hat sich umgebracht.«

»Selbstmord? Aber warum denn?«

Fiebig antwortete nicht.

Foster ließ sich auf ein Knie nieder und blickte den jungen Mann an. »Wahrscheinlich weiß ich, warum, Herr Fiebig. Ich glaube, wir alle wissen, warum.« Er hielt einen Moment inne. »Ihre Mutter war hier – Eva Braun.«

Durch die dicken Brillengläser starrte Fiebig Foster an. Langsam wischte er sich mit dem Taschentuch über die Wangen. »Ja«, murmelte er. »Ihre Mutter. Eva Braun. Genau das ist passiert.«

»Wie haben Sie es herausgefunden?«

»Der Brief. Klara hat mir einen Brief hinterlassen, auf der Kommode.«

»Darf ich ihn sehen?«

»Ich habe ihn zerrissen – zerrissen und in der Toilette hinuntergespült, als der Arzt kam.«

»Erinnern – erinnern Sie sich daran, was Klara Ihnen geschrieben hat?«

Fiebig ließ den Kopf nach vorn sinken und starrte auf den Teppich. Leise und monoton begann er zu sprechen. Foster beugte sich vor, um ihn besser verstehen zu können.

»Evelyn – Eva – Eva Braun ist ganz plötzlich hier aufgetaucht. Sie hat Klara die Wahrheit gesagt, die ganze Wahrheit. Daß sie Klaras Mutter sei. Und ihr Vater...« Er brachte den Namen nicht über die Lippen. »Sie hat Klara gesagt, wer ihr Vater war. Lisa hat alles bestätigt. Eva und Lisa haben ihr erklärt, daß sie fliehen müßten, alle miteinander, aber Klara wollte nicht. Die arme Klara, meine arme, kleine Klara.«

»Was hat sie sonst noch geschrieben?«

»Eva und Lisa wollten, daß sie mitkam, aber dann kriegten sie Angst, sie könnte ihnen mit ihrer Hysterie gefährlich werden. Sie sagten, sie müßte sich erst wieder fangen. Wenn sie soweit sei, solle sie sich mit ihnen an einem bestimmten Ort treffen. Wo, das schrieb Klara nicht. Wenn sie nicht käme, müßte sie einen anderen Weg finden, um zu verschwinden, denn hier würde es zu gefährlich für sie. Unter gar keinen Umständen dürfe sie hierbleiben. Klara hat geschrieben: ›Eva sagte, mein Vater hätte dasselbe von mir verlangt. Er hätte nie zugelassen, daß ich zu einer Belustigung für die Massen würde. Ich dürfte mich nie von meinen Feinden erwischen lassen.‹ Dann – dann hat Klara noch beschrieben, wie Eva und Lisa gegangen sind und sie auf einmal allein war, und wie sie wußte, daß sie tatsächlich weg mußte, aber keine Ahnung hatte, wohin. ›Es tut mir leid, Franz‹, hat sie geschrieben, ›aber sie haben recht. Eines Tages, irgendwann, wird jemand es herausfinden. Diesen Schmerz kann ich dir nicht zumuten, ebensowenig wie ich unser Kind ein Leben lang so gebrandmarkt herumlaufen lassen kann. Also gehe ich. Ich werde dich immer lieben.‹« Wieder schüttelte Fiebig den Kopf. »Dabei hätte sie mich nicht zu verlassen brauchen, niemals. Ich habe sie so sehr geliebt. Es wäre mir gleichgültig gewesen. Niemand hätte ihr einen Vorwurf gemacht. Sie war ein Opfer, und das ist doch keine Schande. Bis in alle Ewigkeit hätte ich sie geliebt.«

Er schlug die Hände vors Gesicht und begann zu schluchzen.

Foster richtete sich wieder auf, erschüttert und voller Anteilnahme. »Ist der Arzt noch da, Herr Fiebig?«

Fiebig deutete auf die Schlafzimmertür.

Foster verließ das Wohnzimmer. Schon in der Tür zum Schlafzimmer nahm er den verräterischen Mandelgeruch wahr.

Der Arzt saß neben dem Bett, einen Block auf den Knien, und schrieb seinen Bericht. Er war ein älterer Mann mit grauem Haar. Auf dem Bett lag eine mit einem Laken zugedeckte Gestalt.

»Herr Doktor –« sagte Foster.

Der Arzt hob den Kopf.

»– ich bin ein Freund der Fiebigs, und ich glaube, Franz braucht Ihre Hilfe. Es geht ihm ziemlich schlecht.«

Der Arzt nickte. »Wer wollte es ihm verübeln? Bei dem, was hier vorgefallen ist? Ich sehe gleich nach ihm.« Sein Blick wanderte zu der zugedeckten Gestalt. »Schrecklich, schrecklich, eine Tragödie.«

»Hat sie sich umgebracht?«

»Ja, ohne Zweifel.«

»Wie?«

»Mit einer Zyankalikapsel. Ich kann mir nicht vorstellen, wo sie die her hatte.«

Aber Foster konnte es sich sehr wohl vorstellen.

Er verließ das Schlafzimmer und ging wieder zu den anderen. Mit einem Kopfnicken gab er Emily, Tovah und Kirwow zu verstehen, daß sie sich am besten zurückzogen.

Wortlos verließen sie die Wohnung.

Lind und klar brach der nächste Morgen an. Die Sonne schien. Arm in Arm standen Emily und Foster auf dem Dach des Europa-Centers, um einen letzten Blick auf die Stadt zu werfen. Unweit der Mauer stieg noch immer ein dünner Rauchfaden in die Luft. Jenseits der Budapester Straße erstreckte sich leuchtend grün der Zoologische Garten, und noch weiter weg, hinter dem

Schloß Bellevue und dem Reichstag, schlängelte sich blau die Spree.

»Wenigstens hast du jetzt das Ende deiner Geschichte«, sagte Foster. »Du kannst der Welt die Wahrheit über Hitler sagen.«

»Die Wahrheit?« fragte Emily nachdenklich. »Ich bezweifle, daß sie je bekannt werden wird. Ich bin Historikerin. Ich muß für alles, was ich schreibe, einen Beweis haben. Doch was habe ich denn jetzt noch in der Hand? Kann ich beweisen, daß wir beide mit Eva Braun gesprochen haben? Kann ich beweisen, daß sie keine Betrügerin war?«

»Aber der Bunker«, sagte Foster. »Was ist mit dem versteckten Bunker?«

Traurig schüttelte Emily den Kopf. »Für die Leute dort draußen gibt es keinen Bunker und hat auch nie einen gegeben. Nur ein riesiges Loch in der Erde, in dem kaum jemand gelebt haben kann. Die Leichen, das ganze Beweismaterial, alles ist verbrannt, zerstört, in die Luft gejagt worden. Auf der ganzen Welt gibt es nur einen Menschen, der als Beweis für das wirkliche Ende dienen könnte. Eva Braun war dieser Beweis, aber sie ist verschwunden.« Sie ergriff Fosters Hand. »Wir werden sie nie finden, oder, Rex?«

»Sie ist irgendwo dort draußen«, sagte er. Dann schüttelte er den Kopf. »Aber niemand wird sie je finden.«

Gedankenverloren blickte Emily auf die Dächer der Stadt unter ihnen hinab. »Die lustige Witwe«, sagte sie. »So haben ihre Familie und ihre Freunde sie genannt, nachdem sie in Hitlers Leben getreten war. Die lustige Witwe, weil sie fast immer allein war.« Emily hob den Blick zum Horizont. »Und jetzt ist sie immer noch allein, mit ihrem Geheimnis, allein vielleicht bis an das Ende ihrer Tage.«